Se întâmplase prea repede.

Ea nu voia să asculte vocea rațiunii.

Încercaseră totul.

O mișcare destul de importantă ca ea să se împleticească.

Destul de mare ca să inițieze o reacție în univers.

O mișcare.

O decizie.

Un țipăt.

Și nimic.

– Nimeni nu trebuie să știe, spuse o voce din stânga, iar ei ascultară acea voce pentru că alternativa era inimaginabilă.

– A fost un accident.

– Și proba? Un deget arătă spre caietul de lângă sângele care îi curgea pe bărbie. Ce facem cu proba? Dacă sunt mai multe?

– Ar fi bine să te rogi la Dumnezeu să nu mai fie... pentru că toate probele te acuză pe tine.

Nimeni nu trebuie să știe.

Nimeni nu trebuie să ştie.
Sângele o să fie curăţat.
Nimeni nu trebuie să ştie.
Viitorul o să fie stabilit.
Nimeni nu trebuie să ştie.
Şi, undeva, departe, un ceas numără clipele.
Timpul. A expirat.

Ploaia aluneca de pe umbrelă.

Dane număra picăturile.

Una.

Două. Trei.

De ce ploua întotdeauna la înmormântări? Poate pentru că lumea era dureros de conştientă că pierduse pe cineva bun – pe cineva incredibil. Poate că acesta era modul pământului de a jeli atunci când Dane nu putea.

El era prea furios ca să jelească.

Chipuri cunoscute îl priveau, toată lumea modei venise să îi aducă un ultim omagiu, politicieni, oameni care se temeau de el la fel de mult cât o iubeau pe ea.

Şi toţi păreau afectaţi.

Dane simţi un fior pe şira spinării când îl privi în ochi pe Frederick. Bărbatul era căsătorit, dar plângea de parcă ar fi pierdut pe cineva apropiat.

Cele mai bune prietene ale ei îl înconjurară, fiecare holbându-se la pământ, nevenindu-le să creadă în timp ce sicriul era coborât.

Era un coşmar.

Dane nu făcuse nimic altceva decât să îşi dedice viaţa colecţionării secretelor ca să îi poată proteja pe cei pe care îi iubea.

O privi pe Zoe.

KATHY IRELAND &
RACHEL VAN DYKEN

NEW YORK, JUNGLA MODEI

KATHY IRELAND &
RACHEL VAN DYKEN

NEW YORK, JUNGLA MODEI

Descrierea CIP a Bibliotecii Naţionale a României
IRELAND, KATHY
New York, jungla modei / Kathy Ireland & Rachel Van Dyken ; trad. din lb. engleză: Liliana Pelici prin Lingua Connexion. - Bucureşti : RAO Distribuţie, 2021
ISBN 978-606-006-630-9

I. Van Dyken, Rachel
II. Pelici, Liliana (trad.)

821.111

RAO Distribuţie
Str. Bârgăului nr. 9-11, sect.1, Bucureşti, România
www.raobooks.com
www.rao.ro

Kathy Ireland & Rachel Van Dyken
Fashion Jungle

Traducere din limba engleză
Liliana Pelici prin Lingua Connexion

New York, jungla modei

2021

ISBN 978-606-006-630-9

Ea refuză să-l privească.

Poate pentru că el semăna foarte mult cu *ea*.

El era întunericul luminii ei.

Făcuse totul ca să o protejeze.

Și totuși.

Totuși, o găsise cu un bilețel mototolit în mână. „Îmi pare rău."

Poliția spusese – „sinucidere".

Dar Dane nu era prost.

Sora lui fusese ucisă.

Pentru că era o luptătoare.

Pentru că el nu suporta să accepte că nu văzuse semnele.

Pentru că nu ar fi supraviețuit dacă acesta era adevărul.

I se încleștară fălcile în timp ce își strânse mâinile acoperite cu mănuși.

Pielea se strânse în jurul articulațiilor.

Cineva avea să plătească pentru asta.

Scump.

Cineva care stătea acolo știa adevărul.

Iar el era un om răbdător. Cercetă fețele din nou și își imagină secretele, înșelăciunea și cum fiecare dintre ei se îneca în ea.

Pământul plângea.

El nu.

Pentru că el alese să se concentreze pe răzbunare... pe încurajarea încrederii, acumularea secretelor, banilor, puterii, avea să adune totul și să dezlănțuie iadul în acest oraș.

Pentru acei oameni care o făcuseră pe Danica să se simtă mai puțin demnă.

Pentru fețele de plastic cu trupuri de plastic.

Dane avea să îi distrugă pe toți.

Se uită din nou fix în jos, la cele trei femei, şi îşi strânse buzele într-o linie severă. Avea să îi distrugă pe toţi.

Şi avea să le folosească pe cele mai bune prietene ale ei pentru a-şi îndeplini acel scop.

Un bărbat îşi realizează răzbunarea nu în secunde, minute sau chiar zile. Nu, el îşi realizează răzbunarea în ani, plănuind, construind cărămidă cu cărămidă.

Bubui tunetul.

Poate era un semn.

Nu că ar fi contat. Sufletul lui era stăpânit de diavol din momentul în care şi-l oferise în schimbul unui lucru mai de preţ.

Puterea.

– Să ne rugăm. Pastorul îşi lăsă capul în jos.

Toţi, cu excepţia lui Frederick, făcură la fel.

Dane îşi miji ochii.

Ultima persoană cu care ea fusese văzută refuza să se roage.

Dane îşi lăsă capul în jos, cu un zâmbet crud pe buze – Frederick, el ar ucide pentru un bonus.

Pentru că, dincolo de tristeţea gravată în ochii lui, Dane văzu ceva ce cunoştea foarte bine.

Vinovăţia.

CAPITOLUL I

14 ZILE PÂNĂ LA SĂPTĂMÂNA MODEI DE TOAMNĂ

Era imposibil să nu îl observe. Doar înălțimea lui domina jumătate de cameră, și cealaltă jumătate, ei bine, în cealaltă jumătate nu erau atâția tipi bine făcuți, nu-i așa?

Zoe își sorbea șampania și se străduia să fie atentă la partenerele ei de afaceri, Everlee și Brittany. Luptaseră din răsputeri pentru acest moment. Cincisprezece ani în industria modellingului epuizau o femeie, iar ele vărsaseră destule lacrimi cât să creeze o furtună tropicală.

Dar meritase.

Acest moment.

Zoe îi zâmbi lui Everlee, care își ridică paharul de șampanie în aer.

– Pentru noua linie de toamnă.

– Da, da! Râsul lui Brittany era lejer și liber. Femeia era o rază de soare ambulantă, de la pletele ei lungi și aurii până la pistruii care îi pudrau nasul. Era îndrăgită în America de atât de mult timp că era imposibil ca cineva să se gândească la alt model – retras sau nu – care să îi ia locul. Încă era „fata numărul unu", în timp ce toate celelalte se chinuiau să rămână în top. Părea că Brittany nu trebuia să ridice nici măcar o unghiuță ca să rămână acolo. Scria articole pentru una dintre cele mai căutate reviste din lume și încă i se cerea să pozeze pentru că trebuiau să retipărească de fiecare dată când ea apărea pe copertă.

Vezi? Norocoasă. O rază de soare. Dacă Zoe nu ar fi plăcut-o atât de mult, ar fi vrut să o stranguleze cu breteaua poșetei sau măcar să îi dea foc la tocuri.

Brittany îi făcu cu ochiul prietenei ei; bea șampanie de parcă era apă. Zoe simți o neliniște în stomac, știa de ce bea Brittany.

Toate erau dureros de conștiente de ce zi era. Doar că nu știau de ce, în fiecare an, Brittany își pierdea controlul în acea zi. Știau doar că fusese internată în spital și își pierduse o parte din lumina din privire. Dane fusese acolo atunci.

Întotdeauna era acolo la nevoie. Salva, făcea ca lumea să creadă că era un salvator... când el era diavolul.

Și acolo era și Zoe.

Cu ochi de pisică și conturați cu creion Kohl.

Cu picioare lungi și subțiri.

Cu pielea ciocolatie.

Cu părul scurt de abanos. Zoe.

Ea și Brittany nu ar fi putut fi mai diferite nici dacă ar fi încercat.

– Se holbează. Everlee își sorbi șampania și zâmbi spre paharul ei, cu buzele colorate într-o nuanță de violet-închis care îi scotea în evidență pielea perfectă de porțelan. Zoe, când o să-i curmi suferința? Vorbesc serios, tipului i s-au aprins călcâiele după tine de când... nu știu, din ziua în care te-ai urcat în metrou pentru prima dată și ai ajuns în Bronx.

Zoe se uită urât și încercă să își calmeze pulsul rapid. „Rămâi calmă. Pari indiferentă."

– Bine, în primul rând, am venit din California. Nu avem metrouri, conducem mașini. Mai ții minte ce sunt alea? Pocni din degete și speră că nimeni nu văzu că îi tremura mâna: O, da, domnișoara care nu are un permis de conducere și care probabil va trebui să ceară unui vagabond să facă o parcare paralelă pentru ea.

Everlee ridică din umeri și clipi cu genele ei lungi și elegante, sfidătoare.

– Frederick mi-a angajat un șofer.

Brittany oftă visătoare.

– Trebuie să fie frumos să ai un fotograf de renume mondial în patul tău...

– Doamnelor. Frederick își alese acel moment pentru a o cuprinde pe Everlee cu brațul lui gros și a-i da o sărutate apăsată pe gât. Mi-a fost dor de tine, iubito.

Tipul avea un zâmbet superb și un corp despre care tinerele modele șopteau oricând avea o ședință foto. Jumătate din lumea bună de la Hollywood îl ruga de ani de zile să își pună fața pe afișul unui film. Nu avea nevoie să fie un actor bun când arăta atât de bine.

– Drăguț, tocmai te-am văzut acum cinci minute. Ce vrei? Îi mângâie pieptul cu drag.

Zoe scrâșni din dinți, în timp ce Brittany le zâmbea cu adorație, de parcă fericirea lor era și a ei. Vezi? Perfectă. Ea era perfectă.

El oftă, apoi o trase pe Everlee la pieptul lui. Șampania ei sări din pahar și se scurse într-o picătură pe degetul ei arătător în timp ce el se aplecă și îi șopti:

– Câțiva băieți au vrut să mergem în centru. Dane are un club nou unde toți trebuie să poarte măști și să folosească nume secrete. Sună distractiv și e bun pentru afaceri, știi cum e. Rețeaua.

Everlee făcu o față care, practic, spunea că ar fi fost de acord cu orice îi cerea.

– Pare un loc foarte bun pentru infidelitate. Ea dădu din cap cu un zâmbet de tachinare. Mersi, Dane.

De parcă ar fi auzit conversația intimă, el dădu din cap în direcția lor.

Zoe se încruntă. Simți privirea aceea aprinsă până în coapsele ei subțiri și în noii ei pantofi Jimmy Choo. Tipul întotdeauna aducea vești proaste.

Sora lui geamănă își începuse cariera în industrie în aceeași săptămână în care o făcuseră toate trei, toate se împrieteniseră repede – ceea ce se întâmpla când o agenție le forța pe modele să doarmă, practic, unele peste altele până aveau succes. Majoritatea fetelor se retrăgeau.

Condițiile la paisprezece ani erau mai mult ca în tabăra de vară decât ca succesul în marele oraș.

– Frederick? Vocea lui Dane îi întrerupse amintirile ca un cuțit. Îl înjură în gând. De ce trebuia să aibă o voce atât de aspră și exotică? Ca și cum nu-și putea controla asprimea care îi acompania întotdeauna prezența magnifică. Tot orașul venera pământul pe care el călca; poate de aceea grăsimea hotărâse că nu putea să se atașeze de persoana lui – era jignită de ideea de a-l supăra?

– Iubito. Frederick apucă mâna dreaptă a lui Everlee, apoi îi sărută palma. Promit că nu voi sta prea târziu.

Everlee oftează, iar Zoe știe că asta însemna că avea să spună da. Dar oare când auzise Frederick James vreun nu? Asta nu s-ar fi întâmplat niciodată. Era aproape la fel de insuportabil ca Dane. Bărbații așa de frumoși nu trebuiau să stea atât de aproape unul de celălalt. Începu să i se zbată ochiul drept de nervi.

– Bine. Everlee îi zâmbi cu afecțiune soțului ei. Zoe ignoră durerea din stomac și nu rată sclipirea tristă din ochii lui Brittany în timp ce luă altă înghițitură lungă din ceea ce părea un pahar gol. Nu că Zoe ar fi numărat. La treizeci și doi de ani, amândouă erau singure, încă încercând să găsească o persoană care înțelegea trecutul lor întunecat și felul în care acesta se agăța de ele ca o armură. Era aproape imposibil să găsească un bărbat care nu era intimidat de o femeie care își cunoștea atât mintea, cât și corpul.

Găsirea unui asemenea bărbat în New York era, practic, echivalentul găsirii unui unicorn. Ori erau intimidați, ori erau niște narcisiști sociopați care ar fi avut nevoie de o lupă ca să își găsească inimioarele – dacă acestea mai existau.

– Ești prea bună cu mine. Frederick o sărută, apoi se întoarse și îl cuprinse cu brațul pe Dane. Mergem?

– Mașina e în față, spuse Dane pe un ton plictisit. Voi fi acolo.

De ce nu plecase deja?

În cele din urmă, Zoe își ridică privirea. Și acolo era el, în toată aroganța lui. Cu linia maxilarului bine definită, proaspăt ras, cu ochi albaștri cristalini și un păr prin care orice femeie ar fi vrut să-și plimbe mâinile. Cârlionți negri și mătăsoși stăteau perfect pe un chip care apăruse de nenumărate ori pe Pagina Șase. Nu era de mirare că era unul dintre cei mai doriți burlaci ai orașului.

Nu conta că avea o parte întunecată.

Că o hrănea bine.

Conta doar ce era la exterior. Zoe trebuise să învețe parcurgând calea cea grea care transformase fata cu stele în priviri și dor în inimă într-o femeie pe care nici cel mai luxos stil de viață nu putea să o zdruncine.

Regrete.

Greşeli.

Şi o dependenţă puternică de singurul bărbat care putea să le distrugă pe toate.

– Zoe, ai un minut? El îşi întinse mâna. Ea fu nevoită să o ia. Erau prezenţi fotografi, investitori, colegi. Primarul îi salută dând din cap în timp ce trecu pe lângă ei.

Ea ştia ce voia Dane.

Nu avea să-i dea asta, nu încă. Spera că niciodată.

Merseră în linişte până când ajunseră într-una dintre camerele din spate rezervate pentru petreceri private şi evenimente ca acesta. El închise uşile.

Zgomotul acestora îi făcu inima să stea în loc.

Cum de nu vedeau?

Era un lup în blană de oaie.

Un lup viclean, sexy şi devorator.

– Schiţele arată bine. Traversă camera şi merse spre ea. Ea înghiţi în sec şi îl privi în ochi. Ai cumpărători?

– Saks, Bloomingdales, Nordstrom. Zoe îi enumeră repede magazinele universale. Dar deja ştiai asta.

El îşi întinse mâna şi îi mângâie faţa cu dosul degetelor şi cu buzele despărţite de parcă avea să se aplece şi să o sărute. Dar nu se mişcă. Ea încercă să-şi împiedice tremuratul buzelor.

Încercă să nu-şi arate teama, dorinţa, confuzia şi nevoia foarte umană pentru mai mult decât atingerea lui. Refuza să-l lase să deţină toate cărţile; doar cu asta putea lucra, cu sfidarea de a fi cu el, de a fi încă un lucru pe care el îl putea controla.

– Da, deja ştiam asta, şopti el cu asprime. Am aflat de la Brittany când ai refuzat să-mi răspunzi la cinci apeluri ieri.

Ştiuse că el avea să fie supărat.

Nu destul de supărat ca să o încolţească.

Dar supărat.

– Am fost ocupată. Ridică din umeri ca și cum nu ar fi fost mare lucru când până și inima ei știa în ce pericol era bătând tare în pieptul ei, împiedicând-o să-și mai audă propriile gânduri în timp ce aerul bâzâia în jurul urechilor ei, îngreunându-se din cauza unei tensiuni înăbușitoare care o împiedica aproape complet să înghită.

– Ai fost la prânz.

Avea dreptate.

Ea înghiți în sec.

– Zoe, nu-mi plac aceste jocuri, și nu mi-ar plăcea să se afle că mătușa ta moartă nu ți-a dat niciun cent... că *fondul tău fiduciar* a fost o față de pernă și o rablă de mașină în care părinții tăi s-au răsturnat în ziua în care au murit.

Zoe își strânse puternic ochii. Totul era în ordine. Erau prea mulți oameni acolo. Nu ar fi făcut nimic.

– Trebuie să mă întorc la prietenele mele.

Singurele lucruri pe care Zoe putuse să i le dea atunci la schimb fuseseră secretele; erau valuta lor, iar acum erau o bombă cu ceas.

– Da. Trebuie. Se dădu la o parte din calea ei, apoi îi apăsă umerii cu mâinile. Un amestec de teamă și ceva necunoscut îi circulă prin corp. Ignoră totul în afara fricii. Nu avea de ales.

– Zoe, nu-mi place să fiu mințit. Te cunosc de la paisprezece ani. Te cunosc mai bine decât te cunoști tu însăți – și îmi datorezi mai mult decât viața ta. Să nu uiți niciodată cine trage sforile. Își luă mâinile de pe ea.

– Ți-am restituit banii. Se holbă direct la uși, la scăparea ei din acest coșmar.

– Nu. Un braț îi cuprinse talia. Mi-ai restituit împrumutul. Aveam dobândă...

– Nu se va mai întâmpla niciodată. Se auzi ca un sâsâit.

– Ce nu se va mai întâmpla niciodată?

– Dane, nu voi mai face aceeași greșeală cu tine. Nu-mi pasă cine ești. Voi face rost de banii tăi de *dobândă*.

– Știu de ce n-ai plătit încă, spuse Dane când ea ajunse la ușă și o deschise. E singurul lucru care încă ne leagă în afara de sora mea moartă. E ultima parte din trecutul tău pe care nu vrei să o îngropi. Pun pariu că va îngheța iadul înainte să văd eu ceva pentru că, dacă e ceva ce știu despre tine, e că ai prefera să te chinui cu trecutul decât să înfrunți orice fel de viitor în care ai putea fi fericită.

Ea pufni și râse.

– În ce lume m-ai putea face tu fericită?

– Ai grijă, o avertiză el.

Apoi trecu repede pe lângă ea, într-o rafală de fum de trabucuri și whisky fin, lăsând-o epuizată înainte de sfârșitul petrecerii. Își ținu respirația până când îl văzu ieșind pe ușa restaurantului, apoi se alătură din nou prietenelor ei.

– Despre ce-a fost vorba? Brittany trase de rochia ei neagră marca Gucci și apucă alt pahar de șampanie, iar Zoe încercă să nu se încrunte la prietena ei. Părea... supărat.

Zoe ridică din umeri ca să-și ascundă tremurul mâinilor.

– Când nu e Dane supărat? Nu aveai o întâlnire mai devreme? Arătă spre șampanie în timp ce Brittany o ignoră intenționat și își ridică paharul spre buzele ei roșii și țuguiate.

– Ăsta-i adevărul. Everlee strâmbă din nas. Alt toast!

Zoe își alungă repede gândurile negre, apucă un nou pahar de la un ospătar în trecere și îl ridică în aer.

– Pentru prietenie.

Fetele împărtășiră un zâmbet și un toast, dar tristețea încă plutea în aer. Din cauza celeilalte prietene, cea care nu-și dorise nimic mai mult decât să devină chipul noii lor linii vestimentare – visul ei de când avea paisprezece ani.

Își luase viața în urmă cu un an.

Lăsând lucrurile schimbate.

– Nu fi prea dură cu el, îi șopti Brittany când Everlee se scuză ca să meargă la baie. Toți procesăm durerea în moduri diferite. Dane și-a pierdut sora, noi ne-am pierdut cea mai bună prietenă. Iar el s-a transformat într-un sociopat. Vom avea grijă să ni se îndeplinească visul și îl vom împărtăși în memoria ei.

Brittany o strânse tare pe Zoe.

Zoe urî lacrimile care i se adunară în ochi.

La fel cum ura cât de mult avea nevoie de îmbrățișarea care să-i spună că totul avea să fie bine.

Trebuia să fie.

Ceva bun trebuia să iasă dintr-o asemenea tragedie fără sens.

Mai ales de vreme ce dacă Danica nu ar fi făcut-o prima – Zoe era îngrozită că ar fi jelit-o pe ea.

CAPITOLUL II

Ventilatorul de tavan se învârtea ca un sfredel – şi, cu fiecare rotire, anxietatea apăsa pieptul lui Everlee, făcându-i respiraţia aproape imposibilă, ţinând-o prizonieră în timp ce păturile atârnau greu peste trupul ei. Dacă se concentra destul la vâjâiturile paletelor, aproape că auzea sfărâmarea oaselor şi inima oprindu-i-se cu fiecare respiraţie printre dinţi.

Nu fusese întotdeauna aşa.

Dar acum era o realitate.

Un memento continuu.

Un coşmar dincolo de care nu putea vedea nimic.

Întotdeauna la fel.

Niciodată diferit.

Singurul lucru care se schimbase era ea – singurul motiv pentru care se schimbase era el. Se uită din nou la telefon. E ora trei dimineaţa. Trebuia să se trezească devreme pentru o şedinţă foto, apoi să se întâlnească cu fetele ca să bea ceva mai târziu. Dacă ar fi putut să se concentreze doar la partea pozitivă, la muncă – la faptul că încă lucra în industrie –, ar fi fost bine. Se gândea la el, la trecut, la cum fiecare an părea să adauge mai mult timp pe care îl petreceau mai mult despărțiți decât împreună – cum, de fiecare dată când erau împreună, el devenea un pic mai agresiv, un pic mai violent, luând bucăți din inima ei în fiecare zi ce trecea și refuzând să recunoască ce făcea de la început. Ca un joc prostesc ale cărui reguli ea nu le cunoștea.

Își șterse o lacrimă de sub ochiul drept.

Cândva, nopțile fuseseră pline de râsete, sex și privit la televizor târziu în noapte. Chiar obișnuia să o mai ia razna și să vorbească despre visurile ei cu el.

Și acum?

Acum, el întârzia.

Din nou.

Și avea să-și ceară scuze mirosind a alcool, trabucuri și parfum.

Din nou.

Iar ea avea să-l ierte.

Din nou.

Pentru că uitase cum era viața când nu număra rotațiile ventilatorului de pe tavan, când era atât de săracă încât încălzea mâncarea chinezească la pachet două zile la rând și se ruga să ia un virus de stomac, să mai scadă o măsură la rochie și să arate sfrijită pentru următoarea prezentare de modă pe podium.

Viața păruse goală atunci.

Plină doar de foarte multe reguli: restricții pentru ce să mănânce, ce să poarte, cum să se comporte. Îl văzuse pe Frederick ca eliberarea ei. Visurile ei se schimbaseră.

Habar n-avea că doar schimba închisorile.

Și înmâna alt set de chei unui temnicer la fel de sever.

Se întreba ce era mai rău.

Să se pedepsească singură.

Sau să lase aceste onoruri altcuiva.

Auzi uşa de pe hol închizându-se cu zgomot.

Îşi închise ochii pentru că pâlpâirea televizorului cu ecran plat din dormitorul ei impecabil arunca umbre şi culori care dansau pe perete.

Se apropiau nişte paşi.

Îşi muşcă buza de jos... şi îşi ţinu respiraţia.

Uşa dormitorului făcu un zgomot scurt când se închise.

El se poticni.

Ea expiră uşurată. Era prea beat ca să înceapă vreun scandal. Asta era bine; ar fi fost bine atât timp cât ar fi dormit.

Un şir de înjurături furioase o făcu să tresară. Se împiedică din nou în timp ce se auzi un zgomot ca şi cum i s-ar fi prins pantalonii în jurul gleznelor, apoi mai multe înjurături, până când corpul lui căzu, în cele din urmă, pe saltea. Nu conta că ea era ghemuită în colţ.

Sau că avea păturile trase până la bărbie.

Niciodată nu conta.

Pentru că, în calitate de soţ al ei, avea anumite aşteptări, anumite drepturi. *„Te rog să adormi, te rog să adormi."*

Buza superioară a lui Everlee începu să transpire în timp ce el se zvârcoli şi se întoarse, apoi îi simţi mâna furişându-se pe cearşafurile de mătase. Cearşafurile pe care el i le cumpărase după ce se plânsese că cele de bumbac îi făceau părul lung să se încâlcească la ceafă.

Rămase nemişcată în timp ce aceeaşi mână îi cuprinse şoldul. Trăgând o dată, îi mută corpul de-a lungul saltelei cu o viteză uimitoare. Nu se putea spune că Frederick nu era inuman de puternic. Era opusul a ceea ce se aştepta toată lumea să fie un fotograf în industria modei.

Asta o atrase spre el.

Puterea lui.

Masculinitatea.

Tendințele lui de mascul alfa care o făcuseră să se simtă cea mai importantă femeie din lume – până când îmbătrânise.

Nu, acest mascul alfa nu avea să o ierte niciodată pentru că nu împiedicase inevitabilul.

Îmbătrânise.

– Mmm. Frederick o sărută pe gât, cu gura fierbinte și dornică. Voia să-i răspundă, chiar voia. Până la urmă, era soțul ei și asta era datoria ei. Să-și onoreze soțul, chiar și când el mirosea a Chanel, când ea purtase întotdeauna Gucci.

Chiar și când pielea lui mirosea a transpirație.

Era datoria ei să îl iubească necondiționat.

Și necondiționat îl iubea.

Pe lângă toate astea, asta era viața pe care o duceau.

Rolurile pe care le jucau.

Minciunile pe care le credeau.

O împinse pe spate și stătu deasupra ei, cu privirea lui rece, beată și pierdută, în timp ce îi ridică pijamaua preferată, Victoria's Secret, cea despre care îi spusese că era prea domestică pentru un model. Ea refuză să îi arate cât de mult o răneau comentariile lui și atacurile lui emoționale. El controla totul la ea... îi critica până și alegerea lenjeriei intime. Își dădu seama că nu însemna mai mult pentru el decât un obiect oarecare.

În zilele bune, îi spunea că era ordinară.

Simplă.

În zilele rele, îi spunea că era ștearsă și îi sublinia fiecare defect cu o precizie ridicolă, chiar și după ce ea îi oferea ce voia.

– Iar astea. Apucă șortul de mătase și trase de el atât de tare că materialul îi intră în piele înainte să se rupă de pe şoldurile ei. Îl flutură în faţa ei. Eşti mult prea bună pentru aşa ceva.

O spusese ca un compliment.

Zâmbea ca şi cum ea era lumea lui.

Atunci de ce îi era rău?

Aruncă şortul pe podea, îşi lăsă capul în jos şi o sărută apăsat pe gură, despărţindu-i buzele cu limba îmbibată de whisky. Gemu de parcă nu se mai sătura de ea.

Ea îşi ţinu respiraţia ca să nu trebuiască să îi simtă parfumul.

Îşi închise ochii ca să nu vadă pata de ruj de sub urechea lui dreaptă.

Şi când se uneau în acele scurte momente de beţie, ea se prefăcea că era minunat, cu toate că se simţea doar goală pe dinăuntru.

Şi indignată.

– Avem o viaţă perfectă, îi şopti el când termină. Toată lumea spune asta.

– Da, iubitule, fu ea de acord, pentru că totul putea fi mai rău, nu-i aşa?

El se îndepărtă de ea şi adormi sforăind.

Nu îi observă lacrima care îi alunecă pe obraz când se dădu jos din pat, foarte calmă, ca să facă duş.

Nu observă când trase apa la toaletă ca să nu se audă că plângea.

Şi nu observă pastilele pe care le luă ca să alunge durerea, după care se aruncă înapoi şi adormi cu un zâmbet pe faţă. Pentru că, măcar în visele ei, era liberă.

CAPITOLUL III

13 ZILE PÂNĂ LA SĂPTĂMÂNA MODEI DE TOAMNĂ

Paharul de șampanie în plus fusese o idee foarte proastă. Oare câte băuse? Unu? Două? Brittany își împinse în sus ochelarii de soare cu rame din baga, de la Tory Burch, și deschise ușile spitalului.

„Poți să faci asta. E doar o clădire. Nu înseamnă nimic."

Cu mâinile tremurânde, își croi drumul pe hol, spre secția de îngrijire ambulatorie. Dacă o observase cineva, fu destul de politicos să se poarte ca și cum nu ar fi făcut-o. Dar era un spital, nu un podium, și oamenii vedeau doar ce voiau să vadă – știa asta foarte bine.

– Cod albastru! se auzi o voce feminină din interfon.

Brittany își ținu respirația și se lipi cu spatele de perete în timp ce un grup de asistente trecură grăbite pe lângă ea.

Închise ochii strâns. Respiră o dată, de două ori. *„E doar o clădire."*

Se putea descurca cu pereții.

Dar mirosul îi trezea amintiri. Amintiri de care nu scăpase. Care încă o mai bântuiau.

Își înfigeau degetele ca niște lame ascuțite în pielea ei și o țineau strâns în timp ce îi învârteau corpul fără viață.

– Mamă, joacă-te cu mine! se auzi o voce tânără de pe hol.

Brittany rămase nemișcată privind către o fetiță cu bucle mari, negre și săltărețe, care se învârtea pe lângă picioarele mamei ei.

– Haide, mamă!

O senzație de rău la stomac o ameți pe Brittany în timp ce lacrimile îi umplură ochii, lacrimi de furie, indignare. Și cel mai rău... Pierdere.

„*– Unde e? țipă ea. Trebuie să-l văd!*

– N-a venit, îi șopti asistenta."

Iar Brittany știa... nu avea să-l ierte niciodată pentru asta.

Pentru că alesese altceva în afara unei noi vieți.

Pentru că nu o alesese pe ea.

– Domnișoară? O voce profundă îi întrerupse gândurile negre. Domnișoară?

Ea își ridică privirea, clipi și zâmbi. Forțat, dar credibil. Până la urmă, nu pentru asta era plătită?

Să-l facă credibil.

Să-i facă să vrea.

Să-i facă să dorească.

Visul american.

Bine.

Cea mai fericită fată în viață...

– Da? Își recăpătă vocea când bărbatul în uniformă medicală albastră îi zâmbi de sus. Avea cel puțin 1,88 m și arăta de parcă locul lui era într-un ring de MMA, nu pe coridorul unui spital cu miros de antiseptic și becuri fluorescente. Pot să v-ajut cu ceva?

El râse relaxat în timp ce pielea de la colțurile ochilor i se încreți și i se formă o gropiță la colțul gurii care îi atrase atenția mai mult decât trebuia.

– Cred că mi-ați furat replica.

– O! Ea își dădu părul după urechi și zâmbi, un zâmbet adevărat de data asta. Îmi pare rău, eu doar... sunt aici ca să vizitez un prieten.

– Norocos prieten, fu tot ce zise el când îi făcu semn să îl urmeze. Se opri la un pas de cabinetul asistentelor. Numele prietenului dumneavoastră? Semnă niște acte și nu își ridică privirea. Nu avea verighetă și nici urma ei pe pielea bronzată.

– Hmmmm. Grozav, uitase numele unuia dintre cei mai buni prieteni ai ei, doar pentru că îi verificase mâna stângă! Șampanie proastă. Mintea ei era confuză, gura uscată. Poate că o cafea i-ar fi salvat sufletul atunci. Asta și o altfel de întâlnire cu Dr. Gropițe. Roger Maxwell, spuse ea încet.

– Perfect. Îi aruncă un zâmbet strălucitor și îi întinse mâna. Eu sunt medicul lui, acum doar se odihnește. Operația a decurs cât de bine te poți aștepta când ți se scoate vezica biliară, va trebui să-i amintiți să nu se forțeze. Îl vor vizita membrii familiei sau...

– Eu, spuse Brittany repede. Eu sunt familia lui. Toate erau; fetele lui, tribul lui, cum îi plăcea să le spună, chiar dacă lipsea o membră.

Simți un gol în stomac atunci când ochii ei căutară într-ai lui orice altă informație în afară de aceea că Roger avea să se facă bine.

– Bine. Doctorul lungi cuvântul, apoi zâmbi ca și cum încerca să o înțeleagă, iar gropița apăru din nou. E în salonul de recuperare numărul nouă, am să vă conduc până acolo. Sunt doar curios, întotdeauna e așa de...

– Dramatic? râse Brittany. Cred că acesta e cuvântul pe care-l căutați.

– Voiam să spun iritabil, dar merge și dramatic. Chicoti. Râsetele arătau multe. Dacă ochii erau fereastra sufletului, atunci un râs trebuia să fie o ușă deschisă. Fiecare intonație și postura unui om spuneau tot ce trebuia să se știe despre o persoană. Un râs era un indiciu. Și știu că el era un om bun. Până la urmă, fusese înconjurată de cei mai puternici bărbați din lume – cei mai mulți râdeau pentru că trebuiau să o facă. Acest bărbat râdea instinctiv. Prietenul tău m-a întrebat dacă l-am pipăit în timpul operației, apoi s-a oferit să mă lase să o fac în timp ce era treaz. E un tip destul de interesant.

Fața lui Brittany se încălzi. Niciodată nu putuse înțelege cum un om pe care îl îndrăgea atât de mult avea tot timpul un comportament nepotrivit. Nu mai putea ține evidența incidentelor sau comentariilor. Nu îl judeca, dar începu să îl scuze repede.

– Îmi pare rău, el...

– Domnișoară Nicole, o întrerupse chirurgul cu blândețe.

– Spune-mi Brittany, te rog, toată lumea îmi spune așa. Se trezi că privirea îi zăbovea din nou pe el.

– Brittany, continuă el, cu seriozitate. Nu m-am simțit jignit. Personal, mi s-a părut amuzant. Dar nu toată lumea apreciază simțul umorului prietenului tău. Ceea ce știu e că îi pasă de tine și te iubește mult mai mult decât se poate iubi pe sine. Poate că umorul lui, cu sensurile lui duble, e un mod de a-i face pe toți să râdă în speranța că nimeni nu-i va observa durerea.

Ea oftă scurt și zâmbi.

– Ești sigur că ești chirurg și nu psihiatru?

El râse din nou în timp ce ea oftă iar, conversând lejer chiar dacă el era mult mai înalt decât ea și îi zâmbea în felul în care o făceau bărbații când voiau să îi ceară o întâlnire. Firește, le spunea cum își câștiga existența, făceau legătura dintre ea și familia care nu trebuia numită și așa se termina totul.

Pentru că era un lucru adevărat despre Visul American. Nimeni nu trebuia să se împotrivească celor care îl construiseră de la zero.

Ea o făcuse.

Și avea cicatricele care dovedeau asta.

Cu gâtul uscat, își apăsă stomacul cu o mână, pentru scurt timp.

Era gol.

– A, chiar aici. Apucă clipboardul de pe ușă și o deschise.

– Domnule Maxwell?

– V-ați întors pentru a doua vizită, doctore? spuse Roger pe un ton de tachinare care o făcu pe Brittany să ofteze de ușurare și să meargă repede spre marginea patului.

Se întinse după mâna lui.

Roger spuse:

– Tț. Prea multă șampanie aseară?

– Mi-ai citit gândurile, mormăi ea, nedorind să vorbească despre aniversarea a ceea ce se întâmplase sau despre faptul că niciodată nu îi rezista trează. Cum te simți?

– Cine, eu? Zâmbi și își trecu mâna peste capul gol. Incredibil, sunt drogat. Mi-au dat un buton, apoi l-au luat. Își țuguie buzele.

– Monștri, râse Brittany.

– Exact asta le-am spus și eu, apoi au refuzat să-mi dea jeleuri roșii. Știi că mă bazez pe jeleurile roșii ca să rezist toată ziua.

– Ciudat, ieri era vorba despre budinca de ciocolată.

– Exagerează. Roger își flutură mâna spre ea, apoi îl privi pe doctor. Dar e drăguță, așa că o țin prin preajma mea.

– Da. Doctorul își drese glasul, pătrunzând-o cu privirea. Chiar e.

Bine!

Îl strânse pe Roger de mână.

– Ești pregătit să te scot din închisoare?

Roger zâmbi într-un fel obraznic.

– Dar dacă îmi place de temnicerul meu?

Îl privi într-un fel care spunea: *„Fă-mi probleme și te voi lăsa aici fără jeleuri, medicamente sau papucii tăi de casă preferați pe care i-am îndesat în poșetă“.*

El se ridică, oftând.

– Bine, du-mă înapoi în apartamentul meu singuratic.

– De lux, îl corectă ea. Și știi că urăști spitalele, spui că te fac să te simți ca și cum orice decizie proastă te poate omorî.

Doctorul chicoti încet în spatele ei.

Ea îl privi în ochi pe Roger.

O privire de avertizare.

Roger o ignoră total și se uită prin ea.

– N-aveți verighetă, doctore, nu-i așa?

– Exact. Își ținea clipboardul aproape de piept. A, un scut, frumos. Se apăra, la figurat, de ceea ce avea să urmeze.

Oare el ar vedea dacă ar lovi cu piciorul în patul lui Roger? Dacă ar ține o pernă peste fața lui? Dacă ar trage de alarma de incendiu?

– Nici eu, spuse Roger după câteva clipe. Și asta... se pare că era *asta* acum. O strânse de mână, împiedicând-o să se ascundă sub pat sau să-l bată cu noua ei geantă Chloe... locuiește singură. Nici măcar nu și-ar cumpăra o pisică...

– Bine! îl întrerupse Brittany. Trebuie să semnez ceva ca să-l scot de-aici? Departe de doctorul atrăgător, cu zâmbetul care îi înmuia picioarele și cu gropițe. În acel moment, și-ar fi donat un rinichi. Viața ei amoroasă fusese singurul lucru pe care îl păstrase secret.

Până la *el*.

Apoi devenise singurul lucru despre care oamenii voiau să discute, și încă o bântuia, oriunde se uita, orice făcea. Niciodată nu dispărea și, probabil, nu avea să dispară niciodată.

– Da. Doctorul înaintă. Asistenta mea va veni cu documentele de externare, dar singurul mod de a-l scoate de aici e să iei cina cu mine.

Brittany căscă ochii în timp ce intră în panică.

– Hm...

– I-ar plăcea asta foarte mult! zâmbi Roger ca și cum nu ar fi aruncat-o sub autobuz și nu i-ar fi făcut semn cu mâna de adio în același timp. Programul ei e un pic încărcat mâine, pe lângă asta, cred că bei cu fetele în seara asta? Bineînțeles că îi memorase programul; probabil o făcuse înainte de operație. Lectura ușoară era o muncă pentru Roger. Întotdeauna avea să fie. Nu ar fi surprins-o dacă ar fi rezolvat problema foametei mondiale în timpul operației.

Sedat.

Dormind.

– Sunt aici. Brittany își flutură mâna în aer. Și am gala aia mâine-seară știi tu...

– O, da! Roger își miji ochii. Apoi nemernicul tuși.

Domnul să aibă milă de ea.

– Îmi pare rău, cred că toată vorbăria asta mi-a făcut rău la plămâni. Își prinse gâtul cu mâna.

Brittany oftă.

Roger, confuz, își coborî mâna până la piept și dădu din cap.

– Știam că erau aici, cum am spus, medicamentele, nu puteți avea încredere că voi fi într-o companie bună în mai puțin de douăzeci și patru de ore și, din acest motiv, mă ofer voluntar să stau acasă ca voi, copiii, să luați o masă bună, să dansați sub stele...

Încă vorbea?

Doctorul îi zâmbi ei.

– Întotdeauna e așa?

– E obositor, nu-i așa? spuse ea printre dinții încleștați, chiar dacă Roger nu păru să observe.

– Nu trebuie să mă iei la gală. Doctorul GQ se apropie. Mirosea ca un amestec de alegeri bune și rele. Minunat.

– Nu, eu, hm, asta ar fi... perfect, pentru că măcar așa ar fi văzut-o în elementul ei, și asta ar fi fost tot, fără ciudatul „*O, da, fiul președintelui m-a văzut goală! Alertă de spoiler: asta nu a fost suficient ca el să rămână, o, da, asta e noua lui soție. Se culcau împreună de când relația noastră avea șase luni.*

Datorită mamei lui.

O, uite, și ea e aici.

Omoară-mă acum."

– Și? Roger își drese glasul.

Chiar vorbise tot timpul?

Chiar avea nevoie de cafea. Rapid.

– Și... Brittany zâmbi. Dă-mi numărul tău și ne putem întâlni acolo.

Roger gemu în pernă.

Ea o apăsă pe fața lui în timp ce el dădu din picioare de parcă murea.

– Vei supraviețui, șopti ea în timp ce doctorul atrăgător râse și merse spre ea.

Și, în stilul întâlnirilor drăguțe de la Hollywood, apucă un pix din buzunarul din față al uniformei și își scrise foarte lent numărul pe dosul mâinii ei.

Ea tremura?

Sau el?

De ce era atât de cald din nou?

Ea înghiți în sec când el suflă pe cerneală, degetul lui mare mângâind locul pe care tocmai îl atinsese, ochii lui privindu-i pe ai ei într-un fel care nu îi permitea unei persoane să își coboare privirea, ci să vadă prin ei.

– E o întâlnire, șopti el.

– Mi-e foame. Asta veni de la Roger, care, aparent, terminase cuplarea ei și își reamintise că voia jeleuri roșii.

Doctorul îi lăsă mâna să cadă.

– Ne vedem mâine-seară.

– Da... o să... te văd, spuse ea aproape fără răsuflare.

El plecă din salon.

Ea expiră, privită cu severitate de Roger.

– Ce?

– Trebuie să ieși mai mult, bombăni el. Vreau un burger.

– Acum câteva secunde voiai jeleuri. Vei mânca ce îți spun ei să mănânci. De ce încă te uiți la mine ca și cum te-aș fi dezamăgit?

El oftă dramatic și își puse mâinile după cap.

– Nici măcar nu știi cum îl cheamă.

– Bineînțeles că știu. E doctorul... Dădu din cap. Avea un ecuson cu numele, nu-i așa?

El dădu din cap încet, apoi arătă spre tabla albă.

– Norocul tău că am știut că era scris, mi-a pus două fețe zâmbitoare. Nu e drăguț?

– Iubire adevărată. Dădu ochii peste cap. Dacă îți punea trei?

El își puse mâna pe inimă.

– Nu te juca cu mine. L-am sacrificat pe altarul prieteniei ca să mergi măcar la una dintre petrecerile alea de revistă fără un bărbat gay la brațul tău.

Ea oftă și se așeză pe patul de spital.

– Nu văd nimic greșit în asta.

– Sunt singur. Văd totul greșit în asta. O lovi ușor peste mână, apoi se aplecă spre ea. Care-i situația cu mâncarea?

Râzând, ea se apropie mai tare de el și îl îmbrățișă, îl ținu aproape și se bucură de mirosul lui deosebit; orice-ar fi fost, întotdeauna mirosea a Dior și pielea lui avea întotdeauna culoarea perfectă a cafelei mocca ce îi amintea de zilele calde de toamnă și de plimbările în Central Park.

Fără el, ea era nimic.

Dar toți aveau secretele lor.

De ce simțea că era doar o chestiune de timp până când ale ei aveau să fie aflate și privirile lui nu aveau să mai fie de admirație, ci de dezamăgire?

– E vreo problemă? O mângâie pe cap.

– Nu, totul e bine. Cu zâmbetul înapoi la locul lui, ea se îndepărtă, apoi se ridică. Cea mai fericită fată din lume.

Doar... cea mai fericită.

Și, probabil, cea mai goală pe dinăuntru.

CAPITOLUL IV

Muzica se regăsea în ritmul inimii lui, zvâcnetul sângelui pompat prin venele lui, al grupului său, al bărbaţilor care stăteau în jurul lui în timp ce el pocni din degete în aer.

Trecură câteva secunde.

Trei.

Şi fură înconjuraţi de femei frumoase. Femei care aveau să-i facă să uite. Femei care aveau să-l ajute să găsească răspunsuri.

– Ţi-am spus cât de mult iubesc locul ăsta? Frederick rânji plin de îngâmfare spre Dane. E ca raiul şi iadul împreună învelite într-un pachet sexy.

Toate femeile purtau măşti aurii care le acopereau feţele, arătându-le doar buzele pline şi ochii pătrunzători. Fără identităţi, doar păcat.

Taxa de intrare era de o mie de dolari.

Şi oamenii o plăteau.

Pentru că Dane ştia cel mai mare secret al marilor afaceri – fă-le scumpe, fă-le exclusive, fă-i curioşi.

Dar era un motiv pentru tot, nu-i aşa? Un motiv pentru care îi înmână un pahar de whisky lui Frederick şi ciocni paharul cu el, înghițind lichidul arzător dintr-odată în timp ce Frederick comandă altul. O femeie blondă își coborî unghiile roșii pe pieptul lui Frederick.

Frederick își lăsă capul pe spate în timp ce ea îl sărută apăsat pe gât cu gura deschisă.

Încă o regulă.

Sărutul era permis oriunde în afară de gură.

Îi înnebunea pe clienți.

Din nou, le dădea ceva, dar nu tot. Era ceva foarte excitant în refuzul sexului.

Iar New Yorkul uitase asta.

Bărbații însurați voiau ceva mai mult decât sex, doar că nu realizau. Nu își dădeau seama că dependența era dată de atingere, de fantezie, dependența se regăsea în întoarcerea pentru mai mult și speranța că avea să fie altfel.

Așa că, noapte de noapte, plăteau.

Voiau.

Și plecau acasă dorindu-și mai mult.

Era a treia oară pentru Frederick. Și Dane știa că avea să fie tot mai rău de-aici încolo. Avea să se asigure de asta.

– Afacerea trebuie să fie bună. Frederick își întinse picioarele în timp ce Jauq, alt fotograf, veni spre ei, cocul lui cărunt ieșind în evidență prin mulțime, cu două femei atârnate de brațele lui și privirea amețită. Tipul era drogat.

– Nu e rea, spuse Dane încet cu un zâmbet cunoscător în timp ce își strânse mâinile în fața lui.

Trecu un fost președinte și îi salută dând din cap.

Dane ar fi putut sta pe un tron.

Urmă un judecător al Curții Federale a Districtului.

CIA.

FBI.

Șeful Poliției, fără soție.

Multe piese ale unui puzzle care încă refuza să se adune în mintea lui. Multe fețe care îl bântuiseră de la moartea ei.

De când lumina ei părăsise pământul.

Dădu din cap și își puse din nou masca pe față. Indiferența era prietena lui, nu avea să ajungă nicăieri cu tristețea.

– Stai cât vrei. Se aplecă spre Frederick și zâmbi. Știu că sunt niște săptămâni foarte ocupate înainte să înceapă defilările.

Frederick își dădu ochii peste cap.

– Everlee va vrea să meargă la toate.

– Trebuie să fie frumos să ai o soție supermodel.

Frederick își miji ochii.

– E grozavă.

Tonul tipului era lipsit de entuziasm.

Perfect.

– Ei bine, dacă ești plictisit... Dane își ridică un umăr și îi făcu cu ochiul femeii care își strângea brațele în jurul corpului lui Frederick. Avem moduri de a rezolva asta aici.

– Evident. Frederick începu să râdă în timp ce femeia blondă își coborî mâinile pe pieptul lui, aproape rupându-i cămașa cu unghiile ei ascuțite precum lamele. Frederick își hrănea demonii interiori. Cred că s-ar putea să vin aici în fiecare noapte.

– Ești oaspetele meu, spuse Dane uitându-se în altă parte de parcă era plictisit, când de fapt inima lui bătea tare.

Frederick avea să cedeze. Cămașa lui era descheiată și își închise ochii; dependența continua ca întotdeauna.

Când era vorba de Dane, toți bărbații cedau.

Cei care nu o făcuseră... nu mai erau în viață ca să vorbească despre asta...

– Distrează-te. Se ridică, îl lovi ușor pe spate pe Frederick și schimbă o privire complice cu femeia care îi stătea în poală. Fă să merite timpul pe care îl petrece cu tine, dar ține minte regulile noastre.

Pe măsură ce se îndepărta, Dane alese să își ignore sentimentul de vinovăție care creștea în el.

Vinovăția pentru ce i-ar face asta lui Everlee.

Dar Everlee nu știa ce făcea el.

Nu știa ce secrete avea Frederick.

Că nu era cine credea ea că era.

Dar nimeni nu știa asta.

Doar Dane.

Pentru că adunase tot ce putuse despre Frederick timp de un an și nu era impresionat de acel bărbat.

– Interesant club, spuse Ronan când Dane ajunse la bar. Era flancat de doi bodyguarzi.

– Nu sunt necesari, spuse Dane cu o voce clară, în privința securității. Armele nu sunt permise, nici bătaia, doar plăcerea.

– Dar ești aici, vorbind cu mine. Ronan se uită urât la interlocutorul lui. Dane, ce vrei?

– Așa vorbești cu un vechi prieten?

Ronan pufni.

– Noi n-am fost niciodată prieteni, doar ne-am tolerat din cauza fetelor.

Fetele.

Așa se refereau toți la Brittany, Everlee și Zoe. Simți o durere ascuțită în inimă, nici măcar nu-i putea spune numele în minte fără să îl simtă peste tot, până în măduva spinării.

„*Revino-ți.*"

Acum erau femei.

Femei cu secrete.

Pline de nesiguranțe.

Fete care crescuseră prea repede.

Fete care încă își croiau drumul prin jungla New Yorkului, desculțe, sângerând, cu zâmbete false și secrete mortale.

– Am nevoie să-l ții în închisoare, șopti Dane. Se zice că va fi eliberat pentru bună purtare.

Ronan bombăni o înjurătură.

– Lasă-mă să ghicesc, vrei să merg la un meci de golf cu procurorul districtului?

– Dacă tu crezi că asta ar ajuta. Dane își înclină capul și îl privi cu ochii mijiți pe politician, omul în care avusese încredere la fel ca în toți ceilalți până când lumea lui se prăbușise din cauza morții surorii lui. Atunci, da.

– Bine. Asta ne face chit. Ronan încercă să plece, dar Dane îl apucă de cot și îl ținu acolo, șoptindu-i încet:

– Niciodată nu voi termina cu tine... salut-o pe fosta primă-doamnă. Mi-a plăcut ce purta ieri, la cumpărături pe Fifth Avenue, albul o face să pară foarte inocentă.

Ronan spuse o înjurătură scârboasă și plecă.

Iar Dane.

Dane se holbă prin club în timp ce îl cuprinse un sentiment de calm. Piesele de pe tabla de șah începuseră să se miște.

Acum.

Acum, trebuia doar să aștepte.

CAPITOLUL V

– Frumos, pur şi simplu, frumos. Jauq întotdeauna spunea asta când lucra cu Everlee, dar nu era ca şi cum vanitatea ei nu aprecia complimentele. Era în industrie de treizeci de ani, cunoştea unghiurile bune şi felul în care lucra cu lumina naturală îl făcea unul dintre cei mai buni în afacerea asta, pe lângă Frederick, bineînţeles.

Era o şedinţă foto importantă.

Aşa că, fireşte, Frederick avea să fie acolo.

Şi, fireşte, avea să o ignore pentru că afacerile nu trebuiau amestecate cu plăcerea, nu-i aşa?

Încercă să nu pară supărată. Faţa ei trasă nu avea să vândă geanta aceea. Și nici faptul că se tot uita peste umăr de fiecare dată când auzea râsete feminine din colţ.

Studioul era aranjat pentru o şedinţă cu mai multe straturi. Genţi, mănuşi, eşarfe şi cercei.

Nebunia accesoriilor de toamnă pentru *Trend*, aceeași revistă la care lucra Brittany. Vorbind despre Brittany... Nu trebuia să vină după ce îl scotea pe Roger, impresarul lor, din spital?

– Everlee, draga mea. Jauq pocni din degete. Aici, da, destinde-ți degetele un pic de pe curea, împinge-ți gâtul un pic înainte, așa.

Faptul că trebuia să o îndrume ar fi fost jignitor dacă nu ar fi fost distrasă și stomacul gol nu i-ar fi chiorăit după ce auzi mai multe râsete din colț.

– Scuze. Reuși să-i zâmbească discret lui Jauq. Noaptea trecută a fost lungă.

– Am auzit. Cu un clic, făcu altă fotografie. Linia lui Zoe ar trebui să fie un mare succes la Săptămâna Modei.

– Da. Everlee zâmbi datorită subiectului. Era bine atât timp cât nu întreba când avea să facă niște copii. Orice fel de subiect legat de familie era un teritoriu periculos. Toate suntem foarte mândre de ea.

– Păi. Alt clic. Merită, toate meritați.

Își lăsă aparatul de fotografiat în jos și se uită în altă parte, apoi își coborî mâna prin coada de cal căruntă care îi depășea umerii. Ochelarii cu ramă neagră îi alunecară de pe nas și îi împinse înainte.

– Ce-ar fi să luăm o pauză?

A, fusese prea concentrată la subiectele ei sigure ca să și le amintească pe ale lui.

Când vorbeau despre cele trei, întotdeauna îl făcea să-și amintească de ea.

Danica fusese preferata lui dintre cele patru.

Sora lui Dane.

Prietena lor cea mai bună.

„– Fetelor, am întâlnit cel mai minunat fotograf azi! Danica se învârti prin camera mică și aglomerată, cu brațele slabe întinse în timp ce chicoti, apoi își prinse părul ciocolatiu într-o coadă de cal.

O nouă încărcătură de stagiare tocmai aterizase în apartamentul lor aglomerat, făcând să fie aproximativ șaisprezece fete în mai puțin de cincizeci și cinci de metri pătrați.

Da, duceau o viață grozavă.

– Haide! Brittany o trase de mână pe Danica în timp ce cele patru fete chicotiră și își croiră drumul spre ieșirea de incendiu.

Danica scoase o țigară pentru fiecare fată. Everlee luă una cu lăcomie, sperând că îi va potoli apetitul, când tot ce voia era pizza cu multă brânză.

Ca la o comandă, îi chiorăi stomacul.

– Mor de foame. Așteptă ca Danica să-i aprindă țigara, pufăi de două ori și suflă fumul. Bine, spune, cine e? Am lucrat cu el? Doamne, unii dintre fotografi chiar sunt sexy. Mai ales unul. Frederick. Dar rămâne între noi, bine?

– Numele lui e Jauq, zâmbi ea. E mai în vârstă, dar coada lui de cal...

– Pfu! strâmbă Zoe din năsuc. E în vârstă? Ca tatăl tău?

Danica ridică din umeri.

– Cui îi pasă? Mi-a spus că ar trebui să ieșim cândva.

– Asta înseamnă că vrea să te vadă dezbrăcată, spuse Brittany încet. Ar trebui să ai grijă.

– Ușurel, fata cu Biblia. Tachinarea lui Zoe o făcu pe Brittany să-i răspundă cu un zâmbet pentru că, sincer, nu o deranja porecla, așa era ea. Bună.

Atât de bună că era enervantă.

– Cum arată? Everlee încercă să schimbe subiectul. E înalt? Brunet? Chipeș? Bifează toate punctele de pe listă?

Everlee scoase o foaie albă din blugii ei Levi strâmți și o desfăcu. Aveau o listă și fiecare deținea o copie necesară atunci când își găseau prințul.

– Păi, tocmai a făcut o copertă pentru Vogue, *așa că măcar e cunoscut. Bogat? Se uită pe listă și citi mai departe. Apartament mare? Încă nu știu. newyorkez get-beget? Absolut, tipul are accentul și totul. Se uită în josul listei, apoi tăcură toate. M-ar iubi?*

Era un lucru prostesc de pus pe listă.

Everlee fusese cea care îl adăugase. Brittany o încurajase pentru că, după un an de modelling în New York, era imposibil să știe dacă oamenii le iubeau cu adevărat sau era doar pentru fața și corpul lor. Oare era ceva real?

Nu părea.

Iar impresara lor le făcea să se simtă doar ca niște obiecte de preț care îi aduceau bani și, când asta nu se întâmpla, ei bine... Respectiva dispărea și i se trimitea o factură drăguță prin poștă cu ce îi datora pentru că o suportase o vară.

Nu era ceea ce oamenii vedeau la televizor.

În anumite feluri, era o viață luxoasă.

Dar o mare parte din ea era ca o tabără de vară foarte competitivă în care nu primeau mâncare și dependențele de cocaină erau încurajate.

– Pun pariu că ar putea, spuse Danica cu o voce visătoare. S-a uitat la mine de parcă... de parcă ar fi văzut dincolo de toate.

Toate oftară împreună cu ea.

Pentru că acela era visul lor.

Să găsească pe cineva care ar fi putut să vadă dincolo de chip.

Să vadă femeia dincolo de el.

Brittany își strânse Biblia uzată la piept. Everlee o privi și dădu ușor din cap.

Brittany doar zâmbi către celelalte.

– Se va întâmpla pentru tine, Danica, știu că se va întâmpla.

– Da, aș vrea să am credința asta, spuse Danica, zâmbind cu jumătate de gură. Apropo, mulțumesc.

Era un moment din ani de momente în care aveau să se confeseze unele altora, în care aveau să viseze în sunetele sirenelor, în țipete și în mirosul gunoiului de pe marginea străzii din Hells Kitchen.

– Prietene pentru totdeauna, spuse Zoe cu o voce mieroasă în timp ce fetele se îmbrățișară în grup doar ca să fie întrerupte de o fată nouă, care își scoase capul pe fereastră, mârâind.

– Cine și-a pus rahaturile pe patul meu?

Everlee oftă.

În timp ce Zoe spuse cu o voce sarcastică:

– Basmele chiar devin realitate!"

– Everlee! Brittany intră țanțoșă în cameră. Era înaltă, dar tocurile înalte o făceau și mai înaltă, așa că toți o observară.

Dar exact asta i se întâmpla tot timpul lui Brittany. Oamenii se holbau la ea și nu-și puteau lua ochii de la ea. Cu părul superb care avea toate nuanțele de șaten din lume, ochi albaștri și picioare lungi cât toate zilele, ea, pur și simplu... era centrul atenției în orice cameră.

Everlee obișnuia să fie geloasă.

Dar Brittany fusese doar săritoare, minunată, frumoasă. Era femeia perfectă și zâmbea tuturor, inclusiv fostei lor impresare care, practic, încerca să le forțeze să se prostitueze de fiecare dată când călătoreau peste ocean.

– Hei. Everlee luă o sticlă de apă, în timp ce Jauq schimbă lentilele. Cum se simte Roger?

– O, știi tu. Arăta îmbujorată? De ce arăta îmbujorată? Obrajii ei aveau o nuanță roz care nu era normală pentru ea.

– Ai alergat până aici sau ceva de genul ăsta?

– Hmm? Își strânse buzele și căscă ochii.

– Bine, amândouă știm că nu ai putea minți nici ca să-ți salvezi viața. Dacă sfârșitul lumii ar depinde de abilitatea ta de a minți, am muri cu toții. Everlee râse, simțind cum se risipea stresul zilei. Era ca şi cum Brittany l-ar fi eliminat doar cu o simplă conversaţie, doar cu prezenţa ei.

– Şi? Brittany îşi încrucişă braţele, apoi le desfăcu. Agitaţia o dădea de gol, mai ales pentru că întotdeauna era aşa de calmă că, uneori, Everlee voia să-i ciufulească părul şi să fugă.

– Despre cine e vorba?

– Despre cine să fie? Vocea lui Brittany era ascuţită. O, hm, Roger se simte grozav, nu o să moară şi, după ce i-am dat de mâncare, a fost într-o stare mult mai bună.

– Exact. Everlee aşteptă.

Brittany se uită la ea de sus, apoi se aplecă.

– Bine, bine, a fost un doctor.

– Oooooooo. Everlee bătu din palme. Spune-mi totul! Arată bine? Ţi-a cerut să faceţi dragoste în timpul pauzei lui? Te rog, nu-mi spune că a folosit o replică stupidă de genul „sunt doctor..."

Brittany o privi confuză.

– De ce, e stupidă?

– Dacă a spus-o încet, cu pieptul umflat şi te-a privit într-un anumit fel... e stupid totul. E ca şi cum tu ai merge la un amărât şi i-ai spune: „Sunt un supermodel", apoi ai aştepta ca el să leşine.

Brittany dădu din cap.

– Nu-i adevărat!

– Ba e. Everlee oftă şi se aşeză pe unul dintre scaunele de aşteptare, în timp ce Brittany făcu la fel. Nu îi scăpă faptul că râsetele se auzeau mai tare din colţul lui Frederick, de parcă ar fi dat o petrecere.

Fetele îl adorau.

– Eşti foarte amuzant, Frederick!

– Arăţi foarte bine!

– Mergi la sală?

Everlee strânse sticla de apă atât de tare că era să sară capacul. Nu o ajuta faptul că Brittany o privea îngrijorată, de parcă ar fi vrut să spună: *„Hei, ar trebui să merg acolo și să-i dau un picior în coaie?"* Deși, cunoscând-o pe Brittany, doar i-ar fi spus politicos că e un nesimțit, cu zâmbetul pe buze, apoi i-ar fi spus că avea nevoie de Iisus.

Înțelegând indiciul, Brittany începu să vorbească.

– A fost chirurgul lui Roger.

Everlee suspină.

– Un chirurg!

– Șșșt! Brittany îi făcu semn să tacă. Pe lângă asta, știi cum sunt cu întâlnirile, acum că... Doar ridică din umeri. Da, acum că viața ei amoroasă explodase în fața întregii lumi. Un dezastru? Absolut. O schimbare? Mai mult, deși nimeni nu înțelegea de ce era atât de distrugătoare.

Părea singura parte a ei pe care Brittany o ascundea de prieteni. Everlee alese să o ignore.

Toate aveau secretele lor, nu-i așa?

– Știu. Everlee își puse mâna pe a lui Brittany, observându-i noul Rolex și unghiile proaspăt lăcuite cu roz-deschis. Vezi? Perfect. Dar nu crezi că e timpul?

– Poate. Puse picior peste picior. Cred. Nu știu. Dacă va fi acolo?

– Chirurgul sau bărbatul care nu trebuie numit? Și unde?

Alt oftat.

– Roger s-a sacrificat pe altarul prieteniei și l-a convins pe doctorul sexy să meargă cu mine la gală.

Uimită, Everlee doar se holbă.

– Da. Brittany se agită cu poșeta ei de parcă simțea nevoia să facă ceva cu mâinile. Nu putea începe cu o cafea? Bietul doctor va fi aruncat într-o vizuină de lupi flămânzi.

– Ei, mai degrabă aruncat într-un ocean plin cu rechini, cu o rană gravă la cap și cu sânge pe toată fața, dar, da, practic, e același lucru. Everlee îi zâmbi prietenei ei. Privește partea bună, nu te vei atașa de el la o cafea și o cină liniștită, ca apoi să-l vezi cum o rupe la fugă. În acest fel, e ca un pansament care să te ajute să te vindeci. O înghionti și se fâțâi un pic. Sau ar putea să fugă țipând de la gală.

– Sună ca o primă întâlnire grozavă. El fuge țipând, iar eu mă ascund în baie și încerc să stau foarte departe de familie.

– Jur că e ca și cum ți-ar fi pus un dispozitiv de urmărire în poșetă – unde ești tu, sunt și ei.

– Mie-mi spui. Brittany își luă telefonul și căută prin el. Mergem să bem ceva mai târziu?

– Da. Everlee se ridică în picioare când Jauq îi făcu semn să se întoarcă din nou la lucru.

– Bine. Brittany o sărută pe obraz. Ne vedem la Domino's!

– Pa! Everlee o privi plecând cu o perfecțiune controlată. Dădu din cap și se relaxă în timp ce se mișca fără efort în fața camerei.

Vezi? Cinci minute cu Brittany și deja era calmă.

De parcă îi simțea pacea.

Frederick strigă o înjurătură către cineva, făcându-i pe toți să râdă tare și să-i spună cât de amuzant era.

Da. Își hrănea bine fiara.

O durea când se gândea că, după ani de căsnicie, de-abia acum înțelegea că doar el avea să fie în centrul atenției.

Se întrebă cât avea să mai suporte el pe cineva care refuza să-i satisfacă nevoia de atenție și complimente – pentru că, de fiecare dată când i le oferea, el le lua, lăsând-o mai goală pe dinăuntru ca înainte.

– Un minut. Îi zâmbi lui Jauq în timp ce merse până la poşeta ei, luă o pastilă care arăta ca o aspirină, apoi se întoarse. Bine, sunt pregătită.

– Migrenă.

Inimă frântă.

– Da, scuze, ştii ce îmi fac luminile.

Jauq zâmbi.

– Ştiu, dar trebuie să fie puternice pentru a arăta perfecţiunea ta.

– Mulţumesc. Se relaxă din nou, în altă postură, şi lăsă amorţeala să o cuprindă.

Era bine.

Avea să fie bine.

Până la urmă, îşi trăia visul.

Nu-i aşa?

CAPITOLUL VI

Ajunsese devreme.

Nu suporta să întârzie.

Era exact opusul a ceea ce se aşteptau oamenii când o vedeau pe Zoe pentru prima dată. Se îmbrăca în culori boeme, un amestec de Dolce şi Michael Kors care întotdeauna îi făcea pe oameni să se uite de două ori. Culori îndrăzneţe asociate cu texturi şi modele extravagante, toate unite cu o pereche uimitoare de cizme Stuart Weitzman?

Hainele reprezentau viaţa ei.

Voia să fie colorată.

Liberă.

Frumoasă.

Poate era felul ei de a controla un lucru, un singur lucru. Se uită la telefon cu o privire îngrijorată.

Şapte apeluri pierdute.

Toate de la Dane.

Un mesaj care avea un emoticon mic şi drăguţ în formă de ceas ca să îi amintească de trecerea timpului. Perfect, pur şi simplu, perfect.

El obținea întotdeauna ce își dorea.

Întotdeauna.

Chiar și pe ea.

„– Voi face ca totul să dispară, șopti el. Voi face ca totul să dispară.

– Ce să fac? se văită Zoe. Nu pot să permit ca informația să ajungă publică, părinții mei mă vor renega!

– Ți-am spus că mă voi ocupa eu și asta voi face.

Ea răsuflă ușurată. Doar nouăsprezece ani și deja exista o filmare cu ea făcând sex cu care s-ar fi mândrit orice prostituată. Videoclipul nu ascundea nimic și fusese făcut intenționat.

Asta era cea mai rea parte.

I se întinsese o capcană.

Dar cine i-ar fi făcut asta?

– Mă ocup eu de asta, doar promite-mi că mă vei lăsa să am grijă de tine, promite-mi, Zoe. O implorase, o rugase. Dane nu era genul de om care făcea vreunul din acele lucruri.“

Îi spusese că o iubea.

Ea nu credea că el iubea pe cineva mai mult decât pe el însuși. Se uită la telefonul ei mobil, apoi îl puse din nou pe masă chiar când ospătarul îi aduse patru pahare cu apă. Întotdeauna comandau patru.

Era un fel de a păstra vie amintirea Danicăi.

Asta și păhărelul de tequila care stătea gol până când era rândul uneia dintre fete să îl ia și să țină un toast pentru cea de-a patra prietenă care descoperise că viața era prea grea pentru a fi trăită.

– Ai ajuns devreme. Vocea joasă și hipnotizantă a lui Dane o făcu să sară de pe scaun. Bineînțeles că aflase programul ei de la secretara lor care niciodată nu știuse să refuze bărbații chipeși cu portofele pline și care aveau la mână jumătate din New York.

– Şi tu nu eşti invitat. Îşi apucă vechea poşetă Kate Spade, prima achiziţie pe care o făcuse după ce apăruse prima dată pe o copertă, şi o puse pe spătarul scaunului, încă evitând contactul vizual.

El se aşeză.

– Te rog, ia loc lângă mine, spuse ea pe un ton sarcastic.

– Aşa am să şi fac, mulţumesc. Zâmbetul lui era larg, ameninţător, mai sexy decât ar fi trebuit să fie şi prea puternic pentru a continua să se holbeze la el, ca soarele care o bătea în faţă şi ameninţa să o ardă de vie dacă ar fi continuat să se uite. Probabil ar trebui să discutăm despre Săptămâna Modei.

Asta îi captă atenţia.

– Pardon, ce?

– Eu deţin jumătate din compania ta, nu-i aşa? Nu e normal ca partenerii de afaceri să se întâlnească, să bea ceva, să discute despre planuri? Vreau doar să mă asigur că ai totul pregătit.

– Bine, în primul rând, am cumpărat jumătatea ta.

– Încă îmi datorezi dobânda şi o mică datorie.

Mică datorie, pe naiba.

– În al doilea rând, nu ai şti cum să-mi organizezi prezentarea de modă nici dacă te-aş ameninţa cu o armă.

– Poţi să-ncerci. Îşi înclină capul amuzat, apoi îşi ridică mâna.

Ospătarul se poticni până ajunse la masă.

– Dle Saldino, ca de obicei?

A, bietul băiat tremura.

Era vreun restaurant pe care Dane nu-l distrusese pentru ea?

– Da. El dădu din cap. Şi un whisky sour pentru femeia frumoasă care se încruntă în direcţia noastră.

Zoe scrâşni din dinţi.

– Ştii că urăsc whisky-ul.

– Nu-l urăşti. Doar îl dispreţuieşti pentru că-ţi aminteşte de gustul sărutului meu.

Avea dreptate în legătură cu asta.

Ar fi murit înainte să recunoască asta.

– Prezentarea de modă a fost deja planificată, nu am dormit luni de zile chinuindu-mă cu ordinea modelelor, am avut grijă ca totul să fie pregătit, de la culoarea fundalului la muzică, m-am ocupat de tot.

– Întotdeauna faci asta. Se aplecă înainte, cu mâinile bronzate sprijinite pe masa de lemn şi capul înclinat. Eşti mai drăguţă când nu te uiţi urât.

– Mă uit urât pentru că mă superi.

– Te supăr pentru că am dreptate, ceea ce te face... Vocea i se stinse când băuturile le fură aduse foarte rapid.

Îşi înclină paharul de whisky cu gheaţă, fără să înceteze să o privească în ochi.

– Spune da.

Ea înghiţi în sec din cauza gâtului uscat.

– Nu.

– Bine, atunci. Se ridică şi scoase ceva din sacou, apoi îl împinse pe masă, ţinându-l fixat cu degetul mare. Cred că m-ai lăsat fără alternativă.

– Decât să-mi dai un bileţel şi să-mi ceri să încercuiesc da sau nu?

– Nu glumi când eu sunt serios. Asta mă înfurie. Îşi coborî vocea. Mă face să-mi amintesc cum eram înainte să moară Danica. Eram o echipă.

– Ea ne-a legat.

– Zâmbeşti când minţi, fu tot ce spuse când scoase o bancnotă nouă de o sută de dolari şi o puse pe masă.

Paşii lui păreau o numărătoare inversă când plecă din restaurant. Cu degete tremurânde, ea ridică bucata de hârtie.

Era o factură.

Pentru şaptezeci de mii.

Şi, jos, dobânda adăugată. Cererea ei în căsătorie.

CAPITOLUL VII

Dane trânti portiera și se lăsă pe spate pe pielea caldă și luxoasă a Escalade-ului în timp ce Brittany și Everlee intrară în restaurant. Le privi, așa cum o făcea întotdeauna.

Se asigura că erau urmărite de bărbați așa cum îi promisese surorii lui când fetele făceau modelling.

Aveau mai mulți urmăritori decât își dădeau seama.

Și habar n-aveau de câți se ocupase el.

Cât de mulți dintre ei erau pe fundul fluviului Hudson, cu expresii de groază împietrite pe chip și trupurile încastrate în ciment.

Se uită în jos, la telefon, gata să-i trimită un mesaj lui Zoe, gata să-i spună că avea nevoie de răspunsul ei.

Nu doar pentru el.

Ci și pentru ea.

Pentru că ea nu era în siguranță.

Nu avea să fie în siguranță dacă Ronan nu avea să-l controleze în mod magic pe procurorul districtului. Cele mai mari temeri aveau să i se adeverească și făcuse o promisiune. Că avea să o protejeze, iar ea nu avea să se mai teamă vreodată.

Problema iubirii e că te aştepţi ca jumătatea ta să vadă ce e mai rău la tine şi să accepte asta.

Zoe văzuse ce era mai rău la el şi fugise ţipând în direcţia opusă. Văzuse monstrul din el şi, în loc să-l îmbrățişeze sau să alunge demonii, fugise – în direcţia opusă.

Se temea de el.

Şi avea să îi înlăture acea teamă, dacă asta însemna că putea să încerce să îi câştige iubirea. Poate că asta îl îmbolnăvea.

Dar era singurul mod pe care îl cunoştea.

O durere de cap îi făcu tâmplele să zvâcnească în timp ce porni dispozitivul de urmărire pentru Frederick.

Îi spuse şoferului lui adresa, care era la câteva străzi depărtare. Fotograful putea fi la o şedinţă foto. Sau nu.

Maşina opri la un depozit gol.

Portiera se deschise. Dane ieşi şi îşi încheie haina protejându-se de vânt, apoi merse până la una dintre uşile laterale.

Se auzeau voci de dinăuntru.

Își lipi urechea de ușă și ascultă, încercând să distingă sunetele înăbușite.

– Eşti sigur? întrebă o voce feminină. Vreau să spun, impresara mea mi-a spus că era în ordine, dar...

– Nu ai încredere în impresara ta?

– Bineînțeles că am! Trăiesc un vis!

Dane aproape că își dădu ochii peste cap.

– Atunci dă-ți jos bluza. Încă ai sutienul, dar fotografia va fi mult mai sexy cu lumina de aici. Ai încredere în mine, asta e slujba mea, bine, iubito?

Tăcere. Apoi:

– Bine...

Dane auzise destul. Se întoarse la SUV, intră și formă un număr pe care spera să-l șteargă într-o zi.

– Frank? Îi lungi numele. O să-ți dau o adresă. Fă-o repede, fă rost de niște poze și de orice informație crezi că ar fi utilă.

– Fac o curățare?

– Nu, spuse Dane îngândurat. Nu încă.

Dar în curând. Foarte. Curând.

CAPITOLUL VIII

– Ce-i aia? Brittany se trânti lângă Zoe și își puse poșeta lângă ea. Nimeni nu trântea o geantă Chloe pe podeaua murdară. Chiar dacă avea un stil de viață incredibil, întotdeauna respecta marfa. Hainele, poșetele, eșarfele, toate aveau un loc și acel loc nu era lângă berea vărsată a unui tip și câteva alune.

Zoe sări de pe scaunul ei, îndoi hârtia și o băgă în poșeta ei Kate Spade, de un roz-deschis.

– O, știi tu, doar niște notițe.

– Încă mai verifici totul pentru Săptămâna Modei?

Zoe sorbi din băutura ei și bătu darabana pe masa de lemn cu unghiile ei negre și ascuțite.

– Vreau doar ca totul să fie perfect.

Brittany se aplecă și își puse mâna pe mâna lui Zoe.

– E momentul tău, bucură-te.

– Uf! Zoe își făcu vânt cu mâna în fața ochilor ei verzi în timp ce începură să îi lăcrimeze. Aveam nevoie să aud asta, mulțumesc.

– Te iubesc. Brittany îi strânse mâna. Acum, ce bei? Îi făcu semn cu mâna ospătarului, care îi aruncă o privire și roși.

Ea zâmbi mai larg.

Arăta ca un proaspăt absolvent de facultate.

– Bună. Înghiți în sec de cel puțin cinci ori înainte să spună repede: Ce pot să v-aduc?

– Nu asta. Brittany făcu o față când văzu băutura lui Zoe. De când bei tu whisky?

– Niciodată. Zoe împinse băutura cât mai departe în timp ce Brittany se uită pe meniu.

– Hmmm, ce-ar fi niște cocktailuri Moscow Mules cu Tito și un păhărel de tequila aici. Brittany lovi ușor scaunul care fusese gol de un an și avea să rămână gol. Nu avea să mai fie ocupat vreodată.

O cuprinse un sentiment de pierdere. Era dureros. Întotdeauna era dureros când trecutul îi amintea de lucruri pe care ar fi preferat să le uite.

De alegeri pe care ar fi vrut să le facă din nou.

Dar asta era cruzimea umanității, nu-i așa?

Când făceai o alegere, rareori primeai a doua șansă.

Dacă cineva ar fi întrebat-o ce își dorea, asta ar fi răspuns.

A doua șansă.

– Vin imediat. El zâmbi.

– Mersi. Aruncă o privire la ecusonul lui. Brock.

– Nicio problemă, spuse el, încă zăbovind, sorbind-o din ochi de parcă ea era în meniu, lângă cocktailuri.

Zoe își drese glasul.

Păru să-și dea seama că încă stătea acolo, se înroși mai tare și alergă spre bar.

Zoe făcu o față către Brittany.

– Ai putea măcar să încerci să nu faci alt ospătar să se îndrăgostească de tine, apoi să plângă din cauza respingerii?

– Doar o dată. Brittany își lăsă capul pe spate și râse. Și tocmai fusese părăsit, era deja sensibil. Pe lângă asta, i-am dat un bacșiș uriaș.

– Păcat, pentru că sunt sigură că tot ce voia era...

– Scuzați-mă că am întârziat! Everlee trase un scaun de la bar, făcând un zgomot strident în timp ce îl târî pe ciment. Ups, bine, ce-am pierdut? Și de ce nu bem deja?

– Ea tocmai începuse să bea când am ajuns aici. Brittany o dădu de gol. Și nimic important.

– Vom pierde alt ospătar, bombăni Zoe.

Everlee căută în poșeta ei și scoase o bancnotă de douăzeci.

– Poftim.

Zoe o împinse departe.

– Mulțumesc!

– Stați, pariați că o să mi se ceară o întâlnire? Am crezut că nu mai facem asta de când ne-am maturizat. Brittany privi către prietenele ei cu un zâmbet blând.

– E prea drăguță, spuse Zoe, ignorând-o. Avem nevoie de prieteni noi.

Brittany o lovi pe sub masă, făcând-o pe Zoe să râdă chiar când fură aduse băuturile.

Urmă un moment de liniște când ospătarul puse păhărelul în fața scaunului gol.

Era un moment tensionat, plin de râsete și conversații care duraseră ani de zile, doar ca să se oprească brusc când părură să iasă din groapa întunecată care era industria modellingului.

– Al cui e rândul? întrebă Everlee cu o voce înceată care se asorta perfect cu rochia ei albastră cu alb și cu buzele ei roz. Întotdeauna arăta ca și cum tocmai ar fi ieșit dintr-un catalog J Crew: era întruchiparea unei neveste din Hampton care nu vizitase Hamptonul destul de mult ca să revendice acest rol.

– Al meu. Brittany puse ochii pe tequila. Nu era preferata ei, dar poate că ar fi redus un pic durerea de ieri și groaza de mâine. Apucă paharul între degete, îl ridică în aer și șopti: „Pentru Danica, ne e dor de tine“. Simți paharul rece pe vârfurile degetelor în timp ce îl înclină și îl goli. Alcoolul îi arse gâtul și se împrăștie prin piept, căzând ca o bombă în stomacul ei în timp ce se întinse după Moscow Mule ca să încerce să scape de acel sentiment. De ce am ales tequila din nou?

– Pentru că, Everlee zâmbi ca pentru sine, ea era necioplită, era dura grupului, și a zis că voia să bem păhărele de tequila în fiecare joi ca să arătăm restului lumii că am reușit, că avem destul succes cât să comandăm paharele de pe raftul de sus și să bem într-un bar scump.

Brittany își ținu paharul aproape în timp ce amintirile cu Danica o loviră tare în piept. Danica fusese cea sălbatică, dar Brittany făcuse ceva de neconceput și Danica fusese alături de ea când nu mai avea la cine să apeleze.

„Mi-e dor de tine, prietenă...“

Sorbi lung din băutura ei, apoi își ridică privirea. Era liniște, prea multă liniște. Ele erau vorbărețe, așa că era destulă liniște pentru ca ea să se întrebe dacă era ceva în neregulă.

Și era.

Era să scape băutura pe masă. Așa cum stătea, se întinse după mâinile lui Zoe și Everlee și le strânse tare.

– Ce tupeu are psihopata aia!

– Am alte cuvinte ca să o descriu, spuse Zoe printre dinții încleștați în timp ce Everlee se albi ca o fantomă.

Fosta lor impresară era în colț cu un grup de cinci fete. Un grup de cinci bărbați li se alătură în scurt timp, oferindu-le țigări și împingând pachețele spre ele, ca niște cadouri la o petrecere.

– Ar trebui să plecăm, spuse Everlee cu o voce seacă.

– Nu. Brittany dădu din cap cu vehemență. Ea poate să plece, ăsta e locul nostru, pe lângă asta, știți că îi place să facă paradă în fața noastră ca o mamă nebună la concursurile de frumusețe, cu un acces prea mare la spray fixativ și ruj roșu.

– Brittany a zis „nebună", repetă Zoe triumfătoare, făcându-le pe celelalte două femei să își dea ochii peste cap. Ce?

– Am auzit că ultima fată pe care a programat-o pentru o ședință foto a ajuns să plângă în baie pentru că fotograful i-a cerut să se dezbrace. Se pare că era o ședință foto nud, dar Marnie nu i-a spus. Pentru că Marnie nu le spunea nimic. Doar se aștepta ca modelele să-și țină capetele plecate și să muncească, iar răspunsul ei la tot este: „Asta e slujba ta".

– Marnie, șuieră Zoe ca o înjurătură.

– Știu. Brittany dădu din cap cu scârbă. E destul de rău că își trimite fetele peste ocean ca să devină dependente de droguri după petreceri. „Ăsta e stilul de viață, asta ai vrut", spuse ea, imitând accentul italian perfect în timp ce își dădu părul peste umăr, în stilul clasic al lui Marnie. Îmi provoacă greață.

– Și mie la fel. Zoe înghiți restul băuturii.

Brittany o urmă.

– Fetelor, se ridică Everlee, mă duc puțin până la toaletă.

– Vezi să nu te prindă nebuna la colț. Zoe dădu din cap spre Marnie.

– Nu-ţi face griji. Everlee se strecură prin mulţime.

– Uită-te la ea, spuse Brittany nevenindu-i să creadă. Un tip tocmai a pipăit o fată şi i-a dat un pacheţel cu cocaină!

– Rămâi slabă, spuse Zoe pe un ton batjocoritor.

– Rămâi trează, adăugă Brittany. Fă-i fericiţi.

– Nu spune niciodată nu, termină Zoe cu o şoaptă aspră.

– M-am întors! anunţă Everlee, arătând de parcă baia era locul potrivit dacă cineva voia să se refacă.

– Ai fost rapidă. Brittany îşi întinse din nou mâna după băutură, răsucind paiul între degete ca să nu o dea pe gât. Exact de asta avea nevoie, mai ales că Marnie făcea scandal. Brittany nu ura oamenii. Nu cu adevărat. Măcar încerca să nu o facă, dar Marnie? Marnie era genul de persoană uşor de urât, pentru că era egoistă până în măduva oaselor. Totul se învârtea în jurul ei. Şi totul se reducea la bani. Îţi cerea sufletul şi, dacă nu i-l ofereai, termina cu tine. Manipula, minţea şi seducea fără remuşcări tinerele modele masculine în dormitorul ei.

Ceva ce Brittany aflase doar după ce unul dintre ei îi mărturisise că fusese forţat să rămână acasă la Marnie pentru şedinţa foto de dimineaţă. Nu avusese bani şi, după ce îl scosese la cină, un lucru dusese la altul.

Fusese violat.

El spuse că fusese de acord.

Când îl întrebă de ce, spuse că se întâmplase pentru că Marnie îl hrănise.

Rezistă vreo patru luni înainte să fie trimis înapoi în Oklahoma cu o factură pentru toate cinele scumpe pe care Marnie le plătise, plus dobânda.

Femeia era un terorist emoţional cu prea multă putere şi mult prea mulţi prieteni influenţi.

Cu excepţia lui Dane.

Dane o ura.

Ceea ce îl făcea pe Dane un prieten, chiar dacă Zoe probabil nu ar fi fost de acord.

Dar asta era o situație pe care Brittany nu o înțelesese niciodată, pentru că era singurul lucru despre care Zoe refuza să vorbească.

– Mâncare? Everlee apucă meniul. Încă nu am mâncat.

Brittany își drese glasul.

– O, stai. Everlee puse meniul jos. Am murit de foame toată ziua, crede-mă, ședința foto a durat mult timp, apoi a trebuit să mă schimb și am avut timp doar de o oprire la Starbucks înainte de următoarea chemare.

– Pentru ce? întrebă Zoe, schimbând subiectul.

Everlee se lumină la față.

– O, știi, doar InStyle.

Brittany rămase cu gura căscată.

– Dar, de obicei, pun doar celebrități pe copertele lor.

– Nu că tu nu ai fi faimoasă..., adăugă Zoe, aruncându-i lui Brittany o privire caustică.

– Știi la ce mă refer... actrițe. Brittany se uită și ea urât, apoi îi zâmbi lui Everlee. Avem nevoie de detalii!

– Păi... Everlee bătu din palme. Din păcate, prietena noastră are dreptate. Pe ultima copertă a fost Jenifer Aniston, iar pe cea dinaintea ei a fost J-Law. Ideea e că le plac actrițele, dar fac un articol de trei pagini pentru ședința foto Winter Wonderland și am fost sunată!

– E minunat! aclamă Brittany. O să-l primești, știu că așa va fi.

– Roagă-te pentru ea. Zoe îi făcu cu ochiul.

– Întotdeauna o fac, răspunse ea cu un glas mieros, dar sinceră până în măduva oaselor. Cum crezi că am scăpat de aia? Dădu din cap spre Marnie, care își punea brațele pe două modele masculine care arătau ca și cum încă n-ar fi ajuns la pubertate.

– Amin, spuse Zoe râzând.

– Și noroc. Everlee ridică meniul. Acum, haideți să mâncăm!

– Haide. Brittany se uită pe meniu, apoi își luă băutura și înghiți restul dintr-odată.

Ar fi trebuit să o ajute.

Nu o ajutase.

Durerea încă era acolo.

Teama.

Golul din stomacul ei care se potrivea cu cel din piept, unde inima ei ar fi trebuit să bată cu entuziasm.

Roger era bine, sănătos.

Prietenele ei erau cu ea.

Avea o întâlnire!

Simți o apăsare și mai mare în piept.

Ospătarul se întoarse.

– Încă un rând, spuse ea pe un ton mieros, uitându-se la meniu. Ochii îi gravitau întotdeauna spre cartofii prăjiți. Își imagină cum ar fi fost să îi cufunde în sos ranch, apoi să lase grăsimea unui burger să se prelingă de pe bărbie până pe picioarele ei bronzate.

– Salată de creveți, spuse ea în schimb. Cu sosul separat.

– La fel, spuseră toate fetele la unison.

Mâncase atâtea salate de creveți cât să-i ajungă o viață.

Dintr-un colț, râsul lui Marnie se auzi mai tare.

Părea că, oricât de mult încercau, unele lucruri nu se schimbau niciodată.

CAPITOLUL IX

Everlee nu se poate opri din tremurat în timp ce schimbă canalele. Târziu în noapte, televizorul domină apartamentul în timp ce luminile de la ferestrele lor, de la podea până la tavan, lăsau la vedere priveliştea incredibilă din SoHo.

Se opri la Jimmy Fallon şi apucă o pernă pe care să o ţină în braţe. I se părea că mâinile nu-i mai tremurau atât de tare când ţinea ceva. Şi de când Frederick stătea până târziu la altă şedinţă foto.

Oftă în timp ce televizorul bâzâia în fundal.

Singură.

Mai devreme, oprise la Walgreens şi făcuse cumpărăturile pe care le amânase de cinci zile.

Umbrele negre dansau pe pereţi, bătându-şi joc de ea, făcând-o să simtă că nu era atât de singură. Măcar avea zgomotul de la televizor, nu-i aşa?

Cum era posibil să fie atât de singură deşi era măritată? Faimoasă? Cumpăra lucruri cu bani, faima i-l adusese pe Frederick, dar inima ei? Avea nevoie să îmbrăţişeze mai mult decât o pernă, nu-i aşa?

Își mușcă buza de jos.

Nu avea să o facă.

Oricum, nu avea nevoie de pastile.

Doar o ajutau să se relaxeze.

Tremura din cu totul alt motiv.

Cronometrul din telefonul ei se opri.

Tresărind, se ridică în picioarele goale care îi tremurau la fel de tare și i se păru că are de mers o eternitate până la baia principală.

„Probabil nu e nimic", își spuse în gând. În liniștea singuratică, totul părea să trosnească în jurul ei ca și cum fulgerul se manifestase în camera ei, între pereții acoperiți cu faianță albă și scumpă.

Doar ce e mai bun pentru Frederick.

Pentru cuplul care avea totul.

Se privi în oglindă.

Păr blond, despletit și frumos, ochi mari, căprui, buze perfecte datorită doctorului Ajaya.

Sâni ridicați și plini.

Nu prea mari.

Nu prea mici.

Patru sute cincisprezece pe dreptul și patru cincisprezece pe stângul.

Mușchi tonifiați de la orele de pilates.

Un spray bronzant care costa mai mult decât mâncarea pe o săptămână a multor oameni.

Era bine.

Totul era în ordine.

Trebuia să se concentreze pe aspectele pozitive.

Poate totul era provocat de stres? Până la urmă, soțul ei venise acasă mirosind a curve și nu doar o singură dată.

Tendințele lui violente păreau să se înrăutățească.

Săruturile scârboase care aveau gustul dorinței altcuiva.

„– Te voi iubi întotdeauna, știi asta, o tachină Frederick în timp ce o urmărea prin studio. Haide, dă-ți bluza jos, nimeni nu trebuie să știe.

– Ești rău. Ea chicoti, apoi își dădu jos bluza.

El făcu o poză, apoi alta.

– Superb. Părul lui era lins și dat pe spate, mușchii îi erau încordați pe sub tricoul alb, simplu, blugii cu talie joasă îi strângeau coapsele groase.

Tipul era un pervers sexual în libertate.

Toată lumea spunea asta.

– Acum, ce? întrebă ea cu un zâmbet cochet.

– Acum, te sărut. Făcu doi pași spre ea. M-am săturat să privesc prin lentilă. Nu vreau să se afle niciun obstacol între noi, nici acum și niciodată.

– Nu sunt destul de mare ca să îmi spui asemenea lucruri.

– O să fie micul nostru secret, șopti el, prinzându-i bărbia între arătător și degetul mare. Pe lângă asta, când faci optsprezece ani? Peste doi ani?

Ea dădu din cap fără să spună nimic, deja sub vraja lui, atrasă de felul în care îi comanda pe toți cei din cameră cu prezența lui masivă.

– Nimeni nu trebuie să știe. O încurajă trăgând-o în brațele lui. Bine?

– Nu e treaba lor, fu ea de acord.

– A nimănui. Gura lui o atinse pe a ei, limba lui alunecă pe buza ei de jos. Era primul ei sărut adevărat.

Era mai bun decât modellingul.

Mai bun decât orice.

Puternic.

Se agăță de tricoul lui în același moment în care el își puse mâinile pe blugii în care ea tocmai pozase. Îi despărțea un nasture.

– Mă vrei, spuse el.

Întotdeauna se temea că el îi citea gândurile, era o parte a dinamicii lor de urmărit-urmăritor.

Tot ce putea ea să facă era să dea din cap și să-și imagineze o viață în care nu trebuiau să se ascundă. În care puteau să-și întemeieze o familie și să-și arate iubirea în fața tuturor.“

Everlee se mai holbă la oglindă două secunde în timp ce o năpădeau amintirile, apoi se uită în jos.

Pozitiv.

Era pozitiv.

CAPITOLUL X

– Nu mai sta cocoșată, spuse Roger din colțul camerei chiar când Zoe și Brittany se așezară.

– Tu-i spui cocoșare, eu îi spun așezare, îi răspunse Zoe pe un ton arogant, dar reuși să stea un pic mai dreaptă în timp ce Roger își legă halatul de baie din mătase în jurul corpului lui tonifiat. Tipul avea peste cincizeci de ani, dar își lua foarte în serios nutriția și exercițiile fizice și, de aceea, fu o mare surpriză când începu să aibă crize la vezica biliară. Roger era o ancoră pentru ele, iar Zoe știa că nu ar fi supraviețuit fără el.

Fără Dane.

De ce trebuia să se întoarcă întotdeauna la Dane?

– Să înțeleg că amândouă ați crezut că muream și ați vrut să aflați dacă erați trecute în testamentul meu? Își duse o ceașcă de ceai la buze și zâmbi deasupra ei, cu dinții lui albi, tachinându-le ca întotdeauna.

Brittany luă o pătură, o puse lângă coapsa lui, apoi se așeză pe canapeaua din piele albă, luxoasă.

– Da, voiam să ne asigurăm că încă suntem preferatele tale. Pun pariu că niciunul dintre ceilalţi clienţi ai tăi nu ţi-a adus supă.

– Şi la miezul nopţii, sunt intrigat. Privi supa, apoi pe amândouă fetele. De ce m-aţi trezit din nou?

Zoe fu prima care vorbi.

– Am văzut-o pe Marnie.

El puse cana jos şi dădu din cap.

– Înţeleg.

– De ce nu putem spune nimic despre ea? întrebă Brittany. Avem dovezi că le abuzează pe unele dintre fetele ei şi s-a culcat cu nu ştiu câţi dintre băieţii pe care îi reprezintă. A făcut paradă cu ei la restaurant şi nu suport ideea că nu putem face nimic.

– Nu vom face, o corectă Zoe cu o senzaţie de rău la stomac. Cunoştea ea pe cineva care ar fi putut rezolva problema, dar probabil i-ar fi cerut splina sau ceva la fel de îngrozitor în schimb, sau poate doar să o lase gravidă şi să o lege de pat.

Nu că nu ar fi existat moduri mai rele de a muri.

Dar era Dane.

Dane, care o voia doar pentru că nu o putea avea. Ar fi fost grozav, poate câteva luni. Apoi s-ar fi plictisit, cum făceau majoritatea bărbaţilor cu Zoe când îşi dădeau seama că nu avea stilul de viaţă luxos pe care îl văzuseră în reviste în anii adolescenţei lor.

Şi plecau.

Nu mai auzea nimic de ei.

Măcar putea investi ceva în muncă: inima ei, timpul ei, corpul ei.

– E evident că Zoe se gândeşte să o omoare pe vrăjitoare. Şşşt, cred că îşi arde neuronii mai repede decât mi-i pierd eu, glumi Roger, aducând-o pe Zoe înapoi în prezent.

Uitându-se urât în direcția lui, Zoe stătu mai dreaptă.

– E frustrant, asta e tot.

– Frustrant, da. Roger părea să-și aleagă cuvintele cu grijă. Doamnelor, trăiți într-o lume plină de secrete, dacă începem să le spunem pe ale ei, atunci ei vor începe să le spună pe ale voastre.

Brittany tresări în timp ce Zoe încercă să își ascundă reacția.

– Acesta e prețul pe care trebuie să îl plătiți și nicio piatră nu va rămâne neîntoarsă. Are propria ei agenție. Pe lângă asta, fiecare mare fotograf merge prima dată la ea când are o campanie pentru care îi trebuie o față nouă. Știți asta pentru că așa ați fost descoperite voi trei.

Zoe pufni.

– Te referi la acea vară fierbinte din New York în care am dormit pe scara de incendiu pentru că o fată a trebuit să fie internată în spital din cauza insolației? Aș fi dat orice pentru o slujbă ca să mă pot muta.

– Exact. Își frecă capul chel cu o mână. Ai fi dat orice și așa gestionează ea fetele care se mută în oraș, la fel și băieții. Îți găsește slăbiciunea, o folosește împotriva ta, apoi îți dă exact ce ți-ai dorit tot timpul. Apoi pare confuză și nu înțelege de ce nu o adori. Oftă. Faceți ce vreți, dar opinia mea despre asta rămâne neschimbată. Ca impresar, ca prieten și, mai important, ca persoană care face parte din familia voastră.

Zoe înghiți în sec.

– Nu vreau să văd cum cineva încearcă să vă facă rău, iar ea e genul de femeie care nu se va împiedica de nimic ca să vă cauzeze orice rău imaginabil. Se întoarse spre Brittany cu o privire cunoscătoare. Tuturor.

Brittany deveni palidă, apoi își lăsă capul pe umărul lui.

– Ce ne-am face fără tine?

– Asta e ușor, ați fi niște ospătărițe foarte drăguțe, glumi el.

Zoe își miji ochii.

– Foarte amuzant.

– Nu aveți nevoie de mine, dar mă simt bine pentru că aveți senzația asta. O sărută pe Brittany pe creștetul capului, apoi se ridică și făcu la fel cu Zoe.

Ce s-ar face fără el?

Părinții lui Zoe nu mai erau.

Norocoasa de Brittany încă era vizitată de ai ei. Crescuse cu o familie incredibil de iubitoare, o mamă care o suna în fiecare săptămână și un tată care îi spusese că putea fi tot ce își dorea.

Pe când Zoe? Zoe crescuse cu un tată bețiv, o mamă drogată și fără bani. Trebuise să lupte, însângerată și bătută, ca să ajungă în vârf, și nimeni, nici Marnie sau Dane, nu avea să-i ia asta.

– Iar are expresia aceea, spuse Roger fără să se uite în direcția lui Zoe. Plănuiești dominarea lumii, draga mea?

Zoe se întoarse spre el.

– Întotdeauna.

– Aha, dar ține minte, eu vreau să fiu regina.

Brittany izbucni în râs.

– Vom avea grijă să îți facem rost de o coroană frumoasă.

– Doar asta cer. Acum mergeți acasă, culcați-vă și, Brittany, încearcă să nu-ți sperii partenerul de întâlnire mâine.

– O, da, întâlnirea. Zoe zâmbi. Vei purta vreunul dintre modelele mele?

– Mă gândeam la corsetul din piele albă, fără bretele, cu decolteu în formă de inimă și cusut de mână cu iubire, îi răspunse Brittany de parcă deja plănuia să-l poarte, ceea ce o făcu pe Zoe să se simtă mai puțin vinovată pentru că folosea corpul prietenei ei și manierele ei impecabile pentru a atrage mai multă atenție înainte de Săptămâna Modei.

– Ador rochia aceea. Zoe aproape că sări în sus de bucurie. Ar trebui s-o asortezi cu...

– Ar trebui s-o asortezi cu pantofii negri, Valentino, cu barete și ținte, adăugă Roger pe un ton plicitisit în timp ce își ascunse un căscat.

Brittany se încruntă.

– Nu am pantofii aceia.

– Prostuțul de mine, uitasem să-ți arăt asta. Merse în antreul mare și se întoarse cu o cutie neagră. Poftim, mulțumesc că m-ai dus la operație și m-ai adus înapoi, mi-ai salvat viața. Trase cutia înapoi când ea își întinse mâinile. Sincer, ar trebui să-i duc înapoi. Deja am făcut o faptă bună pe anul ăsta și ți-am aranjat o întâlnire. Îți țin pumnii, sper să ai parte de acțiune.

– Și eu la fel, spuse Zoe zâmbind.

Brittany se îmbujoră și luă cutia din mâinile lui, apoi se aplecă și îl sărută pe obraz.

– Ce-ar fi să dansez cu el întâi?

– Brittany, ești frumoasă și el e superb. Ador detaliile despre viața intimă a tuturor... cu excepția ta. Pentru că știu despre mantra ta, nu vrei să te culci cu nimeni până la căsătorie, dar, te rog, fii rezonabilă măcar o dată. Nu îl refuza complet. Oferă-i tipului ocazia de a te cunoaște așa cum ești cu adevărat, așa cum te iubim cu toții. Are nevoie de un motiv pentru a sta prin preajma ta, așa că, dacă nu poți să fii tu momeala, măcar să fie personalitatea ta strălucitoare. Zâmbi. Cuvintele lui amabile îi provocară o durere în pieptul lui Zoe, poate pentru că era adevărat, poate pentru că invidia perfecţiunea vieţii lui Brittany un pic mai mult decât ar fi vrut să recunoască, până la urmă, Zoe nu avusese nicio problemă să sară în pat cu Dane la început şi uite ce minunată se dovedise decizia asta. Şi aşa, parcă începu să ticăie ceva tare în mintea ei.

Timpul aproape că expira, nu-i aşa?

– De ce? întrebă Brittany. Roger, ce e aşa de diferit la tipul acela? De obicei, ne spui că bărbaţii vor doar un singur lucru şi să fugim în direcţia opusă.

– E adevărat, pufni Zoe.

– A, zâmbi Roger. Chimia, trebuie să iei în considerare chimia. Iar voi aveţi cu duiumul. Gândeşte-te la asta. Dacă îţi deschizi inima, s-ar putea să te îndrăgosteşti.

Brittany dădu din cap, apoi se aplecă şi sărută apăsat obrazul lui Roger.

– Insişti cam mult pentru prima întâlnire. Te sun dimineaţă.

– Vreau să mă suni în noaptea asta. Dacă nu, am să-mi ţin respiraţia şi am să mă transform într-un peşte-balon.

Zoe şi Brittany izbucniră în râs.

– De parcă ai rezista atât de mult fără să vorbeşti, îl tachină Brittany în timp ce Zoe făcu o faţă cunoscătoare. Tipul putea să facă pe oricine din vorbe. De aceea era atât de bun. Era surprinsă că mai avea voce după atâţia ani de pălăvrăgit încontinuu.

De parcă ar fi vrut să demonstreze ceva, Roger inspiră şi îşi umflă obrajii, apoi îşi strânse nările.

– E bine de ştiut că medicamentele îşi fac efectul, îl tachină Zoe.

– Cred că aşa e el, râse Brittany şi îl îmbrăţişă repede. Te iubesc, prostuţule, noapte bună.

Roger expiră şi ridică un deget în aer.

– Doar ţine minte ce ţi-am spus!

– Se descurcă ea. Zoe îi făcu cu ochiul. Voi avea grijă să o curăţ de rugină înainte să o trimitem.

– Acum, plec. Râsul melodios al lui Brittany o făcu pe Zoe să zâmbească în timp ce se aplecă şi îl sărută pe obraz.

– Draga mea, îi spuse Roger cu o voce blândă.

– Regino. Îi făcu cu ochiul, apoi adăugă: O, şi data viitoare când te conduc, să ştii că am pus ochii pe o pereche de pantofi cu toc mic de la Saint Laurent.

– Pe onoarea mea de cercetaş, zise punându-şi mâna pe inimă.

Fetele ieşiră încet şi merseră pe holul scurt, din marmură, până la lift.

Uşile se deschiseră înainte ca Zoe să poată apăsa un buton, dezvăluindu-i pe Frederick şi pe o tânără care arăta exact ca Brittany.

Zoe se încruntă.

– O şedinţă târzie la Roger?

Ura toţi bărbaţii? Care era problema ei?

Frederick îşi ridică mâinile, ţinând aparatul de fotografiat într-una. Geanta lui neagră era prinsă de umărul stâng.

– Da, am trecut pe-aici să-i arăt fotografiile lui Roger, uşurel, fetelor... Zâmbetul lui era prea drăguţ.

Poate de aceea voia ea să-l înjunghie în gât.

Poate că *ea* era cea care trebuia să şi-o tragă.

– Sunt sigură că sunt frumoase, spuse Brittany, trecând uşor peste situaţie, apoi zâmbindu-i frumos tinerei de şaisprezece ani. E prima şedinţă?

– Da. Înghiţi în sec, apoi dădu din cap nevenindu-i să creadă. Îmi pare rău, dar, tu eşti idolul meu, tu eşti Brittany Irish, nu-i aşa?

– Exact, spuse Frederick cu un rânjet care aproape că pretindea că el îi descoperise admiratoarea.

Era evident că Zoe avea nevoie de un pui de somn.

– Uau, ești așa de frumoasă de-aproape! Am crescut cu posterele tale pe perete. Își strânse și închise ochii. Asta a sunat mult mai înspăimântător cu voce tare decât în mintea mea când o repetam, în caz că te-aș fi întâlnit.

Aveau aceeași înălțime, aceeași ochi albaștri, drăguți, același păr bogat, deși al fetei era mai închis la culoare și mai scurt.

– Ce-ar fi să ne facem repede un selfie? se oferi Brittany.

– Ai face asta? țipă fata, făcând-o pe Zoe să audă un țiuit în urechi.

– De fapt, Zoe își întinse mâna după telefonul lui Brittany, vă fac eu o poză. Nu se pricepe la selfie-uri. Întotdeauna taie unele părți din corp, iar în ultimul selfie am avut un ochi așa de...

– Aveam mâinile obosite! râse Brittany. Bine, bine. Îi înmână telefonul lui Zoe și o cuprinse pe fată cu brațul.

Zâmbetele erau frumoase, largi.

Zoe se simți aproape nostalgică atunci când făcu fotografia și îi dădu telefonul înapoi lui Brittany.

– Cum te cheamă, ca să te etichetez? spuse Brittany politicoasă, încă zâmbind.

– Chrissy! Aproape că țipă. Pardon, Chrissy Mendoza.

– Te-am găsit. Degetele lui Brittany se mișcau rapid pe iPhone-ul ei. Tocmai am început să te urmăresc. Distracție plăcută diseară. Își puse mâna pe umărul ei, apoi apăsă pe butonul liftului.

– Așa o să fie! Tânărul model părea mai entuziasmat de Brittany decât de ședința ei foto.

– Hei, zise Frederick întorcând repede capul în direcția lor. Nevasta mea n-a venit cu voi?

– Nu, a spus că era prea obosită. Zoe ridică din umeri. Dar o știi cum e, se uită la televizor până noaptea târziu...

El pufni.

– Da, e o adevărată casnică.

– Nu e nimic rău în asta, spuse repede Zoe.

El se încruntă, apoi zâmbi încă o dată ca pentru aparatul de fotografiat.

– N-am spus niciodată că ar fi... Se întoarse și își puse mâna pe partea de jos a spatelui lui Chrissy. Ne vedem mai târziu, fetelor.

Zoe privi cu ochii mijiți cum mâna lui se lăsă în jos până când ajunse chiar deasupra fundului fetei, iar când ușile liftului se închiseră, ea încă privea cu furie.

– Hei. Brittany îi dădu un ghiont. Ești bine?

– Da... Își linse buzele și își strânse mai tare poșeta din mână. Știu că e slujba, multe nopți pierdute și știu că Roger va avea grijă de ea... doar că... Ceva nu e în regulă cu Frederick în ultimul timp.

Brittany își înclină capul.

– Da, am observat asta seara trecută. Dar amândouă suntem singure, așa că ce știm noi?

– Asta e adevărat. Zoe îi aruncă o privire ciudată lui Brittany. Te avertizez, s-ar putea să-mi placă fetele.

Brittany o cuprinse cu brațul pe Zoe și o strânse.

– Nu ești genul meu.

– Scârbos, nu prietenele mele. Mă refer la fete...

– Da, fă-mi o favoare și hai să purtăm conversația asta din nou în fața lui Dane, vreau să văd cum leșină un bărbat solid ca el.

– Foarte amuzant.

– Știi că te iubește, îi spuse Brittany când ajunseră la parter și trecură pe lângă paznic.

– Dane nu e un bărbat capabil să iubească pe nimeni în afară de sine însuși, șopti Zoe cu asprime.

– A iubit-o pe Danica.

– Da. Înghiți în sec gândindu-se la dățile când ea și Dane se furișaseră departe de grup, se giugiuliseră la cinematograf când era tânără, cum el îi ștersese lacrimile și îi spusese că avea să o salveze când avusese mare nevoie să audă asta. A iubit-o.

– Atunci de ce nu te poate iubi și pe tine?

„Deja mă iubește."

Dar iubirea... e un lucru periculos și nestatornic.

Iar Zoe era sigură că, dacă s-ar fi apropiat prea mult, ar fi distrus-o complet.

CAPITOLUL XI

12 ZILE PÂNĂ LA SĂPTĂMÂNA MODEI DE TOAMNĂ

Brittany se tot frământa stând în limuzină. Unghiile îi erau lăcuite cu roz-deschis. Pantofii ei Valentino, cu ținte, erau asortați perfect cu rochia de cocktail din piele, cu materialul ei strâns pe corp. Singura problemă era că nu putea să respire adânc nici dacă viața ei ar fi depins de asta.

Pentru că avea șolduri.

Ceva ce întotdeauna încerca cu disperare să ascundă.

Da, era slabă.

În formă.

Perfectă.

Dar mărimea zero era cam strâmtă.

Femeile care purtau mărimea zero aveau o provocare în plus, aceea de a trage hainele peste șolduri înainte de a se putea așeza și, din cauza șoldurilor ei mai largi, materialul tindea să se plieze puțin, destul ca ea să observe dacă nu era atentă la ce purta.

Pielea o ascundea bine.

Negrul o ascundea și mai bine.

Cu o postură dreaptă ca o vergea, bătea darabana cu vârfurile degetelor pe coapsa ei goală. Strângea cu mâna stângă poşeta-plic de la Lana Marks. Aceeaşi poşetă făcută special pentru ea în urmă cu mai bine de şaisprezece ani. Nu participa niciodată la gală fără ea. O privea ca pe o armură şi o amintire a aceea ce se întâmpla când gândea cu inima în locul minţii.

Niciodată nu avea să mai facă asta.

O întâlnire.

Oare era o idee bună?

Să întâlnească un bărbat pe care de-abia îl cunoştea în faţa uneia dintre cele mai prestigioase gale?

Maşina se opri.

Aparent, răspunsul la acea întrebare era un da ţipător, pentru că acolo stătea el, chiar în faţa covorului roşu. Cu margarete galbene în mână.

Cum de ştiuse că erau florile ei preferate?

Simţi o strângere de inimă în timp ce ochii lui priveau mulţimea tot mai mare şi şirurile de celebrităţi, politicienii şi directorii care veneau într-un flux constant de maşini scumpe.

Şoferul ei îi deschise portiera.

Sclipi bliţul câtorva camere.

Asta era partea cu care era obişnuită, oameni care îi strigau numele, o întrebau ce purta, o întrebau unde era partenerul ei de întâlnire, îi spuneau cât de frumoasă arăta.

Perdele de fum.

Simţindu-se brusc incomod, le oferi un zâmbet timid care îi înnebuni pe fotografi, dacă era să se ia după ovaţiile lor.

Apoi el veni spre ea, îmbrăcat într-un costum negru care părea făcut la comandă de un designer, nu că l-ar fi întrebat asta ca să facă situaţia ciudată.

Îi stătea bine.

Umerii lui erau întotdeauna atât de largi? Cusătura părea făcută de mână. Cumva, culoarea cărbunelui îi scotea în evidență mai mult zâmbetul strălucitor. Apoi se opri în fața ei.

Iar ea nu putu să mai rostească un cuvânt.

Lumea țipa la ea.

Și tot ce își dorea era curajul de a spune ceva.

Poate chiar un avertisment.

O scuză?

– Ești frumoasă, șopti el cu o voce profundă în timp ce se apleacă și sărută ușor aerul de lângă urechea ei, iar respirația lui îi gâdilă pielea când șopti: Mă numesc Oliver Desmond și în seara asta sunt, oficial, cel mai norocos tip din lume.

Își întinse brațul.

Ea rămase cu gura căscată.

– Nu ești speriat?

El o privi într-un fel ciudat, apoi zâmbi.

– De ce aș fi speriat?

– Așa. Atât știa. Apoi râse de ea însăși. Un motiv bun, nu-i așa?

– Cel mai bun. O lăsă să îl conducă înapoi spre covorul roșu și spre cele câteva scări care duceau spre Muzeul de Artă Whitney.

– Cine e partenerul tău? strigă cineva.

Ea nu răspunse. Oricum, ce putea spune? *„O, chirurgul impresarului meu, l-am văzut în uniformă medicală și am fost nevoită să mă întâlnesc cu el ca să-mi scot impresarul din spital, nu-i așa că e sexy? Dar chiar ar trebui să-l vedeți în uniforma medicală...“*

Zâmbi împreună cu ea, același zâmbet care o făcuse să se întrebe care era povestea lui, zâmbetul care părea real într-un univers plin de falsuri.

Până când urcară treptele scurte și intrară în clădire, simți că tocmai terminase o alergare de opt kilometri și se pregătea de două ore de yoga intensă.

– Șampanie? Un ospătar în trecere întinse o tavă.

Oliver luă două pahare cu picior și îi înmână unul.

– Mulțumesc. Era gata să ia o înghițitură când el își ciocni ușor paharul de al ei. Ești frumoasă.

Ea ridică paharul până la buze și luă o înghițitură.

– Ai mai spus asta.

– Și voi continua să o spun pentru că e adevărat. Îi apărură riduri în jurul ochilor din cauza altui zâmbet care îi lumină toată fața. Pentru ce e gala asta, mai exact?

O, da, trebuia să discute cu el.

Pentru că era partenerul ei de întâlnire.

Și, de obicei, oamenii stăteau de vorbă ca să se cunoască.

Putea să facă asta.

„Concentrează-te. Nu te gândi la trecut. Nu îl lăsa să îți definească viitorul."

– Lucrez pentru revista *Trend*, sunt una dintre editoarele de modă, o parte din slujba mea e să scriu despre tendințele din modă. Zâmbi. Evident.

– De unde și numele. El chicoti.

– Exact. Nici măcar nu își dădu seama că mergeau, atât de ușor era să discute cu el. Incredibil. Și, în fiecare număr, apar șase pagini care prezintă tendințele din modă și arată cititoarelor diferite moduri de a combina accesoriile și piesele vestimentare. E ceea ce e mai bun din ambele lumi. Deși îmi doresc...

– Ce? Se opri din mers și se întoarse cu fața la ea. Bâzâitul conversațiilor se auzea în jurul lor, dar ea simțea că erau singuri.

– Nu știu ce voiam să spun. Mințea. Nu îl cunoștea și fusese gata să-i spună ceva ce nici măcar cele mai apropiate prietene nu știau. Roger știa, dar el știa totul. Probabil pentru că nu putea ascunde nimic de el nici dacă ar fi încercat.

Oliver își miji ochii.

– Știu că tocmai m-ai cunoscut, dar sunt un ascultător destul de bun, probabil e unul dintre cele mai mari talente ale mele în afară de ping-pong.

Ea își acoperi gura cu mâna și râse.

– Ping-pong? Pe bune?

– Sunt doctor. Își ridică o mână mare. Suntem îndemânatici.

Pun pariu că era...

Simți că roșește.

– Bine, dar dacă asta ajunge într-o revistă de scandal...

– Lângă mărturisirea despre ping-pong?

– Da. Ea zâmbi larg. Bine, vreau să fac o rubrică lunară despre politică.

Așteptă râsul.

Judecata.

Acel *„O, dragă, dar ești prea drăguță ca să gândești atât de mult"*.

Așteptă.

Și, în loc de răspunsul tipic masculin sau uman: *„De ce să nu mai faci ceea ce faci cel mai bine? Să arăți drăguță"*.

Păru... impresionat.

– Pun pariu că ai fi incredibilă.

Aproape că-l sărută.

Deja se apleca.

Fără să-și dea seama, avea nevoie de cineva, de oricine, care să-i spună că nu era nebună, că era deșteaptă, chiar dacă știa asta. Avea nevoie de cineva care nici măcar nu o cunoștea să fie de acord.

Dar putea doar să încerce să se culce cu ea, nu-i așa?

Nu asta voiau toţi tipii? Oricât de mult încerca să nu judece sexul opus bazându-se pe o experienţă groaznică, tot o făcea. În viziunea ei, avusese ceea ce toată lumea considera bărbatul perfect – şi uite cum se terminase asta.

Un nou sentiment de vinovăţie îi cuprinse corpul în timp ce îl privi pe Oliver din cap până-n picioare, aşteptând ca ceva să se crape în faţada lui perfectă, înainte să murmure, în cele din urmă:

– Mulţumesc.

– De ce? îi răspunse el repede. Mă refer la politică.

Chiar nu ştia? Simţi că îl privea ciudat, apoi îşi muşcă buza de jos.

– Din cauza... trecutului meu.

Asta era singura lămurire pe care avea să i-o dea.

Putea să caute restul pe Google.

– Ce n-aş da pentru un computer acum.

– Pentru asta ai telefonul, îl tachină ea făcându-i cu ochiul.

– Nu când sunt cu o femeie frumoasă, nu când îmi spune secrete şi se apleacă spre mine de parcă se întreabă dacă mi-ar putea spune încă unul.

– Poate că voiam doar să îţi aranjez cravata. Îşi arcui o sprânceană.

– Mă-ndoiesc, şopti el. Dar, dacă vrei să-mi aranjezi cravata ca scuză să te apropii, nu mă voi plânge. De parcă ar fi vrut ca ea să îl atingă, o trase repede într-o parte.

– Uau, aşa evident. Ea râse, întinzându-şi mâna liberă spre cravata lui de mătase, apăsând-o cu vârfurile degetelor, aproape simţind căldura pieptului lui infiltrându-se în corpul ei. Se întrebă cum ar fi fost să îi atingă pielea, să simtă bătaia inimii lui, dacă bătea repede ca a ei.

El o apucă de mână, cea cu care îl atingea, și o ținu acolo, de fața cu toată lumea.

Și, pentru prima dată, ei nu-i păsă.

Jurase să nu mai aibă nicio relație care să atragă atenția presei.

Dar descoperi că nu putea să se retragă.

– Brittany? O voce feminină și manierată din trecutul ei îi sună în urechi. Brittany, habar n-aveam că o să fii aici!

Își lăsă mâna în jos și se întoarse.

– Bună, doamnă Kampbell.

Lângă ea, Oliver deveni un pic mai rigid când Nancy Kampbell, fosta primă-doamnă a Statelor Unite, îl privi repede, dădu din cap și îl consideră nedemn de atenția ei.

– Mă întrebam dacă vei participa. E un eveniment foarte frumos, spuse Nancy printre dinții încleștați în timp ce analiză cu atenție ținuta lui Brittany de parcă și-ar fi cumpărat-o dintr-un târg de vechituri la jumătate de preț. Era o privire lungă, dureroasă, cunoscută. Se întâmplase la fiecare cină.

Măcar el nu era acolo.

Se agăță de Oliver ca de un colac de salvare.

– Și dumneavoastră sunteți...? În cele din urmă, Nancy își îndreptă atenția din nou spre Oliver.

– Dr. Oliver Desmond. Brittany răspunse în locul lui, nedorind să îl supună interogatoriului care știa că avea să urmeze după ce Nancy avea să considere alt om nedemn de compania ei. E chirurg.

Dacă era impresionată, Nancy nu o arătă.

– Doamnă Kampbell! spuse cineva cu o voce entuziasmată în timp ce se apropie.

Brittany expiră ușurată și aproape că îl împinse pe Oliver într-o statuie în timp ce încercau să iasă.

Dar universul era împotriva ei.

Pentru că se întoarse și simți același miros care o bântuia zi și noapte.

Același de care se agățase când fusese singură în salonul de spital, doar cu bâzâitul televizorului să îi țină companie și un bilețel în care scria totul și nimic în același timp. Visurile ei fuseseră zdrobite între palmele ei transpirate și o asistentă care îi spunea că Dumnezeu avea un plan când, pentru prima dată în viața ei, pusese totul sub semnul întrebării.

Încet, își ridică privirea.

– Brittany Irish. Vocea lui era exact cum și-o amintea, poruncitoare, dar caldă.

Următorul care vorbi fu Oliver.

– Sunteți cumva Ronan Kampbell?

– Senatorul, veni corectarea din stânga.

Brittany nu se uită la femeie.

Dar se holbă la diamantul de cinci carate care îi orbea pe toți cei din cameră. I se întoarse stomacul pe dos în timp ce încercă să își păstreze postura relaxată și expresia calmă.

– M-am gândit că ai putea fi aici. Ronan își întinse mâna în timp ce ea și-o întinse pe a ei, făcând un pas mic în spate, făcând puțin loc între corpul lui, amintirea mirosului lui, a mâinilor lui pe ea. Își strânseră mâinile jenați și, ca întotdeauna, el își apăsă palma plată pe a ei mai mult de câteva secunde înainte să își retragă mâna.

Din fericire, Oliver îi cuprindea talia cu brațul, ajutând-o să rămână în picioare. Dacă nu ar fi fost el acolo, poate că ar fi căzut cu fața în cea mai apropiată statuie sau, Doamne ferește, în brațele lui Nancy, iar vrăjitoarea nebună probabil s-ar fi dat la o parte în timp ce Brittany și-ar fi rupt un dinte pe podeaua tare de marmură.

Acesta era genul de femeie care era ea.

Genul de femeie care Nancy Kampbell avea să fie întotdeauna.

Regalitate americană pură, cu sânge destul de albastru pentru a-și permite orice și a controla lumea cu mâinile ei cu manichiură perfectă.

– Da, bine. În cele din urmă, Brittany își regăsi vocea. Încă lucrez pentru *Trend*.

Nu era cel mai bun răspuns, dar nici cel mai rău.

Simți o greutate în stomac când Christy, soția lui Ronan, își întinse mâna.

– Mă bucur să te văd.

– Și eu. Brittany încercă să-i zâmbească cu căldură, dar femeia rece doar se holbă la ea în schimb, de parcă avea un număr fix de expresii faciale oferite de chirurgul ei și nu voia să irosească una pe vreo fostă iubită de-a lui Ronan.

Imaginează-ți cum ar fi reacționat dacă ar fi știut.

Dacă vreunul dintre ei ar fi știut.

Ronan o privi din nou în ochi pe Brittany.

– Ce mai faci?

– Grozav. Înghiți pentru că gâtul îi era uscat. Și tu?

– Candidează pentru realegere. Christy îi lovi ușor pieptul cu mâna strângă, cea care probabil avea nevoie de o macara pentru a fi ridicată din cauza mărimii pietrei care-i stătea pe deget.

– Grozav, spuse Oliver, salvând-o pe Brittany din nou. Sunt sigur că sunteți foarte ocupat în perioada asta.

– Foarte. Christy îi zâmbi lui Ronan. Dar își face întotdeauna timp pentru familia lui, nu-i așa?

– Întotdeauna spun că fiul meu e cel mai bun dintre ei. Nancy surâse, apoi își întoarse zâmbetul malefic către Brittany. Te-ai măritat deja, dragă?

Așa începea.

Dragă. Drăguţo. Iubito. Cuvintele spuse în scopul de a face pe cineva să se simtă primit cu căldură, important, unic. Dar Nancy le folosea ca pe nişte arme, ca pe un mijloc de a răni pe cineva. De fiecare dată când le folosise împotriva lui Brittany, era ca şi cum Nancy îi furase bucăţi din încrederea în sine pusă acolo de părinţii ei, mici cărămizi aşezate în jurul inimii ei pe care Nancy le dărâma una câte una în timp ce se bucura de suferinţa altora.

– Nu încă, spuse Brittany cu cât de multă încredere în sinea putea. De ce nu ardea clădirea ca să scape de această conversaţie? Unde naiba era o alarmă de incendiu când avea nevoie de una?

– Dar n-ai de unde să ştii viitorul, nu-i aşa? Oliver îi zâmbi şi îi sărută tâmpla. Când eşti aşa de frumoasă ca Brittany, e nevoie de un bărbat special care nu poate fi intimidat, nu toţi ne putem descurca.

Ea îşi muşcă buza de jos ca să nu îl aclame, în timp ce Ronan îi privi pe amândoi cu ochii mijiţi.

Oliver devenea repede unul dintre oamenii ei preferaţi pentru că ştia să lupte cu vorbele şi zâmbetele secrete, ceva ce Brittany nu stăpânise niciodată, pentru că ar fi fost ultimul cui în sicriul ei, nu-i aşa? Să se coboare la nivelul lor de agresivitate pasivă.

– Ei bine, spuse Brittany zâmbindu-le pentru ultima dată, a fost grozav să vă revăd pe toţi şi mult noroc la realegere, Ro.

Îi scăpase.

Porecla lui.

Nancy îşi miji ochii, în timp ce Christy păru gata să îi rupă gâtul lui Brittany cu mâinile goale.

Şi Ronan?

El doar arăta trist.

Cum arăta întotdeauna când era înconjurat de mama lui și de oamenii cărora le permitea să îl controleze pentru ca, într-o zi, să fie ales preşedinte.

Viaţa lui era aranjată de mama lui, de familia lui, de reguli pe care Brittany refuza să le respecte, pentru că asta nu era o viaţă adevărată.

Era ciudat că cea mai mare greşeală din viaţa ei era împărtășită cu singurul bărbat despre care mass-media spunea că era perfect.

Dar spuseseră acelaşi lucru şi despre ea.

Nu vedeau cealaltă parte.

Golul interior.

Rușinea.

Iubirea împărtășită de doi oameni care își doriseră doar să fie văzuți, măcar o dată în viață, ca ceva mai mult decât numele și chipurile lor.

Ronan dădu încet din cap, apoi îi zâmbi. Fu unul dintre zâmbetele lui adevărate, nu unul pentru Christy sau mama lui, nici măcar unul pentru camerele de filmat.

– Mulțumesc, Britt. Și porecla ei, grozav! Poate data viitoare vor încerca să intre în Cartea Recordurilor cu cea mai jenantă conversație purtată vreodată! Arăți grozav, ca întotdeauna.

Îi zâmbi și ea și își înfipse unghiile în brațul lui Oliver.

El sări un pic în timp ce ocoliră mulțimea tot mai mare de oameni.

Și, când merseră după colț, Brittany își luă un pahar plin cu șampanie.

Îl dădu pe gât.

Își întinse mâna după încă unul.

Apoi, în cele din urmă, își ridică privirea spre ochii întrebători ai lui Oliver.

– Așadar, ping-pong, haide să vorbim despre asta.

– Ai nevoie să-ți vorbesc despre asta? întrebă el încet.

Ochii ei deja se umpleau de lacrimi. Dădu repede din cap.

– Da. Am nevoie.

– Totul depinde de încheietura mâinii, fu răspunsul lui în timp ce se apleca și o îmbrățișă.

CAPITOLUL XII

Dacă Oliver era gata să fugă, cu siguranță nu se purta ca și cum așa ar fi fost. De fapt, mergea cu ea și vorbea cu străinii despre artă și slujba lui de parcă ar fi fost născut să lucreze cu o mulțime de oameni. Brittany fusese întotdeauna genul de persoană care se hrănea cu emoțiile celorlalți în public, apoi mergea acasă și se simțea complet epuizată în intimitate. Prospera din vitalitatea oamenilor, din energia conversației și a râsului. Dar, în spatele ușilor închise, toate astea o afectau. Pentru că nu putea să *nu* simtă.

Era imposibil.

Așa că aduna emoții ca o persoană care colecționa scoici, le ținea aproape, și își dădu seama că poate nu toți oamenii erau născuți cu capacitatea de a se separa de lume.

Și poate că asta era bine. Poate că lumea avea nevoie de mai mulți oameni care să simtă, chiar dacă era dureros și urât.

Zâmbi în timp ce Oliver se aplecă și o sărută pe obraz.

– Arăți epuizată.

Ea îl privi cu ochii mijiți.

– Prima regulă a întâlnirilor: nu-i spui niciodată unei femei că arată epuizată.

– Încă ești frumoasă, adăugă el cu un zâmbet larg. Și poate că cineva care nu își permite luxul de a sta atât de aproape de tine nu ar observa, dar ai pierdut cel puțin un centimetru din zâmbetul tău larg și strălucitor, ceea ce îmi spune că e aproape timpul să închei seara asta, indiferent de ce zici tu.

Era să-i cadă fața la pământ, lângă pantofi.

– Hm. Chiar observase un detaliu atât de mărunt? Pe bune?

– Hm... am dreptate? Își întinse palma pe partea de jos a spatelui ei și o aduse mai aproape. E în ordine dacă lași pe cineva să aibă grijă de tine.

Nu.

Nu era.

Pentru că asta însemna că voia mai mult de la ea.

Și, la un moment dat, avea să se piardă, nu-i așa? Pentru că nu se pricepea să își protejeze inima când avea cea mai mare nevoie de asta. Iar acest bărbat, acest bărbat foarte periculos, era un risc pe care ea nu era sigură că putea să și-l asume.

Nu cu secretele ei.

Nu cu trecutul ei.

Cum putea o persoană să aibă genul acela de conversație?

Nu era sigură.

Pentru că nu o avusese niciodată.

– Bine, se trezi spunând cu o voce sigură. Lasă-mă să schimb două vorbe cu editoarea mea, apoi putem să mergem și să facem orice fac chirurgii într-o seară de vineri...

Ridică din umeri, scuzându-se cu o privire caldă.

– O, citim manuale medicale.

– Ha. Își mușcă buza de jos. E incredibil cât de sexy sună asta când o spui uitându-te așa la mine.

– Gura mea a spus manuale medicale, dar mintea mi-a stat în altă parte. Se aplecă și îi șopti la ureche. Și ochii mei? Ei bine, erau prea concentrați pe tine.

Simți cum expiră din adâncul plămânilor.

– Nu înțeleg dacă ești o curvă masculină cu un interes sau doar nu te poți abține să fii fermecător.

Un zâmbet leneș se întinse pe fața lui.

– Hai să rămânem la varianta cu fermecător. Mama m-a învățat să nu spun niciodată curvă cu voce tare după ce bunica, cea cu aparat auditiv, a strigat că transpira ca o curvă în biserică... în timp ce era în biserică.

Brittany se crispă.

– În timp ce stătea în strana din față.

– Drăguț. Izbucni în râs. Așadar, nu preacurvești.

– Din păcate, nu. Îi făcu cu ochiul. Dar e clar că bunica știa despre ce vorbea.

– Grozavă imagine mi-ai lăsat în minte, mersi pentru asta. Zâmbi și îl luă din nou de mână în timp ce merseră prin mulțimea de oameni, toți dorind o bucată din ea, toți zâmbindu-i cu așteptări și admirație.

Niciodată nu o deranjase asta.

Cel puțin nu în trecut.

Făcea parte din slujba ei.

Și Ronan? Ei bine, el adora aparițiile în public, așa că vorbeau cu toată lumea, se pozau cu toată lumea și, când îl rugase să plece, el îi spusese doar:

– Ne-am asumat asta.

Nu și Oliver.

Nu, Oliver părea că ar fi preferat să facă alte lucruri chiar dacă asta însemna că nu se întâmpla nimic. Îi dădea senzația că ar fi fost la fel de fericit cu o conversație serioasă sau cu o aventură de o noapte. Poate Roger avea dreptate. Poate.

Simți un fior trecându-i pe șira spinării când se apropie, în cele din urmă, de editoarea-șefă a revistei *Trend*, Grace Wingate. Ultimul lucru de care avea nevoie era să-și facă speranțe deșarte.

– Aici ești! Grace era îmbrăcată din cap până-n picioare în YSL, negru, întotdeauna negru, cu un șir lung de perle negre atârnându-i de gât și cercei cu diamante ovale sclipindu-i în urechi. Rujul ei roșu era aplicat perfect pe buzele palide. Șase șuvițe de culoarea mierii se amestecau în părul ei șaten, lung până la umeri. Niciun vârf despicat nu era la vedere. Femeia își atinse ochelarii negri și groși, și zâmbi, ridicându-și privirea spre Oliver. Și tu cine ești?

Grace era cel puțin agresivă, dar trebuia să fie. Atitudinea venea la pachet cu slujba și caracterul ei. Era cea mai de succes editoare, ca să nu mai menționăm influentă, și nu avea timp pentru compasiune.

Mai degrabă ar fi pălmuit-o.

Brittany știa asta.

Cuvintele „dragoste dură" ar fi descris-o bine pe Grace. Era genul de femeie care arunca oamenii la rechini în timp ce sorbea șampanie cu o mână și turna sânge pe capetele lor cu cealaltă.

Scufundă-te sau înoată.

Și, din cauza asta, Brittany învățase devreme o lecție foarte importantă în industria modei; faptul că lucra pentru Grace nu era o greșeală.

Brittany fusese unul dintre primele supermodele de pe coperta revistei *Trend*.

Și știa că Grace o pregătea să fie mai mult decât o față drăguță.

Pentru asta, o respecta.

Chiar o iubea.

– Oliver. Partenerul ei își întinse mâna mare și, în loc să o strângă pe a lui Grace, îi duse vârfurile degetelor încărcate de inele la gură și le sărută.

Sprâncenele lui Grace se arcuiră când se uită la Brittany.

– Unde l-ai ascuns pe ăsta?

– Mi-a dat voie afară doar pentru că m-am purtat bine, glumi Oliver, dând drumul mâinii lui Grace.

– Păcat. Brittany are nevoie de ceva năstrușnic în viața ei. Grace îi făcu cu ochiul lui Brittany, făcând-o să-și dorească să fie înghițită cu totul de podea. Cu ce te ocupi, Oliver?

– Sunt chirurg.

– Serios? Schimbă o privire cu Brittany, zâmbind din spatele șampaniei ei. Mă bucur pentru tine!

Oliver nu avea cum să știe că asta era ca și cum ar fi primit cea mai mare laudă de la regina Angliei. Trebuia să-i spună asta mai târziu.

Chiar și faptul că Grace purta o conversație după un salut era un miracol. Toți cei care o cunoșteau știau asta.

– Tocmai plecam. Brittany îi zâmbi mentorului ei. Aveai nevoie de mine pentru altceva?

– Du-te, du-te. Grace îi făcu semn cu mâna să plece, apoi o trase mai aproape pentru un sărut pe obraz, șoptindu-i la ureche:

– Vorbim luni despre articolul pe care voiai să-l faci.

Corpul lui Brittany fu cuprins de entuziasm.

– Mi-ar plăcea asta.

– Da, da, știu că ți-ar plăcea. Grace își dădu ochii peste cap și îi făcu semn să plece. Acum, pleacă împreună cu chirurgul tău bine antrenat înainte să mă răzgândesc. O, și asigură-te că stagiarul ăla ridicol își dă seama că laptele de soia și cel de cocos nu sunt la fel și, dacă mai vine o dată cu cafeaua greșită de la Starbucks, o să-i întorc obiectul acela jalnic pe care îl numește scaun spre colț pentru următoarele șase luni în care se va uita la cum se usucă vopseaua și se va gândi la toate modurile în care mi-a greșit.

– Ce-ar fi să-ți aduc eu cafeaua? se oferi Brittany cu blândețe. Femeia nu putea lucra fără cafeaua ei cu lapte de soia, o Splenda, până la un centimetru de vârful paharului, în cană dublă.

– Ești editoare, e sub nivelul tău. El e un stagiar. Îl plătim pentru cafea. Dacă nu-și poate face slujba corect, atunci vom găsi pe altcineva care poate, spuse ea simplu. Ultima șansă, ai să-i spui?

– Bineînțeles. Brittany îl plăcea pe Tom, dar era genul de stagiar care era distras de haine, de produsele de frumusețe, de celebritățile care intrau și ieșeau din clădire. Când era vorba de bijuterii era, practic, un raton cu față umană, dar, chiar dacă se descurca de minune cu organizarea, nu se pricepea la lucrurile simple, precum servirea cafelei.

Servirea cafelei, cea mai ușoară slujbă din lume.

– Minunat. Grace zâmbi, apoi îi făcu semn lui Brittany să plece la fel cum le făcea tuturor. Conversația se încheiase.

Iar ea fu scuzată.

Liberă.

Entuziasmul îi făcea inima să-i bată mai tare în piept. Aveau să vorbească despre articol! În sfârșit! Altceva în afară de paginile de modă, altceva în afară de fața ei, avea să scrie dincolo de modă.

– Dacă zâmbești mai mult, voi deveni gelos că nu eu sunt motivul, spuse Oliver când ieșiră pe ușă și coborâră pe scări.

– Poate că ești? îi răspunse Brittany întorcându-se spre el.

– Hm, cred că minți. Apoi îngenunche.

– Ce faci?

– Îți prind călcâiele, îți tot miști picioarele, ăștia sunt noi?

Ea dădu din cap. Cum de observase ceva atât de banal? Se pricepea să zâmbească atunci când o durea ceva, dar începuseră să-i frece degetele mici de la ambele picioare. „Uf. Roger. Măcar să mergi în ei înainte să îi dăruiești!"

– O să merg desculță? se gândi ea când el îi desfăcu catarama de la piciorul drept și îi dădu jos pantoful scump.

– Să știi că merg la sală, îi spuse el, ridicându-și privirea și zâmbind.

– Chiar așa? chicoti ea.

– Mi-aș încorda mușchii, dar cămașa asta e foarte strâmtă, nu vreau să distrug o cămașă. Aș fi devastat dacă aș avea-o pe conștiință.

Ea își puse mâinile în șolduri și râse.

– Da, gândește-te la toate nopțile nedormite.

– Vezi, mă înțelegi! Zâmbi, privindu-i gura, înainte să apuce și celălalt pantof, apoi se întoarse. Sari.

– Unde să sar? Ea se încruntă.

– În spatele meu.

– Dar rochia mea...

– Se rezolvă ușor. Se întoarse din nou și, înainte ca ea să poată protesta, mâinile lui fură pe șoldurile ei, ridicând încet rochia deasupra coapselor ei și făcând-o atât de indecentă că deveni brusc conștientă de vântul care îi trecea printre picioare și era gata să-i ajungă la fund în orice moment. Acum, sari.

– Dacă zici tu, spuse ea cu o voce tremurândă, sări în spatele lui și își strânse picioarele în jurul lui. Pantofii ei atârnau în mâna lui dreaptă în timp ce o ținea strâns și începu să meargă. Te gândești la o anumită destinație?

– Da.

– O să mi-o spui?

– Nu.

– Întotdeauna ești așa?

– Cred că va trebui să afli asta. Auzise tachinarea și încrederea din vocea lui în timp ce mergea pe stradă. După puțin timp se opri la unul dintre acele magazine turistice cu tricouri imprimate și brelocuri în vitrină. O puse jos, pe ciment. Mă-ntorc imediat.

Încruntându-se, îl privi cum intră în fugă în magazin, cu pantofii ei, apoi ieși în fugă după vreun minut, cu o pungă în mână. Ea încă nu își îndreptase rochia.

– Lasă-mă să ghicesc, mi-ai luat pălăria aceea cu *Eu iubesc New York* la care m-am uitat? Zâmbi.

– Ceva mai bun. Scoase din pungă o pereche de șlapi roșii ca mașina pompierilor. Scria New York pe tălpile lor și probabil costaseră cinci dolari. Ți-am luat încălțăminte confortabilă.

– Eroul meu. Ea înghiți în sec, speriată brusc atunci când el se aplecă și o ajută să se încalțe, îi aruncă pantofii scumpi în pungă, apoi îi oferi mâna lui.

– Acum, poate să înceapă întâlnirea, spuse el fără să se uite la ea.

– Pardon?

– O întâlnire e atunci când vorbești cu cineva, când îl cunoști. Am fost însoțitorul tău. Acum, vreau să fiu partenerul de întâlnire – dacă ești de acord cu asta. Ochii lui albaștri sclipiră în timp ce îi zâmbea. De ce i se părea că era singura femeie din lume? De ce privirea lui era atât de... pătrunzătoare?

Înghiți în sec, apoi dădu încet din cap.

– Da, mi-ar plăcea asta.

– Bun răspuns... cred că te voi hrăni.

– Ha, ha, și dacă spun nu?

– Atunci nu primești mâncare. Eu o numesc întărire pozitivă.

– Nu știi că nu trebuie să hrănești modelele?

– Nu. Se holbă în jos, la ea, în timp ce se opriră la o trecere de pietoni. Nu ești genul de persoană care ar refuza o mâncare bună. Nu cred că ai putea refuza o friptură bună.

– Poate sunt vegetariană.

– Poate te voi converti la carne. Îi făcu cu ochiul.

Își miji ochii, apoi dădu din cap.

– Mda, chiar am căutat-o cu lumânarea...

– Chiar ai făcut-o. N-am avut de ales. Te rog, spune-mi că nu mănânci un burger ciudat de soia cu niște iarbă pe lângă el.

– Nu, râse ea. Ador un burger bun.

– Dar... un hotdog?

– Oooooooo. Se învârti în fața lui, apoi se întinse după mâna lui în timp ce traversară strada. Mi se pare că încerci să mă răsfeți.

– Un hotdog e mai bun decât florile oricând.

– Drumul spre inima unei femei.

– Mă bucur că *tu* mă înțelegi. Accentul lui pe *tu* o făcu să simtă fiori pe șira spinării, apoi ajunseră la colț, lângă o tarabă cu hotdog și își comandară mâncarea, al ei cu mai mult ketchup și al lui cu mai multe murături.

Își despachetară mâncarea pe treptele clădirii de lângă tarabă în timp ce orașul continuă cu zgomotele și luminile obișnuite.

– Ador locul ăsta. Îi înmână un șervețel. Întotdeauna e așa de plin de viață.

– Și zgomotos, adăugă ea fără să gândească.

El își înclină capul către ea.

– Ceea ce mă face să presupun că ai crescut într-un loc foarte... liniștit.

– Foarte. Ea strâmbă din nas. Am crescut la o fermă, cu cea mai uimitoare familie... câini, porci, capre... Când am venit în New York, am fost îngrozită că nu puteam umbla desculță pe stradă.

– Păi, poți... e New York, dar e cam murdar.

– Adevărat. Râse. Ceea ce am descoperit repede după ce toată lumea a umplut strada cu gunoaie. Tremură. Am învățat că pantofii erau o alegere mai bună la vreo două luni după ce m-am mutat aici.

– Câți ani aveai?

– Paisprezece, spuse ea repede, întinzându-și mâinile după hotdog, apoi luând o înghițitură mică. Acel hotdog avea un gust de parcă i-ar fi putut salva sufletul. Iar Oliver o privea de parcă tot ce își dorea era ca ea să continue să vorbească. Era îngrozitor, mai ales pentru că asta însemna că era interesat, nu-i așa? Și, dacă era așa, era interesat doar de conversație? Sau de corpul ei? De presupunerea lui despre ce făceau modelele retrase? Vezi? De-asta nu mergea la întâlniri! Nu avea încredere și punea sub semnul întrebării intențiile bune ale tuturor, poate pentru că toată lumea avea un interes.

Chiar și Ronan.

– Tânără. Își șterse gura cu șervețelul, iar zâmbetul lui strălucitor o pătrunse. Pe bune, omul arăta bine. Cum de era singur? Trebuia să fie ceva la mijloc. Brusc, își dori să afle fiecare detaliu al trecutului lui, istoricul întâlnirilor lui, femeile cu care fusese, totul, ca să afle unde se încadra ea în acel puzzle. Avea cel puţin treizeci şi cinci de ani, dar avea o atitudine jucăuşă, şi totuşi protectoare.

– Foarte tânără. Amintirile o năpădiră cum o făceau întotdeauna când se gândea la prima ei zi în New York. Cât de mult se înşelase despre cum ar fi fost să fie descoperită și lansată în industria modellingului.

Părinţii ei fuseseră foarte mândri de ea.

– Pari tristă, şopti el.

– Nu sunt tristă. Mai luă o înghițitură, mestecă, apoi ridică din umeri. Doar că... oraşul ăsta are un mod de a te răni într-un fel în care nu cred că majoritatea oraşelor pot să o facă. Cum ai spus, New York e o ființă vie, care respiră, nu-i aşa? Un monstru dacă îi permiţi. Sau un salvator. O scăpare. Poate fi orice vrei să fie și am venit aici crezând că va fi o mare aventură. Și a fost, dar totul are un preț, știi asta?

– Care a fost prețul pe care l-ai plătit tu?

La început, nu-i răspunse, emoțiile blocându-i cuvintele. Oftând, recunoscu în cele din urmă:

– Inocența mea.

El tăcu timp de câteva secunde, poate gândindu-se la răspunsul lui înainte să întrebe:

– Vrei să pleci câteodată? Să-ți faci bagajele și să mergi acasă?

– Nu. Zâmbetul ei păru plin de amărăciune. Nu aşa se fac lucrurile în industria asta... Dacă ai succes, eşti plătit și, de fiecare dată, primeşti bani sau mai multă notorietate. E ca un fel de... drog, e o dependență. Părinţii mei au fost foarte mândri de mine, aşa că nu le-am putut spune adevărul. Nu le-am putut spune că dormeam într-un pat supraetajat, într-o cameră fără aer condiționat, cu cel puțin o duzină de fete. Nu le-am putut spune despre fetele care nu au reuşit, despre cele care își doreau asta atât de mult că erau dispuse să se culce cu fotografii doar ca să apară pe câteva pagini dintr-o revistă, aceleași fete care strigau că au fost violate dacă nu primeau postul. Și partea oribilă era că ele chiar credeau că, dacă nu primeau acea slujbă, cineva a profitat de ele când ele au fost cele care și-au oferit trupul pentru un preț. Promisiunile nu sunt valabile, nu în locul ăsta.

– Hmmm. El luă altă înghițitură și se holbă la ea. Poate că părinții tăi ar fi înțeles.

– Poate. Ea se uită în jos, în poala ei.

„*– Brittany, ești bine? Nu e târziu acolo? Mama ei părea îngrijorată. Tocmai am avut o presimțire rea, a trebuit să te sun.*

– Da. Brittany încercă să zâmbească printre lacrimi în timp ce vedea ace cu coada ochiului. În timp ce se uita în dreapta, văzu unul dintre modelele mai în vârstă dându-i unei fete mai tinere cocaină pentru prima dată. Sunt bine, mamă, doar obosită.

– Pari obosită, dar asta trebuie să fie bine, nu-i așa? Asta înseamnă că ai de lucru și ești fericită. Draga mea, noi vrem doar să fii fericită.

Și asta era.

Fericită? Era încântată. Avea succes, dar ceva nu i se părea... în ordine.

– Sunt fericită, mamă. Promit.

– Bine. M-am rugat pentru tine.

Nu asta din nou.

Brittany oftă.

– Mersi, mamă.

Nu din cauză că nu era recunoscătoare.

Doar că părea... greșit.

Iar Brittany se simțea departe de toate astea.

Crescuse într-o biserică.

Iar acum era înconjurată de sex și droguri.

Bun venit la realitate.

Era ca o lovitură neașteptată.

Iar ea încă era tânără, încercând să-și găsească locul într-o lume atât de mare.

Căută prin geanta ei de călătorie și dădu de ceva tare, apoi o scoase.

Biblia ei.

Aproape că uitase de ea.

Ezită.

Ce altceva avea să facă?

Să se apuce de luat droguri?

Dându-și ochii peste cap și din pură plictiseală, o deschise..."

– Iar pari dusă pe gânduri, comentă Oliver în timp ce aruncă ambalajele la gunoi pentru amândoi.

– Doar mă gândeam. Inspiră ca să se liniștească.

– Poate o să-mi spui într-o zi.

– Poate.

– Vom vorbi despre familia Kampbell?

– Nu, spuse ea repede. Apoi se simți prost. Cel puțin nu acum, nu când îmi zâmbești așa, nu când sunt fericită cu tine, nu vreau să pomenesc lucrurile mai puțin frumoase.

– Așadar... Se mișcă pentru a sta mai aproape de ea. Spune-mi ceva adevărat.

– Aaaaa, scoți artileria grea. Îl luă de braț, holbându-se la șlapii ei cu un zâmbet pe buze. Obișnuiam să mă culc flămândă, a fost alegerea mea, să știi, eram înaltă pentru vârsta mea, dar voiam să mă asigur că arătam destul de slabă, toate făceam asta. Ni s-a băgat în cap din prima zi. Îmi amintesc că treceam pe lângă o tarabă cu hotdog și mă întrebam cum ar fi fost să fiu liberă.

– De industrie?

– Ha, nu, liberă să iau o înghițitură.

– Bietul model muritor de foame! Îi dădu un ghiont. Promit să te hrănesc... întotdeauna.

– Te cred, îi șopti ea în timp ce el se aplecă în jos, o sărută apăsat pe obraz, apoi îi prinse capul între palmele lui. Ea expiră tremurând.

– Am să te sărut acum. Vocea lui era atât de sigură că o făcu să zâmbească.

– Încerci să mă pregătești? întrebă ea cu o voce tremurândă. Se întâmpla, simțea că era corect și greșit în același timp. Trebuie să fi simțit ezitarea ei, pentru că nu se grăbi. Zăbovi între a o face sau nu, o inspiră ca și cum un sărut ar fi fost pierzania lui.

Ea suspină încet în timp ce limba lui alunecă de-a lungul buzei ei inferioare, apoi el își puse mâna pe ceafa ei și o trase mai aproape. Inima îi bătea tare în piept în timp ce el o sărută mai adânc, doar ca să se retragă brusc.

– Să mai ieși cu mine.

Simțea tot felul de emoții. Vinovăție că deja se sărutau, rușine că era aceeași fată, doar mai bătrână, nu mai înțeleaptă, și entuziasm pentru că, într-un fel, i se părea ceva sigur. Și avea nevoie de siguranță.

Zâmbi în timp ce el o sărută din nou, mai blând, lăsând-o fără răsuflare.

– Nu e... corect.

– N-am spus niciodată că joc corect. Îi înclină bărbia spre el. Te rog?

– Doar pentru că m-ai hrănit.

– E de înțeles. Își plimbă degetul mare de-a lungul buzelor ei și dădu din cap. Nu vom vorbi despre asta – dar trebuie să o spun. E un idiot pentru că renunță la tine.

Rămase fără răsuflare.

– Mersi.

– Te iau vineri, spuse el fără ca măcar să îi audă răspunsul.

– Ce te face să crezi că spun da?

– Ți-a crescut pulsul în clipa în care te-am întrebat. Își coborî mâinile pe gâtul ei, apoi o trase aproape. Sunt medic, observ lucrurile astea... Vrei să spui da, nu lăsa trecutul să te rețină. Nu cu mine.

De unde știa?

Se trezi dând din cap.

Apoi el se aplecă din nou, iar ea își reaminti de ce era o idee atât bună, cât și proastă să fie cu el.

Bărbații ca el erau periculoși.

Avea să ceară totul.

Și, într-o zi, ea va trebui să aleagă să îi spună adevărul și să spere că el o să o accepte.

Sau va trebui să supraviețuiască după ce inima ei va fi frântă din nou.

Nu mai știa cu câte frânturi rămăsese după Ronan, după tot ceea ce se întâmplase. Și refuza să fie din nou femeia aceea, cea care sacrifica orice urmă de moralitate ca să păstreze pe cineva care nici măcar nu îi era fidel.

Partea tristă era că se temea că nu mai avea nimic de oferit și că, într-o zi, toți ar fi aflat că era complet falsă.

– Hai să te duc acasă. Apoi se ridică și o luă de mână.

„Falsă.

Falsă.

Falsă.“

Orașul părea să strige acest cuvânt către ea și își aminti din nou de ce lăsa doar anumiți oameni să se apropie.

Și de ce hotărâse să trăiască în minciună.

Pentru că adevărul tăia prea adânc.

Și încă nu găsise un mod pentru a opri sângerarea.

CAPITOLUL XIII

11 ZILE PÂNĂ LA SĂPTĂMÂNA MODEI DE TOAMNĂ

– Cum a fost? întrebă Zoe în timp ce intră relaxată în biroul ei, cu telefonul, practic, lipit de ureche.

– A fost... bine. Brittany părea să zâmbească atât de larg că apartamentul ei de lux avea să explodeze în jurul ei.

– O, chiar a fost? Foarte bine? Încă e acolo? Fii sinceră. Spune-mi că te-ai dezbrăcat. Mi-ai însenina toată ziua. Zoe zâmbi în timp ce cea mai bună prietenă a ei se înecă și tuși zgomotos. Spune-mi că ai făcut-o ca în Cântarea Cântărilor cu el, te rog, Doamne, te rog.

– Regret ziua în care ți-am arătat capitolul acela, bombăni Brittany. În al doilea rând, cine se culcă cu cineva de la prima întâlnire? Mă cunoști, Zoe.

Zoe râse, apoi oftă prelung.

– Nu poți să mă vezi, dar îmi ridic o mână și la fel face și Everlee, chiar dacă nu e aici și nu mi-a răspuns la niciun mesaj. Știu, știu, domnișoară „refuz să mă culc cu cineva dacă nu face ca în melodia lui Beyonce și îmi pune un inel pe deget, și chiar și atunci am să-mi mai fac griji". Apropo de Everlee, ai mai vorbit cu ea?

Brittany oftă.

– Nu, de fapt, nu. Am s-o sun la prânz... Și el nu mai e în apartamentul meu, dar grija și entuziasmul tău sunt alarmante și am să le țin minte.

– Doar nu-l respinge. Poate dacă i-ai explica principiile morale pe care tu le ai, spre deosebire de restul New Yorkului, nu ar mai avea așteptări în dormitor, oftă Zoe. Știi cum sunt bărbații.

– Da.

De ce părea Brittany atât de tristă?

– Hei, trebuie să plec, am o întâlnire cu Grace peste o oră, adăugă Brittany.

– Vine iarna, o tachină Zoe. Toți spuneau asta pe la spatele lui Grace, dar o făceau din dragoste. Femeia era severă, dar era cea mai bună, își câștigase titlul de Regina de Gheață și îl purta ca pe o medalie de onoare. Lui Zoe îi plăceau femeile cărora nu le păsa dacă le făceau pe plac sau nu bărbaților.

„Cine conduce lumea? Fetele."

Acesta era mottoul lui Grace, unul pe care Zoe voia să îl adopte și după care voia să trăiască.

– Am să-i transmit salutări din partea ta. Brittany râse. Mai mergem la cină mai târziu?

– Da. Zoe făcu o bezea spre telefon. Ne vedem.

– Pa!

Își aruncă telefonul pe biroul ei dezordonat și lovi mousepad-ul MacBook-ului.

– Ei bine, asta a fost o conversație interesantă, se auzi o voce întunecată din colțul cel mai îndepărtat. Zoe era să cadă de pe scaun când Dane se îndreptă spre biroul ei și își rezemă corpul solid și frumos pe el. Din câte-mi amintesc, m-ai făcut să aștept, cât? Doi ani înainte să te văd goală?

– M-ai văzut goală destul. Și la fel ar fi văzut-o toată lumea dacă el nu ar fi salvat-o, ținând ascunsă filmarea aceea. Zoe își miji ochii. Există un motiv pentru care tragi cu urechea la conversațiile mele și mă pândești din colț?

Zâmbetul lui era prea sexy. Nu ajuta că era într-un costum care îl făcea să arate foarte chipeș, dar și periculos în același timp. Nu era foarte departe de realitate.

– Nu pândeam.

– Mă urmăreai liniștit din colțul întunecat al camerei. Dacă asta nu înseamnă pândit... Își încrucișă brațele.

– Vreau să te scot la prânz.

– E ora unsprezece.

– Ai sărit peste micul dejun.

Fiu de... Își pusese unii dintre oamenii lui să o urmărească?

– Am mâncat un baton de cereale.

– Nu mă minți, urăsc mincinoșii.

Cei mai mulți dintre cei care îl mințiseră erau probabil pe fundul fluviului Hudson. Demonstrase asta.

– Lasă-mă să-mi iau poșeta.

– Nu ai nevoie de lucrurile alea, nu cu mine.

Iată. Încă un motiv pentru care nu putea fi cu el, pentru care se distanța cât putea de el.

O salvase? Da.

La un moment dat, îl iubise? Da.

Dar cine îl iubea pe Dane îl iubea cu bune și cu rele, iubea bărbatul și monstrul. Iar ea văzuse monstrul de prea multe ori pentru a-l iubi. Pentru a-i permite bărbatului să ascundă întunericul care pândea, într-adevăr, în sufletul lui negru.

O salvase pentru că era egoist, pentru că o văzuse, se îndrăgostise şi o dorise.

– Bine. Îşi strânse buzele într-o linie fermă şi se ridică. El aşteptă, întotdeauna spusese clar cum trebuiau să iasă dintr-o cameră. Întotdeauna voia să fie destul de aproape, să o apere, de parcă un psihopat asasin de supermodele ar fi sărit de pe undeva.

Dar Dane, oricât de puternic era, nu o putea apăra de el însuşi. Și asta fusese întotdeauna problema. Nu era vorba de partea fizică.

Era vorba despre cea emoţională.

Și oricât de mult încerca.

O rănea.

Și ea îl rănea la rândul ei.

Își luă haina Burberry şi şi-o trase peste puloverul negru, una dintre piesele care aveau să fie prezentate la paradă peste aproape două săptămâni. Se enervă când merseră pe holul mic ce ducea spre biroul ei şi ieşiră pe uşă în timp ce recepţionera ei le zâmbi larg şi le făcu semn cu mâna.

Dane putea fermeca până şi o călugăriță.

Aşa că nu era de mirare că Chelsey îi ciugulea din palmă, probabil îi cumpărase cafea şi o gogoaşă în timp ce o întrebase dacă putea să îi facă nişte copii după documentele financiare.

O Escalade neagră aştepta în faţa clădirii.

Bineînțeles.

Cunoştea procedura. Zoe intra, Dane se strecura pe lângă ea. Iar şoferul îi ducea oriunde plănuise deja Dane, în felul lui magistral.

Nu vorbeau despre afaceri.

Nu era genul lui.

Nu în maşină.

Nu când şoferul putea auzi.

Nu când urmau să ia masa împreună.

Mesele erau intime dacă nu erau plănuite să fie de afaceri şi, de vreme ce el nu specificase asta, ea rămase tăcută, se bucură de senzaţia pielii banchetei şi încercă să ignore faptul că mâna lui era pe coapsa ei de parcă ar fi vrut să o ţină pe loc.

Sau poate doar să o ţină cu totul.

Maşina se opri în faţa unei clădiri vechi, la câţiva kilometri de biroul ei din Midtown. Arăta ca un bloc cu apartamente, dar nu putea fi sigură. Era o mică băcănie lângă treptele de ciment care avuseseră parte de vremuri mai bune şi lângă uşă părea să fie un interfon.

– Ăsta e restaurantul? se întrebă ea cu voce tare.

– Într-un fel, fu răspunsul misterios al lui Dane.

Ştia că era mai bine să nu comenteze, deşi îi venea să îşi dea ochii peste cap şi să ceară răspunsuri, dar ştia că aşa doar îl va încuraja să fie mai misterios, prelungindu-şi tortura.

Îl urmă când urcă scările. El apăsă pe un buton pe care scria „P".

– Aici.

Uşa bâzâi şi se deschise.

Nu era stilul lui Dane.

Pentru Dane conta luxul.

Pentru Dane conta să arate puternic, să se simtă puternic.

Imaginea lui era aproape la fel de importantă ca nevoia de a controla fiecare fiinţă vie – şi pe cine păcălea? –, chiar şi fiecare fiinţă moartă din jurul lor.

Dacă ar fi putut controla plantele de apartament, oxigenul, oceanul – ar fi făcut-o.

Podeaua albă de marmură arăta nouă și lustruită. Țăcănitul pantofilor ei Manolo răsuna pe hol în timp ce se îndreptară spre lift.

Apăsă butonul pe care scria „sus".

Liftul scoase un sunet strident.

Apoi fură singuri.

Într-un spațiu mic.

Povestea vieții ei.

Încercă să pară plictisită.

Nu-i reuși prea bine, căci Dane își puse brațul gros în jurul corpului ei, o trase mai aproape și o ținu strâns. Fu ceva brusc și se poticni pe tocuri în timp ce coapsa ei o atinse pe a lui.

Întotdeauna fusese așa, posesiv până în măduva spinării. Și niciodată nu-și ceruse scuze pentru asta. O voia lângă el, așa că o trase brusc lângă el. Era felul lui de a o proteja, dar ea întotdeauna simțise că era mai mult o modalitate de a o poseda decât de a o proteja.

Liftul păru să urce o veșnicie, iar ea se topea din cauza felului în care degetele lui dansau pe talia ei, a mirosului de trabuc și de mentă cu care se amesteca.

Își ura trupul pentru că reacționa imediat la acel miros.

Era aproape la fel de rău ca toate amintirile despre gura lui pe ea, mâinile lui peste tot, declarațiile lui de iubire.

Ea dădu din cap. Nu de data asta. El voia o a doua șansă la ce? Ca să nu fie un om groaznic? Așa fusese crescut. Nu se putea abține.

În cele din urmă, ușile liftului se deschiseră.

Așteptă în timp ce el înaintă foarte blând, cu ea încă lipită de brațul lui, și intrară într-un mic antreu cu podele superbe de marmură albă și tavan înalt.

Ușa era roșie.

Ea se încruntă.

El băgă cheia în broască.

Și fiecare cuvânt furios pe care îl azvârlise vreodată în direcția lui, fiecare surâs disprețuitor, fiecare lacrimă pe care o vărsase din cauza, toate se sfărâmară dinaintea ei.

Mirosul de mâncare chinezească la pachet umplea mansarda uriașă.

Avea o bucătărie imensă, cu electrocasnice marca Wolf. Paleta de nuanțe de roșu ieșea în fondul de marmură, făcând-o să arate ca o operă de artă.

Covoare de blană acopereau podeaua închisă la culoare din lemn de tec brazilian.

Și în camera de zi erau canapele Haute House negre care încadrau o măsuță de cafea solidă din lemn.

Aceeași pe lângă care trecuse în urmă cu o săptămână.

Cea despre care își spusese că și-o permitea – dar refuzase să o cumpere după ce băgase foarte mulți bani în promovarea primei ei defilări de modă și în găsirea celebrităților dornice să stea în primul rând.

Toți banii ei erau investiți.

Trebuie să cheltuiești bani ca să faci bani.

Așa că trecu pe lângă măsuța de cafea și își luă o cafea de la Starbucks, întrebându-se în același timp când avea să vină ziua în care putea să nu-și mai facă griji din cauza investițiilor și a investitorilor pe care trebuia să îi mulțumească.

Și, mai ales, din cauza lui Dane.

– Zi ceva. Vocea lui era aspră în timp ce își puse mâinile pe umerii ei și îi întoarse corpul spre partea opusă a camerei, unde într-un șemineu elegant din piatră albă și neagră ardea zgomotos focul, iar lângă el era un colț de citit? Un birou, o frumoasă stație de lucru chiar în fața altei ferestre imense.

– E... Dădu din cap în timp ce greutatea mâinilor lui o apăsă, aproape înrădăcinându-i picioarele în podea. E... frumos.

– Ar trebui să vezi dormitorul.

Îi sunau alarme în cap în timp ce se forță să nu intre în panică.

– Poate ar trebui să mâncăm întâi. Pe lângă asta... „Te rog, Doamne, fă ca mirosul de mâncare chinezească să fie real." Probabil nu ar trebui să umblu prin apartamentul unui străin.

– Nu e pe piață.

– O. Ea se încruntă. Atunci de ce mi-l arăți? Dane o dusese adesea în diferite clădiri și apartamente și îi ceruse părerea despre decorarea lor. Dar acesta era mobilat.

Și avea masa ei.

Înjură în șoaptă.

– Hai să mâncăm... Vocea lui era amuzată. Trebuie să te întorci la muncă peste jumătate de oră.

Ce tupeu avea bărbatul acela!

Îi știa programul pe de rost.

Făcea achiziții care îi arătau cât de ușor era să spună da unui bărbat despre care își jurase că îi va spune nu pentru tot restul vieții ei.

Și amândoi erau vinovați pentru asta, nu-i așa?

Pentru ce făcuseră.

Pentru ce ascunseră.

Dar nu exista altă cale, nu-i așa?

Greșelile lor erau ca o legătură de sânge din care ea nu putea scăpa, nu dacă voia ca secretele ei să rămână în umbră.

Ascunse.

Îngropate.

La propriu.

– Exact. Își drese glasul și intră în bucătărie. Barul pentru micul dejun încă nu avea scaune, așa că poate încă decora? Puteau mânca stând în picioare. Zoe luă cutiile și începu să le deschidă. Cum e posibil să mai fie caldă?

– Am pus pe cineva să o livreze chiar înainte să venim. Îi făcu cu ochiul.

Ea se încruntă.

– Poți să-mi faci cu ochiul cât vrei, să-mi zâmbești, să-mi arăți mușchii tăi abdominali, nu o să meargă, Dane.

– A, ți-ai amintit de mușchii mei. E cazul să roșesc?

– Trebuie să ai un suflet ca să simți rușine. Îl atacă fără ezitare.

El își miji ochii.

– Ai niște sos chiar aici.

Ea îl lovi peste mână, luă un șervețel și își șterse colțul gurii.

– Nu poți să atingi oamenii doar pentru că vrei.

– Nu ating oamenii – te ating pe tine, fu răspunsul lui în timp ce ea simți o greutate în stomac. Privirea lui sexy ar fi trebuit să fie ilegală.

Zoe se întrebă ce ar fi trebuit să facă pentru ca el să fie arestat de fiecare dată când încerca să-și folosească privirea în direcția ei, trebuia măcar să primească o amendă sau ceva de genul acesta. Orice.

– Așadar. Se uită în altă parte. Trebuia să o facă. A cui e locuința pe care o invadăm? Plină de energie, băgă o bucată de carne friptă de porc în gură și mestecă.

Ochii lui albaștri sclipiră.

– A ta.

Carnea friptă de porc i se blocă în gât, în timp ce orezul încercă să îi iasă pe nas. Tușind și scuipând, își agită mâinile, iar Dane o lovi pe spate atât de tare că probabil îi deplasă o coastă.

– Ești bine?

– Așteaptă. Cu vocea răgușită, apucă un pahar cu apă, apoi dădu din cap ca să oprească lacrimile care se formau. Cum adică e a mea? Asta a ajuns viața mea? Nici măcar nu caut un apartament!

– Plătești peste cinci mii pe lună pentru un dormitor care ar încăpea în bucătăria asta. Se aplecă peste tejghea, cu antebrațele îndoite și mușchii întinși. Gândește-te la asta ca la un cadou de nuntă primit în avans.

Iată.

Celălalt pantof.

– Nu. Ea dădu din cap. Nu. Și dacă tocmai m-ai cerut, trebuie să-i dai timp unei femei!

– Timpul a expirat. Zâmbi ca și cum știa că tocmai câștigase. Pe lângă asta, lucrurile vor deveni foarte... periculoase pe-aici.

– Bine, asta sună ca o replică dintr-un film prost. Dădu ochii peste cap. Am paznic la locuința mea. Sunt bine și nu poți să umbli cumpărând oamenilor apartamente!

– Mansarde, o corectă el, încă zâmbind mândru din cauza comentariului ei despre film. Și nu trebuie să-ți amintesc pe cine am pus în spatele gratiilor, nu-i așa? Pentru că mă bântuie în fiecare zi.

– Din nou, ai nevoie de o inimă pentru genul acela de reacție, Dane, și sunt destul de sigură că ți-ai vândut-o pe a ta diavolului împreună cu sufletul într-o ofertă specială doi pentru unul!

El se aplecă, zăbovind la aproape doi centimetri de fața ei. Cu falca încordată și dinții încleștați, îi spuse:

– Am jucat jocurile tale. Ți-am dat totul. Inclusiv timp. Te vreau. O să te am.

– Când va îngheța iadul. Zoe își regăsi vocea, dar nu mai era la fel de sigură ca înainte. Îi cumpărase o mansardă? Cine făcea asta?

– Atunci... Se retrase și își trecu o mână prin părul negru ca pana corbului. Sper, de dragul tău, că porți o armă.

Ea își ridică repede capul.

– Ce nu-mi spui?

Privirea lui Dane rătăci pentru scurt timp pe fața ei, înainte să-i șoptească:

– A ieșit din închisoare.

– Cine a ieșit din... Suspină, punându-și mâinile la gură. Cum?

– Se pare că știe cum să se poarte, dar știi că nu se va opri, nu după ce i-am făcut fratelui lui...

– Taci! Oamenii te-ar putea auzi. Ar putea! Groaza o strânse ca o menghină în jurul gâtului în timp ce ochii i se umplură de lacrimi. Chiar crezi că va veni după mine?

Dane pufni și rosti o înjurătură urâtă.

– Nebunul a fost în biroul tău noaptea trecută, nu a intrat prin efracție, doar s-a holbat în sus, la fereastră, ca și cum plănuia o reîntâlnire drăguță cu fosta prietenă pe care o urăște cel mai mult.

Își îndoi genunchii în timp ce încercă să înțeleagă ce spunea Dane.

– Nu sunt capabil de felul de iubire pe care îl meriți... Dane o îmbrățișă. Dar îți pot oferi tipul de protecție pentru care oamenii ar ucide ca să-l aibă.

– Care ar fi acela? Își ridică privirea spre ochii lui albaștri, furtunoși.

– Numele meu.

„– Fă-o să dispară! Doar fă-o să dispară! țipă Zoe în timp ce fugi în brațele lui Dane. Cu ochii aprinși, el o apucă de umeri.

– Ce s-a-ntâmplat?

– O casetă pe care a făcut-o, nu știu! Marnie a aranjat-o și a spus că e adevărată, apoi el filma, după aceea a apărut prietenul lui și a spus că trebuia să... Zoe căzu peste Dane. Îmi va distruge toată cariera! Mă vor distruge!

– Mă voi ocupa de asta, îi șopti Dane cu asprime. Dar voi avea nevoie de ajutorul tău...“

Dane o îmbrățișă încă o dată în timp ce se apleca și îi șopti la ureche:

– Tic-tac.

CAPITOLUL XIV

Everlee se holbă la reflexia ei în oglindă timp de cinci minute. Știa, cronometrase. Nimic nu arăta diferit pe dinafară, încă nu. Se aştepta ca dispreţul faţă de sine să se vadă dindărătul ochilor ei şi ura să lumineze ca un far de fiecare dată când cineva vorbea cu ea.

Până acum.

Nimic.

Frederick venise acasă prea târziu ca să o atingă, slavă Domnului.

Și plecase devreme în acea dimineață pentru altă ședință foto.

Fețele noi ale revistei *Trend*.

Ea era norocoasa care avea să formeze o pereche cu o Față Nouă, adică cineva care încă nu avea șolduri și sâni, și să o pregătească.

Sau cel puțin asta voia revista. Nu știa câtă pregătire putea face spunându-i cuiva că viața ei – așa cum o știa – se terminase. Și că, dacă era norocoasă și reușea... de fapt, nu ar fi reușit niciodată.

Era o mare minciună.

Pentru că succesul era măsurat cu un băț care creștea încontinuu și niciodată nu se ajungea în vârf.

Niciodată.

Ușa de la baie se deschise.

– Everlee?

– Bună, Britt. Zâmbi larg. Scuze, eram obosită și m-am gândit că modul cel mai bun de a mă înveseli este să îmi număr ridurile. Puncte bonus pentru vergeturi.

Brittany își dădu ochii peste cap cu zâmbetul pe buze, arătând perfect într-o rochie albă, șic, de la Calvin Klein, strânsă pe fiecare rotunjime perfectă a ei. Avea niște picioare incredibil de lungi. Lui Everlee îi veni să dea din cap.

– Arăți minunat. Întotdeauna arăți minunat. Merse la cealaltă chiuvetă și își țuguie buzele, conturându-le cu un ruj roșu aprins. Dar îmi pare rău că ești obosită. Ședința nu ar trebui să dureze prea mult și, dacă te-ai săturat să numeri riduri, poți să mergi oricând în biroul meu și să tragi un pui de somn.

– Aaaa, un pui de somn mi se pare incredibil acum. Everlee expiră zgomotos. Întâi spectacolul cu nouă mea prietenă model cu ochi mari, apoi merg în biroul tău și cer o cafea când mă trezesc.

– S-a făcut. Brittany râse. Și e ciudat că ai menționat-o pe noua ta soră model. Am întâlnit-o acum câteva seri. Roger l-a pus pe Frederick să facă niște ședințe de testare.

Everlee simți că i se strângea stomacul.

– O? Cum arată?

– Nu sunt sigură, dar Frederick părea entuziasmat. Brittany se holbă la ea prin oglindă, ochii ei mari și albaștri punând întrebări la care Everlee nu era deloc gata să răspundă. Prietena ei vedea întotdeauna prea mult, iar Everlee se temea că, dacă spunea un lucru, avea să spună tot.

Și asta avea să o lase simțindu-se mai rău decât înainte.

Singură.

Cu toată lumea numind-o o mincinoasă.

De ce trebuia să fie atât de complicat? De ce nu era suficient?

– Așadar... Everlee se uită în jos, la chiuvetă, apoi din nou în sus, la Brittany. Câți ani are?

– Păi, majoritatea modelelor arată de parcă încă nu au mers pe o bicicletă fără roți ajutătoare.

Strânsoarea din pieptul lui Everlee slăbi puțin. Încă era tânără. Asta era bine. Putea lucra cu asta. Frederick era genul de tip căruia îi plăceau sânii, îi plăceau femeile. De ce era îngrijorată?

O, da, pentru că venise de două ori în ultima lună având mirosul altcuiva.

Și era tot mai rău.

Și, norocul ei, era însărcinată!

– Hei. Brittany își puse brațul în jurul ei. Ești sigură că te simți bine?

– Sunt bine. Everlee speră că părea convingătoare. Acum, hai să mergem la micuțele modele înfometate cu stele în priviri și să le spunem cum e să fii super.

– I'm a Barbie girl..., începu Brittany să cânte în timp ce Everlee păși lângă ea.

Era greu să nu observe felul în care fetele se uitau la ele în timp ce mergeau pe hol.

Erau idoli pentru aceste fete.

Supermodele.

Renumite în toată lumea.

Și totuși, Everlee continuă să se întrebe când avea să se întâmple, când avea să simtă că viața ei era adevărată din nou, nu o producţie gigantică făcută în beneficiul tuturor, cu excepţia ei.

– Ai întârziat, spuse Frederick în clipa în care Everlee intră pe platou, nici măcar nu o privi în ochi, doar își reglă una dintre lentile, privi prin ea, înjură, apoi se jucă cu una dintre lumini.

– Cu două minute. Cronometrase. Și nu mă simţeam bine.

– Hmm... veni răspunsul lui tipic soţilor, apoi își ridică privirea și se încruntă. De ce ești atât de palidă?

– Ţi-am spus că nu mă simt...

– Poate să vină cineva cu machiaj aici, acum? strigă Frederick destul de tare ca oamenii să alerge de peste tot.

Și câteva dintre modelele mai tinere păreau gata să se ghemuiască în colţ și să înceapă să tremure.

Erau cinci feţe noi și cinci feţe vechi, deși nu ar fi spus asta, chiar dacă acesta era adevărul.

Brittany participa la ședinţa foto, la fel ca Everlee, dar Zoe refuzase pentru că se concentra mai mult pe linia ei vestimentară.

Iar vechile lor prietene, Christy, Ella și Gia, stăteau toate în scaune de machiaj, uitându-se la telefoane. Majoritatea lucrau din când în când. Gia se apucase de actorie și obţinuse câteva roluri minore. Ella își întemeiase o familie și Christy, ei bine, Everlee era 99% sigură că era un vampir și folosea sânge ca să rămână tânără.

Femeia refuza să îmbătrânească.

Era ca și cum corpul ei lucra împotriva acestui lucru, iar universul era de acord că ar fi fost păcat să pună un rid pe o faţă atât de frumoasă.

– E palidă, spuse Frederick destul de tare ca să audă toată lumea. Repar-o.

Apoi plecă să vorbească cu unul dintre regizorii de platou în timp ce Everlee era gata să se prăbușească.

– Întotdeauna e așa în timpul unei ședințe foto. Îi zâmbi lui Brittany, care părea gata să mărșăluiască într-acolo și să îl strângă de gât cu mâinile goale, zâmbind în timp ce o făcea. Pentru că Brittany făcea totul zâmbind.

Everlee își imagină că, dacă Brittany ar fi omorât vreodată pe cineva, tot ar fi zâmbit și și-ar fi cerut scuze în timpul actului.

Era foarte politicoasă.

Și minunată.

– Sunt bine. Strânse repede mâna lui Brittany. Sunt măritată cu el, mai ții minte? Îi cunosc toanele.

Brittany nu păru convinsă, dar, în cele din urmă, dădu încet din cap.

– Merg să văd dacă Grace vrea să înceapă.

De parcă ar fi invocat-o Brittany, diavolița își făcu simțită prezența. Grace intră dansând în cameră, cu cafeaua Starbucks într-o mână, ochelarii ridicați pe nas și o fustă verde de piele strânsă pe corp, accentuată de cizme bej și de noua bluză împletită fără mâneci de la Givenchy, care nu se găsea încă în magazine.

– Așadar. Grace își întinse brațele larg în jurul ei. Frederick a fost lovit de un autobuz, sau putem să începem?

– De fapt, eu am fost. Everlee își asumă vina. Am fost la baie.

Grace se holbă la ea lung și aspru, chiar dacă-i era greu să-i vadă expresia prin ochelarii de soare negri.

– Bărbații ar trebui să fie mai înțelegători față de nevoile unei femei atunci când ea merge la toaletă. Dacă ai întârziat, e vina lui pentru că nu ți-a acordat mai mult timp între pregătiri. Nu-i așa, Frederick?

Frederick aruncă o privire urâtă spre Everlee, apoi dădu din cap spre Grace.

– Absolut.

– Bine. Acum, că suntem cu toţii de acord, începeţi!

„Începeţi" însemna, practic, să nu mai stea, să se mişte şi să nu se oprească până când spunea ea că era OK să se oprească.

Everlee avea peste treizeci de ani şi încă era intimidată de editoarea-şefă a revistei *Trend*.

Femeia era un tiran.

Iar Everlee se întreba adesea unde ar fi ajuns dacă ar fi ascultat-o mai mult pe Grace în loc să-şi asculte inima.

Înghiţi în sec şi îşi puse o mână pe stomac pentru scurt timp înainte să se întoarcă spre platou.

– Vom începe cu Everlee, spuse Frederick pe un ton tăios. Şi... Chrissy?

O fată frumoasă se ridică în picioare şi merse spre el. Picioare foarte lungi, ochi mari şi inocenţi, buze umflate, roz, şi păr care arăta ca şi cum l-ar fi copiat identic din ultima şedinţă la care fusese Brittany, drapat în valuri largi în jurul umerilor. Purta un maiou scurt de piele şi pantaloni de trening băgaţi într-o pereche de pantofi sport Nike.

Încercaseră s-o îmbrace ca și cum ar fi fost cu prietenele la un meci de baschet, dar fata era prea drăguță pentru așa ceva.

Nu, părea ca şi cum ar fi ieşit dintr-o revistă.

Şi asta era o problemă.

Nu-i aşa?

Everlee îi zâmbi politicos fetei și luă loc pe canapeaua albă de piele pe care trebuiau să stea. Tematica ședinței foto era o discuţie între fete.

Da, Everlee trebuia să-i dea sfaturi şi, în timp ce vorbeau, râdeau şi îşi dădeau cu ojă pe unghiile de la picioare, Frederick le-ar fi pozat.

– Faceţi-o natural, spuse Grace pe un ton plictisit. Şi Chrissy, dragă?

– Da, zâmbi Chrissy.

Grace dădu încet din cap.

– Dacă te uiţi la cameră, te arunc pe fereastră. Nu vei poza. Repetă după mine: „Nu voi poza".

– Nu voi poza, spuse Chrissy cu o voce serioasă. Jur.

– Jurămintele sunt pentru marinari. Grace oftă de parcă lumea întreagă nu făcea altceva decât să o dezamăgească încontinuu. Acum, du-te.

Chrissy se aşeză lângă Everlee.

– Prima întrebare! Grace pocni din degete.

Brittany o citi.

– Care e cel mai bun sfat pe care l-ai da cuiva care tocmai începe în industria asta?

Everlee îşi strânse dinţii din cauza expresiei dornice şi foarte inocente a lui Chrissy.

– O, asta e bună!

– Dacă te mai uiţi la cameră încă o dată, te arunc pe fereastră şi las porumbeii să facă restul! ţipă Grace.

Chrissy îşi lăsă capul în jos şi se întoarse cu faţa spre Everlee.

– Păi. Everlee îşi înclină capul ca Frederick să poată surprinde o parte din lumina care îi contura linia perfectă a maxilarului. Cred că cel mai bun sfat pe care ţi-l pot da e să munceşti din greu. Şi toate visurile ţi se vor îndeplini! Când se transformase într-o mincinoasă? Şi asigură-te că-ţi păstrezi cercul de prieteni aproape.

Chrissy dădu din cap, dornică.

– Uau, e foarte ciudat că spui asta, pentru că încă mai vorbesc cu prietenii mei din liceu în fiecare zi. Cred că e foarte important să rămâi cu picioarele pe pământ.

Ochiul lui Everlee zvâcni din cauza nevoii de a se da un pic peste cap.

Îi împietri zâmbetul pe faţă în timp ce spuse repede:

– Bravo ţie!

– A doua întrebare, ţipă Grace.

– Ce iubeşti cel mai mult la...

– Stai! Grace merse chiar în faţa camerei, aranjă una dintre perne şi i-o azvârli lui Chrissy. Strânge asta aici, ridică-ţi picioarele, fără bărbie dublă, gâtul se ridică, nu se coboară – nu suntem hobbiţi –, poftim, continuă, Brittany!

– Ce iubeşti cel mai mult la tine însăţi? întrebă Brittany.

– Asta e uşor. Chrissy îi zâmbi larg lui Everlee. Îmi iubesc zâmbetul.

La asta, Everlee surâse sincer.

– Înţeleg de ce.

– Everlee? spuse Grace cu o voce iritată. Şi tu trebuie să răspunzi. Poţi mai mult. Ştii procedeul, mai repede!

– Mă gândeam. Everlee simţi un nod în gât în timp ce toţi aşteptau ca ea să răspundă. Ochii ei se umplură de lacrimi în timp ce înţelese o realitate tristă.

Nimic.

Nu iubea nimic la ea însăşi.

Deschise gura şi minţi.

– Îmi iubesc ochii.

– O, ai ochi frumoşi, înţeleg de ce. Şi mie îmi plac. Chrissy se întinse după mâna ei şi o strânse. Apoi ceva se schimbă în expresia fetei. Fata veselă dispăru şi, în acel moment, era doar alt om care observa suferinţa altcuiva şi încerca să facă tot ce putea – printr-o privire fixă – pentru ca acea persoană să se simtă mai bine.

Everlee o strânse şi ea.

– Asta, chiar acolo. Grace merse la Frederick. Doamnelor, nu vă mişcaţi, asta e fotografia noastră.

Bliţul camerei străluci de câteva ori.

Apoi Grace ţipă.

– Următoarea!

CAPITOLUL XV

– Hei! Brittany bătu la ușa lui Grace și se rezemă de ea. După ce stătuse în picioare aproape toată dimineața și ajutase la coordonarea ședinței foto, tot ce voia să facă era să-și azvârle pantofii și să meargă desculță prin birou.

Dar, anul trecut, cineva chiar fusese concediat pentru asta.

Vărul lui Grace.

Așa că... Brittany își păstră pantofii cu toc, chiar dacă Louboutin-ii îi strângeau degetele mici de la picioare, aproape amorțindu-le de fiecare dată când își lăsa greutatea pe picioare.

Măcar erau drăguți.

– Ce crezi? Grace ţinu ridicat ziarul *New York Post* doar destul de mult ca Brittany să vadă numele ziarului, apoi îl aruncă la coșul de gunoi și se lăsă pe spate. Ei bine?

Grozav. Trebuia să ghicească.

– Întotdeauna îmi place să îți ghicesc gândurile.

Buzele roșii ale lui Grace tresăriră.

– Și?

– Şi cred că, dacă citeşti ziarul după-amiaza, atunci e ceva în el despre care ai vrea să discuţi?

– Întotdeauna am ştiut că tu eşti cea mai deşteaptă dintre cele trei, spuse Grace zâmbind.

Brittany îi aruncă o privire tăioasă.

– Zoe e genială, la fel e şi Everlee...

– Da, da, sunt fantastice, foarte frumoase. Îşi flutură mâna. Îmi place ideea.

– Ideea, repetă Brittany. Epuizarea o cuprinse atât de repede încât creierul ei se lupta să înţeleagă. Nu o ajutase cu nimic faptul că stătuse până târziu în noapte înainte să îi trimită un mesaj lui Oliver.

Avea operaţii toată ziua.

Iar telefonul îi făcea gaură în buzunar.

Refuza să îl verifice la fiecare cinci minute.

Apoi îşi încălcă promisiunea făcută sieşi la zece minute după începutul zilei.

– Ştii. Grace se aplecă înainte. Ideea, politica.

– Da. Brittany oftă uşurată. Apoi înţelese. Stai, pe bune?

Grace ridică din umeri.

– Nu, te mint pentru că îmi place să-ţi distrug moralul.

Brittany aşteptă.

Grace se încruntă.

– Pe bune, ar fi trebuit să mă cunoşti mai bine până acum. Uite ce e, am să-ţi permit asta cu o condiţie.

– Orice. Brittany era gata să sară de pe scaun şi să fugă în biroul lui Zoe după şampanie!

– Ronan Kampbell. Sprâncenele lui Grace se ridicară. Se zvoneşte că familia îi suflă în ceafă – mai ales mama lui, hai să fim sincere – Brittany se făcu mică – să candideze la preşedinţie după ce îi expiră mandatul de senator. Dacă reuşeşte, va fi unul dintre cei mai tineri preşedinţi ai SUA, păşind uşor pe urmele regretatului lui tată. Vreau articolul. Refuză să confirme sau să nege. Vreau articolul și îl vreau pe copertă. Brittany simţi că avea să i se facă rău. Cu tine.

– Pardon? Brittany nu-și putea recăpăta vocea. De ce eu?

– Pentru că ești drăguţă, spuse Grace cu o voce sarcastică în timp ce începu să răsfoiască prin hârtiile ei. Întotdeauna a fost fascinat de tine şi acum, că e însurat, publicul american ar fi nostalgic dacă ar vedea că te înţelegi bine cu familia. Mai mult decât atât, *New York Post* a publicat un articol despre voi doi acum șaisprezece ani, mai ţii minte?

Cum putea să uite? Trebuiseră să lărgească rochia pe care o purta și se certase cu Ronan pentru că vorbise cu mama lui despre situaţie. Despre ei.

El îi spuse că o iubea și că avea să rezolve problema.

Și nu se mai vorbise niciodată despre asta, despre ea, deşi primise un cec de la familie a doua zi, prin poştă, împreună cu un ordin de restricţie.

El încă venea în vizită la apartamentul ei, dar de atunci încrederea dintre ei fusese distrusă. Total. Ea îi dăruise inima ei.

Dar nu fusese destul.

– Da. Își recăpătă vocea. Am să-l fac.

– Brittany, ziarul a vândut mai multe copii într-o zi decât în tot anul, aşa ceva nu s-a mai auzit! Ediţia asta ar putea plăti publicitatea pentru următorii doi ani. *Trend* va fi în fiecare casă, fiecare autobuz, fiecare taxi – va distruge concurenţa și tu vei obţine ce vrei.

Nu își dorea asta destul de mult.

Nu dacă trebuia să pozeze cu el.

Nu dacă trebuia să se prefacă.

Nu mai putea să o facă.

Evident. De vreme ce Gala fusese un dezastru şi era să leşine de o duzină de ori, apoi era să fie orbită de piatra gigantică de pe mâna soţiei lui.

Slavă Domnului că Oliver fusese lângă ea.

– Răspunsul corect. Grace se ridică în picioare şi se aplecă peste biroul ei.

– Mulţumesc, Grace, pentru această ocazie minunată.

– Pleacă. Îi făcu semn să plece.

Brittany înlemnise. Îşi simţi limba umflată în gură.

– Cât timp am?

– Îl vreau terminat înainte de Săptămâna Modei. Vom fi prea ocupaţi atunci. O să-l contactez pe Roger cu mai multe detalii – ar fi bine ca bărbatul acela frumos să nu fi murit în spitalul acela îngrozitor.

– E în viaţă. Brittany simţi cum păleşte. Doar că nu suportă să se relaxeze.

– Poţi să dormi când eşti mort, fu răspunsul lui Grace în timp ce ridică telefonul. Roger, eşti în viaţă! Mă bucur foarte tare că nu ai mers spre lumină...

Brittany se întoarse în biroul ei şi aruncă o privire lungă către panorama oraşului. Everlee dormea dusă pe canapeaua ei.

Prietena ei chiar nu glumise. Fusese atât de obosită, că pe Brittany nu o lăsă inima să o trezească.

Telefonul bâzâi pe biroul ei.

În sfârşit!

Cu zâmbetul pe buze, îl ridică.

– Alo?

– Ai vorbit cu Grace? îi spuse Ronan cu vocea lui profundă, aceeaşi care o făcuse să simtă fiori pe şira spinării în timpul primei ei şedinţe foto pentru *Sports Illustrated*. Mersese direct la ea, se prezentase şi, când văzuse Biblia din poala ei, se aşezase lângă ea şi îi spusese:

– Mi-ar prinde bine să fiu mântuit.

Asta o făcuse să râdă.

Iar pe el îl făcuse să zâmbească.

Iar ea își pierdu o bucățică din inimă în zâmbetul lui, în felul în care se uita în ochii ei în loc să se uite la corpul ei.

Toate celelalte fete o luaseră razna pentru că el era pe platou.

Ea nu făcuse asta.

Mai târziu, aflase că de-asta se apropiase de ea.

Apoi îi spuse că îi văzuse picioarele. Până la urmă, era și el bărbat.

– Ronan, cârâi ea. Da, bună.

– Asta e tot ce primesc? Da, bună.

Ea scrâșni din dinți.

– De fapt, sunt cam ocupată acum...

– Aiurea. Sunt un politician și niciodată nu ai mințit prea bine, Britt.

Își închise și strânse ochii când el îi menționă porecla.

– Da, ei bine, mi-ar plăcea să cred că mă pricep mai bine la asta de când am fost expusă zilnic la așa ceva, datorită ție și a minunatei tale mame. Nu a reușit să cadă pe scări azi-noapte sau să se înece cu o bucată de crevete, nu-i așa?

– Nu e atât de rea, spuse el defensiv. Și știi că e alergică la creveți.

– Un motiv în plus ca să-i dai să mănânce câțiva, izbucni Brittany.

– Și toată lumea crede că ești așa de dulce... El chicoti. Uite ce e, am să-ți trimit programul meu pentru săptămâna asta, m-am gândit că putem să facem interviul la cină.

– Prânz, se trezi ea spunând. Cina nu dă bine, ești căsătorit, mai ții minte?

– Cinele de afaceri nu arată niciodată prost. Doar încearcă să nu arăți sexy și nu va fi nicio problemă.

– Îmi place când îmi ceri imposibilul.

– Îmi place când te cerţi cu mine, îi răspunse el. E cina sau nimic. Şi poartă roşu, e patriotic.

Dădu cu capul încet de birou şi bombăni.

– Bine, doar trimite-mi un – îi sună telefonul – mesaj.

– S-a făcut. Ne vedem în curând.

Brittany oftă.

– O, Britt?

– Da?

– Ai fost frumoasă la Gală. Ţi-aş fi spus dacă nu aveai la braţ bărbatul acela care părea pregătit să îmi dea un pumn în gât. Un nou prieten? Bodyguard?

– Doctor, spuse ea direct. Şi atât ai să afli.

– A, clasa muncitoare, bravo ţie.

Putea fi mai snob?

– La revedere, Ronan.

– La revedere, Britt, deocamdată.

Apăsă pe butonul de încheiere a conversaţiei şi începu să se frământe în timp ce sentimente vechi ieşiră la suprafaţă.

Nu era doar un bărbat frumos.

Semăna mult cu Dane la felul în care se purta, puternic până în măduva oaselor şi lipsit de regrete într-un fel care dădea dependenţă.

Era ciudat că părinţii ei o avertizaseră în legătură cu drogurile şi dependenţele de orice formă înainte să se mute în marele oraş.

Dar singurul drog la care nu se gândise nimeni?

Ronan Kampbell.

– Cine era? spuse Everlee cu o voce somnoroasă. Vorbeai pe un ton furios şi tu nu eşti niciodată furioasă. Nu cred că te-am auzit vreodată ridicând tonul. Se ridică pe coate.

– Ronan, spuse Brittany cu o voce indiferentă. E doar...

– Un politician, spuse Everlee cu o voce iritată. Între el și Dane, diavolul trebuie să fie în culmea fericirii.

Brittany pufni.

– Foarte... adevărat. Dar, în sinea ei, se tot gândea că nu fusese întotdeauna așa.

Atât de controlat de familia lui.

De mama lui.

Se întâmplase încet.

Apoi Ronan, cel pe care îl cunoscuse și iubise, fusese înlocuit de o nouă versiune strălucitoare, datorită lui Nancy și a imaginii pe care ea voia ca el să o reprezinte. Femeia îi spusese că nu putea să se apuce de actorie, era sub nivelul lui. Să zboare cu avionul din și spre Martha's Vineyard? Prea periculos. Lumea avea nevoie de el.

Ea avea nevoie de el.

Și partea proastă era că – poate Nancy avea dreptate.

Pentru că, oricât de mult simțea cum inima i se strânge în piept, Brittany știa. El era un lider pe care oamenii l-ar fi urmat.

Și lumea avea nevoie de mai mulți oameni de felul acesta, dispuși să sacrifice totul pentru binele suprem.

Încă un motiv pentru care se îndrăgostise de el. Și-ar fi vândut sufletul ca să salveze lumea.

Doar că nu se gândise că avea să renunțe și la ea.

– Vrei să luăm prânzul? Se ridică în picioare, alungându-și gândurile negre din minte în timp ce își luă geanta Birkin chiar când Everlee se ridică în șezut. Fac eu cinste.

– Mi-ar plăcea un prânz. Everlee se ridică în picioare și își luă poșeta, chiar când Frederick bătu la ușă, îi aruncă o privire și se încruntă.

– Everlee? Frederick făcu doi pași spre ea. Te mai simți rău?

Brittany își mușcă limba ca să nu spună ceva ce avea să regrete în timp ce Everlee se topi în brațele lui.

– Da.

– Ce-ar fi să-ți chem o mașină?

– Vorbești serios?

– Da. O sărută pe frunte.

– Voi aștepta aici, chiar sunt obosită. Îi aruncă lui Brittany o privire ușurată și se așeză din nou pe canapeaua de piele.

– O să am grijă de tine, spuse Frederick cu o voce blândă în timp ce plecă din birou. Brittany îi făcu semn cu mâna lui Everlee și îl urmă îndeaproape.

Primul lucru pe care îl făcu bărbatul fu să își scoată telefonul și să cheme o mașină. Și al doilea? Să meargă în stânga, unde așteptau modelele și să își pună brațul în jurul lui Chrissy.

Brittany continuă să meargă, încruntată și când, în sfârșit, ieși pe ușă, chemă un taxi, intră în el și se uită pe geam la momentul potrivit ca să-i vadă pe Frederick și pe Chrissy plecând din clădire.

Împreună.

CAPITOLUL XVI

Zoe se holbă la factură.

Luă încă o înghiţitură lungă de vin roşu.

Apoi se holbă mai tare.

Încă era în biroul ei.

La câteva străzi de mansarda pe care i-o cumpărase Dane.

Bea singură.

Şi se întreba dacă ar fi trebuit să rupă hârtia şi să îi trimită o poză cu toate bucăţelele.

Era doar o singură problemă.

El avea dreptate.

Şi, oricât de mult voia să-i dea un pumn, era împietrită de frică. Nu avea o armă şi se simţea închisă în biroul ei pentru că trebuise să lucreze până târziu.

Chelsey plecase.

Luminile erau slabe.

Şi fiecare zgomot sau licărire o făcea să se încordeze. Era acolo? Avea să termine ce începuse? Era un om schimbat? Încă era furios?

Pe cine păcălea?

Fratele lui era mort.

Mort.

Şi ajunsese în închisoare pentru viol - nu putuseră dovedi crima premeditată.

Fusese prea uşor pentru ea şi Dane să rezolve problema. Îi fusese prea uşor să spună poliţiştilor povestea aşa cum îi ceruse Dane.

Şi îl crezuse pe Dane când îi spusese că era singura cale. Îl crezuse când îi spusese că va avea grijă de tot.

Şi avusese.

Până în acel moment.

Acum avea un cronometru care măsura timpul rămas, cu un inel de diamant şi o mansardă, toate la pachet. Trebuia să facă o alegere.

Sunetul paşilor se apropie.

Era să se ascundă sub birou până când Dane umplu cadrul uşii cu corpul lui solid şi capul lui cu păr superb.

– Nu ar trebui să fii aici singură.

– Am înţeles. Oftă. Am pierdut noţiunea timpului şi m-am blocat. Norocoasa de mine.

– Nu eşti niciodată blocată, nu când mă ai pe mine. Făcu un pas înăuntru, apoi închise încet uşa în urma lui. Clicul uşii fu ca o împuşcătură în tăcerea încordată în timp ce ochii lui albaştri îi săgetară pe ai ei cu atâta intensitate că îi fu greu să respire. Cu o strângere în piept, rămase blocată în timp ce el se apropie oprindu-se direct în faţa scaunului ei.

Fără să spună un cuvânt, mâna lui cu piele netedă se mişcă spre bărbia ei, ridicând-o.

– Fii a mea.

– Dacă spun da, mă pierd.

– Cred că mă supraestimezi.

– Nu-ţi şade bine cu modestia, îi răspunse ea cu sinceritate zâmbetului lui crud şi frumos în timp ce el îşi lăsă capul în jos şi îşi folosi mâinile ca să îi prindă braţele şi să o ridice în picioare.

Se întâmpla.

Plasa lui de întuneric şi înşelăciune se strângea în jurul ei centimetru cu centimetru şi, în acele momente, aceste secunde scurte în care creierul ei dădea rateuri şi îi spunea să stea în loc să fugă – el poseda un pic mai mult din ea în timp ce buzele lui le apăsau pe ale ei.

Inspiră adânc când îl gustă prima dată.

Ca şi cum corpul ei era uimit de cât de bun era.

Îşi reprimase intenţionat toate amintirile frumoase cu el. Aşa îi era mai uşor să îi spună nu.

Dar acum corpul ei spunea da aproape fără acordul ei.

Rămase nemişcată când limba lui alunecă pe buzele ei.

Apoi el se retrase, mâinile lui alunecară pe şoldurile ei, ţinându-i corpul acolo, fără spaţiu între ei în timp ce respiraţia lui încetini.

– Te iubesc în singurul mod pe care îl ştiu.

– Speriindu-mă de moarte şi ameninţându-mă?

– Protejându-te.

– Protejarea şi posedarea sunt acelaşi lucru pentru tine, Dane, spuse ea încet. Şi ultima femeie pe care ai încercat să o protejezi tot a murit, nu-i aşa?

Nările lui fremătară de furie în timp ce falca i se încleştă şi mânia i se vedea în privire.

– Jur că se va face dreptate. Ai încredere în mine.

– Asta e problema, nu pot. Nu când ştiu de ce eşti capabil.

Ceea ce făcuse.

El dădu din cap.

– Aşadar, la asta s-a ajuns?

Simţi fiori de teamă pe şira spinării.

– La ce te referi?

El nu îi răspunse, doar îşi întinse mâna şi îi spuse:

– Hai să te duc acasă.

Ea îi luă mâna pentru că era ori el, ori psihopatul din trecutul ei. Pufnind, îşi luă poşeta, îl urmă afară din clădire şi în SUV-ul care îi aştepta.

Tăcură pe tot parcursul drumului.

Ea observă că mergeau în direcţia greşită.

Avu o senzaţie de groază în stomac atunci când opriră în Upper East Side, la unul dintre numeroasele apartamente pe care el le deţinea.

– Vino până sus cu mine. O spuse ca şi cum o întreba. Nu asta făcea. Vom sta de vorbă.

Ha, vorbă, da. Aveau să stea de vorbă.

– Ca să-mi foloseşti corpul pentru a găsi drumul spre inima mea? izbucni ea.

Chipul lui se îmblânzi.

– Ca să mă asigur că nu mă trezesc şi aflu că universul a mai pierdut o lumină de care are mare nevoie. Îi atinse faţa, vârfurile degetelor lui arzându-i pielea. Ea îl dorea, întotdeauna îl dorise, dar el nu i s-ar fi oferit niciodată în acel fel.

Niciodată n-ar fi avut acea viaţă.

Cea la care visa.

O familie.

Un gard alb înconjurând o casă în suburbii.

Râsete.

Atingerea lui ducea către moarte, secrete, lumina reflectoarelor. Atingerea lui însemna că era de acord să îşi vândă sufletul în acelaşi mod în care el şi-l vânduse pe al lui.

Şi, brusc, îşi dori prezenţa lui Brittany.

Zoe își dori ca prietena ei să fie și ea acolo, cu Biblia ei întotdeauna prezentă, să-l lovească în cap cu ea și să-i spună să stea departe.

Brittany știa cum să țină demonii la distanță.

Zoe îi invita înăuntru.

Se holbă la Dane, privind în jos.

– Ce vrei de la mine?

El tăcu, apoi îi mușcă buzele într-un sărut lent și convingător, și îi șopti:

– Predare.

CAPITOLUL XVII

Dane aşteptă ca ea să se mişte.

Zoe se descălţă foarte încet de pantofii ei cu toc.

Umblă prin bucătărie, apoi se ridică pe vârfurile picioarelor pentru a apuca două pahare de vin. Îi cunoştea bine bucătăria.

Dacă ar fi ştiut că el nu suporta să fie în acea bucătărie, pentru că Danica locuise şi ea acolo.

Amintirile erau prea grele.

Amintiri pline de râsete. Amintiri cu fetele care rămâneau peste noapte, îi mâncau toată mâncarea, apoi îl rugau să le comande pizza. Se mutase în oraş la un an după ce Danica începuse să facă modelling, ca să aibă grijă de ea. Părăsise Jersey dintr-un capriciu, îşi vânduse două proprietăţi şi se stabilise în întunericul lumii interlope.

Şi îşi găsise o casă, despre care nu ştiuse că avea nevoie, jucând şah cu demonii din mintea lui.

– Aşadar, vocea lui Zoe îi întrerupse gândurile negre, dacă-ţi spun nu... Îi înmână un pahar şi îl privi în ochi. Pielea ei, de culoarea cafelei, era perfectă la lumina lunii.

Voia să-și întindă mâinile, să-i lingă gâtul, să o sărute și să-și apese corpul peste al ei atât de tare că ea n-ar fi avut de ales decât să-l atingă la rândul ei. O să mă omori?

El încercă să-și ascundă șocul, apoi îi înclină bărbia cu mâna lui liberă.

– Depinde.

Ea rămase fără răsuflare.

– De ce?

– Vrei să o fac?

Ochii o trădară, felul în care se umplură de lacrimi despre care el știa că mai degrabă ar fi murit decât să le lase să se verse pe obrajii ei perfect sculptați. Ea suferea la fel ca el, dar el putea să-și exprime furia.

Zoe.

Zoe lăsa furia ei să îi consume sufletul.

Tristețea vibră între ei în timp ce el își puse paharul jos și îi strânse umerii cu mâinile, iar aceștia se lăsară în jos sub greutatea lor.

– Zoe, tu nu ești ea.

– Aș fi putut fi.

– Dar n-ai fost.

– Oamenii spuneau că semănam mult, zise ea cu o voce înceată.

– Tu ai fost întotdeauna mai puternică. *Ești* mai puternică. Nu lăsa moartea ei să te facă să renunți... nu mă transforma în genul de monstru care te-ar ucide doar pentru că te iubesc destul de mult pentru a face orice îmi ceri.

Ea înghiți în sec.

El se uită spre poșeta ei, dând din cap.

– Trimite-le un mesaj fetelor, anunță-le că ești în siguranță și că ești cu mine în noaptea asta. Spune-le că Aaron a ieșit din închisoare, dar doar atât.

– Ele ar trebui să știe ce-am făcut...

– Grozavă idee, după aceea vor putea depune mărturie la tribunal, spuse Dane sarcastic în timp ce merse până la poșeta ei și i-o înmână. Trimite-le un mesaj, te vor consola ca niște bune prietene și poți sta în camera de oaspeți.

Ea își luă poșeta și se încruntă.

– Dar am crezut...

– Aș prefera să nu primesc un da la propunerea mea la câteva minute după ce mi-ai cerut să te omor, ar distruge complet momentul, Zoe. Îi făcu cu ochiul, se întoarse pe călcâie și merse spre dormitorul principal. Știi unde sunt prosoapele, încearcă să nu mănânci toate bomboanele Skittles din cămară.

Ușa se închise când ea își înăbușea râsul.

Doamne, îi fusese dor de sunetul acela.

Păcat că rareori îi mai era destinat lui sau îl auzea prin preajmă. Se rezemă de ușă, își închise și strânse ochii, apoi îi trimise un mesaj lui Frederick. „La club, mâine-seară?“

Frederick îi răspunse aproape imediat. „Slavă Domnului.“

În sfârșit, piesele se adunau.

După un an de investigații.

Un an de secrete.

Avea să descopere adevărul.

CAPITOLUL XVIII

Zgomotul uşii trântite o făcu pe Everlee să tresară din poziţia ei de pe canapea. Cât era ceasul? Se frecă la ochi şi se holbă cu privirea înceţoşată la telefonul pe care încă îl strângea în mână. Era miezul nopţii? Frederick trebuia să ajungă acasă acum câteva ore.

Îşi verifică telefonul şi avu o reacţie întârziată. Zoe era cu Dane? *Dane?* Cel pe care voia să îl omoare mai tot timpul? Restul mesajului îl menţiona pe Aaron. O senzaţie de rău o cuprinse în timp ce auzi paşi apropiindu-se.

– Arăţi groaznic. Vocea lui veselă o făcu să ezite. Se întoarse încet ca să se holbeze la el. Totul părea normal. Purta aceeaşi blugi strâmţi, negri, un tricou vechi, cu decolteu adânc în formă de V, şi destule bijuterii bărbăteşti cât să strangulеze o persoană. Părul îi era pieptănat pe spate şi avea o eşarfă încolăcită în jurul gâtului. Îşi puse geanta cu aparatul de fotografiat jos, apoi îşi încrucişă braţele şi se holbă la ea, cu nişte ochi reci şi indiferenţi.

Nu trebuia să fie altfel acasă?

Ea îşi întinse braţele deasupra capului.

– Unde-ai fost?

– Ești paznica mea acum? Zâmbi ca și cum glumea, dar ea îi simți iritarea din voce. Știi cum e înainte de Săptămâna Modei.

Poate pentru modele.

Se încruntă în timp ce stomacul îi forfoti puternic. Îl apăsă cu o mână. Copilul din ea deja se revolta împotriva dietei ei frugale. Și, chiar dacă știa că trebuia să mănânce mai mult, era îngrozită de ceea ce ar fi însemnat asta pentru ea, pentru Frederick, pentru viaţa pe care o aveau și pentru cariera ei.

Îngrășarea, chiar dacă se întâmpla pentru că era însărcinată, nu era ceva acceptabil. Nouă luni în care nu lucra, se îngrășa, apoi slăbea, era epuizată și umflată.

Ochii i se umplură de lacrimi în timp ce Frederick veni până la canapea, se așeză lângă ea și luă telecomanda de pe masă.

Un braţ gros de-al lui atârna în spatele ei, nu o atingea, era doar acolo.

– Încă ţi-e rău? o întrebă el fără să se uite la ea.

Ea înghiţi în sec, apoi se rezemă de el, apăsându-i pieptul lat cu o mână. El se încordă.

Ce? Când mai reacţionase el așa?

Rănită, își retrase mâna în timp ce lacrimi noi o orbeau.

– Da, e doar un virus sau ceva de genul... o să fiu bine.

– Asta e o ușurare. Chiar părea ușurat. Hm, poate chiar îi păsa? Pentru o secundă, am crezut că ești însărcinată. După asta urmă un râs pe care ea îl simţi ca pe un milion de cuţite care îi pătrundeau în piele. Îţi poţi imagina? În momentul ăsta din cariera ta? Și a mea? Copii. Tremură. Nu e pentru noi, iubito. O sărută pe frunte. Pe lângă asta, poţi să-ţi imaginezi vergeturi pe corpul ăsta frumos?

Tipul chiar tremura, ca şi cum ideea unui copil îi repugna atât de mult că trebuia să aibă o reacţie fizică. Ea se îndepărtă mai mult de el în timp ce simţi o greutate în stomac.

Şi chiar atunci, cu expresia dezgustată a feţei lui, urmată de un râs zgomotos în timp ce butona printre programele de la televizor târziu în noapte, ea ştiu că faptul că era însărcinată era un miracol. Pentru că fusese o dorinţă secretă de mulţi ani până când îşi dăduse seama că nu avea să se întâmple, nu cu Frederick. Niciodată.

– Eşti tăcută. În cele din urmă, se întoarse spre ea şi îşi întinse mâna spre mâna ei. Vrei să-ţi umplu cada ca să faci baie?

Cum obişnuia să o facă atunci când îi spunea că nu se mai sătura de ea.

Când spunea că era micul lor secret.

Când avea sub optsprezece ani.

Iar el voia să vadă ce avea pe sub îmbrăcăminte.

Ea tremură.

– Nu, cred că o să merg la culcare.

– Te-nvelesc eu. Se ridică înainte ca ea să poată protesta, apoi o însoţi până în dormitorul lor, stinse luminile şi o sărută pe frunte ca şi cum era normal pentru el să fie atât de blând, în loc să vină acasă beat şi să miroasă a parfumul altcuiva. Părea chiar... normal.

Poate avea să accepte ideea.

– Te iubesc, draga mea, îi şopti el.

O iubea.

Da.

Avea nevoie doar de timp.

Singura problemă era că ea nu avea prea mult timp.

El plecă din cameră şi închise uşa în urma lui. Norocul ei, trebui să meargă la baie... din nou. Nervoasă, se ridică şi merse în baie, se împiedică de coşul cu rufe şi îl răsturnă înainte să găsească întrerupătorul.

Era şi neîndemânatică atunci când era însărcinată? Fantastic.

Se apleacă să pună coşul înapoi la locul lui şi simţi o greutate în stomac. Era una dintre cămăşile lui Frederick.

Cea pe care o purtase ieri.

Era ceva roşu pe ea.

Dar nu era ruj.

Nu, pe braţ era o pată de aceeaşi culoare, roşie ca cireaşa, ca noaptea trecută.

Era sânge.

CAPITOLUL XIX

10 ZILE PÂNĂ LA SĂPTĂMÂNA MODEI

Ceva din toamnă şi cumpărăturile pentru şcoală, copii în uniforme şi mame urmărindu-i în timp ce se îndepărtau cu ghiozdanele în spinare, ceva din toate astea o făcea pe Brittany să se emoţioneze.

Toamna le amintea oamenilor de noi începuturi, de cafelele cu aromă de dovleac, de Halloween şi de farmecul omniprezent al sărbătorilor. Dar azi? Azi vedea ghiozdane şi familii, vedea oameni care se îmbrăţişau şi se sărutau în timp ce îşi făceau poze înainte să urce în autobuz pentru prima zi de şcoală.

Vedea în jurul ei tot ce ar fi trebuit să aibă şi ea, dar nu avea.

Copilăria ei fusese exact la fel, şi nu îşi dorise nimic mai mult decât să o repete cândva cu propria ei familie.

Oftă, sorbind încă o dată din cafea în timp ce se îndreptă spre clădirea intimidantă care găzduia sediul revistei *Trend*. Toată lumea se grăbea. Şi, dintr-un motiv oarecare, în acea zi din toate zilele, îşi dorea ca cineva, oricine, să îi zâmbească, să o salute, să o facă să simtă căldură în loc să se simtă moartă pe dinăuntru în timp ce se întreba, își dorea și se gândea prea mult la toate greșelile din trecutul ei.

„«Chiar nu vine», își spuse în sinea ei în timp ce ținea grămăjoara aproape. Căciulițe roz tricotate. Niciodată nu fusese o mare admiratoare a rozului, până în acel moment. Degețele de la picioare roz, buze roz, o căciuliță roz care acoperea un căpșor zbârcit roz.

Lacrimile îi curgeau ca o cascadă în timp ce privea grămăjoara din brațele ei, apoi își ridică privirea spre ceasul de vizavi de patul de spital.

Trecuseră zece ore.

Zece ore.

Și, în fiecare oră, își spuse să aștepte un pic mai mult, pentru că el avea să vină. Era genul acela de tip. Puternic. Stabil. Iubitul perfect, nu-i așa?

– Draga mea? Asistenta ei, Amelia, intră cu un zâmbet strălucitor. Vrei să o iau?

Brittany deveni posesivă în timp ce ținea bebelușul la piept.

– Încă un pic.

Amelia dădu încet din cap.

Apoi Brittany izbucni în lacrimi.

– Te rog, ai putea să... ai putea să mai stai un pic?

– O să fac mai mult de atât, spuse Amelia cu blândețe înainte să se așeze pe patul de spital și să își pună mâna pe umărul lui Brittany. Și, cu o privire cunoscătoare, Amelia, o străină... începuse să se roage.

Și, în timp ce cuvintele asistentei curgeau deasupra ei, Brittany continuă să plângă, ușurată și consolată pentru că măcar știa că nu fusese complet abandonată.“

Liftul se clătină.

Până în această zi, Brittany nu-și putu aminti toată rugăciunea, doar că Amelia spusese că totul avea să fie bine – iar Brittany o crezuse, luase acel adevăr simplu și îl ascunsese în inima ei.

Trebuia să fie bine.

Pentru că alternativa era imposibil de suportat, ba chiar de înţeles. Închise ochii în timp ce simţi un gol tot mai mare în piept, apoi îi bâzâi telefonul în poșetă. Speră că era Zoe cu informaţii noi despre situaţia cu Aaron. Era îngrozitor că cineva care îi făcuse un lucru atât de oribil lui Zoe ieșise, cumva, din închisoare. Doar speră că nu era destul de prost să vorbească cu ele – oricare dintre ele.

În schimb, își scoase telefonul și zâmbi pentru prima dată în acea zi.

Oliver: Prânz? Cină? Gustare? Am câteva operaţii azi, dar mi-ar plăcea să te văd, chiar și pentru zece minute...

Ea îi răspunse repede.

Brittany: Putem să încercăm toate trei?

Uimită că scrisese așa ceva în starea în care era și că apăsase pe trimitere, privi punctulețele mișcându-se pe ecran în timp ce aștepta răspunsul lui.

Oliver: În acest moment, probabil mi-aș da demisia ca să putem... dar pentru că mi-ar plăcea să rămân angajat ca să mă prezinţi ca doctorul sexy... va trebui să spun doar una dintre cele trei? Te rog să nu te desparţi de mine.

Ea zâmbi.

Brittany: Vrei să spui că suntem împreună?!?!

Oliver: Nu-mi frânge inima. Am doar una. Dar rinichi...

Brittany: Ce-ai zice de... cină... în seara asta?

Își aminti pentru scurt timp că trebuia să ia cina cu Ronan la un moment dat în săptămâna aceea, dar își alungă gândul din minte chiar când ușile liftului se deschiseră la etajul douăzeci și doi, unde era găzduit sediul revistei *Trend*.

Nu putu să se uite din nou la telefonul ei până când nu se ascunse, în siguranță, în biroul ei și, până atunci, avea cinci mesaje de la singurul bărbat care îi făcuse inima să bată nebunește în piept de la Ronan încoace.

Oliver: Cina sună grozav.

Oliver: Vrei să gătesc eu?

Oliver: Am putea să ieșim, dar ceva îmi spune că ai prefera să stai în casă.

Oliver: Mă gândesc prea mult la asta.

Oliver: Pentru că vreau să o fac bine – meriți asta.

Cu un zâmbet atât de larg că aproape o durea fața, Brittany tastă răspunsul.

Brittany: Curs de gătit. Atât o întâlnire, cât și o seară în casă... Știu un tip care deține un local, de fapt, e coproprietar, sună bine?

Oliver: Trimite-mi adresa și ora.

Brittany zâmbi ca pentru sine când îi trimise adresa cât putu de repede, apoi își deschise e-mailul ca să îi trimită lui Roger un mesaj rapid. El era unul din proprietari. Practic, el deținea majoritatea, dar nu vorbea despre asta. Dragostea lui pentru mâncare și dorința de a-și găsi un partener de viață care împărtășea aceleași interese îi dăduseră această idee. Era unul dintre cele mai bune localuri din oraș în care se organizau seri pentru celibatari.

La câteva minute după ce trimise e-mailul, primi un răspuns. Roger le făcuse loc – și se autoinvitase.

Șocant.

Zâmbind, își dădu ochii peste cap, apoi începu să tasteze răspunsul chiar când se auzi o bătaie în ușă.

– Biroul meu e gol. Grace își puse mâinile pe șoldurile ei slabe. Costumul ei cu pantaloni era strâns pe silueta zveltă și pantofii ei cu tocuri, roșii ca cireșele, adăugau cel puțin cinci centimetri la înălțimea ei.

– Biroul tău e gol, repetă Brittany, lăsându-se pe spate în scaunul ei. De ce?

– Am nevoie de articolul acela, ți-am spus mai bine mai devreme decât mai târziu. Mai devreme deja a trecut, e mai târziu... azi e mai târziu. Aveam nevoie de el în minutul în care vorbeam despre el. Nu te-a sunat? Grace începu să umble prin fața ei, iar fiecare zgomot al tocurilor ei era ca un cui în sicriul lui Brittany.

– Da, dar...

– Niciun dar, darurile pot fi niște blugi strâmți sau niște țigări, darurile sunt niște scuze pentru care nu am timp. Am nevoie de acel articol. Și voi muta ședința foto în vinerea asta. Să nu mă dezamăgești... Își ridică un deget lucios. Norocul tău că a trecut pe-aici, i-am spus să mă lase să țip la tine înainte să intre cu zâmbetul, gropițele și fălcile lui ridicole. Bărbatul acela e un monstru pentru că nu mă lasă nici măcar să-i ating unul dintre bicepșii lui fermi. Grace ridică din umeri. A trebuit să răspundă la telefon. Să nu strici asta.

Și așa, Grace ieși cu pași zgomotoși din birou și Ronan, coșmarul din viața lui Brittany, intră imediat.

– Grace. Dădu din cap înspre ea.

Ea se opri, se uită la el, dădu din cap și continuă să meargă.

Așa era felul ei.

– Întotdeauna e o plăcere să discut cu diavolița, șopti Ronan în timp ce se făcea comod în biroul lui Brittany, așezându-se pe unul dintre scaunele ei de piele.

– Mama ta? spuse ea cu dulceață.

– Grace, îi răspunse el privind-o ironic. Deşi se poate spune cu siguranţă că joacă în aceeaşi ligă. Femeile ca ele ar trebui să aibă clopoţei de alarmă pentru ca noi, muritorii de rând, să ne putem pregăti înainte să scuipe foc în direcţia noastră.

– Clopoţelul lui Grace e în pantofii ei, spuse Brittany cu un zâmbet răutăcios. Îţi dai seama cât e de furioasă după cât zgomot face când merge. E intenţionat.

– Deşteaptă. Mama e toată numai parfum. Îi simt mirosul, ştiu că mă-nconjoară şi fug. Atât de simplu. Zâmbeşte.

– Asta trebuie să fie dificil pentru că şorţul ei încă este înfăşurat în jurul corpului tău, hmm?

El râse tare.

– Ştiam că ţi-a fost dor de mine.

– Nu prea. Încercă să ascundă senzaţia de fluturi în stomac din cauza felului în care el o sorbea din priviri. În felul în care obşnuia să o facă. În felul în care visase în acea noapte, la spital.

Cavalerul ei nu venise niciodată.

Doar întunericul.

Se întoarse să privească în altă parte.

– Ai nevoie de altceva în afară de caterincă sau pot să mă întorc la lucru?

– Cina, mai ţii minte? Ţi-am trimis programul meu, ţi-am trimis câteva e-mailuri, dar nu mi-ai răspuns.

– Au trecut mai puţin de douăzeci şi patru de ore şi sunt o femeie ocupată, spuse ea printre dinţii încleştaţi.

– Diseară, spuse el cu o sclipire sfidătoare în ochi. Îşi trase cravata neagră şi se aplecă înainte, sprijinindu-şi antebraţele pe pantalonii lui scumpi. Putem lua cina diseară. Oricum, soţia mea e plecată săptămâna asta la Paris.

– Ce convenabil pentru tine, se trezi Brittany spunând chiar dacă ştia că el nu era tipul de bărbat care să înşele. Nu, doar lăsa de izbelişte femeile însărcinate şi le abandona din cauza mamei lui. A familiei lui. A numelui lui. Sunt ocupată în seara asta.

– Încerci să vezi cât poţi întinde coarda cu Grace pentru că te amuză sau chiar eşti ocupată? Îşi miji ochii. Sunt ocupat în restul săptămânii.

– Dar în programul tău scria...

– E cerere mare pentru mine, ce pot să spun?

Îi venea să arunce cu capsatorul în el. Chiar trebuia să strice singurul lucru pe care îl aştepta cu nerăbdare în acea seară?

Îşi încleştă dinţii şi dădu din cap cu fermitate.

– Ne întâlnim la Roma's.

– Michael's, spuse el repede.

Acolo fusese prima lor întâlnire.

Locul lor.

Amintirile o năpădiră.

O durea inima la fiecare bătaie în coaste.

– Bine. Asta era vocea ei? Sunetul acela slab care îi ieşea dintre buze?

– Grozav. El se ridică în picioare, merse spre ea şi, înainte ca ea să poată protesta, o sărută pe obraz. Voi avea o masă pregătită la opt. Să trimit un şofer?

– Nu. Ea dădu din cap.

– Ești sigură? Era prea aproape, mult prea aproape.

Dar nu voia să se retragă, nu voia să-și arate teama.

– Da, acum sunt mare, știu cum să fac semn taxiurilor și toate cele.

– Știu. O privi din cap până-n picioare, apoi dădu din cap în timp ce tristeţea i se vedea pe trăsăturile masculine. Sunt perfect conștient că ești o femeie sigură pe ea, frumoasă și incredibilă.

– Te rog să nu-mi spui asemenea lucruri.

– Îţi jur că nu te-aş minţi niciodată. Îşi întinse mâna după mâna ei şi i-o strânse. Britt, nu mă face să îmi retrag promisiunea aceea.

Ochii i se umplură de lacrimi în timp ce el îi dădu drumul mâinii ei şi plecă.

Cea mai rea parte era înţepătura verighetei pe pielea ei, de parcă avea nevoie să i se amintească de asta la sfârşit.

De faptul că nu o alesese pe ea.

CAPITOLUL XX

Anularea planurilor cu Oliver îi lăsase o senzaţie dureroasă. Cum de era deja ataşată după doar o întâlnire şi destule mesaje ca să facă un adolescent să se îmbujoreze?

Îi spusese că înţelegea. Dar era foarte devreme, chiar înţelegea? Cea mai rea parte era că nu îi spusese pentru cine anulase totul. Nu voia ca el să-şi facă griji, deşi fusese sinceră şi îi spuse că era ceva legat de muncă şi că Grace îi sufla în ceafă.

Situaţia nu s-ar fi îmbunătăţit dacă Oliver ar fi ştiut, doar şi-ar fi făcut griji sau, mai rău, ar fi văzut o latură a geloziei pe care aproape întotdeauna o intuia când încerca să meargă la întâlniri. Şi astfel iluzia ar fi fost distrusă. Şi voia să continue să viseze că exista un bărbat care nu o presa să facă sex cu el prea devreme, care îi putea înţelege credinţele şi principiile morale. Un bărbat care se uita la ea şi vedea mai mult decât un corp, mai mult decât picioare lungi care nu se mai terminau.

Se jucă cu poşeta, ţinând-o în faţa ei de parcă era un fel de armură împotriva politicienilor atrăgători care aveau obiceiul să frângă inimi cu zâmbetul pe buze.

Își lăsă capul în jos în timp ce intră în restaurantul Michael's. Era mult mai înaltă decât majoritatea femeilor, știa că probabil avea să fie observată, dacă nu de oamenii care mâncau, atunci sigur de personal sau de proprietarul care obișnuia să rezerve masa de lângă bucătărie doar pentru ea și Ronan.

Apropo de diavol.

Îl zări așezat fix acolo.

Era în colț, la masa lor obișnuită.

Fu repede cuprinsă de nostalgie.

Înghiți în sec, cu un nod în gât, în timp ce picioarele i se făcură grele ca plumbul. Se crispa la fiecare pas. Era ca și cum pășea în trecut, doar că erau mai în vârstă, mai înțelepți, cel puțin ei îi plăcea să creadă că era mai înțeleaptă. Dar felul în care el se uita la ea și felul în care inima ei răspundea spuneau exact opusul, nu-i așa? Da, el era atrăgător, dar își învățase lecția, își dorea ca și restul corpului ei să fie de acord pentru că partea proastă era că inima ei încă își dorea sfârșitul fericit, credea, chiar și după tot acest timp, că oamenii se puteau schimba, că putea avea o familie cu el. Era o glumă proastă a universului care se juca cu inima ei.

Se forță să zâmbească discret și se așeză vizavi de el, doar ca el să se ridice brusc în picioare, apoi să-i tragă scaunul cu tot cu ea, până când fură unul lângă celălalt, coapsă lângă coapsă.

– Așa. Se așeză din nou. Roșu sau alb?

– Roșu, șopti ea răgușită în timp ce el îi turnă un pahar, i-l înmână, apoi zâmbi, buzele lui pline întinzându-se într-un zâmbet devastator. Pentru vremurile de demult.

Vremurile de demult?

Simți o greutate în stomac.

Vremurile de demult când el o abandonase?

Vremurile de demult când aştepta la spital ca el să apară?

Vremurile de demult când îi promisese veşnicia şi apoi dispăruse?

– Pentru vremurile de demult. Îşi încleştă dinţii şi de-abia reuşi să îşi atingă paharul de al lui fără să i-l spargă în faţă şi să scoată un ţipăt îngrozit.

Un ţipăt plin de tristeţe.

Regret.

Furie, foarte multă furie faţă de el.

Faţă de ce ar fi trebuit să fie, dar nu avea să se întâmple niciodată.

„Ce-s astea? Brittany deja lăsase fetiţa unei asistente. Era un trandafir roşu şi un bileţel pe care era mâzgălit un «Îmi pare rău». Dădu biletul la o parte şi începu să tremure. Era lista, cea pe care ea şi prietenele ei o concepuseră şi fuseseră de acord să facă o copie pe care să o dea bărbatului care le cucerea inima. Fiecare dintre fete avea una – iar pe a ei i-o dăduse lui Ronan.

Şi aşa, Ronan Kampbell îi înapoiase ceva ce nu îi ceruse.

Era distrusă. Nici măcar nu putea să o atingă.

O voce profundă îi întrerupse gândurile.

– Am venit imediat ce m-ai chemat.

Se uită în ochii lui albaştri, cristalini.

– Crezi că-ţi poţi folosi relaţiile ca să...? El o cercetă câteva minute înainte să dea încet din cap.

Izbucni în lacrimi în timp ce diavolul o ţinea aproape şi se întrebă dacă înţelesese greşit. Poate că bărbaţii ca Ronan erau răi – şi bărbaţii ca Dane? Salvatori în straie de păcătoşi.

Poate că tot ce crezuse era o minciună.“

– Aşadar. Puse vinul jos şi îşi luă telefonul, alungându-şi toate amintirile şi gândurile din minte. Ar trebui să începem...

– Nu încă. Îi apucă mâna și o trase în jos până când fu apăsată pe coapsa lui și nu îi dădu drumul la degete. Avem timp, Britt.

– Ronan, niciodată n-am avut timp, spuse ea cu tristețe. Timpul fusese la fel de crud ca mama lui. Le spusese că trebuiau să grăbească ceva ce niciunul din ei nu înțelegea, amândoi erau prea tineri ca să înțeleagă. Întotdeauna a existat o alarmă gata să se declanșeze. De ce să ne lungim?

El ezită; lumina lumânărilor pe fața lui scotea în evidență falca lui puternică, zâmbetul lui prostesc și părul lui des și lucios care întotdeauna arăta ca și când ar fi fost aranjat fără efort.

– Te-ai schimbat.

– Am riduri acum, spuse ea cu mândrie și mai luă o înghițitură de vin roșu. Asta și nu mai merg desculță pe străzile New Yorkului ca o hipiotă.

– Păcat, spuse el încet. Voiam să spun că ai pierdut un pic din lumina care îl făcea pe fiecare fotograf din lume să se îndrăgostească de tine.

Ea se dădu brusc în spate.

– Uau, măcar știu că nu încerci să mă seduci cu asemenea complimente.

– Mă înșală, spuse el încet. M-a înșelat. De-asta e în Paris. Va fi o furtună mediatică.

– Și cum a aflat media mai exact? întrebă Brittany, curioasă. Familia Kampbell era secretoasă în mod notoriu, nimic în afară de știri bune, nimic în afară de știri cu care să câștige alte alegeri.

El doar ridică din umeri.

– Unele lucruri scapă.

– Tu. Ea își miji ochii. Tu ai lăsat să scape ceva?

– I-am făcut o favoare lui Dane și el mi-a făcut o favoare mie, spuse el simplu, dar Brittany știa ce însemna un schimb de favoruri cu un om ca Dane, ce însemna pentru Ronan și pentru poziția în care era, pentru viața pe care o trăia.

Era un politician get-beget, nu-i așa? Nu că ea ar fi putut să se bazeze pe ceva, dacă lua toate lucrurile în considerare. Se foi pe scaun.

– Se pare că nu sunt singura care s-a schimbat dacă ai început să faci afaceri cu diavolul. Oricât de drăguț poate fi, omul are maniere doar când nu e ocupat să amenințe cu violența fizică.

– Și totuși te numește prietenă. Ronan păru să se concentreze cam prea mult la gura ei înainte să clipească și să se uite în ochii ei. Din cauza surorii lui?

Simți o greutate în stomac.

– Am fost prieteni cu toții. Și aș prefera să-l numesc prieten decât dușman. Tu nu ai face la fel?

El doar ridică din umeri. Ea nu ignora faptul că Ronan cunoștea oameni din aceeași lume interlopă ca Dane. Ce era mai rău? Cunoștea oameni din CIA care ar fi putut să facă orice să pară un accident.

Arsenic în unt?

Infarct printr-un ac între degetele de la picioare?

Supradoză accidentală?

Ușor.

– Ne abatem de la subiect. Își drese glasul. Hai să vorbim despre politică.

– Subiectul meu preferat.

– Ciudat, credeam că tu erai subiectul tău preferat și eu rareori mă înșel.

Zâmbi împreună cu ea, apoi dădu din cap ca și cum nu-i venea să creadă că stăteau la aceeași masă. Asta era valabil pentru amândoi.

– Cred că te plac mai mult plictisită.

– Cine-a spus că sunt plictisită?

– Cu mine..., spuse el încet. Eşti plictisită oricând eşti cu mine.

– Mă întreb de ce... spuse ea sarcastic. Bine, răspunde-mi la o întrebare, senatorule. Te vom vedea anunţându-ţi candidatura pentru o nominalizare pentru Partidul Democrat?

El zâmbi de parcă se bucura de întrebare, apoi îşi ridică paharul în dreptul buzelor şi bău, fără să-şi ia ochii de la ea.

– Dacă ţi-aş spune că îmi anunţ candidatura pentru cealaltă tabără?

Ea avu o reacţie întârziată.

– Aş spune că deja eşti beat şi probabil ar trebui să te controlezi la cap înainte ca mama ta să te calce cu Lincolnul ei.

El izbucni în râs, atrăgând atenţia câtorva oameni din restaurant, asta şi şoaptele care urmau întotdeauna când îşi dădeau seama cine era el şi cine era ea.

A, minunat, trecutul se arunca singur în viitor.

Noroc.

– Niciodată nu se ştie. Se apleacă mai aproape în aşa fel încât doar ea să îl audă. S-ar putea să-mi placă să observ cum faţa mamei se învineţeşte într-o nuanţă pe care n-am mai văzut-o...

– Hai să vorbim serios. Se trezi relaxându-se în timp ce apa lui de colonie îi trezi nişte amintiri. Care sunt planurile tale?

– Spune-mi senator din nou şi s-ar putea să afli.

– Happy birthday, Mr. President, spuse ea cu o voce melodioasă înainte să-şi întindă mâna din nou după vin.

– Drăguţ, adu-l pe tata în discuţie, bine jucat. Chicoti. Bine, adevărul, de vreme ce ţi-am promis întotdeauna adevărul.

Ea aşteptă.

El expiră zgomotos, apoi înjură.

– Nu vreau, nu.

Ea se încruntă.

– Atunci de ce există aceste zvonuri?

– Pentru că mama crede că ar trebui s-o fac... familia mea crede că vine apocalipsa dacă un Kampbell nu e în Biroul Oval. Personal, eu nu sunt sigur că aș fi cea mai bună alegere pentru țara asta și despre asta e vorba, nu-i așa? În cele din urmă, nu e despre mine sau despre numele familiei mele, e despre țară. Cum sună asta ca răspuns diplomatic?

Ea înghiți în sec pentru că vocea îi era uscată și se holbă mâinile pe care și le ținea în poală.

– Păi, tocmai ai câștigat votul meu.

– O, da? De ce, Britt?

– Pentru că un politician cinstit e unul bun, spuse ea cu seriozitate. Și avem nevoie de mai mulți din aceștia în lume.

– Da. El își ridică paharul de vin. Avem.

Ea își drese glasul și se uită în altă parte chiar când un mesaj de la Zoe apăru pe ecranul telefonului ei.

„Stau la Dane din nou. Sunt în siguranță."

Brittany se încruntă.

– E vreo problemă? întrebă Ronan pe tonul relaxat pe care îl folosea când încerca să fie grijuliu. Niciodată nu putea deosebi tonurile pe care le folosea cu ea de cele pe care le folosea cu alți oameni pe care voia să-i liniștească. Ce trist!

– Nu e nicio problemă, nu. Ea oftă, apoi se priviră într-un fel care i se păru cunoscut. El își coborî mâna încet pe sub masă, apoi îi apăsă coapsa cum obișnuia să o facă atunci când era îngrijorat.

Simțise atingerea lui ca pe o promisiune.

Ca eternitatea.

Acum o simțea doar ca pe o tristețe.

Își reținu lacrimile, cum făcea întotdeauna în prezența lui, și se forță să zâmbească.

– Zoe stă la Dane. Aaron a ieșit din închisoare. Îți mai amintești de hărțuitorul ei?

Chipul lui Ronan se înăspri și ridurile din jurul gurii lui se strânseră înainte să dea din cap.

– Da, hărțuitorii care sunt hotărâți să omoare cu orice preț oamenii pe care îi iubești sunt greu de uitat, nu crezi?

– Nu m-a urmărit niciodată, spuse ea repede.

I se citea furia pe trăsături.

– Nu știi asta, crede-mă, Dane a găsit fotografii cu voi toate – singurul motiv pentru care e în închisoare e că, într-un acces de furie, și-a omorât accidental fratele.

– Accidental. Brittany testă cuvântul. Niciodată nu se întrebase cum era posibil ca cineva să cadă accidental în propriul cuțit, același cuțit care avea amprentele lui Aaron, același care se înfipsese în pieptul fratelui lui cu câteva minute înainte de a veni poliția.

Într-un fel, nu voia să știe.

Uneori, adevărul era mai înspăimântător decât minciuna.

Realitatea era mai ciudată decât ficțiunea.

– Am încercat, spuse Ronan pe un ton mai blând. Am fost la un meci de golf cu procurorul districtului, dar nu depindea de el, tipul spune că s-a pocăit... l-a găsit pe Dumnezeu și toate cele.

Brittany încremeni.

Ronan își înclină capul; privirea lui intensă era concentrată doar pe ea.

– Poate voi doi aveți asta în comun, alergați să ne salvați pe noi, păcătoșii, de noi înșine.

– Asta nu e corect. Înghiți în sec și se uită în altă parte. Nu am pretins niciodată că sunt altceva decât eu însămi.

Exact. El se aplecă spre ea.

– Motivul pentru care ești atât de atrăgătoare. Degetele lui îi atinseră ușor obrazul înainte să-și coboare din nou mâna pe coapsa ei. Ce-ai spune dacă ți-aș zice că nu am încetat niciodată să te iubesc?

– Oprește-te. Lacrimile îi înțepară ochii în timp ce simți un nod în gât. Te rog... oprește-te.

Dădu din cap.

– Niciodată. Am greșit. O știi. O știu. Și lumea ar trebui să știe asta – și e timpul să afle adevărul.

Ea încercă să se ridice în picioare, dar el o opri.

– Nu acel adevăr. Al nostru.

– Nu poți împărtăși adevăruri parțiale.

– Sunt un senator, pot să fac orice vreau.

„*Asta e adevărat.*“

– Ciudat, de vreme ce exact asta ai făcut... am fost în spital... singură. O lacrimă îi alunecă pe obraz. N-ai venit atunci. Ce te face să crezi că voi mai avea încredere în tine?

El nu o lăsă să răspundă, doar se aplecă peste masă, îi sărută ușor degetele și șopti.

– Nu am nevoie de încrederea ta... doar de inima ta.

Ea tremură în timp ce își închise și își strânse ochii. Nu. Nu avea să o mai apuce pe drumul acela. În sfârșit, ajunsese la o oarecare maturitate, mai bătrână, mai înțeleaptă. Dar asta era problema trecutului. Chiar și când știi că ți-ai învățat lecția, ispita zăbovește și nu e ușor de renunțat la obiceiurile proaste. El fusese unul dintre ele și o atrase în vârtejul acela periculos mult prea ușor. Fusese păcălită. Îi promisese câte în lună și în stele, iar ea îl crezuse.

– Suntem în public.

– Pot să rezolv asta.

– Ronan...

Se ridică şi lăsă să cadă câteva bancnote de câte o sută de dolari pe masă, o luă de mână, apoi o trase spre bucătărie şi pe un hol cunoscut.

Apoi afară, pe alee.

Cu mâinile lui pe şoldurile ei.

Corpul ei murea câte puţin cu fiecare pas pe care îl făcea, ştiind exact ce avea să facă el; îl cunoştea mai bine decât se cunoştea el însuşi.

Iar apoi mâinile acelea se ridicară şi îi strânseră faţa, trăgând-o pentru un sărut apăsat care venea cu cincisprezece ani mai târziu decât ar fi trebuit.

Ea îşi deschise gura ca să protesteze. El folosi asta ca pe un mod de a adânci sărutul, de a-i apăsa pielea cu degetele, de a o trage îmbujorată cum era lângă pieptul lui şi de a înjura lângă buzele ei de parcă era furios că nu fuseseră acolo de la început.

– Nu. Ea îl împinse cu ambele mâini în timp ce simțea cum se umple de frustrare. Își șterse gura cu dosul mâinii, iar lacrimile îi umplură ochii. Nu numai că ești căsătorit, dar nu poți hotărî brusc că mă vrei, nu acum.

– Britt... Vocea lui era răgușită. Ne-am potrivit. Ne potrivim. De ce nu putem începe din nou?

– Tu, dintre toți oamenii, ar trebui să știi că nu poți rescrie istoria. Era incredibil că putea vorbi în timp ce corpul ei tremura de parcă nu suporta atacul violent al tristeții și neîncrederii.

– Tatăl meu a încercat.

– El a fost un om bun.

– Oamenii îmi spun asta tot timpul, în fiecare zi a vieții mele – și singura dată când o cred cu adevărat e când vine de la tine, de la lumina din ochii tăi verzi, de pe bunătatea buzelor tale. Își întinse din nou mâna spre ea.

Ea își lipi spatele de zid.

– Mă văd cu cineva.

– Știu. Cu doctorul. Olive?

– Știi cum îl cheamă.

– Am un lapsus... Zâmbi îngâmfat.

De ce trebuia să fie atât de charismatic?

„Dependentă. Dependentă. Dependentă."

El își dorea ce nu putea avea și, când ea avusese nevoie de el mai mult ca oricând, când avusese nevoie ca el să fie bărbatul pe care îl crezuse, el fugise.

Nu și de data asta.

– Ronan. Îi apăsă pieptul cu mâna. Trebuie să terminăm acest interviu. Își strânse poșeta ca pe un colac de salvare, apoi o ținu în fața corpului ei pentru a crea o barieră. Se rugă ca el să nu-i vadă genunchii tremurând sau felul în care lacrimile i se adunau în ochi. Prea târziu, el se întorsese prea târziu. Hai să mergem la barul de alături și poți să-mi spui totul despre cariera ta politică înfloritoare – fără să mă săruți.

– Bine. El se retrase. Am să fac asta și mai mult... dar te voi săruta din nou, poate nu în seara asta, poate nu mâine, dar ești a mea, Britt, ai fost doar a mea.

– Nu aparțin nimănui decât mie însămi, spuse ea cu o voce tremurată și cu o privire tăioasă în timp ce el îi oferi brațul, apoi o conduse încet, pe aleea întunecată, spre barul de alături.

– Poate că asta e problema, Britt, spui că îți aparții ție însăți – dar tot ce ți-ai dorit vreodată e să te împarți cu altcineva.

Domnul să îi dea putere.

Nu era pregătită pentru el.

Nu acum.

Niciodată.

Se trezi rugându-se pe tot drumul spre bar. Cu fiecare pas, cerea puterea de a trece prin asta.

Pentru că, oricât de mult i se păruse că el era persoana potrivită, de data asta, știa că e greșit.

Senzația persistentă de groază era ca un fum înecăcios între ei.

Brusc, își dori ca mama ei să fie acolo, să îi spună ce să facă, dar ce i-ar fi spus? „*Hei, mamă, știi tipul ăla cu care m-am culcat, dar nu ți-am spus că m-am culcat cu el pentru că m-am simțit vinovată – ei bine, m-a lăsat gravidă, apoi m-a părăsit, și acum va candida la președinție. O, da, și mă vrea înapoi, știi, după ce divorțează de soția lui. Surpriză!*“

– Ești bine? Ronan se aplecă și îi șopti, buzele lui atingând curba urechilor ei. Știa că era intenționat. Pentru că tot ce făcea el avea un scop, un motiv, iar acum se întreba dacă mai era ceva în spatele regretelor sale. Dacă nu cumva o folosea pentru câștigul lui personal.

Scrâșnind din dinți, dădu din cap, se așeză pe scaunul de la bar și îi făcu semn cu mâna barmanului.

– Un Manhattan, fă-l tare.

Ronan doar zâmbi și spuse.

– La fel.

Avea să fie o noapte lungă.

CAPITOLUL XXI

9 ZILE PÂNĂ LA SĂPTĂMÂNA MODEI DE TOAMNĂ

Zoe își întinse brațele deasupra capului în timp ce ieși din dormitorul de oaspeți și intră tiptil în bucătărie. Cafeaua deja era făcută, firește, pentru că Dane nu ar fi trăit într-o lume în care cafeaua nu era programată să se facă în minutul în care el avea nevoie de ea ca să cucerească universul.

Apucă o cană neagră și își turnă cât pentru o ceașcă, apoi era să o scape pe podeaua de ardezie când Dane intră în bucătărie.

La bustul gol.

Cu gura uscată, își feri privirea și de-abia reuși să meargă drept până la scaunul de la bar.

– Se pare că mă placi tot mai mult. Ieri-dimineață te-ai holbat la mine doar două secunde, mi-ar plăcea să cred că, de data asta, au fost cel puțin patru.

Zoe pufni.

– N-am crezut că am s-apuc ziua în care marele Dane numără câte secunde s-a holbat o femeie la el.

– Nu orice femeie, ci viitoarea mea soție. Zâmbi lasciv, apoi se întoarse cu fața la ea. Cu corpul ridicol de tonifiat expus, pantalonii de pijama din mătase care ar fi trebuit să arate prostești doar accentuau efectul. Cum era posibil să-i tot crească mușchii? Nu era corect că bărbații îmbătrâneau frumos, iar femeilor li se spunea că trebuie să se ocupe de semnele lăsate de trecerea timpului. Ridurile lui de la coada ochilor îi ofereau un aspect aproape ștrengăresc care era atât de ciudat, că ea rămase cu gura căscată.

– Spune ce-ai de spus. Își puse cafeaua jos. Ești în toane prea bune și tocmai ai zâmbit ca și cum aș fi fost de acord cu termenii tăi în timp ce cumpăram rochii de mireasă.

– Cred că mi-ar plăcea ceva fără bretele pe tine. Își aplecă trupul solid peste tejghea; părul lui negru era ciufulit de parcă își trecuse mâinile de mai multe ori prin el. De ce nu-ți creezi una?

– Drăguță schimbare de subiect. Se încruntă. Încă zâmbești și, ca să fiu sinceră, începe să mă sperie. Nu ai copii de speriat și cățeluși de înecat?

Colțurile gurii lui se ridicară într-un zâmbet.

– Cred că mi-ar plăcea să am copii.

– Bine, serios acum. Zoe simți că nu mai avea răbdare și nici credința că bărbatul nu putea fi domesticit. Copii? Niciodată n-ai vrut copii!

– Poate am întors foaia. Fața lui era la câțiva centimetri de ea. Pe lângă asta, te-am ținut în apartamentul ăsta două nopți la rând și ai reușit să nu mă sufoci cu perna. Aș spune că e un progres.

– Poate că tu dormeai în timp ce am ținut una deasupra ta timp de jumătate de oră noaptea trecută. Zoe zâmbi în timp ce luă încă o înghițitură lungă din cafea.

– Drăguț. Îi făcu cu ochiul. Și, crede-mă, dacă ai fi lângă mine, aș ști, mă încingi prea tare ca să dorm în prezența ta, mi-ar plăcea să cred că aş fi treaz înainte ca tu să intri în cameră.

– Ha. Înghiţi, neştiind ce să spună pentru că, dacă se gândea la starea lui actuală şi la felul în care avusese grijă de ea în ultimele două zile, făcând-o să se simtă în siguranţă, ar fi ezitat şi ar fi pus sub semnul întrebării toate motivele pe care le avea pentru a nu se mărita cu el şi a face o prostie.

Trebuia doar să își amintească de ce el era rău și ar fi distrus-o.

Nu ar fi fost greu, trebuia doar să se gândească la toţi oamenii pe care el îi rănise, la toate vieţile pe care le distrusese cu zâmbetul pe buze şi ar fi fost bine.

Dar când era atât de aproape.

Când îi zâmbea.

Când îi arăta că putea fi normal, măcar în acel apartament, o făcea să-şi pună întrebări.

Și era trist că, probabil, acesta fusese planul lui tot timpul. Niciodată nu ataca rapid, nu, Dane era dispus să aştepte cu anii ca să obţină ce îşi dorea.

– Ştii că vreau copii, îi spuse ea încet. Te rog să nu foloseşti asta împotriva mea, nu e corect.

– Nu o fac. Se îndreptă. Nu aş face-o.

Privirea lui o pătrunse în timp ce el ocoli încet colţul barului pentru micul dejun, apoi îşi băgă mâna după ceva în servieta lui.

Încruntându-se, ea îl privi când scoase un vechi bileţel îndoit.

Simţindu-şi inima bătând în gât, era să cadă de pe scaun când el se apropie, deschizând bileţelul încet. Era uzat, liniile albastre de pe hârtia de caiet erau atât de decolorate că de-abia se mai vedeau. Era lista pe care ea i-o dăduse în ziua în care îi spusese că o iubea, semnată de fiecare dintre prietenele ei, inclusiv de Danica.

– Ai păstrat-o. Îi tremura vocea. Chiar ai păstrat-o?

– Asta... Flutură hârtia în fața ei.... e un contract legal între două inimi, două suflete care își recunosc nevoia pentru celălalt indiferent de ce spun gurile lor.

Zoe își strânse buzele într-o linie fermă, neavând încredere în ea însăși ca să vorbească.

– Am păstrat-o, la fel cum ți-am păstrat inima, la fel cum nu ți-am dezonorat niciodată trupul, chiar dacă am avut tot dreptul să-mi găsesc altă femeie, ai fost doar tu. Tu, Zoe.

– Vrei să-mi spui că ai fost abstinent în ultimii doi ani? Ea rămase cu gura căscată.

– Tu. Dane se aplecă și îi șopti la ureche. Când fac o promisiune, o respect. Ți-am spus că eram bărbatul unei singure femei și am vorbit serios. Am fost abstinent din noaptea în care ai plecat din viața mea și am să rămân așa până te vei întoarce.

Zoe se ridică în picioare, aproape ciocnindu-se de el și de cana lui de cafea, și se retrase pentru a mări spațiul dintre ei.

– Nu te cred.

– Ba da. Se priviră în ochi. Mă crezi.

– Trebuie să merg la muncă. Se întoarse și fugi spre camera de oaspeți chiar când el strigă după ea.

– Voi pune doi dintre oamenii mei să te urmărească azi, trebuie să te știu în siguranță.

Ea trânti ușa fără să-i răspundă. Lacrimi i se rostogoleau pe obraji.

Nu-l credea.

Nu putea.

Îi dăruise totul, iar el... el distrusese totul! O distrusese.

Încercă să-și aducă aminte de tot, de bârfele din reviste, de diferitele femei pe care le văzuse la brațul lui. De stilul lui de viață. Cluburile pe care le deținea îl făceau să pară cel mai rău gen de persoană.

Dar plângea.

Pentru că el nu o mințise niciodată.

Era una dintre puținele lui calități pe lângă faptul că arăta bine.

Alunecă și se ghemuit pe podea. Dar dacă se înșela? Dacă el voia toate acele lucruri? O familie? Copii? Dacă nu mai era același bărbat?

Dacă.

Cel mai periculos cuvânt din istoria omenirii.

Inspiră adânc, apoi se ridică încet, alungând acea conversație în cel mai ascuns cotlon al minții ei. Muncă. Săptămâna Modei. Asta era tot ce conta, nu lista stupidă pe care ea i-o dăruise când îi spusese că îl iubea.

Nu jurământul pe care îl făcuse surorii lui când îi mărturisise că Dane îi furase inima.

„– Îl iubesc, spuse Zoe încet. El mă păstrează în siguranță. Eu îi păstrez umanitatea.

Danica o trase pentru o îmbrățișare.

– Nu-l lăsa să-și piardă umanitatea – nu-l lăsa se se transforme într-un monstru. Întunericul întotdeauna ne trage pe amândoi. Se uită în altă parte. El luptă împotriva lui cum ar trebui s-o facă un om. Uneori, îmi doresc să fi fost mai mult ca el, mai dornică să-mi înfrunt demonii decât să mă întind pe jos și să le accept pedeapsa.

Zoe se încruntă.

– Danica, ești o persoană bună. Știu că ești. Toți avem zile proaste.

– Nu. Zâmbetul Danicăi era trist. Zilele proaste sunt altceva, eu vorbesc de alegeri proaste, alegeri foarte proaste, făcute cu oameni răi. Ochii i se umplură de lacrimi.

Nesiguranța țipă mai tare decât întunericul și nesiguranța e una dintre cele mai îngrozitoare bestii cu care m-am luptat vreodată, și sunt foarte obosită, foarte, foarte obosită.

– Atunci, renunță! Zoe o îmbrățișă la rândul ei. Nu ai nevoie de bani.

– Nu a fost niciodată vorba de bani. E vorba de euforie și ai minți dacă ai spune că nu ai fost și tu un pic îndrăgostită de asta.

Zoe tăcu.

– Dar... Fetele se îndepărtară. Chiar sunt fericită pentru tine. Cu adevărat. Văd cum te privește, ar da foc la lume dacă i-ai cere asta.

– Ha, ei bine, din fericire, eu sunt yin la yangul lui, așa că apocalipsa nu e necesară.

– Știu. Danica îi făcu cu ochiul. Oricum, știi ce ai de făcut acum... înmânează-i lista și felicitări, ești prima fată care o oferă bărbatului visurilor tale. Danica luă copia listei lui Zoe și scrise un ultim rând. „Nr. 15: Să nu mintă niciodată. Să nu meargă niciodată la culcare supărat.“

– El? Să nu mintă niciodată? glumi Zoe.

– Aș fi mai îngrijorată pentru partea a doua, spuse Danica încet. Nu e un mincinos, e cea mai mare putere și cea mai mare slăbiciune a lui. Când iubește pe cineva, o face cu tot ce are mai bun și mai urât, așa că promite-mi că, atunci când îți va arăta latura urâtă, îl vei iubi în ciuda ei. Cred că ești singura femeie care îl poate distruge și asta mă îngrozește.

– Nu voi face asta. Zoe o îmbrățișă din nou.“

El păstrase lista.

O păstrase.

Zoe nici măcar nu-și aminti să se pregătească pentru acea zi, tot ce știa era că lista aceea stupidă încă era pe tejgheaua din bucătărie când trecu pe lângă ea.

Și, pentru că îi plăcea să se chinuie singură, se opri și se uită la nr. 15, cu scrisul de mână perfect al Danicăi.

Era ca și cum ar fi fost acolo cu ea, amintindu-i lui Zoe de ceva ce uitase intenționat ca să se protejeze.

Și, din păcate, ca să se pedepsească pentru că nu ajunsese acolo mai devreme.

În ce lume putea salva un bărbat ca Dane?

Când nu îi putuse salva sora perfectă?

Și în ce lume merita măcar să facă asta?

CAPITOLUL XXII

Îi zvâcnea capul.

O durea inima.

Brittany se privi o dată în oglindă și se încruntă. Pe lângă faptul că Ronan evitase aproape orice întrebare după sărut, mai și continuă să scormonească trecutul de parcă, brusc, ar fi contat din nou.

După două ore la bar, primise răspunsuri la doar două întrebări despre politică și arăta ca și cum tocmai ar fi fost călcată de un tren.

Îi sună telefonul; era Grace.

Fantastic.

– Alo? Încercă să pară veselă, dar vocea ei era răgușită, probabil din cauza vorbăriei din seara trecută. Telefonul ei scoase un bip din cauza unui mesaj care venea.

– E-mailul meu. Unghiile băteau pe tastatură. Tocmai l-am verificat, l-am reîncărcat, l-am verificat din nou și nimic, nimic politic, și refuz să număr, cine e stagiarul care trimite videoclipuri cu pisici? E ridicol. Refuz să-l număr pe acela printre e-mailurile noi.

Brittany își reținu oftatul.

– E Marco și cred că e modul lui de a încerca să te facă să râzi.

Urmă o tăcere, apoi:

– Râd.

Dar chiar asta făcea? Brittany nu era sigură. Buzele ei se curbară într-un zâmbet obosit. Promit că ți-l voi pune pe birou până la prânz.

– Asta înseamnă peste trei ore.

– Sunt conștientă.

– Bine. Ezită și apoi:

– Ar putea fi datoria ta să afli niște informații și despre divorț, știrile tocmai au apărut în dimineața asta, după ce voi doi ați fost văzuți făcându-vă comozi la Michael's.

– Ce? Brittany strânse telefonul cu o mână, apoi deschise televizorul cu cealaltă. Desigur, Megan Kelly prezenta bârfele zilnice, iar Brittany apărea pe sticlă, zâmbindu-i lui Ronan în timp ce el se apleca spre ea de parcă ar fi vrut să o sărute. Se specula despre ce însemna acel gest și dacă Brittany se întâlnea cu el în secret.

Știa că nu o sărutase la cină.

Și că, atunci când o sărutase, îl respinsese.

Dar imaginea arăta rău.

Foarte rău.

Gemu la telefon.

– Înveselește-te, fato, orice știre e bună și, în mod magic, ne-ai făcut ședința foto de vineri cea mai importantă din tot anul, știam că pot conta pe tine.

– Să arate ca și cum seduceam un bărbat însurat? Lacrimile îi umplură ochii, amenințând să se reverse. Nu așa ar fi trebuit să decurgă totul! Trecutul părea să se arunce în prezent și ea nu era vinovată, nu de data asta. De data asta, chiar își respectase principiile morale, nu îl lăsase să o farmece, să o facă să spună da când ar fi trebuit să spună nu.

Și rezultatul era același.

Cealaltă linie începu să sune din nou, de data asta, cu un apel telefonic în locul unui mesaj.

Scoase telefonul la timp ca să vadă numele lui Oliver.

– Bine, spuse ea în cele din urmă, smiorcăindu-se un pic, apoi ștergându-și nasul. Trebuie să plec, Grace.

– La prânz.

Apelul se încheie. Cu mâinile tremurânde, Britt îi răspunse lui Oliver.

– Hei, pot să explic...

– Tu ai fost cea care a spus că nu putea vorbi despre el. Oliver nici măcar nu părea furios, părea rănit, ceea ce era mai rău. Putea suporta furia, dar sentimentele rănite? Trădarea? Era dureros. Și ți-am oferit acel spațiu, știu că nu mă cunoști prea bine, așa că imaginează-ți mirarea mea când ai anulat planurile cu mine ca să mergi la cină cu el.

– Nu e ceea ce pare! Simți că i se frângea inima în două în timp ce se chinuia să descopere cuvinte și propoziții pe care să le înșire ca să-l ajute să vadă lucrurile din perspectiva ei. Chiar a fost o cină de afaceri, Grace vrea un articol despre el, ne vrea pe copertă.

– Incredibil, bombăni Oliver de parcă era dezamăgit. Brittany, trebuie să mă înțelegi și tu, nu sunt din lumea ta, dar știu cum gândesc bărbații. Ai fost la cină cu el, singură, scrie peste tot în presă că el divorțează și ai recunoscut că ai avut o relație cu el acum cincisprezece ani. Ce puteam să cred?

Ea suspină în timp ce pieptul i se strânse din cauza anxietății.

– A, deci ai făcut, în sfârșit, căutarea aceea pe Google. Asta era? Terminase cu ea?

– Doar după ce am văzut ştirile din dimineaţa asta, recunoscu el cu o voce înceată.

– Ai găsit ceva interesant? Simţi că el încerca să se protejeze şi nu suporta că asta se întâmpla din cauza ei.

– Nu, spuse el repede. Nu face asta, nu mă respinge, nu alege calea uşoară. Mi-am ieşit din minţi azi-dimineaţă, bine? Femeia pe care o plac, femeia de care mă îndrăgostesc a ieşit cu alt bărbat, un bărbat însurat.

– Aia nu sunt eu! spuse ea fără să gândească, urând faptul că vocea ei era îngreunată, că asta era o problemă, că lumea era din nou cu ochii pe ea când dădea greş sau cel puţin aşa părea.

Ce ar fi făcut Oliver dacă ar fi ştiut adevărul?

Despre spital?

Despre faptul că Ronan nu venise?

Despre minciuni?

I se întoarse stomacul pe dos.

– Mâncare. Vocea lui părea obosită. La spital. Termin schimbul cam pe la cinci diseară, putem vorbi.

– Bine. Înghiţi în sec.

– Fără minciuni, fără omisiuni. Dacă facem asta, trebuie să ai încredere în mine.

– Să am încredere în tine? repetă ea. Când, uneori, nu am încredere nici măcar în mine? Nu voise să spună asta cu voce tare.

Era linişte de partea cealaltă a liniei; îi auzea respiraţia întreruptă la celălalt capăt.

– Britt, la un moment dat în viaţa ta, va trebui să îţi încerci norocul, să îţi rişti inima din nou, dar nu vei putea face asta până nu mergi mai departe. Acum crezi că creşti, crezi că mergi mai departe, dar mi se pare că eşti la fel de obsedată de trecut ca el. Încă te reţine. Şi o parte din mine se întreabă dacă nu cumva aşa vrei să fie.

– Pardon. Fu cuprinsă de furie. Ai fost la o întâlnire cu mine și acum ești psiholog?

El înjură.

– Am întrecut măsura.

– Crezi?

– Uite, poate că vorbește gelozia din mine, dar se pare că te mai leagă ceva de el. Și nu ești singura care riscă ceva aici.

– Știu. Putea să se simtă mai rău? Probabil nu. Știu asta.

– Uite ce e, trebuie să plec. Ne întâlnim mai târziu azi? Când poți?

Să primească mai multe răspunsuri de la Ronan, să scrie primul articol politic pentru Grace și să-l întâlnească pe Oliver până la sfârșitul zilei, sigur, nicio problemă.

– Da.

– Bine.

Apăsă pe butonul de terminare a apelului, își aruncă telefonul pe salteaua patului, apoi alergă prin cameră îmbrăcată și, pentru prima dată de când avusese șaisprezece ani, își strânse părul într-o coadă și își luă laptopul. Avea destul pentru un paragraf și trebuia să fie un articol central – întins pe câteva pagini. Fără să ezite, își privi telefonul din nou, apoi îl ridică, gemând, se rugă să găsească puterea și formă numărul lui Ronan, cu furia pulsându-i prin corp.

El răspunse imediat.

– Britt, cu ce ocazie?

– Două răspunsuri, am primit două răspunsuri de la tine noaptea trecută. Am nevoie de mai multe.

– Întâlnește-te cu mine la prânz.

Nervii ei erau întinși la maxim.

– După ce-ai văzut știrile, chiar crezi că asta e o idee bună? Fața ei apăru din nou la televizor, cu mai multe speculații despre ea ca fiind motivul divorțului lor. Ei cred că sunt cealaltă femeie!

– Mass-media adoră drama. Nu-ți face griji, echipa mea se ocupă de asta.

– O, bine, deci echipa ta se ocupă de asta în timp ce viața mea se destramă din cauza unei cine de afaceri, fantastic. Și unde a fost echipa ta când...

Nu mai vorbi.

El înjură.

– Îmi pare rău, nu pot șterge ce am făcut sau ce nu am făcut, dar mi-ar plăcea să mă revanșez față de tine.

– Nu poți inventa momente, poți doar promite să fii acolo când se întâmplă, Ronan. Cam așa funcționează universul.

– Cel mai mare regret al vieții mele e că nu am fost acolo, spuse el încet, făcându-i inima să o doară în piept, iar ea își frecă locul, se rugă să-i treacă, își închise ochii și îi strânse.

– Prea târziu, șopti ea. Am să-ți trimit zece întrebări prin e-mail, te rog să-mi răspunzi la ele. Trebuie să predau articolul pentru că Grace se grăbește cu el pentru ediția de luna viitoare.

– Ia cina cu mine.

– Nu. Am terminat cu cinele, Ronan.

– Băuturi?

– Cred că ar trebui să stai departe de femei o vreme, dacă nu vrei să-ți distrugi cariera politică. Oricum, niciodată nu se termină bine pentru familia ta când bărbații încep să meargă la întâlniri cu modele și actrițe, nu-i așa?

– Asta a fost o lovitură sub centură și o știi.

Da, dar ea suferea, iar el răsucea cuțitul în rană.

– Ne vedem vineri, pentru ședința foto.

– Bine.

Ea închise și se strânse singură în brațe, dorindu-și să o fi făcut altcineva. Oliver? Roger? Mama ei?

Dacă ar fi putut să-i trimită un mesaj universului atunci, ar fi fost „ajutor", doar „ajutor". O cerere simplă, cineva să o îmbrățișeze, cineva să-i spună că se putea ocupa de asta, că putea să-și păstreze calmul când simțea că se afunda în nisipuri mișcătoare. Dacă o părăsea Oliver? Dacă asta era prea mult? L-ar fi învinovățit? Și Ronan? Oricât de mult voia să-l scoată din viața ei, ei împărțeau ceva, împărțeau o persoană reală pe care el nu o întâlnise niciodată, pe care ea o...

Cineva sună la soneria ei.

Ori Dumnezeu era foarte rapid, ori chiar era cea mai grea zi din viața ei.

Alergă până la ușă și ajunse la timp ca să-l vadă pe Roger stând acolo, cu cafeaua în mâna dreaptă, o cutie plină cu gogoși în cealaltă și un zâmbet larg pe față.

– M-am gândit că azi ai nevoie de zahăr mai mult decât în oricare altă zi.

Și atunci ea izbucni în lacrimi, pe geaca lui moale, din piele.

– Crezi că putem să-l punem pe Dane să-l omoare? o întrebă Roger încet, făcând-o să râdă.

– Nu vorbi așa. Știi că Dane ar face-o pentru un preț. Luă cafeaua și închise ușa după el, în timp ce el făcu evaluarea caracteristică a locului.

– Toată lumea are un preț, draga mea. În cele din urmă, încetă să se mai uite în jur și își îndreptă privirea spre ea. Ochii lui căprui erau calzi, dar întotdeauna priveau prin ea, încercând să o înțeleagă. Să nu uiți niciodată asta.

– N-am uitat. Sorbi din cafea, apoi luă o gogoașă. Mersi pentru asta.

– Păi, am văzut știrile.

Brittany gemu.

– Toată lumea a văzut știrile. Simți, din nou, epuizarea. Simt că am muncit din greu pentru reputația mea și acum asta? Pe bune? Oliver e confuz și, pe bună dreptate, furios pentru că m-am temut să-i spun că mergeam la cina de afaceri cu Ronan și acum lumea crede că eu sunt cealaltă femeie când tot ce am făcut noaptea trecută a fost să îl resping și să încerc să mă comport profesional.

– L-ai împins? Roger își înclină capul.

– Ai observat asta, nu-i așa? bombăni Brittany.

– Adică el s-a apropiat pentru un sărut și tu l-ai împins?

Brittany se crispă și sorbi încă o dată lung din cafea.

– Gura lui a atins-o pe a mea, iar eu l-am împins cu ambele mâini.

– Ești o fată cuminte. Îi făcu cu ochiul. Deși mă mir că a fost atât de îndrăzneț. Nu e cunoscut ca băiatul rău al familiei, cred că acela e dragul lui tată.

– Cunoscut? repetă ea. Face parte din regalitatea americană și e înclinat să flirteze cu orice are puls, știi asta.

– Da, păi, e drăguț și crede că poate scăpa basma curată cu asta.

Își dădu ochii peste cap și luă încă o înghițitură. Ultimul lucru la care voia să se gândească era frumusețea lui Ronan, asta împreună cu șarmul lui o băgaseră în belele de la început, nu-i așa? Fusese alături de ea, fusese puternic, impresionant și apoi o dezamăgise.

– Urăsc asta și trebuie să-i predau articolul lui Grace, care... stai puțin. Își ridică degetul și își luă telefonul, apoi trimise repede restul întrebărilor lui Ronan. Nu a vrut să discute despre politică, a vrut să discute despre viitor.

– A, ceea ce înseamnă că, probabil, a vrut să scormonească trecutul și să spună că îi pare rău, bla, bla, bla.

Ea doar ridică din umeri, nevrând să intre în detalii, mai ales pentru că Roger era singurul în care avusese încredere ca să-i povestească și el jurase repede să uite că avuseseră vreodată această conversație.

Pentru amândoi.

– Dacă m-ai învățat ceva... Merse la ea și își puse o mână pe umărul ei.... e că ai supraviețuit în această junglă pentru că ești o leoaică. Mai mult decât atât, știi cine ești. Chiar dacă te-ai îndoit de asta, chiar dacă te-ai îndepărtat de calea ta, ai reușit apoi să te îndrepți singură.

Ea înghiți în sec în timp ce mai multe lacrimi îi umplură ochii, nu merita acele cuvinte, voia să fie tipul de femeie care putea fi așa, dar cum putea să se vadă în acel fel când nu putea nici măcar să își ierte trecutul?

– Cred că ai o părere foarte bună despre mine.

– Dintr-un motiv întemeiat. Pentru că, într-adevăr, ești bună, Brittany. Vezi lumea diferit. De-asta oamenii vor să vadă lumea prin ochii tăi, de-asta mă întreabă fotografii tot timpul ce te face atât de frumoasă. E sufletul tău. Acum te doare sufletul și îmi amintesc o fată de douăzeci și doi de ani care mi-a spus odată că, atunci când te doare sufletul, trebuie să mergi în singurul loc în care sufletele bolnave sunt, într-adevăr, bine-venite.

– La biserică, termină ea în locul lui.

– Un spital pentru cei bolnavi – nu pentru cei sănătoși, spuse el, citând-o pe ea de pe vremea când era mai tânără. Dar, de vreme ce e o zi lucrătoare, ce-ar fi să faci ce ai făcut în acea cameră de hotel acum mulți ani? Poate citești un pic azi ca să te liniștești după ce scrii articolul acela. Știi că ești preferata mea, nu pentru că crezi că ești mai bună decât toată lumea, ci pentru că iubești cu adevărat fiecare persoană pe care o întâlnești cu toată inima ta, cel mai mare defect al tău va fi întotdeauna cea mai mare putere a ta. O sărută pe frunte. Acum, haide, fă-l pe politician să pară bun, apoi amintește-ți de ce ești de neuitat pentru oricine te întâlnește.

Deschise ușa și apoi o închise cu un clic în urma lui.

Lacrimile îi încețoșară privirea lui Brittany în timp ce se întoarse în dormitorul ei și observă mica Biblie de pe noptieră, împreună cu paharul de vin de seara trecută lângă ea.

El avea dreptate.

Hotărâtă, luă laptopul și se apucă de treabă, apoi curăță paharul de vin și luă Biblia.

„Pentru Brittany.

Cu dragoste, mama."

Și, sub asta, cu scrisul de mână tremurat al mamei ei: „Iisuse, fii *Centrul vieții ei*".

CAPITOLUL XXIII

Ce făcea era greșit, dar el avea sânge pe cămașă. Ce trebuia să facă? Să-l abordeze și să-l întrebe dacă s-a bătut cu cineva? Hormonii de sarcină nu o ajutau pe Everlee în situația asta, iar paranoia ei era mai mare ca oricând.

Chiar îi spărgea parola?

El era la o ședință foto toată dimineața și, pentru că era foarte obosită și se simțea rău, ultimul lucru pe care voia să-l facă era să plece din apartament. Pe lângă asta, nu avea nimic de făcut până vineri. *Trend* organiza o ședință foto pentru Brittany și Ronan, iar asta însemna că ea trebuia să fie acolo să își susțină prietena. Îi ajuta faptul că Jauq și Frederick formau o echipă pentru asta. Ambilor li se oferea opțiunea de a-și arăta viziunea pe care o aveau despre acest cuplu.

Avea să fie frumos.

Întotdeauna era când acești tipi lucrau împreună.

Tastă altă parolă.

Și greși.

Ar fi blocat-o dacă o greșea și a treia oară. Simți o greutate în stomac când își dădu seama că, după ani de căsnicie, el își schimbase toate parolele. Cele pentru e-mail, chat – toate erau diferite și nu-i spusese asta niciodată.

Doar o făcuse.

O alungase în liniște dintr-o parte a vieții lui.

Într-o zi era măritată cu bărbatul visurilor ei, a doua zi el glumea despre faptul că nu voia copii și că ea se îngrășa, apoi găsea sânge pe cămașa lui.

Putea uita de ce se întâmplase luni, ziua de miercuri era și mai rea.

Își atinse burta și bătu darabana cu vârfurile degetelor pe masă. Avea o idee.

Dane.

Știa fiecare hacker din zonă.

Tipul își exercita puterea cu prea mult entuziasm și agresivitate pentru gustul lui Everlee, dar întotdeauna îi fusese prieten.

Pe lângă asta, îi datora o favoare, nu-i așa? Din cauza noului lui club, soțul ei venise acasă, trei nopți în ultimele două săptămâni, beat, mirosind a whisky și parfum, și acum asta.

Oftând, își ridică telefonul mobil și apelă numărul lui.

– Everlee. Îi spuse numele la fel cum spunea numele tuturor, cu o așteptare, de parcă știa că avea să-i ceară ceva. Sunt într-o ședință, de ce ai nevoie?

– Și-a schimbat parolele. Ar fi putut să o spună mult mai elegant. Și eu doar... sunt o soție paranoică, știu, dar noi întotdeauna am împărtășit totul și...

– O să trimit pe cineva mâine-dimineață, dar îmi rămâi datoare.

– Ha. Ești sigur de asta? Pentru că soțul meu plătește mii de dolari doar ca să intre în clubul tău.

El îi ceruse asta.

– Îi fac o reducere de 10% pentru că e un client foarte fidel.

– Tu ești diavolul.

El doar râse mai tare.

– Oamenii văd ce vor. Și cred ce vor. Ce-ar fi să fac asta ca o favoare de la un prieten pentru o prietenă?

– Fără nicio șmecherie?

– O mică șmecherie, nu cine știe ce, dar, dacă găsești ceva suspect, vii la mine, mă lași pe mine să mă ocup de asta. Mai ales în starea ta.

Era să scape telefonul.

– Par... pardon?

– Un minut. Păru să vorbească cu altcineva, apoi auzi cum închise o ușă. Sunt în biroul meu cu ușile închise. Și am spus o femeie în starea ta. Nu m-am bâlbâit.

– De unde știi? Nu am spus nimănui!

– Eu știu totul, Everlee, nu mă lua de sus cu întrebări stupide. În jur de șapte săptămâni, am dreptate?

Lacrimi fierbinți îi înțepară ochii.

– Da.

– Anunță-mă dacă ai nevoie de altceva, ultimul lucru pe care-l vrei e să pui copilul în pericol din cauza stresului. Vreau orice descoperi. Și, dacă e prea greu de suportat, dacă îngrijorările tale sunt confirmate, vii la mine. Doar la mine.

Simți un nod în gât cât o minge de golf din cauza emoțiilor.

– Da?

– Ce știi?

El oftă lung, obosit.

– Trebuie să mă-ntorc la ședința mea.

– Dane!

– Respiră adânc, pentru copil. Îți trimit o rețetă și pentru greață.

Termină conversaţia.

Ea se holbă şocată la telefon.

Ceva nu era în regulă.

Faptul că Dane o urmărea nu avea niciun sens.

Erau prieteni, întotdeauna fuseseră prieteni din cauza Danicăi, dar el putea şti că era însărcinată doar dacă pusese nişte oameni să o urmărească sau îi ascunsese microfoane în apartament.

Dar asta era ceva ridicol. Nu ar fi avut niciun motiv să facă asta! Îşi puse telefonul pe birou şi îşi întinse mâna după telecomandă ca să pornească televizorul.

Şi era să cadă de pe scaun când văzu că Brittany era în ştirea principală, cu Ronan dintre toţi oamenii.

Divorţ.

Simţi un fior de groază pe şira spinării.

Nu. Ea şi Frederick doar treceau printr-o perioadă mai grea. El era totul pentru ea, era bărbatul visurilor ei. Asta se întâmpla când oamenii se căsătoreau şi trăiau cu cineva atât de mult timp, se puteau transforma uşor în colegi de cameră, ajungând până la urmă să se ignore. Trebuia doar să-i amintească de ce se potriveau atât de bine, de ce se îndrăgostiseră unul de celălalt la început.

Începând din noaptea asta.

Aveau nevoie doar de timp, nu-i aşa? Timp.

Iar ea avea exact şase ore să se asigure că el intra pe acea uşă şi se uita la ea aşa cum obişnuia să o facă mai de mult.

****

Pe Everlee o dureau picioarele şi trebuise să meargă la baie de cel puţin cinci ori în ultima oră, dar terminase.

Amazon îi livrase destule alimente pentru o săptămână și căutase una dintre rețetele ei preferate de supă de dovlecel. Conținea destule calorii, dar se gândi că, dacă aveau să își refacă relația, de ce să nu se întâmple asta cu ajutorul mâncării? Deschise o sticlă de vin Prisoner Red Blend și o lăsă să se aerisească, intrând puțin în panică la gândul că el avea să observe că ea nu bea. Dar, dacă ar fi luat doar o înghițitură, apoi ar fi scuipat-o în liniște, ar fi observat-o? Ar putea să îi spună că încă nu se simțea bine.

Salata era făcută.

Și sufrageria arăta perfect. Aprinsese câteva lumânări și aranjase cina să arate ca și cum mâncau la unul dintre restaurantele lor preferate în loc să cineze acasă și, pentru că Everlee cunoștea programul încărcat al lui Frederick, îi trimisese câteva mesaje ca să îi confirme că venea acasă.

Cinci minute.

Reușise să intre în vechea ei rochie scurtă din piele, de mărimea 2. Îi strângea fiecare rotunjime și era un pic cam strâmtă pe talie, ceea ce nu o ajuta să țină ascunsă prea bine mica umflătură care începuse să se formeze în ultimele două luni.

De-abia se observa, dar, pentru că era foarte slabă, știa că nu mai avea mult timp. Ultimul lucru de care avea nevoie era să ajungă pe Pagina Șase cu speculații despre un bebeluș cauzat de un burrito sau unul real.

Se dădu cu un strat proaspăt de ruj, își aranjă părul în geamul cuptorului, apoi își băgă picioarele îndurerate și umflate într-o pereche de pantofi Louboutin chiar când clanța rotundă a ușii se întoarse și Frederick intră în apartament.

– Miroase bine, comentă el. Ai comandat ceva?

– Nu, strigă ea cu zâmbetul pe buze. Exact de asta aveau nevoie. De ce nu se gândise la asta mai devreme? Desigur, venea acasă mirosind a parfumul altcuiva, dar asta se întâmpla pentru că ea nu îi oferise atenție. Iar acum că făcea asta, totul avea să fie bine. Am gătit!

El ocoli colțul mesei. O sorbi din ochi în timp ce se rezemă de perete.

– Tu? Ai folosit bucătăria?

I se încălzi fața.

– Nu e fizică cuantică.

– De obicei, pentru tine e, spuse el pe un ton de tachinare. Dar chiar miroase bine. Se îndepărtă de perete și merse încet până la ea. N-am mai văzut rochia asta de ceva vreme... Ea zâmbi în timp ce el își coborî mâinile pe rotunjimile ei, oprindu-se pe talie. O umpli mai bine decât o făceai.

– E un compliment? Căldura îi umplu pieptul.

– Vrei să fie? o întrebă el, cu buzele ridicându-i-se. Nu e un lucru rău. Spuneam doar că observ mici amănunte despre corpul tău. Practic, e un lucru bun. O trase mai aproape pentru un sărut, un sărut care avea gust de mentă proaspătă.

Ca și cum încerca să ascundă altceva.

Își alungă acel gând din minte și îl sărută și ea, în timp ce îi cuprinse gâtul cu brațele și trase de buza lui de jos. Ignoră durerea pe care începu să o simtă acolo unde inima ei bătuse puternică și fericită. Nu avea de ales.

– Mmm, ce-am făcut bine? Cred că merit să știu, ca să o fac din nou, îi șopti el lângă gura ei. Porți o rochie strâmtă, gătești... Frederick vorbi mai încet, făcând-o să simtă fluturi în stomac. Îmi place.

– Bine. Își mușcă buza în timp ce simți o durere în abdomen. Își întinse mâna după un pahar cu apă și sorbi de câteva ori înainte să răspundă. Totul e pentru tine. Am vrut să te fac să te simți special azi. Nu ne-am mai văzut prea mult și...

El izbucni în râs.

– Ești drăguță, ne vedem în fiecare zi, dormim în același pat, dar îmi place că vrei mai mult...

– Întotdeauna, spuse ea repede. Întotdeauna voi vrea mai mult.

– Hmmm, mi se pare că ar trebui să arăți asta mai bine când soțul tău vine acasă după o zi lungă de muncă.

Stai. Ce?

Îi încremeni zâmbetul.

– Întotdeauna sunt aici când vii acasă.

– Nu... Se aplecă și mirosi supa de pe masă. Mă refer la sex, e ca și cum ai devenit o mare mironosiță. Jur că săptămâna trecută era să te întreb dacă mă înșeli.

– Ce? spuse ea, aproape fără răsuflare. De ce te-aș înșela vreodată? E ridicol! De unde îi venise ideea aceea? Mai ales de vreme ce el era cel care se întorcea acasă mirosind diferit!

– Hei, hei. El îi cuprinse fața cu mâinile; ea îi căută ochii. Doar spun că ai fost absentă în ultimul timp. M-am gândit că poate era alt tip de care nu știam, nu că te-aș învinovăți pentru asta. Amândoi știm că monogamia nu e realistă.

Inima i se opri în piept în timp ce cuvintele lui coborau între ei ca o ceață crudă și înecăcioasă.

– Păi, când ești căsătorit, e.

El doar ridică din umeri și își lăsă mâinile în jos de parcă nu voia să se certe din cauza asta.

– N-ar trebui să mâncăm?

– Frederick? Chiar avea să-l întrebe asta? Avea să meargă până acolo? Tensiunea arterială îi urcă vertiginos, simți asta din cauza vertijului, a uscăciunii din gură și a durerii care îi străbătea tot corpul.

– Ce? Chipul lui era complet inocent.

– Nu ai... știi tu...

El chicoti.

– De ce trebuie să întrebi asta? Eu sunt cel care e acasă cu soția mea la opt seara, bucurându-mă de minunata cină pe care ea a gătit-o. Am păstrat distanța pentru că mi s-a părut că asta voiai. El o privi cu scepticism, apoi îi făcu cu ochiul. Uau, ai comandat și pâine franțuzească?

Pentru prima dată în căsnicia ei, nu voia ca el să-i facă cu ochiul. Nu voia râsul sau sarcasmul lui. Voia să aibă o conversație reală, chiar dacă asta însemna că s-ar fi supărat amândoi, chiar dacă asta însemna că s-ar fi îndepărtat unul de celălalt. Dar nu ar fi primit asta de la el – nu primise niciodată și nu avea să înceapă să-i dea asta acum.

Frederick luă o bucată de pâine și o rupse, apoi se așeză în capul mesei, în timp ce ea merse încet până la scaunul de lângă el și își întinse mâna după pâine.

El o privi critic, uitându-se de la pâine la fața ei.

– Ce? Everlee ridică bucata de pâine. De ce te uiți la mine așa?

– Pentru că ești frumoasă și nu mi-ar plăcea să-ți pierzi frumusețea doar pentru că te-ai îngrășat prea mult ca să mai porți ceva din dulapul tău.

Ea scăpă pâinea înapoi pe farfurie în timp ce simți o greutate în piept.

– Port mărimea 2.

– Înainte purtai 0.

Chiar aveau această conversație? Nu acesta era planul. Cina trebuia să fie despre refacerea legăturii, râs, ținut de mână. Nu despre restricții dietetice pentru că el observase că ea se îngrășa!

– Păi, ştii, spuse ea cu un zâmbet fals care o făcu să vrea să izbucnească în lacrimi. Se zice că puternic e noul slab.

El îi zâmbi răutăcios.

– Ştii cine spune asta, nu-i aşa? Luă altă bucată de pâine. Fetele care adoră să mănânce.

– Fetele trebuie să mănânce ca să trăiască, nu suntem roboţi, spuse ea cu răceală. Uite ce e, am vrut să fac ceva frumos pentru tine. Putem să nu vorbim despre corpul meu de parcă aş fi înnebunit doar pentru că port o măsură mai mare?

El doar luă încă o înghiţitură şi îşi întinse mâna după vin.

– Trebuie să plec în seara asta.

– Dar tocmai ai spus...

Frederick o privi, apoi se holbă în jos, la supă, şi îşi întinse mâna după lingură.

– E pentru muncă.

– Ai făcut asta mult în ultimul timp... ai muncit. Vocea ei era aproape plată. Era ca şi cum urmărea povestea altcuiva, nu a ei. Când îl mai lăsase să îi vorbească aşa? Când devenise asta acceptabil? Când se schimbaseră lucrurile? Emoţiile ei era confuze.

Sorbi.

Sorbi. Era ca şi cum urechile ei erau foarte conştiente de fiecare zgomot, de fiecare înghiţitură, de scârţâitul scaunului pe podea, de ştirile din fundal, chiar şi de înghiţitul lui, ca o bombă gata să explodeze.

Îşi înmuie pâinea în supă.

Gustă din nou.

Corpul îi tresărea cu fiecare înghiţitură şi furia îi întorcea stomacul pe dos pentru că el stătea acolo şi îi judeca trupul slab în timp ce el mânca orice voia şi futea pe oricine dorea.

„Iar tragi concluzii pripite."

– Frederick?

El sorbi.

– Da?

– Cu cine lucrezi în seara asta?

El înlemni.

– Cu un model nou, cea care arată ca Brittany, cel puțin la păr, o duc la câteva cluburi ca să cunoască niște oameni din industrie. Ar trebui să-mi ia cam două ore. E minoră, așa că e mai mult „Poftim niște apă și salută persoana care te poate face vedetă dacă îți joci bine cărțile".

Nu era nevoie să-i explice asta lui Everlee.

Știa totul despre acel joc.

Pentru că, în urmă cu cincisprezece ani, ea fusese la brațul lui Frederick în timp ce îl jucau.

– Te culci cu ea?

Frederick își scăpă lingura în castron, împrăștiind supa pe fața de masă pe care ea alesese să o pună pentru a arată elegantă.

– Vorbești serios acum?

Ea dădu din cap, neavând încredere că putea vorbi fără să țipe, fără să plângă, fără să-i spună totul sau, mai rău, fără să se pună în patru labe și să-l implore să o iubească din nou.

– Nu. Tonul lui fu mai blând când își puse mâna pe mâna ei. Te iubesc doar pe tine. Se apleacă și o sărută ușor pe frunte. Haide.

Cuvintele lui erau goale. Acele cuvinte fără sens erau, într-un fel, mai jignitoare decât cele spuse cu cruzime. Ar fi preferat să simtă ceva.

– Ce?

– Hai să mergem. O ridică în picioare, apoi o întoarse și îi desfăcu fermoarul rochiei, trăgând-o sub șoldurile ei.

Nu, nu, nu. Nu trebuia să se întâmple asta, nu trebuiau să se certe, apoi să facă sex.

Trebuiau să vorbească și să râdă, iar el trebuia să-i spună că era frumoasă și că o iubea, trebuia să o iubească orice-ar fi fost.

Lacrimile, lacrimile omniprezente, îi stăteau agățate de gene în timp ce el îi trase rochia în jos pe corp.

– Pentru asta vreau să mă întorc acasă data viitoare. Vreau să mă ospătez din tine.

Ea tremură în brațele lui.

Nu era bine.

Erau căsătoriți.

Dar asta nu-i dădea dreptul să o atingă. Sau da?

– Vezi? Aveai nevoie de asta la fel de mult ca mine.

Ce nu știa el, ce nu avea să-i spună niciodată era că nu i se părea consensual, nu atunci, și poate nu de multă vreme.

Îi veniră în minte imaginile mișcării *Me Too*, și începu să se gândească dacă era în regulă faptul că el nu îi cerea niciodată acordul. Ce nu incluseseră niciodată? Poate faptul că femeile erau brutalizate chiar și în propriile relații, nu-i așa?

Se forță să-și alunge gândurile negative în timp ce gura lui îi atinse pielea.

Apoi buzele.

Era greșit. Foarte greșit.

Îl lăsă să o sărute cu mâinile ținute în lături, cu inima frântă, chiar și când îi venea să țipe.

Se prefăcu din nou că tot ce își dorea era să facă sex cu soțul ei lângă supa pe care o pregătise timp de câteva ore.

Se prefăcu că nu avea dureri peste tot.

Se prefăcu că se bucura când, de fapt, îi venea să plângă în hohote.

Și, când el plecă pentru a se întoarce la muncă, se prefăcu că zâmbește în timp ce intră în baie ca să facă un duș și văzu sânge.

Doar că, de data asta, nu mai era de pe cămașa lui.

Era al ei.

CAPITOLUL XXIV

Se întoarse. Furia lui Dane era incontrolabilă când era vorba de oamenii pe care îi iubea – oamenii pe care trebuia să îi protejeze. Privea, de la fereastra holului din clădire, cum Aaron trecea pe acolo a treia oară. Tipul purta o căciulă Yankees neagră, blugi și un tricou albastru învechit. Se opri o dată direct în fața ușii și se uită în sus de parcă ar fi încercat să vadă mai bine în birou.

Dane își ridică telefonul și îi făcu o poză ticălosului, apoi stinse becul.

– Hei! strigă Zoe din birou. De ce-ai făcut asta?

– Ai terminat pe ziua de azi, îi spuse el cât de vesel putea, ceea ce însemna că vocea lui suna spart. Adună-ți lucrurile.

– Te rog? Spuse asta cu vocea autoritară pe care el o adora. Folosește-ți manierele sau am să lucrez toată noaptea și te pun să dormi pe un scaun!

– Cu plăcere! îi răspunse el. Pentru că te iau de la lucru ca să nu fii speriată.

Tocurile ei cui bătură pe podeaua de ciment în timp ce ea merse pe hol și îl înfruntă. Maioul ei scurt se continua cu o fustă maro din piele întoarsă; asta îl făcea să-și dorească să o lingă.

Ceea ce era întotdeauna o problemă cu Zoe, pentru că nu ar fi forțat-o la nimic fizic, voia ca ea să vină la el.

Să îl roage.

Să-i promită.

Să-l iubească.

Să se sacrifice.

Să se predea.

Zoe se opri, cu brațele încrucișate, uitându-se urât. Era superbă, nu-i așa? Piele bronzată, ochi calzi de culoarea whisky-ului și destul de luptătoare ca să îl facă să-și dorească să o provoace zilnic, apoi să o sărute și să se împace de nenumărate ori într-un ciclu nesfârșit.

– Nu eram speriată.

– Sigur. Îi luă haina din cuier, apoi îi înmână poșeta agățată. Ea se întoarse cum o făcea întotdeauna când el o ajuta să se îmbrace cu haina. Ce era amuzant la Zoe era că nu-și dădea seama că ei deja se purtau ca un cuplu, deja lucrau împreună perfect și frumos.

El avea nevoie de ea.

Ea avea nevoie de el.

Întotdeauna fusese așa și o parte din el știa că sora lui îi binecuvântase. De aceea păstrase el lista, pentru că fiecare fată trebuia să semneze pe listă înainte să se poată mărita cu bărbatul visurilor ei. Era un pact făcut de fete de paisprezece ani cu stele în priviri, care credeau că dragostea era regula, nu excepția. Că, dacă ar fi muncit destul de mult, ar fi avut parte de un final fericit.

Că, într-o zi, ar fi apărut prințul lor.

El era mai mult demon decât prinț, dar asta nu-i făcea inima mai puțin umană, nu-i așa? Poate că era ultima parte din el care îl mai lega de umanitatea lui, faptul că i-o oferise lui Zoe pentru a fi păstrată în siguranță, ca să nu o distrugă cu propria întunecime, cu ceea ce făcea ca să-și câștige existența.

– Nu mă cert cu tine. Zoe își lăsă umerii în jos.

Încruntându-se, el merse în spatele ei și începu să îi maseze umerii, iar ea se rezemă de pieptul lui, închizându-și ochii.

– Pot să te-ajut cu ceva? În afară de a fi bodyguardul tău noaptea târziu și de a te duce înapoi în apartamentul pe care îl deții? Împreună cu bărbatul pe care îl iubești?

– Te descurci foarte bine. Zoe făcu o față, dar nu se eliberă din îmbrățișarea lui. Știi că toată presiunea asta nu te ajută.

– Țin să te contrazic.

– Pentru că îți place să te cerți.

– Doar cu tine.

– Au! Zoe se întoarse pe călcâie și îl împunse cu degetul în piept. Ești imposibil și mor de foame!

– Păi... Se întinse după mâna ei și o sărută. Atunci lasă-mă să am grijă de tine.

– Pot să am grijă și singură de mine, îi răspunse ea, dar el văzu nesiguranța din ochii ei, nevoia din inima ei, dorința de a fi îngrijită. Nu avea o familie, avea doar prieteni.

Iar el voia să îi ofere totul. Totul.

– Știu. Îi strânse fața cu mâinile și o sărută pe frunte. Asta iubesc la tine. Independență feroce, frumusețe, grație, dar, Zoe, e în ordine să te bazezi pe oameni, e în ordine și să-i lași să te hrănească.

– Paste? Își mușcă buza de jos și zâmbi privind în sus, la el.

– Bineînțeles.

– Dar fără sos și...

O sărută lung și apăsat pe obraz, apoi îi înclină bărbia spre el.

– Cu multe paste, multă pâine, cu toată grăsimea pe care o poți consuma, pentru că trupurile omenești sunt făcute să fie îngrijite, pentru că n-ai mâncat nimic toată ziua și pentru că aș prefera să văd rotunjimi despre care să știu că eu sunt responsabil că le-am pus acolo decât coaste pentru care oamenii din industria asta se sinucid ca să le păstreze.

Ea înghiți în sec și își flutură genele în timp ce își fixă privirea pe gura lui.

El se apropie.

Aerul era irespirabil, plin de tensiune.

Apoi începu să bâzâie telefonul lui mobil.

Ea își drese glasul, se eliberă din îmbrățișarea lui și își legă haina chiar când Dane auzi un plânset la celălalt capăt al liniei.

– Everlee?

– Tu ești singurul care știe! Plângea în hohote. Dane, ele încă nu știu, nu știu cum să le spun, dar eu și Frederick ne-am certat, într-un fel, cred că mă înșală și... Vinovăția îl rodea pe interior în timp ce o asculta pentru că el îl împinsese pe Frederick, pentru că avea nevoie de mai multe dovezi, pentru că avea nevoie de încrederea lui Everlee, pentru că era o tablă de șah și toți erau piese fără s-o știe. A plecat. Ea sughiță. Și-acum e sânge, foarte mult sânge, și am crampe și...

– Sun la 911 pentru tine chiar acum, spuse Dane cu o voce calmă. Ne vedem la spital.

– Noi?

– Eu și Zoe. Poți să ajungi pe holul de la intrare ca să descui ușa?

– D-da. Dar Zoe nu știe...

– Sângerezi. Nu mai contează asta acum. Sun acum.

Fața lui Zoe păli.

– Cine-a fost?

– Everlee. Formă imediat 911. Cred că pierde sarcina.

Lacrimile umplură ochii lui Zoe în timp ce își acoperi gura și dădu din cap, nevenindu-i să creadă.

– 911, care e urgența dumneavoastră?

Informă pe scurt dispecerul și o privi pe Zoe mergând prin fața lui și, în minutul în care închise, coborâră scările în fugă până la SUV-ul care îi aștepta.

Toate gândurile despre Aaron și despre faptul că trebuiau să încuie fură uitate.

CAPITOLUL XXV

Brittany de-abia respectase termenul-limită, dând clic pe trimitere la 11.59 și holbându-se mirată la computerul ei pentru că reușise. Ronan îi răspunsese la fiecare întrebare politică pe care i-o pusese, deși făcuse intenționat răspunsurile scurte și atât de corecte politic, că își dădu ochii peste cap în timp ce citea.

Orele petrecute la computer nu îi îmbunătățiră starea de spirit, așa că, atunci când termină, începu să răsfoiască Biblia.

Mai era o oră până când trebuia să se întâlnească cu Oliver, ceea ce însemna că trebuia să plece peste câteva minute dacă voia să ajungă la timp.

Brittany zâmbi când văzu pielea maro învechită, amintindu-și ziua în care mama ei i-o aruncase în geamantan și îi spusese că nu era niciodată singură.

I se părea o altă viață.

O altă fată.

Una care avea stele în priviri și entuziasm în vene. Una care credea cu adevărat că lumea era un loc bun dacă vedeai dincolo de rău.

Și acum?

Acum era plictisită, mai deșteaptă, mai înțeleaptă.

Și obosită.

Foarte obosită.

Deschise la final, apoi începu să răsfoiască prin diferite capitole. Bucăți din viața ei erau păstrate în acea Biblie.

Momente.

Imagini.

Ajunse la ultima pagină și suspină încet. Două amprente mici de piciorușe din cerneală o priveau la rândul lor. Își acoperi gura cu mâinile în timp ce lacrimi noi îi înțepau ochii.

Aproape temându-se să atingă cerneala decolorată, mâinile ei tremurară în timp ce ridică hârtiuța și se holbă la ea.

„Născută pe 5 septembrie 2006."

Niciun nume.

Nimic în afară de două piciorușe care încăpeau în aceeași Biblie veche care conținea și amprentele piciorușelor ei de la naștere.

– Îmi pare foarte rău. Corpul îi tremura în timp ce plângea deasupra Bibliei, în timp ce se agăța de acea bucată de hârtie și o ținea la piept. Am fost speriată și n-am putut avea grijă de tine. N-am știut ce să fac.

Inspiră ca să se calmeze și se uită în jos. Biblia se deschisese la altă pagină, una care ținea hârtia pe care Ronan i-o înapoiase.

Cea care avea semnăturile tuturor fetelor pe ea, inclusiv a Danicăi. Și lângă ea erau petale roșii de trandafir atât de delicate că se temea să le atingă.

Cât timp trecuse de când deschisese ultima dată Biblia? De când își înfruntase trecutul? Oricât de crud și dureros era?

Brittany nu-şi putu aminti. Fusese foarte ocupată cu revista, încă mergea la biserică, încă se ruga, încă încerca să fie o persoană bună.

Mersese mai departe.

Sau, cel puţin, aşa crezuse.

Pentru că păstrarea acelor bucăţi ale trecutului ei dovedea un lucru – stătuse pe loc timp de cincisprezece ani.

Cum de ştia Oliver asta despre ea?

Despre trecutul ei?

Îşi şterse lacrimile de pe obraji şi băgă bucata de hârtie în poşeta ei, fără să ştie de ce. Nu era ca şi cum era îndrăgostită de Oliver, ca şi cum putea să i-o ofere acum. Doar i se părea greşit că era în Biblie, atât de aproape de amprentele fiicei...

Altă respiraţie de liniştire.

„Nu e fiica ta. E a altcuiva."

Degeţele de la picioare roz şi zbârcite.

Gură mică.

Şi destul păr încă de când se născuse.

Avea să întârzie dacă nu lua un taxi. Brittany făcu ceea ce făcea întotdeauna, îşi acoperi suferinţa cu machiajul, îşi mânui armura cu branduri de designer şi îşi încuie casa.

La exterior, era perfectă, nu-i aşa?

Şi pe interior... foarte distrusă.

****

Drumul până la spital fu scurt, iar faptul că lăsase deoparte Biblia şi amprentele piciorușelor nu făcu să dispară durerea din pieptul lui Brittany. Nu se simţea în apele ei pentru că se concentra pe trecut, nu la prezent, nici la un posibil viitor.

Plăti taxiul şi ieşi încet în timp ce începu să cadă o ploaie uşoară. Se potrivea cu starea ei de spirit şi, sincer, nu o deranja, doar voia să îi explice lui Oliver, să meargă mai departe. Să rezolve ceea ce trebuia să rezolve.

Poate că era timpul să le spună fetelor.

Poate că era timpul să recunoască ceea ce se întâmplase.

Poate că era datoria ei faţă de sine şi faţă de fiica ei, oriunde se afla aceasta, să fie curajoasă, să fie o mamă bună, o femeie puternică şi înţeleaptă.

Îndreptându-şi umerii, Brittany îşi luă telefonul şi îi trimise un mesaj lui Oliver: „Aici".

El nu-i răspunse imediat, aşa că ea merse pe coridoarele cunoscute, până la cabinetul asistentelor, unde îl întâlnise prima dată şi fu plăcut surprinsă când el apăru de după colţ şi se opri.

Întotdeauna fusese atât de frumos?

Simţi fluturi în stomac.

Era imposibil să nu îl compare cu Ronan, dar acum, când reluase legătura cu Ronan într-un fel, îşi dădu seama că el nu-i ajungea nici până la degetul mic lui Oliver.

Oliver era mai solid.

Avea un mers sigur pe el, ca acela care o atrăsese la Ronan, dar al lui era adevărat, nu doar pentru că intra în pielea unui personaj ca să se asigure că oamenii erau atenţi la el.

Şi, în timp ce făcu pas după pas în direcţia lui, îşi dădu seama că ultimul lucru pe care voia să-l facă era să meargă încet spre el. Nu, îşi dorea să alerge, îşi dorea să-l strângă în braţe. Nu voia doar alinarea lui, ci mai mult decât atât, mai mult decât putea să-i ceară.

Oliver îi zâmbi şi înmână clipboardul unei asistente care aştepta. Apoi o întâlni la jumătatea drumului. Uniforma lui albastră şi jacheta albă îi veneau perfect.

– Ai venit.

– Bineînțeles că am venit, spuse ea încet. Mi-a fost dor de tine azi.

– Mie mi-e dor de tine în fiecare zi, spuse el repede. Hai să mergem să luăm ceva de mâncare și apoi putem vorbi, arăți obosită, încă frumoasă, dar obosită. Poți să-mi spui totul despre articol.

Ea simți că i se face rău. Chiar trebuia să vorbească despre Ronan? Despre amintirile pe care încă le avea cu acest spital? Și mirosul lui? Luminile lui puternice și promisiunile încălcate?

Merseră până la cafeneaua spitalului. El nu o ținu de mână, poate pentru că erau la locul lui de muncă, poate pentru că gândea și analiza totul prea mult; dar cum putea să nu facă asta? Era îngrozită că ceva avea să meargă prost, cum putea să fie deja atât de atașată? Foamea ei de ceva real într-o relație o înnebunea.

Nu o ajuta faptul că mergeau pe holuri cunoscute.

Își apăsă burta cu mâna când intrară în salonul mare. Oliver se opri și o apucă de umeri cu blândețe.

– Hei, ești bine? Își coborî privirea pe mâna care era pe burta ei.

– O! Își lăsă mâna în jos cât putu de repede și îi zâmbi. N-am mâncat mult azi. Scadența articolului era să mă omoare, dar am mâncat două gogoși.

El își ridică sprâncenele.

– Un model care mănâncă gogoși, te lasă să faci asta?

– Șșșt, nu spune, ar putea să mă raporteze. Îi făcu cu ochiul.

– Îmi place asta. Îi puse o mână pe spate, conducând-o până la casa de marcat ca să comande. Îmi place că mănânci hotdog și gogoși, și că pot să te hrănesc și cu altceva în afară de salată verde.

– Cine mănâncă doar salată verde?

– Exact ideea mea. Părul lui negru îi alunecă pe frunte, oferindu-i un aspect sexy care o făcu să simtă din nou fluturi în stomac. Când mai fusese privită așa cum o privea Oliver?

Ochii îi sclipiră în timp ce gura i se ridică pentru un zâmbet pe jumătate.

– Ești sigură că ești bine?

Pocni din degete dinainte ei.

– Da, scuze. Doar... Mai bine spunea adevărul! Mă holbam la tine, chiar ești chipeș.

El se uită în jos, cu un zâmbet larg.

– Acum roșesc.

– Îmi place, șopti ea.

– Îmi place de tine, spuse el repede.

– Și mie îmi place puiul! Angajatul spitalului din spatele casei de marcat părea gata să-i strângă de gât pe amândoi. Mai aveți nevoie de încă zece minute sau am terminat?

– Pardon. Brittany dădu din cap și își ridică privirea, comandând primul lucru pe care îl văzu. Un burger și cartofi prăjiți.

Deja greșise cu gogoașa în dimineața aceea, așa că în acea zi avea să fie prima zi adevărată, după zece ani, în care trișa. De ce nu? Pe lângă asta, această conversație avea nevoie de carbohidrați. Foarte mulți carbohidrați.

El comandă la fel.

Lui Brittany nu îi plăcea tăcerea care se lăsă între ei în timp ce merseră la o masă din colț și se așezară.

Nu suporta mirosul de mâncare și antiseptic.

Felul în care becurile păreau să-i ardă ochii.

Brittany ura că stătea acolo și trebuia să dea explicații unui tip de care se îndrăgostea.

– Am fost la o ședință foto pentru *Sports Illustrated*, spuse repede Brittany. M-a văzut cu Biblia și s-a întrebat ce putea fi atât de interesant în ea de nu mă guduram pe lângă el ca celelalte modele de la ședință.

Oliver se aplecă spre ea.

– Nu-l pot învinui pe tip.

– Nu. Zâmbi și își așeză mâinile în poală. Era... Își linse buzele în timp ce căută cuvântul potrivit. Revitalizant, cred, într-o lume plină de oameni falși, el nu era așa, cel puțin nu cu mine. Ne-am îndrăgostit nebunește și repede. Și, când spun nebunește și repede, mă refer la faptul că, după două săptămâni, eram pe toate canalele de știri. După câteva luni, lucrurile au început să se schimbe, carierele noastre au început să ia avânt și nu ne-am mai văzut atât de mult, nu a fost ceva intenționat. Inspiră adânc, chiar avea să recunoască asta? Cu voce tare? Lui Oliver? Dacă îl pierdea pentru totdeauna? Dacă era la fel ca toți bărbații? Dacă era ca Ronan? Și o presa? Și îi spunea că trebuia să-și dovedească dragostea pentru el?

– Hei. Oliver își întinse mâna pe masă, cu palma deschisă. E în ordine, vorbește cu mine.

Mâncarea lor fu adusă, dar nu se putu atinge de ea.

– Păi, de fiecare dată când eram împreună, totul părea atât de bine, de grăbit, de parcă nu aveam destul timp să ne iubim unul pe celălalt. Un lucru a dus la altul. Nu am avut conversația asta cu el așa cum ar fi trebuit, dar eram tânără și îndrăgostită și am justificat fiecare lucru pe care l-am făcut pentru că mă făcea să mă simt bine, mă făcea fericită și nu mai fusesem în genul acela de relație până atunci. Era captivant și, odată ce ai intrat în joc, e foarte ușor să continui să alergi până când privești în urmă și te miri cum a scăpat totul de sub control.

– Ce a scăpat de sub control? Oliver își înclină capul.

– Am început să ne culcăm împreună. Își închise ochii. Și, doar după aceea, am aflat că mama lui nu era de acord cu relația noastră și îi aranja, în secret, întâlniri cu fete care ar fi fost mai bune pentru familia lor.

Oliver înjură și îi strânse mâna.

– A, deci e o persoană minunată.

– Nu-i așa? Cu mâna tremurând într-a lui, își linse buzele uscate în timp ce mirosul de cartofi prăjiți plutea între ei. De ce era atât de greu? Am aflat de celelalte femei și am devenit furioasă, foarte furioasă, pentru că am fost crescută într-o casă foarte diferită. O casă în care părinții mei mi-au spus că trebuia să mă păstrez pentru căsătorie. Eu – își pierdu vocea – i-am dăruit totul. Doar ca să aflu, după un an de relație, că se vedea cu altcineva ca să o liniștească pe mama lui... m-a înșelat fizic doar o dată, sau cel puțin așa a pretins. Și atunci...

Sună telefonul din poșeta lui Brittany.

Era un semnal de avertizare?

Să nu îi spună restul.

Îl ignoră.

Oliver dădu din cap.

– Atunci ce?

– Păi. Telefonul ei sună din nou. Pe bune? Cine o suna? Atunci...

Trei apeluri în două minute?

– Stai puțin. Își luă telefonul. Trei apeluri pierdute de la Zoe și un mesaj în care scria: „Am mers la urgențe la spitalul Mercy cu Everlee. Pierdere de sarcină".

– O, Doamne. Brittany se ridică repede în picioare. Everlee e... e însărcinată? Ar putea pierde sarcina, sunt în drum spre spitalul ăsta!

Everlee era însărcinată?

De-asta fusese atât de obosită?

Nu, nu, nu, nu poate să piardă copilul.

Nu.

Brittany nici nu-și dădu seama că plângea până când Oliver o strânse în brațe, oferindu-i protecția lui.

– O vor aduce la unitatea de urgențe, hai să mergem și să îi întâlnim acolo. Și, Brittany?

– Da? Își șterse obrajii umezi.

El se aplecă și o sărută ușor și cald pe gură.

– Voi face tot ce pot, dar amândoi știm că nu sunt Dumnezeu.

– Știu. Își înăbuși un hohot de plâns și îl strânse de mână în timp ce amândoi ieșiră în fugă din cafenea și intrară într-un lift care era în așteptare. Ce să fac? Ce pot să fac?

Liftul se opri cu trei etaje mai jos. Oliver nici nu se uită la ea, doar îi șopti:

– Roagă-te.

CAPITOLUL XXVI

Ambulanța fusese rapidă.

Paramedicii, puternici și competenți.

Fizic, făceau tot ce puteau.

Dar ea se simțea amorțită pe dinăuntru.

Amorțită pentru că simțea că pierdea ultima parte din ce îi ținea pe ea și pe Frederick împreună.

Își dorea copilul.

Își dorea copilul.

Lacrimile curseră până când se opriră brusc, suspendând-o într-o stare de așteptare și de neîncredere în timp ce o scoaseră din ambulanță și o împinseră pe patul cu roți până în salonul de urgențe.

Zoe și Dane erau acolo și ambii se grăbiră spre ea.

– Everlee! Vocea stridentă a lui Zoe se auzi peste discuția paramedicilor care o consultau.

De ce nu se mișcau mai repede?

– Ar putea să piardă sarcina! spuse Dane cu o voce răsunătoare personalului care aștepta. Duceți-o acolo și aduceți-i un doctor acum!

Paramedicul care ţinea punga de perfuzie sări în picioare şi păli imediat.

– Mă ocup eu de asta. Un bărbat calm venea grăbit spre ei. Everlee, sunt dr. Oliver Desmond. Poţi să-mi spui care sunt simptomele tale? Paramedicii şi o asistentă o împinseră cu patul cu roţi într-un salon privat, iar grupul ei de prieteni o urmă.

– Brittany? Plângea în hohote.

– O, Everlee! Brittany se grăbi să ajungă lângă ea, iar Zoe se eliberă, în sfârşit, de Dane ca să facă la fel. Va fi bine.

Nu. Nimic nu mai avea să fie bine.

Fusese stresată în seara asta.

Făcuse totul pentru el.

Iar el o violase.

Şi omorâse copilul lor.

Era vina lui.

Doar vina lui.

Everlee dădu tare din cap.

– Nu, nu, el a făcut asta, el a făcut asta!

Dr. Desmond îşi drese glasul.

– Doamnelor, trebuie să vă tratez prietena. Nu pot face asta cu voi stând în jurul ei. Lăsaţi-mă să-mi fac treaba ca să pot salva copilul acesta.

Intră alt doctor.

– Everlee, sunt dr. Byrne, sunt...

– Mă ocup eu, Byrne.

– Încă eşti în tură? Celălalt doctor îşi dădu ochii peste cap. Ţine-mă la curent.

– Faci asta des? îl întrebă Brittany. Preiei munca altor doctori.

– De fapt, nu. Dr. Desmond dădu din cap. Dar asta e ceva important. O privi în ochi pe Everlee. Paramedicii care te-au tratat mi-au spus că ai simțit niște crampe puternice, apoi ai văzut sânge.

Everlee simți că sufletul ei era în afara corpului ei, privind cum se desfășura totul, dar fără să participe, doar aștepta să audă vestea despre care deja știa că era adevărată. Speranța murise împreună cu copilul, nu-i așa?

– Da. Vocea îi era fragilă, și se ura pe sine pentru că suna foarte speriată. Cred că am vreo cinci sau șase săptămâni, încă nu mi-am făcut programare la doctor… am pregătit cina. Își pierdu vocea. Am pregătit o cină pentru soțul meu. În timp ce vorbea, dr. Desmond își puse mănușile, scoase suporturile și îi puse picioarele pe ele, în timp ce Dane se scuză pentru a merge după cafea. Și am… Își închise și strânse ochii în timp ce lacrimi noi îi curseră, în sfârșit, pe față. El nu vrea copii. Am vrut doar o masă plăcută cu el, la care să râdem și să ne iubim ca pe vremuri.

– O, draga mea. Brittany o luă de mână și o strânse, în timp ce Zoe făcu la fel cu cealaltă mână.

– Știam că va fi furios, am vrut doar o ultimă cină. De ce nu înceta să vorbească despre asta?

Ultima cină.

Ultimul moment.

Ultimul motiv ca să creadă că el încă o iubea.

Că întotdeauna o iubise.

– Everlee… Vocea doctorului Desmond era blândă. Te voi consulta. Poți să-mi spui ce s-a-ntâmplat la început? Ca să știu de ce ne ocupăm aici? Te-a împins? Ai căzut?

– Aș vrea eu, se trezi spunând, apoi gâfâi pentru că simți încă o crampă în burtă. Se întâmpla. Asta se întâmpla. Aș vrea să fie atât de evident încât să pot spune: aici e vânătaia mea, uite, sângerez, Doamne, sângerez! Îi tremură vocea. Dar sunt toate înăuntru, toate, fiecare lovitură e înăuntru. Și sunt foarte obosită. Foarte obosită. Altă crampă urmată de mai mult sânge pe care îl simți prelingându-se pe picioarele ei. A mâncat. Îi tremură buza de jos. Apoi m-a dezbrăcat de rochie și nu i-am spus nu pentru că nu îi spui nu soțului tău. Nu îi spun nu soțului meu nici când doare, nici când e beat, nici când știu că, probabil, mă înșală. Așa că am stat acolo, am închis ochii și m-am gândit la copilul meu și la viața pe care aș avea-o cu el sau cu ea. L-am lăsat să mă folosească pentru că știam că aveam pentru ce să trăiesc. Și acum îmi pierd copilul și e vina lui. A fost dur, întotdeauna e dur, și nu am vrut și, Doamne, de ce sunt atât de slabă? De ce? Plânse în hohote în timp ce Zoe o mângâia pe spate.

– El e cel slab, spuse dr. Desmond cu voce tare. Și nu contează dacă un bărbat e căsătorit de douăzeci de ani, tot nu are voie să forțeze o femeie. Mișcă ceva, apoi spuse: Am să-ți fac o examinare pelviană acum și am să cer o ecografie. Am nevoie de o asistentă aici ca să continui. Vrei ca prietenele tale să rămână?

– Da. Everlee pufni, holbându-se la perna albă de lângă ea și la expresia îngrijorată de pe fața lui Brittany, în timp ce se concentra la mângâierea oferită de mâna lui Zoe.

O asistentă intră după câteva secunde.

Apoi simți doar durere.

Durere pentru că știa că el se străduia din răsputeri să fie blând, durere pentru că, probabil, chiar în acel moment, Frederick se distra, în timp ce ea era în adâncul iadului.

Durere pentru că își oferise sufletul unui bărbat care prefera să se distreze cu modelele decât să aibă un copil.

– În regulă. Doctorul își dădu jos mănușile, iar ea se temu să se uite, să vadă tot sângele despre care știa că era acolo. Everlee, se pare că vei pierde sarcina, dar vreau să fiu sigur. Ecograful ar trebui să ajungă aici cam în zece minute.

– Doctore? Trebuia să știe. E din cauza sexului? Asta a provocat pierderea de sarcină?

– Nu. Fața lui frumoasă se relaxă. Nu putem explica de ce se întâmpla aceste lucruri. Uneori, fetusul nu se atașează cum trebuie. Everleee, motivul nu contează, nu va ușura situația asta. Nu vreau să pleci din spitalul acesta crezând că ai greșit cu ceva. Dacă, într-adevăr, pierzi sarcina, atunci vom discuta despre opțiuni, până atunci aș vrea să văd ecografia.

– Bine, șopti ea. Începură să-i clănțăne dinții în timp ce Brittany o legănă. Bine.

– Ți-e sete? întrebă Zoe. Foame? Pot să-ți aduc ceva?

– Dane, oftă ea. Poți să-i spui lui Dane să-i trimită un mesaj lui Frederick?

Ambele fete tăcură.

– Vreau să știe. Vocea ei prinse puteri. Voia să îl anunțe că era un criminal, că nu avea să-l ierte niciodată, chiar dacă nu era vina lui, pentru că toată furia și tristețea reprimate deveniră brusc clare în clipa în care începuse să sângereze. Trebuie să știe.

CAPITOLUL XXVII

Everlee voia ca el să îi trimită un mesaj lui Frederick.

Iar el voia să îl strângă de gât și apoi să îl arunce în fața unei mașini. Dacă Dane îi trimitea un mesaj, tipul nu ar fi apărut. Nu avea principii morale și, pentru el, a fi căsătorit era ca și cum ar fi fost într-o închisoare.

Spusese asta noaptea trecută, la club, chiar după ce Dane îl avertizase pentru că mușcase de gât o fată și îi făcuse o rană.

Devenea tot mai violent cu femeile, avea nevoie de tot mai multă atenție și timp din partea lor. Avea să-și piardă complet controlul în scurt timp. Pe lângă asta, Dane știa că Frederick avea demoni care trebuiau să fie bine hrăniți.

Monștri recunosc alți monștri, dar întotdeauna sunt tipuri diferite, nu-i așa? Frederick era nebun. Dane era controlat, concentrat doar pe un singur lucru. Dreptatea.

Dane conduse cincisprezece minute până la club și unul dintre numeroșii lui portari îi deschise ușa.

– Bună seara, Dane. Totul e în regulă?

– O, va fi. Îl bătu ușor pe Mario pe spate și merse printr-o ceață de muzică, fum și dans.

Era uşor să-l zărească pe Frederick. Întotdeauna era în acelaşi loc, doar femeile pe care le voia în jurul lui se schimbau.

Nemernicul.

– Dane! Frederick îşi deschise larg braţele şi rânji neglijent şi beat. Ai venit să petreci? Bea ceva cu noi!

Noi? Se referea la femeile pe care Dane le plătea pentru a se preface că se bucurau de compania lui? Idiotul.

Apoi privirea lui se îndreptă spre ea.

Un chip pe care îl cunoştea prea bine.

O fată pe care o salvase.

– Eşti minoră, izbucni el, încrucişându-şi braţele. De ce eşti aici?

– Frederick trebuia să mă plimbe prin zonă, dar am mers doar în trei locuri înainte să ne oprim aici. Era ghemuită, strângându-se singură în braţe, prea tânără şi frumoasă ca să fie înconjurată de tot acel gunoi, de o întunecime care avea să o înghită cu totul şi să nu-şi ceară niciodată iertare pentru că îi absorbea sufletul. Tot el trebuie să mă ducă acasă cu maşina.

– E beat, preciză Dane şi, ca la o indicaţie, Frederick încercă să o sărute pe gât pe femeia care îi stătea în poală în timp ce cealaltă îi şoptea la ureche.

– Ştiu. Ea se ridică în picioare, cu braţele încă încrucişate, cu părul frumos atârnându-i pe umărul drept. Arăta exact ca mama ei, nu că i-ar fi spus asta, era doar încă un secret printre altele, nu-i aşa? Dar de-abia am început să fiu aleasă pentru campanii. Încă nu am fost plătită şi, dacă-i mai cer unchiului bani, o să mă omoare. Ochii i se umplură de lacrimi.

Iar Dane ştia de ce.

Ştia mai multe decât îşi dădea ea seama.

Oftând, îşi îndoi degetul.

– Îl vezi pe bărbatul de la ușă?

Ea dădu din cap.

– El e Mario, unul dintre portarii mei și mă plimbă cu mașina când am nevoie. El te va duce înapoi la apartamentele modelelor și se va asigura că ajungi în siguranță.

– Cum pot să am încredere în tine? Își miji ochii. Cum pot să am încredere în oricine?

El își înclină capul.

– Sunt un prieten foarte bun al femeilor pe care le admiri, una dintre ele fiind Brittany. De fapt, mai înainte eram cu ele.

Ea nu păru convinsă.

– Bine, dă-mi două secunde. Formă repede numărul șefului poliției. Da, am nevoie de un polițist la noul club, nimic grav, doar un însoțitor.

Ea căscă ochii.

– Un însoțitor polițist?

– Păi, am văzut că nu ajungeam nicăieri cu planul 911. Îi zâmbi și se uită peste umărul ei chiar la timp ca să îl vadă pe Frederick încercând să se ridice în picioare.

– Hei. Își întinse mâna după ea și înaintă poticnindu-se. Nu pleca, tocmai începeam să ne distrăm.

Tipul mirosea de parcă se îmbăiase în rom.

– Frederick. Dane se puse între ei. Ai băut mult și soția ta e în spital acum.

– Soție? repetă fata. Stai, mi-ai spus că erai divorțat.

Frederick se uită urât la Dane.

– N-ai auzit ce-am zis? Dane scrâșni din dinți. Soția ta e în spital!

Frederick pufni și își ridică paharul la buze.

– Probabil a băut prea mult sau a mers pentru un virus la stomac. E o ipohondră!

– Mă mir că poți să spui un cuvânt atât de lung fără să te bâlbâi. Ești beat, Frederick. Trezește-te, apoi du-te s-o vezi, are nevoie de tine.

– Sunt treaz. Se legănă pe picioare. Pe lângă asta, are prietene pentru așa ceva, viața e prea scurtă... Își ridică paharul în aer în timp ce femeile plătite îl aclamară. Chiar era atât de prost? Erau plătite să îi zâmbească. Plătite să îl facă să creadă că era important. Perdele de fum. Frederick încercă să meargă drept. Vezi? Treaz.

Da, atât de treaz că Dane putea să-l trântească doar împingându-l cu degetul mic.

Îi făcu semn lui Mario, care veni la ei.

– Du-l acasă și trezește-l după ce domnișoara minoră ajunge, în siguranță, în apartamentul ei. Un polițist intră pe ușă. Uite că a venit și escorta poliției, ca să nu creadă că o omorâm și apoi îi îngropăm cadavrul.

Fata zâmbi.

Dane nu.

Pentru că moartea nu era niciodată amuzantă.

Și avusese de-a face cu ea, nu-i așa?

– Du-te. Dădu din cap spre fată. Tocmai se pregătea să plece, când Dane o opri și îi șopti:

– Cine-i impresarul tău?

– Marnie. Zâmbi. A fost printre primii la care am mers și ne-am înțeles. Am lucrat cu ea și cu Frederick cel mai mult.

Și așa, altă piesă din puzzle, una de care nici nu știa că avea nevoie, se fixă ferm la locul ei.

– Ai grijă. De fapt, dă-mi telefonul tău.

Ea ezită, mușcându-și buza de jos înainte să i-l dea.

– Dacă ai probleme, ești speriată sau ai nevoie ca eu să am grijă de cineva sau de ceva, sună la numărul ăsta.

Numele meu e Dane, poți să-l întrebi pe polițistul ăsta drăguț, sunt un om bun. Era o minciună sfruntată, nu era bun, dar pentru ea ar fi fost un cavaler în armură strălucitoare.

Pentru că știa exact cine era ea.

Chiar dacă ea nu știa.

Fata plecă, iar el se gândi doar la ziua în care o ținuse în brațe și făcuse cel mai greu lucru pe care trebuise să-l facă vreodată.

CAPITOLUL XXVIII

Zoe își strânse telefonul în mână în timp ce primi alt mesaj de la Dane. Se întorcea la spital.

Fără Frederick.

Veniră rezultatele de la ecografie și nu erau bune.

Everlee plânsese o oră întreagă în brațele lui Zoe și Brittany după ce doctorul îi confirmă cele mai negre așteptări. Alese să fie externată și să se ocupe de tot acasă.

Curajoasă femeie.

Zoe nu ar fi vrut să fie aproape de Frederick.

Și acesta era celălalt lucru de care nu putea scăpa. La exterior, totul fusese perfect.

Dar totul era o minciună.

Și se simți groaznic pentru că nu văzuse nici măcar un indiciu. Era atât de preocupată de propriul succes și de nevoia de a dovedi ceva, că nici măcar nu văzuse cât de mult suferea prietena ei?

Tremură și se uită din nou la telefon, de parcă avea să sune în mod magic sau să primească alt mesaj de la Dane.

Făcea exact ce își jurase că nu avea să facă niciodată. Se baza pe monstru și lupta din răsputeri ca să vadă bărbatul de dincolo de el.

Cum reușise să rămână celibatar?

Pe lângă asta, ce voia cu adevărat de la ea? Nu era atât de proastă încât să creadă că o iubea irevocabil. El nu era așa.

Își ridică privirea din telefon în timp ce Dane venea țanțoș spre ea, pe coridorul spitalului, privind-o tot timpul în ochi.

Asistentele se holbară.

Nu se puteau abține, nu-i așa?

De fapt, peste tot pe unde mergea, oamenii se holbau, femeile flirtau, bărbații voiau să-i cunoască secretul, iar ea întotdeauna se gândise: *„Nu vreți să știți, chiar nu vreți"*.

Pentru că își construise imperiul luptând pe viață și pe moarte.

– Ai vești noi? O cuprinse pe Zoe cu ambele mâini, când se mai purtase așa cu ea?

Ea încercase să înăbușe cât mai multe amintiri legate de relația lor. Era furioasă pe el și pe Danica, se temea.

Mai degrabă era îngrozită.

– Zoe. El îi înclină bărbia. Vorbește cu mine, iubita mea.

– Hm... Ochii i se umplură de lacrimi. Copilul, copilul nu mai e. Nu putea să-i spună fetus. Everlee purtase un copil în pântec și acum nu mai exista.

Era mort.

Se clătină un pic în brațele lui Dane, înainte ca el să o prindă, ținând-o aproape de pieptul lui în timp ce își lăsă bărbia pe capul ei.

– Îmi pare foarte rău.

– Doar... Acolo erau, întunericul, secretele pe care le împărtășiseră, lucrurile pe care le alungase din minte pentru că era prea dureros să se gândească la ele. Doar mi-a amintit de ea.

Dane încremeni.

Zoe aproape că se temea să vorbească despre asta. Danica rămăsese însărcinată și pierduse copilul la începutul sarcinii, copilul ei și al lui Jauq, cel puțin asta presupuse Everlee. Totul era altfel atunci.

„– Nu pot să fac asta. Danica se legăna, strângându-și perna în brațe. Nu știi ce-a făcut – ce îl pun să facă. Iar el îi lasă, pur și simplu! Pentru că familia e mai presus de orice!

Poate că Danica delira? Zoe își întinse mâna spre ea.

– Despre ce vorbești?

– Sunt oameni răi. Toți. Am să-i distrug. Privirea ei era fioroasă și îndurerată. Deja am niște dovezi.

– Poate ar trebui să te odihnești? Zoe se așeză pe pat și o trase pe prietena ei într-o îmbrățișare. Ești epuizată.

– Da. Danica căscă, apoi își puse capul pe pernă și începu să plângă.“

Dane o salvă cu un oftat răgușit.

– Știu, o parte din mine crede că asta a împins-o spre depresie, dar se simțea mai bine, mult mai bine.

– Dane, era tristă.

El o strânse mai tare pe Zoe.

– Dar era o luptătoare, știi asta. Ar fi luptat.

Era rândul lui Zoe să-l aline în timp ce îl strângea în brațe și începu să-l mângâie pe spate, încet, în formă de cercuri.

– De ce? întrebă Dane după un minut. Poți să-mi spui de ce?

– De ce? repetă Zoe. La ce te referi?

– Nu ai plecat, ai fugit de asta, de noi – vreau să știu de ce. Merit să știu de ce.

Zoe își închise ochii și îi strânse în timp ce conversația dintre ea și Danica se desfășura în mintea ei. Îi promisese prietenei ei să nu fugă când Dane îi oferea totul.

Dar era prea mult.

– Ne certam în fiecare zi.

– Ești provocatoare. Următorul.

Un zâmbet discret se formă pe buzele lui în timp ce se holbau unul la celălalt, apoi el o luă de mână și o conduse într-un salon de așteptare, stând unul lângă celălalt în timp ce la știri arătau o fotografie cu Ronan, în toată splendoarea lui, plecând dintr-un restaurant cu mama lui.

Zoe era să-și dea ochii peste cap, el și mama lui rareori se înțelegeau. Era o schemă menită să atragă atenția, știa că avea motivele lui, la fel cum avusese motivele lui să nu rămână cu Brittany.

Îi invidiase foarte mult, apoi totul se destrămase pentru Brittany. Singura persoană pe care te poți baza ești tu însăți. Nu învățase asta până acum?

– Zoe?

Oftă și se aplecă înainte, sprijinindu-și coatele pe colanții negri din imitație de piele.

– Pentru că întotdeauna te vei iubi pe tine însuți și puterea pe care o ai asupra acestui oraș mai mult decât mă vei iubi pe mine vreodată...

– Asta nu e...

– ...și pentru că, în ziua în care am venit la tine pentru ajutor, nu ai mers la poliție, ci l-ai omorât cu mâinile goale în timp ce eu am privit. Îi tremură vocea. Ce credeai că aveam să fac? Să mă arunc recunoscătoare în brațele tale? Dane, ai omorât un om, în fața mea, l-ai înjunghiat, apoi mi-ai spus că trebuia să împart povara de a păstra secretul, a trebuit să mint în fața... Vorbi mai încet în timp ce ochii i se umplură de lacrimi. Am mințit pentru tine. Am mințit pentru noi. Voiam să mă salvezi. Dar nu voiam să ajung să mint la proces!

Dane tăcu, apoi își încleștă falca.

– L-aș omorî de nenumărate ori și m-aș bucura de țipetele lui dacă aș ști că așa te păstrez în siguranță, nu înțelegi? Eu nu contez. Tu. Tu contezi, Zoe. Nu aș putea trăi dacă aș ști că nu puteam să-l opresc, dar n-am făcut-o pentru că tu ai vrut să se ocupe justiția de cei nedrepți. Vrei să știi de ce-am făcut-o? De ce l-am omorât și i-am înscenat crima fratelui lui? De ce te-am forțat să mă ajuți?

Ea dădu din cap în timp ce simți cum groaza îi umplea stomacul.

– Pentru că am știut că singurul mod de face să pară totul real era să ai o expresie îngrozită în tribunal, când spuneai povestea pe care am inventat-o. Ești prea puternică, Zoe. Așa că, da, te-am distrus în mod intenționat pentru că era singurul mod de a te face să minți poliția.

– T-tu! Începu să tremure și se ridică în picioare, mergând prin fața lui. Am vomitat de trei ori în camera aceea! De trei ori! Am avut o reacție atât de violentă și m-am deshidratat atât de tare, că erau să mă interneze în spital și tu recunoști că ai făcut asta intenționat? Când totul putea fi evitat?

Expresia lui Dane se întunecă.

– Când îmi ceri ajutorul, îl primești, dar nu dictezi cum te ajut. Era bolnav, era un criminal, și fratele lui nu e cu nimic mai grozav. M-ai ajutat să scap orașul ăsta de ei. Nu ar trebui să te simți vinovată, asta e povara mea. Povara ta e că ai avut încredere într-o impresară necinstită care ți-a spus că intrai într-o situație sigură când tot ce voia era să facă o manevră publicitară virală care ți-ar fi distrus cariera înainte de a avea succes.

Dane avea dreptate.

Nu că ar fi vrut să recunoască asta cu voce tare.

Fusese complet traumatizată.

Rănită.

Și trădată. Foarte trădată. Pentru că îi promisese să o salveze și imaginea pe care o avusese întotdeauna despre el, piedestalul pe care îl pusese, se spulberase în fața ei în ziua în care își dăduse seama că el nu era prințul.

El era monstrul.

Se îndrăgostise de tipul rău.

Iar acest gând o îngrozi.

Sângele de pe mâinile lui o îngrozi.

El o îngrozi.

– Zoe. Dane își întinse mâinile după mâinile ei. Nu îmi voi cere niciodată scuze pentru că te țin în lumea asta, pentru că-mi folosesc fiecare gram de putere și banii pe care îi am ca să mă asigur că tu ai succes. Nu îmi voi cere scuze pentru că te iubesc dincolo de orice rațiune. Nu-mi cere să fac asta. Mai bine taie-mi gâtul.

Ea tresări.

– Dane, exagerezi.

El îi strânse mâna, apoi o întoarse și îi apăsă palma pe inima lui.

– Singurul motiv pentru care cred că asta încă există, încă bate în pieptul meu, e pentru că te am pe tine să mă aduci cu picioarele pe pământ. Tu contezi. Întotdeauna vei conta.

– Dane, dragostea nu înseamnă control.

– E singurul fel în care știu să iubesc, spuse el repede. Totul sau nimic. Nu există ceva intermediar, aia nu e viață, și nu așa ar trebui să iubească oamenii, doar cu o parte a sufletului sau doar când e ușor și drăguț. Dragostea e urâtă, e dureroasă, e plină de tristeţe, de zile lungi, de nopţi îngrozitoare. Dragostea cere totul şi nimic în acelaşi timp. Iubesc în singurul mod în care ar trebui să iubească un om. Cu fiecare parte din mine care e legată de acest univers.

Zoe îi simţi pielea caldă prin palmă, îi putea număra bătăile inimii, şi tot nu era sigură că putea avea încredere în el, că putea să aibă încredere în ea alături de el. Era genul de bărbat care ar fi cerut totul de la ea, cunoştea riscurile.

Mai ştia şi că era mai în siguranţă fără el, mai ales inima ei.

– E târziu. Ea se ridică în picioare. Ar trebui să ne întoarcem... acasă.

Încerca să facă pace şi întinse mâna spre el.

Dane o luă, apoi îi sărută vârfurile degetelor.

– Orice ai nevoie.

Ea îşi înclină capul când văzu faţa lui inexpresivă. Fusese foarte uşor pentru el să îşi mărturisească dragostea, apoi să îşi tragă o mască peste trăsături. Şi, în acel moment, se întrebă dacă el avea mai multă omenie decât pretindea, pentru că, timp de o secundă, păru rănit.

CAPITOLUL XXIX

Era aproape miezul nopții.

Everlee voise să meargă acasă și ultimul lucru pe care Brittany voia să-l facă era să își lase prietena, dar Everlee își dorea să se gândească la niște lucruri. Pretindea că era bine, chiar dacă chipul ei spunea că, poate, nu avea să mai fie bine vreodată.

Apoi ceva se schimbă în aer când Everlee le privi cu hotărâre pe Brittany și pe Zoe, și se urcă în mașina chemată de Dane, care o aștepta.

Brittany cunoștea bine privirea aceea.

Avusese aceeași privire ultima dată când fusese pacientă în acest spital. Era privirea unei femei schimbate și a unei femei care refuza să se lase afectată și care știa pentru ce lupta.

Simți o durere înțepătoare în piept în timp ce făcu un pas spre Everlee. Chiar își deschisese gura, gata să mărturisească totul, gata să-i spună că înțelegea pierderea, că înțelegea senzația de a avea ceva al tău, doar ca să îți fie luat.

Fusese alegerea lui Brittany.

Nu și a lui Everlee.

Ce lume crudă.

Zoe se întoarse spre Brittany.

– Ne vedem vineri la ședința foto?

Brittany aproape că uitase de ședința foto cu Ronan. Grozav, încă un lucru pe care trebuia să i-l explice lui Oliver. Simți că greutatea lumii apăsa de umerii ei, poate pentru că, în timp ce se ocupa de prietenele ei, de Ronan și de Oliver, de-abia se menținea pe linia de plutire.

– Da. Își recăpătă vocea. Apreciez asta.

Dane se aplecă și o sărută apăsat pe Brittany pe frunte, apoi o luă pe Zoe de mână și o conduse la SUV-ul lui negru care îi aștepta.

Partea ciudată era că Dane nu îi dădu drumul.

O ținu pe Zoe ca și cum era a lui.

Ceea ce o făcu pe Brittany să se întrebe dacă era ceva mai mult între ei.

Își miji ochii când ei intrară în mașină și trântiră portierele. Bătu un vânt răcoros și frunzele dansară pe trotuar.

Își închise ochii și inhală aerul rece.

Și se gândi din nou la acea zi, o zi foarte asemănătoare cu asta. O zi pe care nu avea să o uite niciodată.

„– Dane. Brittany izbucni în lacrimi. El nu vine, el nu vine. Nu se putea opri din repetat și, cu cât își auzea mai mult vocea speriată, cu atât mai nebună se simțea.

El nu venea.

Nu pentru ea.

Nu pentru ele.

Nu avea pe nimeni.

Nu avea pace.

Nimic.

Nu știa ce să facă.

Era prea tânără.

Nu avea destui bani ca să se întreţină, darămite şi pe bebeluşul care dormea adânc lângă ea în timp ce ea plângea încet.

Asistenta intră din nou, se uită o dată la Dane, apoi se întoarse."

– Stai! strigă Brittany. Stai, poţi să stai, e un prieten.

Dane era mai tânăr atunci, dar nu mai puţin înspăimântător şi dispus să încalce orice lege pentru cei pe care îi iubea.

În acel moment, stabilea recordul mondial pentru câte înjurături putea spune un om în mai puţin de şaizeci de secunde. Asistenta căscă ochii în timp ce el se plimbă în faţa ei, apoi îşi trecu mâinile prin păr.

– N-a venit?

– Nu. Arătă spre biletul pe care refuza să-l atingă, care era chiar lângă lista aceea, din care toate fetele aveau o copie, lista pe care i-o dăduse lui Ronan în ziua în care îi oferise corpul şi inima ei.

Lista pe care el i-o înapoiase.

– Mi-a trimis astea în schimb.

Mai multe înjurături.

Brittany îşi închise ochii.

– Doar spune-mi ce să fac.

Dane se aşeză pe pat şi îşi întinse mâna după mâna ei, strângând-o într-a lui.

– Nu pot să-ţi spun ce să faci, pentru că nu sunt în locul tău. Dar pot să-ţi ofer nişte opţiuni. Pot să-ţi ofer câte opţiuni vrei. Spune şi voi face să se întâmple. Doar nu mai plânge, nu suport când vreuna dintre voi plânge, nu mi-a mai rămas mult din suflet, dar simt că mă zgârie ceva în piept de fiecare dată când văd o lacrimă căzând. Îi şterse lacrimile de pe obraji. Ne vom gândi la asta logic, nu emoţional, apoi vom lua o decizie.

Ea dădu din cap, în timp ce i se adunară mai multe lacrimi în ochi.

– I-ai dat un nume? Se holbă la bebeluş de parcă nu mai văzuse unul până atunci, cu ochii luminaţi de mirare. Uită-te la părul ăsta.

– Seamănă cu mine. Brittany îşi recăpătă vocea. Şi m-am temut că, dacă îi voi da un nume... Nu putu să o spună.

Dar voia să revendice această fetiţă.

Voia să fie mamă.

Dar era foarte tânără, în sfârşit, făcea progrese în carieră, dar nu avea bani. Ce avea să facă? Să se întoarcă acasă şi să fie o mamă singură? Mai avea şase luni până la Săptămâna Modei de Primăvară. Şase luni până la podium.

– Britt. Dane vorbea încet. Există mii de oameni care nu pot avea copii.

Înţelegea ce-i spunea el.

– Dar eu sunt mama ei, protestă ea. Va crede că am abandonat-o, e obişnuită cu vocea mea, cu bătăile inimii mele, cu mirosul meu, e... Un plâns convulsiv o cuprinse în timp ce asistenta o privea dintr-o parte a camerei. Spre cinstea ei, nu se mişcă, doar aşteptă ca ei să ia o decizie.

– Şşşt. Dane o legănă pe Brittany, sărutând-o pe cap în timp ce o ţinea în braţe. Întotdeauna vei fi mama ei. Întotdeauna. Nimeni nu poate să-ţi ia asta, dar eşti pregătită acum pentru ce înseamnă acel cuvânt? Ca adolescentă?

– Nu, recunoscu ea, aşa cum stătea la pieptul lui. Nu sunt.

Îi dădu drumul şi se ridică în picioare, apoi luă fetiţa superbă şi o legănă cam la fel cum făcuse cu Brittany.

– O să mă ocup eu de adopţie. Îmi sun avocatul acum, să grăbească documentaţia. Tu trebuie să te vindeci. O să-ţi ofer accesul la un apartament. Poţi sta acolo până te simţi mai bine.

– Serios? Nu îi venea să creadă cât de ușor părea totul când o spunea el. Chiar dacă i se rupea inima, el o trata ca pe o tranzacție. Purtarea lui era calmă, vocea lui era puternică.

– Brittany, va fi bine.

– Atunci de ce simt că mi se rupe inima? întrebă ea.

Asistenta alese acel moment ca să meargă la ea; nu îi spuse nimic, doar o luă de mână și o ținu. Și, după câteva ore, când Brittany era epuizată, când totul se terminase... Când era goală pe dinăuntru...

Se uită în jos, la mâna ei strânsă, și văzu un bilețel.

«Toate lucrurile.

Nu doar unele lucruri.

Toate lucrează împreună pentru binele Lui.»

Iar în bilețel era o șuviță din părul fiicei ei.“

– Hei. Vocea lui Oliver o trezi din visare. Scuze, a trebuit să termin un teanc de hârtii. Ce-ar fi să te duc acasă?

Brittany dădu din cap, dar nu-și putu mișca picioarele.

Apoi curseră lacrimile.

Lacrimi pentru ea.

Lacrimi pentru Everlee.

Lacrimi pentru fiica pe care nu o cunoscuse niciodată.

Oliver o strânse imediat în brațe.

– E bine, ea va fi bine.

Dar asta o făcu să plângă mai tare.

Pentru că tot ce-și dorise, în acea zi, la spital, era pe cineva ca Oliver să o strângă în brațe și să-i spună că totul avea să fie bine.

Și, în timp ce vântul adia în jurul corpurilor lor, în timp ce el o ținea aproape și îi șoptea la ureche, se întrebă dacă Dumnezeu îi oferea o nouă șansă de a se vindeca de trecut.

– Îmi pare rău, pufni ea. A fost o zi foarte lungă.

– Știu. Se aplecă și o sărută apăsat pe obraz. Ce pot să fac să te simți mai bine?

– Îmbrățișarea a fost bună. Îi zâmbi printre lacrimi.

– Șșșt, e un secret bine păstrat că mă pricep mai bine la îmbrățișări decât la chirurgie, o tachină el. Serios acum, va fi bine, am să-i dau numărul unuia dintre terapeuții noștri dacă are nevoie să stea de vorbă cu cineva.

Brittany oftă.

– Mulțumesc pentru că ai fost alături de ea, de noi.

– Asta fac prietenii.

Ea se încruntă, înclinându-și capul.

– Prietenii?

El zâmbi afectat, uitându-se în jos, la ea.

– Nu te simți jignită... întotdeauna am vrut să merg la întâlniri cu o prietenă, a fost o fantezie de-a mea să mă însor cu cea mai bună prietenă. Nu ar trebui ca toate relațiile să înceapă așa?

Ea rămase cu gura căscată.

– Hm, da?

– Pe mine mă-ntrebi? Râse, apoi o trase într-o îmbrățișare în timp ce începură să meargă prin parcare. Întotdeauna am crezut că, atunci când te întâlnești cu cineva, ar trebui să cauți pe cineva care vede în sufletul tău și nu se îndepărtează țipând, cineva care te acceptă așa cum ești și nu te judecă pentru că ai slăbiciuni. Ar trebui să fie un parteneriat. Dacă bazezi totul doar pe atracție, vei fi dezamăgit amarnic în viitor. Întâlnirile nu ar trebui să fie un antrenament pentru despărțire după despărțire, așa că, dacă nu am văzut ceva la tine care să îmi placă în calitate de prietenă, atunci poți să fii sigură că nu aș plănui următoarea noastră întâlnire în minte fără să sper să te sărut măcar o dată.

Era să se împiedice pe tocuri.

– Uau, astea sunt nişte promisiuni destul de mari pentru un tip care îmbrăţişează mai bine decât taie în corpurile umane.

– M-ai prins cu asta. Oliver se opri din mers şi o trase lângă el. În caz că te întrebai, îmi convine să o luăm încet. De fapt, prefer aşa, pentru că nu vreau să ratez lucrurile importante doar pentru că nu pot să-mi iau mâinile de pe tine.

O val de căldură se ridică din pieptul ei şi făcu să i se înroşească faţa.

– Nu ştiu cum să răspund la aşa ceva.

– Spune ceva de genul... Începu să vorbească piţigăiat: Uau, Oliver, eşti foarte respectuos, eşti un tip grozav. Ştii ce ar fi fantastic? Altă întâlnire. O, stai, deja ai plănuit ceva, grozav, vino să mă iei la opt.

– M-ai fi convins dacă n-ai fi încercat s-o spui cu o voce ascuţită. Brittany izbucni în râs, cu lacrimile de mult dispărute.

El tresări.

– Da, dar deja am intrat în joc, aşa că a trebuit să continui.

– Te-ai îmbujorat?

– Eu? Ce? Nu. Bărbaţii nu se îmbujorează. Nu există aşa ceva.

– Eşti sigur de asta?

– Ar trebui să mergi la culcare, e târziu. Deschise portiera Benzului lui. Trăsura dumneavoastră, doamnă.

– Eşti roşu până în vârfurile urechilor.

– Minciuni. Se aplecă înainte şi o sărută uşor pe buze. O, uite, acum şi ale tale sunt la fel. Cred că suntem chit. Închise portiera înainte ca ea să poată protesta.

Iar ea zâmbi tot drumul până la apartamentul ei.

CAPITOLUL XXX

8 ZILE PÂNĂ LA SĂPTĂMÂNA MODEI DE TOAMNĂ

Everlee ţinu pastilele în mâna dreaptă, aceeaşi mână cu care îşi apăsase burta când aflase că era însărcinată, aşteptând o mişcare, o lovitură cu piciorușul – orice.

Avea destule somnifere pentru a o face repede.

Oricum, nu era greu să adoarmă.

Doar închidea ochii şi durerea fizică, mentală şi emoţională dispărea.

Făcuse un duş, pentru că şi moartă voia să arate drăguţă. Doar ce e mai bun pentru soţia lui Frederick.

Ar fi fost ultimul ei mod de a-l răni.

Ca lumea să afle că era fals. Că nu o iubise.

Iubise ideea felului în care arătau, îi plăcuse înfăţişarea lor. Îi plăcuse atenţia.

Văzuse toate semnele şi le ignorase, pentru că totul fusese suficient... până când nu mai fusese aşa. Până când simţise bucurie pentru prima dată după mulţi ani.

O bucurie pe care el reuşise să i-o fure.

Îl învinuia pentru că nu avea pe cine să dea vina și, dacă se învinuia pe ea însăși, doar tremura mult mai tare.

Oglinda nu mințea.

Pielea ei era palidă.

Era sfrijită.

Cămașa ei de noapte din mătase atârna largă pe un corp slab de model care, la înălțimea ei, nu arăta deloc ca și cum s-ar fi neglijat, orice ar fi spus Frederick.

Ușa de la intrare se deschise, apoi se închise.

Ea se holbă la reflexia ei.

Să intre și să o vadă.

Să știe.

Nu știa cât timp se holbase la ea însăși în oglindă, luptându-se cu demon după demon, în timp ce se întreba dacă așa trebuia să se termine totul. Rănindu-l pentru că el o distrusese, fiecare parte din ea. Era ca și cum, în sfârșit, își dădea seama cât de dăunătoare fusese relația lor, de câte ori adormise plângând. Toate acele momente în care îl văzuse atingând alte femei și fete.

Semnele erau acolo.

Le ignorase.

Până la tinerele modele care îi ascultau cu atenție fiecare cuvânt, tinere modele nu știau că nu era normal ca un fotograf să mângâie o fată în acel fel. Toate îl priveau fascinate, dornice să facă orice pentru a înainta în industrie.

Exact ca ea.

Pașii se apropiau.

Dar nu Frederick intră în baie peste câteva minute. Era Dane.

Îi privi ochii din oglindă și se apropie foarte încet, iar mâna lui caldă îi strânse încheietura în timp ce aruncă pastilele în coşul de gunoi pe care îl ţinea, apoi o întoarse încet în braţele lui.

Ea îi căută privirea.

– Îl urăsc.

– Bine, şopti el. Foloseşte-o.

– Ce?

– Nu îl lăsa să te distrugă şi pe tine. Dane îi ridică bărbia. Te poţi ridica deasupra problemelor, te *vei* ridica deasupra lor. Toţi avem probleme, Everlee. Viaţa nu promite să fie corectă – nu suntem protejaţi împotriva suferinţei doar pentru că avem bani şi faimă. Asta ne face o ţintă mai mare, nu-i aşa? Cei mari cad de sus, mai rău. Nu-l lăsa să câştige. Se apleca în jos şi şopti: Alege să trăieşti.

– Nu ştiu dacă pot...

– Alege, o îndemnă Dane, şi scrâşni din dinţi în timp ce o apucă de umeri. Nu-ţi pune prietenele să treacă prin asta, nu mă pune să trec prin asta. Doamne, Everlee, nu mă face să te-ngrop ca pe sora mea.

Everlee tresări, apoi izbucni în lacrimi.

– Doare atât de tare, doare!

– Atunci lasă să doară! strigă Dane. Lasă să ardă, Everlee, ţipă, zbiară, distruge-ţi apartamentul, aruncă ceva. Permite-ţi să simţi totul pentru că opusul nu e viaţă – e ca şi cum ai fi moartă.

Ea căzu în braţele lui.

– Ştiu că mă înşală. Ştiu că m-a înşelat. Cred... am văzut nişte poze în aparatul lui de fotografiat când dormea. Sunt provocatoare şi nu ştiu, am senzaţia asta oribilă... am văzut una cu o minoră la bustul gol. Instinctul îmi spune că nu e în regulă, ceva e greşit de foarte multă vreme. Doar am fost prea speriată să recunosc asta.

– Ai un motiv pentru asta?

Tăcu, apoi spuse:

– Pentru că eu am fost una dintre acele fete, cele pe care le-a sedus, doar că eu am făcut tot ce mi-a stat în putință să îl cuceresc și, când am reușit, când m-a cerut în căsătorie, m-am gândit că asta e, asta e. Mă iubește.

Dane oftă și continuă să o asculte.

– Dar a fost doar o tranzacție pentru el, nu a însemnat nimic, am crezut că însemna un soț, o familie, o viață. El a crezut că însemna o etichetă strălucitoare de adăugat la CV-ul lui luminos, soț iubitor. Dădu din cap în timp ce furia îi umplu plămânii, arzând-o cu fiecare respirație. Am să-ți trimit totul.

Dane expiră.

– Hackerul meu va pune un virus în sistemul vostru. E criptat, nu poate fi urmărit... vom vedea ce-a făcut. Dacă te înșală, îi dai, pur și simplu, actele de divorț și iei tot ce poți. Dacă... dacă are poze cu minore, dacă...

– Nu trebuie s-o zici, spuse Everlee cu o voce rece. Consideră totul deja făcut. Voi fi acasă mâine, toată ziua.

– Nu știu dacă asta contează, dar îmi pare rău. Vocea lui Dane era îngreunată de tristețe. Îmi pare rău că ai pierdut copilul și că Frederick nu își dă seama ce comoară are.

Everlee își ridică privirea și se uită în ochii lui albaștri, învolburați.

– Și mie îmi pare rău că Zoe nu își dă seama ce are.

Buzele lui se îndepărtară ca și cum ar fi vrut să spună ceva, apoi le strânse.

– Da, bine. Nu putem avea întotdeauna ce ne dorim, nu-i așa?

– Așa e. Everlee se simți, brusc, epuizată. Nu putem.

– Ținem legătura și... Everlee?

Ea își ridică privirea.

– Șoferul meu a fost cu Frederick în ultimele ore, încercând să-l trezească din beție. Va ajunge acasă în curând și, când ajunge acasă, îți sugerez să-i spui de copil. Măcar atunci nu o să te atingă.

Suspină în timp ce i se umplură ochii de lacrimi. Așa era. Le spusese tuturor, nu-i așa? Despre felul în care Frederick o atingea și voia ceva de la ea chiar și când ea nu voia să-i dea.

– Îmi promiți?

– Da. Lacrimi noi îi curseră pe obraji.

Ușa apartamentului ei se închise.

Intră încet în dormitorul principal, își trase cearșafurile de satin pe corp și numără rotațiile ventilatorului.

Doar că, de data asta, refuză să fie o victimă.

Refuză să se teamă.

O durea totul.

Dar, când totul se va termina, pe el avea să-l doară mai tare.

CAPITOLUL XXXI

Grace nu spuse nimic despre articol, doar un „mulțumesc" și „ne vedem la ședința foto". Săptămâna trecu repede și, când veni ziua de vineri, cearcănele lui Brittany erau vizibile.

Toată lumea se pregătea.

Iar ea se ascundea în biroul ei.

Nu voia să o facă.

Nu voia să-l vadă la câteva zile după ce se întorsese la acel spital.

Se auzi o bătaie în ușa ei.

Își ridică privirea. Zoe stătea acolo, cu mâinile în șolduri.

– Ei bine, arăți ca și cum n-ai mai dormit de un an.

Brittany se uită urât la ea.

– Bună dimineața și ție.

– Cum pot să te-ajut? întrebă Zoe, mai blândă de data asta, în timp ce expresia ei se schimbă de la tachinare la seriozitate. Vorbesc serios.

– Vreau doar să trec peste acest moment. Nu pot cu el. Îmi pierd mințile, dar nu e numai asta, e... Era să spună că era ceva ce împărțeau, ceva ce el făcuse, ceva ce îi lega, o fiică pe care el nu o cunoscuse niciodată, una la care ea renunțase. Sunt multe.

Chipul lui Zoe se îmblânzi.

– Păi, dacă asta te face să te simți mai bine, am să-i dau un șut în bijuteriile prezidențiale dacă face ceva care să te supere.

– O, da? zâmbi Brittany. Dacă mă jignește, o să mergi direct la el și o să-i bagi – se uită pe lângă masă – pantoful bej Manolo cât de sus se poate?

– Pe scurt, da. Zoe își încrucișă brațele. Ai alte idei?

– Nu. Brittany se ridică în picioare. Cred că ar trebui să mergem.

– Mai încet, Maria, regina Scoției. Arăți de parcă urmează să fii decapitată. Zoe îi dădu un ghiont chiar când se auziră tare niște pași care se apropiau.

– Grace, spuseră ele la unison.

Bineînțeles, Grace apăru după colț într-o salopetă tip frac, cu o pălărie violetă asortată.

– Am nevoie de voi, de amândouă.

– Scuze, noi tocmai veneam...

– Nu, nu, nu, nimic de genul acela. Le făcu semn cu mâna să plece. Haideți, mai repede, țineți pasul. Se întoarse pe călcâie. Una dintre modele, cea nouă care se tot holbează la cameră când îi cer să n-o facă, Chrissy? Da, Chrissy. S-a încuiat în baie. Marnie nu poate s-o scoată, Frederick nu poate s-o scoată, Jauq... Oftă. Înțelegeți ideea, nimeni nu poate să o facă să iasă din baia aceea, și avem o ședință foto pentru Guess la Loft peste câteva minute. Nu e treaba noastră, dar Marnie a adus-o aici să se întâlnească cu fotografii. Pe scurt, scoateți-o. Se întoarse și zâmbi. Și nu arată fetele mele bine azi? Bine, plecați.

– Bine. Brittany se holbă la semnul de la toaleta femeilor. Ai vreo idee?

Zoe își ridică sprâncenele.

– O putem mitui cu mâncare?

– Nu e un câine! spuse Brittany în șoaptă.

– Îți dai seama că, la vârsta ei, ar fi funcționat pentru noi două? Era să-mi vând un tricou de la o ședință foto pentru un baton dulce.

Brittany strâmbă din nas.

– Ai dreptate.

– Crezi? Zoe deja căuta în poșetă. Am doar batoane de proteine, dar au ciocolată, așa că ar trebui să funcționeze. Bătu la ușă. Hei, Chrissy? Suntem Zoe și Brittany, putem intra?

– Nu, se smiorcăi ea.

– Avem ciocolată, spuse Zoe cu o voce veselă. Te rugăm.

– Nu! De data asta țipă.

Brittany își mușcă buza de jos.

– Poți să ne spui măcar care e problema ca să te putem ajuta?

– E... Își pierdu vocea. E... nu știu... nu mă simt în largul meu...

– Uite ce e, o întrerupse Brittany, doar lasă-ne să intrăm și putem vorbi, în acest fel, poate fi o conversație intimă, pe lângă asta, sunt sigură că am trecut și noi prin ce treci tu. Bine? Modelele sunt unite.

Zoe făcu un gest de vomă, iar Brittany se uită urât la ea.

După câteva secunde, ușa se deschise cu un clic.

Slavă Domnului.

Chrissy arăta mai frumoasă ca oricând. Cum putea arăta atât de bine după ce plânsese? Părul îi atârna drept peste umeri. Nu avea nicio urmă de machiaj pe piele, iar ochii îi erau căscați și îngroziți.

Brittany şi Zoe intrară în baie şi închiseră uşa după ele.

– E jenant. Chrissy se strânse singură în braţe. Şi probabil nu e nimic. Doar că nu mă mai simt în largul meu.

– În largul tău?

– Da. Chrissy îşi închise ochii. Nu-mi place să mă dezbrac. Ei spun că e normal, că au nevoie de fotografii din acelea ca să...

– Uau, uau, uau. Zoe îşi ridică mâinile. Cine îţi spune să te dezbraci?

– Marnie. Pufni. A fost o impresară grozavă până acum.

Brittany şi Zoe făcură un schimb de priviri.

– Practic, mi-a spus să fac orice spun fotografii şi Jauq a început să mă pipăie, mi-a spus că din greşeală, dar mă tot atingea şi îşi cerea scuze, apoi mi-a cerut să fiu topless la o şedinţă, am sunat-o pe Marnie şi ea mi-a spus să nu o deranjez cu prostii, apoi Jauq mi-a spus că trebuia să arăt ca şi cum tocmai m-am trezit, aşa că mi-a ciufulit părul şi m-a sărutat apăsat, mi-a spus că era ca să-mi facă buzele să arate umflate şi ţuguiate, a zis că era no...

– Normal? termină Brittany cu furia pulsându-i prin corp. Nu. Asta nu e normal. Cel puţin nu ar trebui să fie. Şi impresara ta... Îşi încleştă pumnii. Impresara ta ar trebui să te sprijine. Ar trebui să te apere.

– Ce durată are contractul tău? întrebă Zoe din senin.

– Încă patru luni şi, evident, trebuie să câştig cât a investit în mine, mi-a spus că s-ar putea să trebuiască să îmi pună şi implanturi...

– Nu. Brittany era fermă. Stai să-l contactez pe Roger. El ne reprezintă, poate găsim un mod ca el să te ia după ce scapi de Marnie. Măcar putem aranja să te preia o altă agenţie, ca să ai mai multe opţiuni decât Marnie.

– Ai face asta? întrebă Chrissy cu o voce tremurândă. Nici măcar nu mă cunoşti.

– Cum a zis Zoe, spuse Brittany zâmbind, modelele sunt unite. Pe lângă asta, știm totul despre Marnie și promisiunile ei. Nu e cea mai... respectată impresară din New York.

Chrissy se încruntă.

– Dar nu v-a descoperit pe voi, fetelor? De-asta nici nu mi-am citit contractul. Doar m-am bucurat că am aceeași impresară care v-a descoperit pe voi.

Brittany strânse din dinți.

– Da, cred că, într-un fel, a făcut-o, dar nu asta s-a întâmplat cu adevărat. Doar promite-mi că vei trimite un mesaj uneia din noi dacă nu te simți în siguranță sau dacă ai întrebări, bine?

Chrissy dădu din cap, apoi vărsă și mai multe lacrimi.

– Mulțumesc, nu aveam cu cine să vorbesc, părinții mei au murit într-un accident de mașină, ieri s-a împlinit un an de când s-a întâmplat. Cred că sunt foarte emotivă și pentru că mi-e dor de ei.

– O, draga mea. Brittany o trase mai aproape și o strânse tare în brațe în timp ce era cuprinsă de tristețe. Știu cum e să iubești o persoană și s-o pierzi, îmi pare foarte rău.

Chrissy se agăță de ea atât de tare că de-abia respiră.

– Mulțumesc. Nu vreau să par înspăimântătoare, dar tu m-ai ajutat să trec prin asta, vorbeam cu posterul tău și îmi imaginam că îmi dădeai sfaturi cum faci întotdeauna în rubricile tale.

– Nu e înspăimântător, o liniști ea. De-asta fac ceea ce fac.

– Mulțumesc. Nu cred că îți dai seama cât de mult te adoră fetele ca mine, și pe tine la fel.

– Poate nu și pe mine, o tachină Zoe.

– Te rog. Chrissy se retrase. Ești perfectă și ai propria linie vestimentară, aș fi dat orice ca să merg la preselecție pentru ea.

Zoe zâmbi.

– Data viitoare, doar trimite-mi mesaj că vrei să participi, e atât de simplu.

– Ce? Pe bune?

– Pe bune. Zoe îi făcu cu ochiul. Acum, te rog, putem pleca de lângă toaletele astea împuțite și să te ducem la ședința ta foto, ca să mă asigur că Brittany nu vomită în timpul ședinței ei?

– Ai emoții? întrebă Chrissy.

– Da, ceva de genul ăsta. Brittany zâmbi în timp ce se temea cu adevărat să pozeze într-un fel sexy pentru revistă împreună cu Ronan. Pe lângă asta, e o iubire veche, o poveste lungă și plictisitoare.

– Oooooo, Ronan Kampbell? Brusc, Chrissy arăta din nou ca o adolescentă. Chiar e atât de chipeș și în realitate?

– Da, răspunse Zoe în locul lui Brittany. Din păcate, sufletul lui e întunecat și demonii se hrănesc cu inima lui de fiecare dată când își închide ochii.

– Zoe! o mustră Brittany. Nu e chiar așa de rău.

Zoe doar ridică din umeri. Cum putuse să spună așa ceva tocmai fata care era îndrăgostită în secret de un mafiot? Râde ciob de oală spartă.

Brittany deschise ușa de la baie și era să se întoarcă pe călcâie și s-o încuie din nou.

Pentru că, direct în fața lor, stătea, în carne și oase, chiar Ronan Kampbell.

– Fetelor, ați ajuns la partea în care bârfiți despre vedete și vă lăcuiți unghiile de la picioare?

– Să fiu a naibii! țipă Chrissy din spatele lor. Sunteți... sunteți... tocmai vorbeam despre dumneavoastră!

– Chiar așa? Părea amuzat în timp ce se uita de sus la Brittany cu o expresie îngâmfată. Și cine ești tu?

– O mare admiratoare, spuse Zoe cu o voce plictisită. Merg să văd dacă sunt pregătiți pentru voi doi.

– Trădătoareo, șopti Brittany și tuși.

– Vino, fată înaltă. Zoe o apucă pe Chrissy de braț. Hai să te ducem la Grace.

– Totul e în ordine? întrebă Ronan aplecându-se prea aproape. Mirosea bine. Dar el mirosea întotdeauna bine. Însă ceva la el părea... fals. Poate că fusese întotdeauna acolo, zăbovind. Poate că observase asta pentru că petrecuse mai mult timp cu Oliver. Orice ar fi fost, era recunoscătoare pentru asta, pentru că îi era mai ușor să se apere.

– O, da, știi, adolescentele, emoțiile. Se opri când își dădu seama că, dacă ar fi păstrat fata, ar fi avut cam aceeași vârstă.

– Hei. Ronan își întinse mâna spre ea. Unde-a dispărut zâmbetul tău?

– Cred că l-ai distrus în ziua în care nu ai venit la spital, spuse ea repede.

El se dădu repede în spate de parcă ea l-ar fi pălmuit.

– Ronan! Brittany. Aici. Acum. Ședința foto. Multă lume. Haideți! Grace era deja țâfnoasă.

Brittany zâmbi și îl ocoli pe Ronan într-un efort de a nu ceda din nou și a nu spune altceva ce i-ar fi adus înapoi în trecut.

Pentru că asta făcuseră. Se încercuiseră unul pe celălalt, cineva aruncă un cârlig și, ca o mașină a timpului, cârligul îi duse înapoi în salonul acela de spital.

Înapoi la momentul în care se schimbase totul.

În care fuseseră făcute alegerile.

Viitorul lor fusese hotărât.

Niște inimi fuseseră frânte.

– Britt...

– Nu acum, izbucni ea în timp ce mergea grăbită spre Grace și ceilalți. Era nevoie de ea la machiaj, la garderobă. Mai avea cel puțin câteva ore până când trebuia să dea ochii cu el.

Și, cu acel gând, își întinse mâna după telefonul pe care și-l băgase în pantalonii de piele și îl scoase.

Eu: Știu că probabil salvezi viața cuiva... dar mi-e dor de tine.

Oliver: De fapt... nu... tocmai am pierdut pe cineva în sala de operații.

Eu: Nu! Îmi pare foarte rău! Ce pot să fac? De ce ai nevoie?

Oliver: Mesajul tău a venit la momentul potrivit, tocmai stăteam singur în biroul meu, holbându-mă la perete în timp ce mă întrebam unde am greșit, ce puteam să fac altfel. Și mă rugam pentru familia adolescentului.

Un adolescent?

I se frânse inima.

Eu: Nu ești Dumnezeu. Ești înzestrat cu o capacitate incredibilă. Dar nu poți salva pe toată lumea. Deși asta își dorește inima ta.

Oliver: Avea treisprezece ani. Îți poți imagina cum e să pierzi un fiu la treisprezece ani?

Nu, dar își putea imagina cum era să își piardă fiica la câteva ore după naștere. El suferea, nu era vorba despre ea. Nu putea să se gândească acum la ea.

Eu: Nu e firesc să îngropi un copil. Ai făcut tot ce-ai putut?

Oliver: Da.

Eu: Crezi că întotdeauna există un motiv? Un plan?

Oliver: Ca doctor, părerile sunt împărțite. Știința și spiritualitatea se întâlnesc rareori la mijloc, dar am văzut prea multe lucruri, am trăit prea multe miracole ca să cred altceva. Întotdeauna există un motiv. Întotdeauna există un plan. Dar asta nu ușurează situația atunci când trebuie să spui părinților cuiva că nu ai reușit.

Eu: Știu. Sunt la ședința foto, dar voi spune o rugăciune pentru tine. Dacă vrei să anulezi planurile pentru diseară...

Oliver: Nu! De-abia aștept să ne vedem diseară. Am nevoie de distracție. Pe lângă asta, urăsc faptul că ești cu el acum. Nu e cea mai bună zi din viața mea, dar sper că l-am învins măcar la categoria umorului, pentru că m-a distrus la departamentele de aspect fizic și putere.

Eu: Nu la departamentul de aspect fizic... și puterea e trecătoare. Ține minte asta.

Oliver: Tocmai mi-ai spus că sunt sexy?

Eu: Ha, ha, cred că te-ai prins, Romeo.

Oliver: Ce-a fost asta? Sunt cel mai sexy bărbat în viață? Ar fi trebuit să apar pe coperta revistei *People*?

Eu: Ești imposibil.

Oliver: Vezi? Amuzant. Sunt amuzant, cei amuzanți întotdeauna rezistă, avem puterea de a rămâne, cei drăguți doar dau de belele.

Eu: Așa e.

Oliver: Mulțumesc că mi-ai trimis mesajele. Îți mulțumesc că ești așa cum ești. Doar. Mulțumesc. Poate sunt puțin îndrăgostit de tine, dar nu în felul în care aprind lumânări și cânt, doar într-un fel normal și sănătos de „uau, e frumoasă și vreau să o sărut la nesfârșit". Sper că așa e bine.

Zâmbetul lui Brittany fu atât de larg încât make-up artistul trebui să se oprească din ce făcea.

– Scuze.

Eu: Săruturi la nesfârșit, pare obositor.

Oliver: Voi ridica eu greutățile.

Eu: Sunt şocată.

Oliver: Trebuie să plec, ne vedem diseară?

Eu: Poţi conta pe asta.

Își puse telefonul jos în timp ce cosmeticianul ei își arcui sprâncenele.

– Iubitul?

Își deschise gura să spună da, dar se opri. Da, se vedeau, dar Oliver avea dreptate, era o prietenie, una care putea deveni ceva mult mai semnificativ.

– E un prieten. Un prieten foarte bun. Cu niște ochi superbi, un zâmbet nebunesc și capacitatea de a face chiar și cele mai stresante zile să pară perfecte.

– Da, râse el. Și eu am un zâmbet prostesc pe față când vorbesc despre prietenii mei. Dădu din cap. Bine, păstrează-ți secretele, și-acum închide ochii ca să-ți dau cu fard pe pleoape.

****

Brittany nu fusese niciodată genul de persoană care să aibă emoţii înaintea unei şedinţe foto, ştia că era ceva distractiv, cel puţin aşa trebuia să fie. Dar de data asta? Miza era mai mare şi ştiu, din clipa în care privirile ei şi ale lui Ronan se întâlniră, că va trebui să se prefacă.

Să pretindă că era bine.

Să pretindă că el nu o rănise.

Să pretindă că erau prieteni.

Grace o privi repede din cap până-n picioare.

– Ce-i cu faţa asta lungă? Arăţi constipată.

Asta da sinceritate!

Brittany își relaxă fața, și făcu un mare efort să pară fericită în timp ce i se alătură lui Ronan pe platou.

Era un pat.

Intră în panică.

Ce fel de ședință foto era asta?

Jauq merse spre Brittany.

– Ideea e să arătăm familia americană perfectă, Brad și Angelina au făcut o ședință foto ca asta acum câțiva ani și a fost mortală. Avem câteva modele care vor juca rolul copiilor voștri, per total, ar trebui să terminăm peste câteva ore. Unde e halatul tău?

Se uită în jos, la rochia ei de mătase.

Trebuia să fie o cămașă de noapte? Nu fusese atentă. Era o rochie tip furou, neagră, care îi ajungea până la genunchi, și îi lăsaseră părul despletit pe umeri.

Ronan deja stătea în pat. Gulerul cămășii lui era desfăcut, de parcă tocmai venise acasă după o zi lungă de muncă și Brittany se putu gândi doar că...

Asta ar fi trebuit să fie viața ei.

Viitorul ei.

Să vină acasă la el așa.

Să împartă patul cu el, să râdă de o prostie făcută de copiii lor.

Cinele în familie.

Zile ale Recunoștinței.

Crăciunuri.

Trebuia să arate exact ca această ședință foto.

Dar realitatea nu era la fel ca visurile ei din adolescență, nu-i așa?

Înghiți cu greu nodul de tristețe din gât și făcu un pas, apoi altul, în cele din urmă, stătea lângă pat în timp ce Ronan luă ziarul în mâini și îi zâmbi.

– Bună, nevastă.

Fața lui se îmblânzi în timp ce își întinse mâna spre ea.

– Scuze, n-am vrut...

– N-ai vrut? Doar te prefaci? spuse ea printre dinții încleștați.

– Nu trebuie să fie așa, spuse el mai încet.

– Prea târziu. Inspiră adânc de câteva ori; se gândi la Oliver și, din nu se știe ce motiv, asta o liniști, o scoase din ședința foto falsă și fericită, și o readuse în realitate, unde el se lupta la propriu să salveze vieți, zilnic. Aia era realitatea. Asta? Asta era ca să vândă reviste. Asta era ca să plătească pentru campanii publicitare.

Asta era ca să vândă o idee oamenilor.

Iar ea era persoana care îi ajuta să o facă.

Treaba ei era să îl facă pe el să arate bine.

Să facă revista să arate bine.

Asta nu însemna că nu o durea ca un milion de cuțite înfipte în piept. Pentru că ceea ce văzuse întotdeauna ca fiind planul ei, evident, nu era al lui Dumnezeu.

Atunci ce însemna asta?

Și de ce era, brusc, bântuită de el? De un trecut care voia o refacere și un viitor care părea luminos.

Simți că era la o răscruce și un pas greșit ar fi distrus-o pentru totdeauna.

– Brittany? Grace pocni din degete. Aici, da, am nevoie ca tu să arăți fericită, poți să arăți ca și cum nu ai vrea să sugrumi un senator al SUA în propriul lui pat cu cravata lui?

Brittany se forță să zâmbească.

– Da, da, pot să fac asta.

– Minunat. Grace dădu din cap. Jauq, pornește.

Blițul aparatului de fotografiat se aprinse chiar când Brittany se urcă în pat. I se păru ceva foarte cunoscut chiar dacă, în adolescență, întotdeauna o făcuseră în grabă, întotdeauna încercau să nu fie prinşi. Atunci părea romantic, ca Romeo şi Julieta.

Dar acum? Acum, când privea în urmă, întotdeauna se simţise... murdară, ca şi cum ea era un secret pe care el nu avea voie să-l dezvăluie lumii.

Îşi puse mâna pe pieptul lui şi zâmbi în timp ce el se aplecă şi îi înclină bărbia spre el, cu ziarul într-o mână, de parcă asta făceau, stăteau în pat, în weekend, şi vorbeau despre vieţile lor perfecte.

Cineva îi dădu lui Brittany o cană pe care să o ţină în timp ce îşi puse capul pe umărul lui.

El o mângâie pe mână, apoi luă o pernă şi o ridică de parcă avea să o lovească.

Jauq şi Grace le dădură instrucţiuni, iar ei se supuseră.

Şi, în scurt timp, uită că era Ronan.

Era doar o altă şedinţă foto.

Doar o altă zi de plată.

Doar o altă zi.

Cel puţin până schimbară poziţiile.

– Întinde-te, îi ceru Jauq. Pe spate, Brittany. Da, perfect.

Intră în panică în timp ce se uită în sus, la Ronan, care se uita în jos, la ea, neliniştit. Da, Ronan, călăreşte-o un pic, aşa, jucăuş.

Ronan se mişcă, apoi dădu din cap. Nu încetă să o privească în ochi în timp ce zise:

– Nu, n-am să fac asta.

Brittany oftă uşurată. În timp ce Grace înjură în şoaptă.

– Doar fă-o.

– Încă trec prin procedurile de divorţ. Ronan ridică din umeri. Nu ar da bine.

Minţea pentru ea.

Ea îi mulţumi.

El dădu din cap, apoi o strânse de mână.

De ce trebuia să fie viața atât de grea?

De ce tot ce făcea cu Ronan părea greșit tot timpul?

Pozară timp de încă două ore.

Și, când totul se termină, o duru corpul atât de tare din cauza menținerii pozițiilor că tot ce își dorea era să facă o baie lungă cu spumă.

– Ați făcut o treabă bună. Cred că am reușit. Jauq le zâmbi.

Ronan își întinse mâna și o ajută pe Brittany să se ridice în picioare.

– Arăți epuizată.

– Mă simt epuizată, fu ea de acord și își încrucișă brațele. Ro, simți vreodată că nu ne-a fost scris să fim împreună?

El încremeni, apoi își coborî privirea spre a ei.

– Uneori, mi se pare că e așa, ca și cum am dansa unul în jurul celuilalt, dar universul nu vrea să ne lase să ne atingem.

Ea dădu din cap.

– Vreau ca tu să fii fericit.

– Și dacă tu ești cea care mă face fericit?

– Atunci tot nu suntem în ordine, suntem dezechilibrați. Ronan, nu vreau să fiu ancora ta, vreau să fiu partenera ta. Voiam. La timpul trecut. Dar pot să recunosc ceva?

– Orice. O luă de mâini.

– Mi-am dorit asta. Ochii i se umplură de lacrimi. Mi-am dorit asta cu disperare. Cred că, atunci, ți-aș fi dat totul.

– Ai făcut-o, șopti el. Mi-ai dat totul. Doar că am fost prea prost să văd asta, prea tânăr, prea arogant. Înjură, apoi îi sărută vârfurile degetelor. Încă nu te las să pleci.

– M-ai lăsat să plec în ziua în care mi-ai înapoiat lista.

– Pentru că am știut. Vorbea încontinuu. Am știut că cel mai bun lucru pe care puteam să-l fac pentru tine era să te eliberez.

– Și ce faci acum?

– Mă răzgândesc. Își lăsă capul în jos.

Ea se retrase și înghiți în sec.

– Îți spun nu.

– Nu vreau să faci asta.

– Nu e despre ce vrei tu, nu acum. E despre ce e mai bine pentru mine, ce e mai bine pentru noi, cred... Își linse buzele uscate. Cred că am să încerc să o găsesc pe fiica noastră. Doar ca să o văd, să văd ce face.

El îi acoperi gura cu mâna lui.

– Nu poți spune asta în public. Sunt alegători și...

Zâmbetul lui păru trist în timp ce își lăsă mâna în jos, dându-și seama ceea ce tocmai spusese.

– De-asta nu vom putea fi împreună niciodată, de-asta nu am putut fi împreună niciodată, Ro, pentru că, în cele din urmă, cariera ta va fi mai importantă decât orice, și asta e bine. Avem nevoie de mai mulți bărbați ca tine în Senat, mai mulți bărbați care să ne conducă, bărbați dispuși să sacrifice totul, dar eu refuz să fiu sacrificată.

Pentru prima dată în viața ei, îl văzu pe Ronan Kampbell privind-o cu o expresie de predare completă și înfrângere în timp ce îi șopti:

– Ai dreptate.

CAPITOLUL XXXII

Dane avea acces la tot ce era în computerul lui Frederick. Nu era ceva frumos, fotografiile pe care le avea, lucrurile pe care le înregistrase fără consimțământ.

Dar ce era mai rău era faptul că Everlee văzuse totul.

Îl sunase țipând din nou, înfuriată, îl rugase să o lase să îl abordeze. El nu crezuse că ea avea să fie atât de dură și acum trebuia să își facă griji că ea i-ar fi spus ceva lui Frederick – și ar fi stricat totul.

Continuă să sape în trecut.

Și era să cadă de pe scaun când găsi poze din urmă cu un an. Poze cu Danica.

Cu Frederick și Jauq.

Marnie în fundal.

Roger stând deoparte și privindu-i dezaprobator.

Părea că erau toți la o ședință foto. Danica râdea, Jauq o cuprindea cu brațul. Era ceva spontan, toți păreau fericiți, cu excepția lui Roger, bineînțeles.

Marnie stătea într-o parte, uitându-se încruntată la Roger.

Cine făcuse poza?

Căută mai multe.

Jauq o pipăia peste tot pe Danica.

Era un videoclip filmat cu o noapte înainte.

Aproape că se temu să apese pe play.

– Danica, se auzi vocea lui Jauq în timp ce ea dansa în fața lui. Nu mă mai tachina.

De ce avea Frederick asta?

– Te tachinez? Făcu o mică piruetă. Nu te tachinez. Tu mă tachinezi de zece ani. Poate am să trec la altcineva. Lui Dane i se întoarse stomacul pe dos. El era cu cel puțin douăzeci de ani mai în vârstă decât ea, ceea ce însemna că, atunci când ea fusese adolescentă, el ar fi avut vreo treizeci și cinci de ani.

– Știi că mă iubești.

– Sunt dependent de tine, îi spuse el.

Camera de filmat se mișcă, apoi el fu în fața ei, sărutând-o, strângând-o în brațe de parcă avea dreptul să facă asta. O dezbrăcă.

– Mai sunt mulți de unde au venit ăștia. Scoase un teanc de bani. Dacă vrei să te bagi, doar spune cuvântul...

– Ce trebuie să fac? Nimic ilegal, nu-i așa?

– Contează? Râse. Știu cine e fratele tău. Pe lângă asta, afacerile sunt afaceri, nu-i așa? Gândește-te la asta ca la o retragere timpurie din cariera de model, ai putea avea totul, trebuie doar să ai încredere în mine, în noi toți.

Danica ezită, apoi își strânse picioarele în jurul lui.

– Mă voi gândi la asta.

– O vei face, spuse Jauq, sărutând-o apăsat pe gură.

Ușa apartamentului se deschise. El închise repede ecranul și își ridică privirea în timp ce Zoe intră tropăind, își aruncă nervoasă poșeta pe tejghea și luă paharul de vin pe care el îl turnase pentru ea atunci când îi spusese că venea la el.

Era uimitor cum nu își dădea seama niciodată și nici măcar nu recunoștea pe deplin cât de ușor se strecurase el din nou în viața ei. Se obișnuise cu asta, se simțea confortabil cu asta. Dacă rămânea peste noapte, dormea în altă cameră. Până la urmă, era un cadou, locuința ei, iar el nu s-ar fi mutat acolo până când ea nu i-ar fi spus, în sfârșit, da. În ritmul în care făceau totul, ar fi avut optzeci de ani atunci, dar măcar ar fi primit răspunsul pe care și-l dorea.

– Ai avut o zi proastă?

– Nu, da, nu știu. Sorbi puțin, apoi se întoarse cu fața la el. Am fost la ședința foto pentru Ronan și Brittany. Știu că au o poveste, Dumnezeu știe că sunt versată în relații din trecut. Îi aruncă o privire, iar el își ridică mâinile în semn de predare. Oricum, mi se pare trist, dacă asta are sens? Mi se pare că ei îi e mai greu și îmi fac griji pentru ea, asta e tot. El i-a frânt inima.

Făcuse mult mai mult decât atât, dar nu era Dane cel care trebuia să spună povestea aceea.

– Ești prea tăcut.

– Hmm? Își înclină capul într-o parte. Chiar sunt?

Ea își miji ochii.

– Ce știi tu și eu nu știu?

Totul.

– Mărită-te cu mine și vei afla.

– Ha, asta a fost bună. Nu-mi dau seama dacă ești sincer sau e un truc.

– De ce nu poate fi doar o cerere în căsătorie în care eu pun o întrebare, tu spui da, apoi mă săruți?

Îi pieri zâmbetul de pe buze.

– Săruturile tale duc la decizii foarte proaste.

– Mi s-a mai spus, zâmbi el afectat. Tot de tine.

Ea dădu din cap spre laptopul lui.

– Lucrezi până târziu?

– Ceva de genul ăsta. Se lăsă pe spate, pe canapeaua de piele. Pot să-ți pun o întrebare?

– Tu nu ceri niciodată permisiune pentru nimic. Se trânti lângă el. Ești bolnav?

– Doar de dorul tău, spuse el sarcastic.

Îl lovi cu mâna.

– Nu mai fi drăguț, mă enervează.

– Poate că îmi place să te enervez.

– Cred că e preludiul nostru.

El fu de acord, observând cum se îmbujorau obrajii ei și cum aproape că nu mai respira. O, avea un efect asupra ei, doar că ei nu-i plăcea asta.

Zoe își drese glasul.

– Ce întrebare?

El se întoarse cu fața la ea și îi privi ochii mari de culoarea whisky-ului și pielea perfect bronzată.

– Jauq sau Frederick s-au dat vreodată la tine când ai început să lucrezi în industria asta?

Ea se dădu înapoi.

– Nu. Niciodată. Jauq avea ochi doar pentru Danica, iar Frederick, cred că știm cu toții cum se va termina povestea asta.

– Așa credeam și eu. Dane bătu darabana cu vârfurile degetelor pe coapsa lui. Voiam doar să fiu sigur.

– Dacă aș fi spus da, i-ai omorî pe amândoi? îl tachină ea.

– Da, spuse el repede și hotărât. Dar știi asta.

Ea rămase fără răsuflare.

– De ce mi-ai pus întrebarea asta?

– Nu-ți face griji. Zâmbea chiar dacă mintea lui era încordată din cauza tuturor posibilităților, a informației care se găsea în computerul lui. Poate nu ascundeau nimic. Sau poate ascundeau ceva.

El nu avea să se oprească.

Nu atunci.

Niciodată.

Danica nu se oprise.

Atât știa.

Trebuia să pună mai multă presiune pe jucători, și cineva avea să cedeze, cineva avea să fie destul de speriat ca să demaște pe altcineva, doar sperase ca Frederick să fie cel mai slab dintre toți.

Trebuia doar să găsească o greșeală undeva. A lui Frederick, a lui Jauq, a oricui. Cel mai bun mod de a prinde un pește.

– O momeală foarte mare, își spuse el.

– Tocmai ai vorbit de unul singur în fața mea? Zoe se aplecă și îl lovi ușor pe umăr. Nu știu dacă e ceva înspăimântător sau drăguț.

– Hai să zicem că e drăguț. Îi zâmbi lasciv. Ce-ar fi să comand niște mâncare și după aceea poți să-mi povestești totul despre ziua ta lungă și modelele care vor cuceri lumea pe neașteptate.

Fața ei se lumină, apoi căzu.

– E în ordine, nu trebuie să...

– De fapt... Se ridică în picioare. Ce-ar fi să ieșim, apoi să trecem pe la biroul tău? Poți să-mi arăți tot planul.

Ea rămase cu gura căscată.

– Vorbești serios?

– Îmi pasă. Da, sunt serios, răspunse Dane.

– Dar...

– Ar fi un privilegiu să văd alegerile pe care le-ai făcut, modelele pe care le-ai creat, continuă el. Peste o săptămână, lumea te va cunoaşte nu doar ca model, ci şi ca un simbol al modei. Sunt norocos să fi jucat un rol în asta.

– Acum exagerezi... ştii că tu eşti singurul motiv pentru care am putut începe marca asta, admise Zoe.

– Abia acum recunoaşte, şopti el, lăsându-şi capul în jos.

– Ei bine, sunt obosită şi irascibilă. Nu gândesc limpede, comentă Zoe.

– Bine.

Îi apăsă gura cu gura lui, precaut, aşteptând o permisiune, orice semn de la ea sau de la univers că asta era bine. Ea îşi despărţi buzele, iar el gustă raiul, le gustă aşa cum trebuiau să fie întotdeauna, împreună.

Ea îşi puse braţele în jurul gâtului lui, în timp ce el o trase brusc la pieptul lui, adâncind sărutul, savurând fiecare secundă care i se oferea cu ea în acel moment, un moment care avea să se termine prea repede, pierdut în seara care nu avea să se mai repete vreodată.

Ea nu se retrase.

El o făcu.

Expresia ei fu mai mult şocată decât orice altceva.

– Chinezească? spuse el răguşit.

– Mâncarea, repetă ea încet. Vrei să mănânci, să pleci şi... Îşi miji ochii. Nu...

– Pot să te aştept. Te vreau dornică, nu pentru că eşti recunoscătoare sau pentru că eşti obosită, ci pentru că nu te poţi gândi că ai vrea să faci altceva decât să stai în braţele mele.

– Ar fi trebuit să lucrezi pentru Hallmark, bombăni ea în timp ce se îndepărtă şi îşi întinse mâna după poşetă. Şi tu faci cinste.

– S-a făcut. El chicoti, urmând-o.

Asta ar fi putut avea ei.

Doar dacă ea ar fi permis să se întâmple.

O viață în care se tachinau și se sărutau, în care se certau din cauza mâncării la pachet și a deciziilor de afaceri.

Într-o zi.

Într-o zi, ea avea să vadă ce văzuse el tot timpul.

Că erau suflete pereche.

Care aveau nevoie unul de celălalt la fel de mult.

CAPITOLUL XXXIII

– Poftim. Oliver nu o sărută, nici măcar nu o întrebă cum fusese ședința foto. Doar deschise ușa apartamentului lui, îi înmână un pahar de vin, apoi o deschise mai larg ca ea să poată intra.

Plănuiseră să ia cina undeva.

Dar, după acea zi, amândoi voiau să stea în casă.

El comandase mâncare thailandeză și îi spusese că avea să bea vin, iar ea sărise într-un taxi, gata să uite de ziua aceea.

– Îmi place locuința ta. Se întoarse puțin în mijlocul bucătăriei sofisticate. Ai adus un decorator? Era masculină, dar caldă, chiar și cu toate finisajele moderne. Toată mansarda era un concept deschis. Locuința nu putuse fi ieftină.

– Nu, a fost a soției numărul trei. Ea se pricepea la culori. Ridică din umeri.

Ea era să-și scape paharul de vin.

– Stai, ce?

El îi zâmbi.

– Glumesc.

– Foarte amuzant. Era gata să-i arunce o pernă în față. Cred că mi-a stat inima în loc.

– N-am fost niciodată însurat, n-am avut hărțuitoare ciudate în afară de Marissa din clasa a treia, dar cred că doar voia un prieten adevărat.

– Biata Marissa.

– Mi-am împărțit pufuleții Cheetos cu ea în fiecare vineri, și-a revenit. Râse în timp ce deschise cutiile cu mâncare și o așeză pe toată pe farfurii negre. Dar tu? Ai schelete în dulap de care nu știe Google?

Ea încremeni.

Se gândi că el nu putea afla dacă ea nu spunea ceva, dacă Ronan nu spunea ceva sau Dane, dar cum? Nu voia să vorbească despre trecut, tocmai își petrecuse ultimele ore retrăind ceea ce credea că era viitorul ei.

Nu mai voia așa ceva.

– Nimic pentru care să trebuiască să îți faci griji, hotărî Brittany. Lucrezi mâine?

– Nu, de fapt, mâine sunt liber, și cred că și tu ar trebui să-ți iei o zi liberă. Am putea explora orașul... am putea merge la cursul de gătit pe care l-am ratat la prima întâlnire, ce zici?

– Zic că... Merse spre el și se așeză pe unul dintre scaunele de bar din piele, trăgându-și rochia neagră Armani până la genunchi. După ziua de azi, asta sună incredibil.

Zâmbetul lui era foarte adorabil și sexy în același timp, avea dinți albi și o gropiță la colțul gurii în timp ce părul îi cădea pe frunte.

– Mmm, deci trebuie să-ți pun toate întrebările grele atunci când mintea ta e obosită? Ăsta e secretul?

– Păi, ăsta e și mor de foame.

– Trebuie. Să hrănesc. Modelele. Chicoti la gluma lui. Și, în caz că nu te saturi, am adus și pâine cu usturoi. Înainte să zici nu, spuse el ridicându-și mâinile, cred că singurul mod ca o persoană să se simtă cu adevărat sătulă e să se încarce cu carbohidrați, ai legumele și carnea aici, tăiețe de orez. Făcu o față. Dar pâinea cu usturoi? Salvează vieți, să știi, exact ca mine, o salvatoare de vieți, chiar aici.

Brittany izbucni în râs.

– Adică tu și pâinea cu usturoi sunteți la fel?

– Pe scurt, da. Dădu din cap cu seriozitate. Dar cred că eu am un gust mai bun. Șșșt, nu răni sentimentele pâinii.

Ea își încrucișă brațele.

– Chiar ai?

– Ce să am? Începuse să pună din nou mâncare în farfurii.

Brittany se aplecă înainte cu un zâmbet amuzat.

– Un gust mai bun?

El îi privi gura.

– Sunt dispus să fac un experiment. Ridică o farfurie între ei. Dar, mai întâi, trebuie să mănânci. Nu vreau să leșini la mijlocul experimentului și să ne faci de rușine pe amândoi.

Ea gemu.

– Miroase minunat.

– Doamne, îți dau de mâncare și gemi așa? E ca și cum tocmai mi-ai fi arătat criptonita ta.

– Întotdeauna e mâncarea thailandeză bună. Ea își întinse mâna, el îi puse o furculiță în ea de parcă știa, și amândoi începură să mănânce.

Fără camere de filmat.

Fără jenă.

Fără să se întrebe dacă oamenii le făceau poze sau făceau speculații despre ce însemna faptul că luau masa împreună.

Doar. Ei.

– Broccoli ăsta e minunat. Arătă spre farfuria ei. Ți-ai pus și tu?

– Nu. Luă o bucată din farfuria ei și mestecă.

Uimită, se întrebă dacă el se simțea întotdeauna așa de confortabil în propria piele, el însuși, fără regrete.

– Ce?

Ea dădu din cap și zâmbi, uitându-se în jos, la mâncare.

– Nimic, doar îmi place de tine.

– Ar trebui să-mi schimb statusul pe Facebook sau...

– Nu te pripi.

Înjură chiar când sună alarma cuptorului.

Îl privi când deschise cuptorul, se mișcă prin bucătărie și, ciudat, totul era ciudat de... perfect. Azi? Statul în pat în timpul acelei ședințe foto cu Ronan? Asta văzuse și își dorise când era adolescentă, asta fusese așteptarea ei.

Dar își dădu seama brusc că astea, discuția asta, sinceritatea și statul în fața mâncării la pachet, astea i se păreau mai normale decât orice.

Normale și emoționante în același timp.

Un zâmbet i se întinse pe față. Poate primea a doua șansă. A doua șansă să facă ce era corect.

Ceea ce o făcu mai hotărâtă.

Trebuia să-și găsească fata.

Trebuia să încheie un capitol al vieții ei pentru ca altul să se deschidă, în sfârșit, din nou, după cincisprezece ani.

CAPITOLUL XXXIV

7 ZILE PÂNĂ LA SĂPTĂMÂNA MODEI DE TOAMNĂ

Brittany se trezi în următoarea dimineață cu două lucruri în minte: fiica ei și întâlnirea cu Oliver.

Respirând adânc, apelă numărul lui Dane și așteptă ca el să răspundă.

Sună de trei ori și vocea lui profundă se auzi în receptor.

– Sunt Dane.

– Bună. Își linse buzele uscate. Ești singur?

Sună ca și cum mergea, apoi se închise o ușă.

– Acum sunt.

Oftă ușurată.

– Bine, e ceva dificil, așa că o s-o spun ca să-mi iau o piatră de pe inimă. Respiră adânc din nou, putea să o facă, putea să o spună cu voce tare, nu-i așa? Ai niște documente cu locul în care ai trimis-o pe fiica mea? Sau cu cine a adoptat-o? Eu doar... nici măcar nu trebuie să o întâlnesc, chiar și să văd o poză cu ea și cu familia ei, să știu că e bine...

– Brittany.

Își închise ochii.

– Da?

– Vin în apartamentul tău peste cinci minute.

Conversația se întrerupse. Se holbă la telefon, apoi îl aruncă pe pat, se îmbrăcă repede și se făcu prezentabilă. Grace se bucură foarte tare să o lase să-și ia o zi liberă, mai ales că-și amintea cât de bine arătase Oliver. Și Roger? Ei bine, el părea gata să înceapă să cânte și să danseze când îi spuse că aveau să treacă pe la el în seara aceea pentru o lecție de gătit și o întâlnire.

Spera doar ca tipul să nu exagereze, de vreme ce era cunoscut pentru că făcea asta. Ar fi fost și o ocazie grozavă ca ei să vorbească despre Chrissy și situația cu Marnie.

Știa că exista o regulă foarte serioasă împotriva braconajului când era vorba de alte modele, dar Marnie era cea mai rea, cu siguranță exista un mod de a se elibera de contractul ei. Sau un mod de a fi luată de Roger.

Singura problemă ar fi fost dacă Chrissy avea rezervate multe ședințe foto, Marnie ar fi vrut banii și ar fi vrut să aibă încă o dată notorietatea de a fi descoperit următorul cel mai bun model.

Brittany aruncă o pernă decorativă pe pat chiar când se auzi o bătaie în ușă. I se păru că trecu o veșnicie până ajunse pe hol, la clanță, și inima îi bătu nebunește în piept când o deschise brusc.

Dane stătea acolo în pantaloni negri de trening, marca Nike.

Ea se mai uită o dată la el și se încruntă.

– Porți adidași?

– Mergeam la sala de sport. Gura lui se curbă într-un zâmbet. Știu, e ca și cum ai vedea un animal în afara grădinii zoologice.

– Sau pe învățătoarea din clasa întâi la un bar, bând tequila, adăugă ea, încrucișându-și brațele.

– Foarte amuzant. Tricoul lui alb arăta atât de ciudat pe corpul lui, că ea nu se putea concentra. Teoretic, era logic că avea o viață în afară de controlarea fiecărei situații posibile din viața lui și a altora, dar arăta foarte relaxat.

Puse cutia mare de carton pe masă.

– Cum mai merge treaba cu Zoe? întrebă ea, încercând să spargă gheața din nou.

El încremeni, apoi își întoarse privirea intensă spre ea.

– Nu suntem aici, în momentul ăsta, ca să discutăm despre Zoe.

– Nu. I se umplură ochii de lacrimi. Mă tem să întreb ce-i în cutie.

Fața lui se îmblânzi.

– Nu te teme, Britt. Și nu trebuie să te uiți dacă nu vrei. Știi ce, am să las cutia asta plină cu lucruri pe masă timp de o zi întreagă. Când te întorci diseară, hotărăști ce vrei să faci. O deschizi sau o lași închisă.

– E atât de ușor, hm? îl tachină ea, ștergându-și o lacrimă rătăcită.

Dane se rezemă cu spatele de perete și își încrucișă brațele.

– Nu e niciodată ușor să ne înfruntăm adevărul, dar nu crești când stai pe loc, Britt. Se îndepărtă de perete și își puse o mână pe umărul ei. Te scufunzi.

– Când ai devenit atât de înțelept? Își puse mâna peste a lui și o strânse.

– Întotdeauna am fost cel înțelept. Voi, fetelor, îl faceți pe un bărbat să bea și ziua. Nu pot să iau decizia asta în locul tău, dar pot să-ți ofer ocazia să alegi, să-i vezi viața așa cum e. Frumoasă. Să închei un capitol care poate a rămas deschis prea mult timp, lăsând rana aceea să puroieze de nenumărate ori. Nu știu, Britt, cred că prea des încercăm să păstrăm lucrurile în alb și negru și uităm complet de zona gri.

– Tu... Dădu drumul mâinii lui. Tu exişti în zona aceea gri.

– O, am un televizor cu ecran plat şi un jacuzzi în zona aceea gri. Îi făcu cu ochiul. Nicio presiune în niciun sens, şi distrează-te cu Oliver.

Ea încremeni.

– De unde ştiai?

El doar zâmbi şi ridică din umeri.

– Eu ştiu totul.

– Văd că Zoe încă n-a avut şansa de a-ţi limita aroganţa.

El chicoti.

– Probabil pentru că, în secret, îi place.

Merse încet până la uşa de la intrare şi se uită peste umăr la ea, apoi la cutie şi iar la ea.

– Dacă te hotărăşti să o deschizi, ştiu că vei avea întrebări. Nu voi avea toate răspunsurile pentru că, uneori, viaţa se întâmplă, pur şi simplu, şi, chiar când încercăm să controlăm fiecare detaliu mărunt, lumea tot se învârte cum vrea.

După acel comentariu criptic, închise uşa în urma lui.

Brittany se întoarse spre cutie. Părea foarte simplă, inofensivă, şi totuşi ştia că înăuntru erau răspunsuri. Înăuntru ar fi găsit fotografii cu chipul fetei ei. Înăuntru ar fi găsit amintiri din care ea nu făcea parte. O viaţă pentru care, acum, ar fi dat orice să facă parte din ea.

Cu mişcări tremurătoare, merse până la ea şi ţinu capacul între mâini.

Avea toată ziua să se hotărască.

De ce era, brusc, atât de dificil?

Îşi lăsă mâinile asudate în jos şi se îndepărtă de cutie. Auzi o bătaie în uşă.

„În seara asta, îşi promise ea.

În seara asta."

Deschise ușa ca să-l vadă pe chipeșul Oliver îmbrăcat în blugi strâmți, bocanci și un tricou demodat, cu decolteu în formă de V, care arăta incredibil de bine pe el.

– Știi... Îl privi ea din cap până-n picioare. E ceva la felul în care un tip se reazemă de cadrul ușii.

– Ne învață în clasa întâi, e singurul mod de a ne face prieteni, înveți mișcarea din cadrul ușii și ești acceptat, cazi cu fața înainte și mergi la masa de lângă toalete unde poți să cronometrezi când trag oamenii apa.

Brittany râse.

– Uau, atât descriptiv, cât și un pic personal, cred că nu ai fost popular până târziu în viață.

Îi zâmbi de sus.

– Am înflorit mai târziu.

– Văd.

Se mai holbară unul la altul câteva secunde, cu zâmbete largi, înainte ca ea să-și dreagă glasul și să închidă ușa.

Îi putea simți căldura corpului și nu o ajuta faptul că mirosul lui era cald și aromat. Ochii lui se luminară când ea îi zâmbi, apoi îl luă de mână.

Palma lui o apăsă pe a ei.

Și o ținu strâns.

De parcă s-ar fi temut că ea ar fi alunecat departe dacă nu ar fi strâns-o atât de tare. Ea hotărî că îi plăcea asta.

Și, când ieșiră afară, în razele soarelui de toamnă, ea respiră adânc în timp ce frunzele se împrăștiau în jurul ghetelor Pierre Hardy. Ea alese o ținută mai de weekend, cu rochia lejeră Ralph Lauren, cu dungi albe și albastre, și coada de cal pe ceafă, ceva la ea părea jucăuș, sau poate era doar Oliver și faptul că nu lucra într-o sâmbătă în care ar fi lucrat de obicei. Merse spre mașina lui parcată pe stradă, dar el o învârti și o sărută pe obraz, reușind să o cuprindă cu brațul în timp ce mergeau.

– Nu conducem în dimineața asta.

– Îmi place. Îl lovi ușor pe piept. Pe lângă asta, e frumos afară.

– Nimic nu se compară cu toamna în New York. Îi zâmbi de sus. M-am gândit că, dacă tu ai plănuit seara, eu aș putea plănui dimineața târzie și după-amiaza.

– Planul tău include cafeaua?

El o privi cu seriozitate.

– Toate planurile ar trebui să includă cafeaua, nu sunt un monstru.

– Bine. Îi plăcea felul în care îl simțea lângă ea și pașii ușori pe care îi făceau de parcă deja se sincronizau.

– Care e culoarea ta preferată? o întrebă el.

– Verde, răspunse ea repede. A ta?

El se holbă la ochii ei și dădu din cap.

– Cred că tocmai m-ai convertit.

Ea avea ochii verzi.

Vorbea despre ea?

– Mâncarea preferată? întrebă el după aceea.

– Ce-i asta? Douăzeci de întrebări?

– O, nu, vor fi cam o sută, dar nu-ți face griji, primești un premiu la sfârșit.

– Care-i premiul meu?

– Un sărut foarte bun, cel mai bun sărut din viața ta.

– Să știi că faci multe promisiuni mari, preciză ea, plăcându-i latura lui care o tachina cu ușurință. Nu făcuse asta niciodată cu Ronan și nu îi plăcea că făcea comparații, dar nu avea cu cine altcineva să-l compare!

– Și intenționez să le respect. O sărută pe frunte în timp ce continuară să meargă. Așadar? Mâncarea ta preferată?

Ea își linse buzele, își ridică privirea și îi zâmbi.

– Pâinea cu usturoi.

– E greșit că vreau să-ți dau premiul după două întrebări?

– Doamne ferește, să nu spui că sunt o trișoare. Îi dădu un ghiont.

– Au, bine. Râse. Cartea preferată?

Era să se împiedice când răspunsul îi veni în minte.

– Hm... Biblia.

El o privi curios.

– Am crezut că ești genul de fată care îl admiră pe Darcy. Bine, așadar, Biblia, pot să întreb de ce?

– Când am început să fac modelling, a fost singurul lucru care m-a susținut, care m-a făcut să simt pace, siguranță. Brittany ridică din umeri. Pe lângă asta, mi-a amintit de casă, de credința mea, de familie. M-a ținut cu picioarele pe pământ și concentrată, nu că aș fi perfectă, nici pe departe.

– Ei bine, ăsta a fost un răspuns aproape perfect. Bunicul meu a fost pastor, cred că ar fi numit răspunsul tău unul de Școala de Duminică, dar te cred pentru că aud convingerea din vocea ta și îmi place că ai ales Biblia – ceea ce îmi place și mai mult e că ai fost sinceră – și ai vorbit serios.

Buzele ei se despărțiră din cauza șocului când merseră după colț, iar el o conduse într-o mică brutărie care mirosea atât de delicios că îi lăsă gura apă.

– Ce-i locul ăsta?

– Raiul, spuse el simplu. Mai ții minte? Încărcarea cu carbohidrați. Arătă cu degetul spre un croasant sfărâmicios și ei îi chiorăi stomacul imediat. Vom lua două din astea și două din astea. Arătă spre un ecler de ciocolată. Și cinci gogoși cu glazură de sirop de arțar.

Brittany scoase un zgomot.

– Sper că nu te aştepţi ca eu să mănânc toate astea!

– O, nu împart bunătăţile lor coapte. Trebuie să-ţi faci propria comandă. Am o rutină de exerciţii fizice foarte solicitante ca să-mi permit să vin aici şi să mă răsfăţ.

Tipul din spatele casei de marcat râse.

– E adevărat, vine aici în fiecare sâmbătă.

Stomacul lui Brittany se încălzi.

Inima îi bătu nebuneşte în piept.

Nu o dusese doar la o brutărie.

Îi arăta viaţa lui.

Locurile lui.

Rutina lui.

Baricada din jurul inimii ei începu să se cutremure, şi începea să simtă nevoia de a se expune şi de a vedea dacă el ar fi acceptat-o aşa cum era.

Cu defecte cu tot.

– Comanda dumneavoastră? întrebă liceanul.

– Hm, da, o gogoaşă cu glazură de sirop de arţar şi ce-ar fi să iau şi un croasant? Se uită în dreapta ei. Oliver se holba la gura ei. Ce? Am ceva aici?

– Nu. Îşi întinse cardul de credit spre puşti fără să se uite în altă parte. Doar că n-am mai auzit pe nimeni pronunţând cuvântul „croasant" într-un fel atât de sexy. Recunosc că sunt gelos că nu-mi spui numele aşa.

– Voi exersa, glumi ea.

– Uau, câştigi toate punctele azi, nu-i aşa... trebuie să-ţi doreşti premiul acela.

Se trezi dând din cap şi cuprinzându-l cu braţul.

– Poate pentru că ştiu că premiul nu vine cu condiţii. Nu eşti genul acela de bărbat.

– Nu. Se potoli. Nu sunt. Şi să ştii că vorbesc serios când spun un sărut, nimic mai mult, pentru că, sincer, nu cred că aş suporta mai mult fără să-mi pierd minţile şi să te rog pentru mai mult, iar asta doar te-ar pune în poziţia neplăcută de a trebui să mă respingi şi, bum, s-a terminat prietenia.

Brittany îşi muşcă buza de jos.

– Paşi mici, Oliver.

– Paşi mici, fu el de acord, făcându-i cu ochiul, şi îi înmână produsele de patiserie.

****

În privinţa întâlnirilor, asta ajungea în capul listei. Merseră din brutărie în brutărie. Se pare că lui Oliver îi plăcea să mănânce şi, când terminară cu asta, merseră la Muzeul Metropolitan de Artă.

Ceva ce nu mai făcuse de câţiva ani, întotdeauna era prea ocupată cu alte lucruri.

Mai erau două ore până când trebuiau să-i întâlnească pe Roger şi pe Grace pentru cursul de gătit şi cina.

– Aşadar, Oliver o învârti cu mâna şi îi zâmbi de sus, am stabilit aproape toate preferatele tale, inclusiv persoana preferată. Arătă spre el.

– Dar, Brittany îşi ridică un deget, doar pentru că...

– Banane în ciocolată. Am fost de acord că erau acceptabile la începutul „prierelaţiei" noastre.

– „Prierelaţie"? Râse atât de tare că o durură obrajii. O să-mi explici ce înseamnă asta?

– Asta, spuse el şi zâmbi, se înţelege de la sine. Prietenie plus relaţie egal „prierelaţie".

– Nu prea cred că ar fi acceptat într-un joc de Scrabble.

– Aş putea scăpa basma curată cu el. Sunt foarte şarmant.

– Mmm. Își legănară brațele în timp ce mergeau prin parc. Am văzut mulți oameni șarmanți. De unde știu că nu te prefaci?

– Ai fost cu mine toată ziua. Ori sunt un actor foarte bun, pe lângă faptul că sunt unul dintre cei mai buni chirurgi din stat, ori...

Ea zâmbi, mijindu-și ochii.

– Sau așa te-ai născut?

– Ca Lady Gaga, dar cu mai puține machiaje și costume.

– Cred că costumul meu preferat al lui Lady Gaga a fost cel cu șuncă. Îl mai ții minte?

Oliver se opri din mers.

– Brittany, nu e nimic greșit dacă cinstești șunca purtând-o. De fapt, ar trebui să-i spui prietenei tale, Zoe, să o adauge pe lista paradei ei.

Brittany zâmbi. Îi explicase linia vestimentară lui Oliver și păruse cu adevărat entuziasmat, apoi o întrebă dacă putea merge și el. Ea se bucură foarte mult să-i arate munca grea a prietenei ei, dar și să-l arate pe el.

Se înțelegeau de minune în toate.

– Am s-o anunț. Oftă fericită. Mai avem timp, ce voiai să facem? Am putea să mergem să ne schimbăm, dacă vrei.

El o strânse în brațe, apoi își ridică degetul.

– Cred că trebuie să mergem pe dealul acela.

– Bine.

O strânse de mână și o conduse pe deal.

Pe cealaltă parte a lui, era un părculeț.

Avea leagăne, un tobogan și un carusel.

– E evident că trebuie să ne dăm în leagăne. E abandonat.

– Și trist, adăugă ea pentru efectul dramatic.

– Ar fi greșit să trecem pe lângă el. O luă de mână din nou în timp ce merseră întâi la leagăne.

Ea se aşeză, iar el merse firesc în spatele ei şi începu să împingă.

– Eram îngrozit de leagăne când eram mic.

– Pe bune? întrebă ea în timp ce el o împinse mai sus. De ce?

– În primul rând, sunt foarte înalte şi, când eşti un copilaş care vrea să controleze totul, nu îţi place ideea de imponderabilitate. Eram împietrit de groază că aş putea să zbor în spaţiu ca un extraterestru.

– Logic, râse ea. Dar pot să înţeleg de ce te-ai simţi aşa.

– Exact? Simţi asta acum... E îngrozitor să laşi pe altcineva să te împingă, dacă te împinge prea tare sau nu destul de tare? Dacă nu te mai împinge deloc? Şi dacă... renunţă, pur şi simplu? Ai putea cădea, te-ai putea răni sau chiar ai putea fi blocat...

Ea se încruntă când el încetă să mai împingă, apoi opri leagănul şi îl trase mai aproape ca să fie cu faţa la ea.

– Cam aşa e viaţa, nu-i aşa? Depinzi de alţi oameni, renunţi, îţi permiţi să... zbori. Poate fi înspăimântătoare. Întotdeauna e aşa când trebuie să ai încredere în alţi oameni, dar nu vreau să crezi că sunt genul de bărbat care te-ar împinge într-un leagăn cât mai sus doar ca să cazi înapoi pe pământ. Nu despre asta e ziua de azi şi eu nu sunt aşa.

Îşi ascunse ochii grei din cauza lacrimilor.

– De ce eu? Există un milion de femei în lume care s-ar bate cu mine doar ca să se dea în leagăn cu tine.

– Ei bine, Roger a garantat pentru tine, o tachină el. Apoi se potoli. Datorită ochilor tăi, a felului în care te porţi, a felului în care priveşti lumea când crezi că nimeni nu se uită la tine.

– O? Şi cum privesc lumea?

El oftă.

– Ca şi cum de-abia aşteptai să trăieşti în ea, până când ai fost forţată să supravieţuieşti.

Lacrimile o ameninţau, iar suspinele îi blocau gâtul.

– Am fost dezamăgită în tinereţe, am încercat să păstrez lumina soarelui, dar ştii care-i treaba cu soarele? Apune... întotdeauna se lasă întunericul. Iubesc lumea şi tot ce e în ea, dar, în unele zile, când se întoarce trecutul ca să mă bântuie, tot ce pot să fac e să supravieţuiesc şi să mă rog la Dumnezeu să treacă şi asta.

El îi mângâie faţa.

– De-asta ai prieteni, relaţii, familie – de-asta mă ai pe mine. Nu cer să înlocuiesc pe nimeni din trecut. Vreau doar să exist în prezent, cu tine, aici, acum.

– În leagăne?

– În leagăne, fu el de acord. Şi, peste câteva minute, pe tobogan. Vreau aceste mici momente, oricât ar fi de scurte, pentru că ele se adună în ceva epic, în viaţă, şi ador să o văd prin ochii tăi, oricât de dezamăgită pretinzi că eşti.

Obrajii i se încălziră în timp ce se întoarse în altă parte şi şopti:

– Tu memorezi toate replicile astea perfecte sau aşa îţi ies brusc pe gură?

– Ambele. Îi făcu cu ochiul. Acum. O ajută să se dea jos din leagăn. Cred că e timpul să mă laşi să te împing pe tobogan ca să te urmăresc şi să te trag de păr.

Ea izbucni în râs.

– Şi de ce ai face asta?

– Ooooo, asta e uşor. Ca să-ţi arăt că te plac. El îşi dădu ochii peste cap, apoi o strânse în braţe, sărutând-o cast pe gură, apoi se îndepărtă din nou ca să-i ofere spaţiul pe care ea nu îl ceruse, deşi avea nevoie de el. Hai să mergem.

CAPITOLUL XXXV

Era sâmbătă.

O sâmbătă frumoasă, cu copii care se jucau în parc și oameni care își petreceau timpul afară, cu prietenii și familia.

Everlee se uită pe fereastră pentru ultima dată, apoi se întoarse la computer. Frederick venise acasă, dormise în camera de oaspeți, apoi plecase din nou.

Trebuia să se întoarcă din moment în moment.

Nu lucra în după-amiaza aceea.

Ceea ce însemna că, până la urmă, avea să aibă parte de o confruntare.

Stomacul i se întoarse pe dos la gândul că el făcuse poze topless acelor fete, unele chiar de unsprezece ani.

Tremură.

Tot ce descoperise îi fusese trimis lui Dane.

Iar Dane îi spuse că el avea să continue să cerceteze și să se ocupe de situație, orice însemna asta.

Faptul că unele dintre albumele foto aveau videoclipuri și poze cu Danica nu-i pică bine lui Everlee. Danica știuse? Îi ajutase? Everlee știa că Danica fusese îndrăgostită de Jauq la fel cum ea fusese îndrăgostită de Frederick. Fuseseră doar nişte copile proaste şi inocente?

Sorbi din cafea şi auzi sunetul făcut de uşa de la intrare care se deschise. Asta era.

Încet, se ridică de pe canapea şi merse în bucătărie, unde îl auzi pe Frederick fredonând singur.

– Bună. Îşi pierdu vocea.

– Bună. El nu se întoarse, fiind prea ocupat să se uite în frigider. Ai primit produsele livrate de la băcănie? Mor de foame.

Închise uşa şi se întoarse. Arăta la fel de frumos ca în prima zi în care îl văzuse. Cu un coc bărbătesc în creştetul capului, cu eşarfa înfăşurată în jurul gâtului, cu geaca de piele asortată cu bocanci militari şi blugi care costau mai mult decât apartamentele majorităţii oamenilor. Dar ochii lui erau goi, sufletul lui era mort.

– Nu, spuse ea printre dinţii încleştaţi. Am fost la spital.

El nici măcar nu tresări.

– Am pierdut sarcina.

Oftând, el îşi lăsă capul în jos.

– Putem să nu facem asta acum?

– Asta? se înfurie ea. ASTA? Sunt soţia ta! Am pierdut copilul nostru! Trebuie să facem asta! Unde-ai fost?

El înghiţi în sec, apoi ridică din umeri.

– Am fost plecat.

– Ai auzit ce-am spus? Am fost însărcinată! Cu copilul tău.

El rânji.

– Uau, mersi că ai clarificat asta. Cine ştie cu cine-ai umblat cât am fost eu la lucru?

– Vrei să spui la lucru fotografiind minore topless?

El înjură, apoi sări la ea.

Ea se feri de el.

– Nu mă atinge!

– Nu știi despre ce vorbești! Everlee, nu poți umbla peste tot urlând lucruri din astea!

– Oprește-te! Alergă pe hol, cu Frederick urmărind-o, mâna lui o apucă de braț, apoi fu trântită pe ușă, chiar lângă portretul de nuntă pentru care plătise foarte mult ca să fie înrămat.

Era ca un altar.

Nu însemna nimic.

Era un altar.

Gol.

Scump.

Își închise și strânse ochii în timp ce el o strânse de gât, apoi o trânti cu capul de perete.

– Ține-ți gura închisă.

Se îndepărtă brusc de ea când cineva sună la ușă.

Tabloul de nuntă căzu pe podea cu un trosnet puternic. Sticla zbură peste tot, iar Everlee se holbă de sus la ea, întrebându-se dacă fusese vreodată mai mult decât un trofeu la brațul lui pe care să îl arate prietenilor lui puternici.

Frederick deschise brusc ușa.

Apărură doi polițiști și un detectiv.

– Pot să v-ajut, domnilor? întrebă el cu vocea calmă și sigură cu care Everlee se obișnuise. Mai ales pentru că o folosea cu ea.

Zilnic.

Ea dădu din cap și continuă să adune cioburile de sticlă în timp ce detectivul păși înainte.

– Dumneavoastră sunteți Frederick Grassi?

Frederick îi privi urât pe bărbați.

– Da.

Detectivul ridică o foaie de hârtie.

– Am un mandat să vă confisc computerul.

– Ce? Frederick înjură în șoaptă. Trebuie să fie o greșeală. Sunt fotograf, am nevoie de pozele mele, sunt sursa mea de venit. Sunteți bine-veniți să vă uitați în computerul meu, dar rămâne aici.

Lui Everlee îi îngheță sângele în vene și îi țiuiră urechile.

Frederick nu știa.

Toate fișierele lui private fuseseră decriptate.

Nu mai erau ascunse.

Nu mai erau secrete.

Totul era acolo, clar ca lumina zilei.

Văzuse destul ca să i se facă rău și îi dăduse restul lui Dane. Într-un fel, nu voia să știe pentru că, oarecum, asta o făcea părtașă.

Frederick părea pregătit de atac.

Și atunci înțelese. În clipa în care ar fi văzut ce era în computerul lui, el ar fi ajuns la închisoare pentru foarte multă vreme. Indiferent cine altcineva ar fi fost implicat, el era în posesia lor.

Iar ea îi ajutase să facă asta.

Oftând ușurată, își puse mâna pe burtă în timp ce jeli mai mult decât pierderea copilului ei, și anume pierderea unui vis la care ținuse mult timp.

Visul unei familii.

A lor.

„Toate lucrurile se întâmplă cu un motiv." Auzea vocea lui Brittany în minte. Așadar, copilul ei trebuise să moară ca asta să se întâmple? Căsnicia ei trebuia să se destrame? Nu înțelegea asta, dar știa că ceea ce făcea era corect, chiar dacă era greu, chiar dacă voia să își bage capul în nisip, să își astupe urechile și să pretindă că totul era bine, că întotdeauna avea să fie bine.

Probabil Dane oferise nişte informaţii poliţiei, deşi îşi dori să îi fi spus şi ei. Dar nu era ca şi cum ar fi mers ea la ei. Plănuise să îl întrebe pe Dane ce să facă după aceea, voia să facă un mare scandal.

– Domnule... Unul din poliţişti îşi întinse mâna. Vă putem înapoia computerul în douăzeci şi patru de ore. Cercetăm o reţea de pornografie infantilă, am primit un indiciu şi ne-a condus aici.

– Păi, Frederick îşi schimbă vocea, lăsându-şi capul în jos, nu-mi pot imagina ce-ar fi dacă fiica mea ar fi prinsă în aşa ceva – de fapt, noi, se şterse sub ochi, tocmai a pierdut o sarcină şi eu...

PE BUNE?

Privi cu gura căscată străinul cu care fusese măritată timp de cincisprezece ani şi văzu cum îi cădea masca şi îşi dădea arama pe faţă.

O iubise?

Nu.

Se iubea pe el însuşi prea mult pentru a împărtăşi vreodată o asemenea afecţiune cu altă fiinţă umană.

– Îmi pare rău, îl întrerupse detectivul. Trebuie să fie foarte greu.

Frederick dădu din cap.

– Scuzaţi-mă, s-a întâmplat foarte recent.

– Domnule Grassi, sunteţi suspect, ceea ce înseamnă că nu contează dacă aţi fost doar implicat într-o coliziune frontală, noi tot avem nevoie de acel computer.

Frederick se potoli.

– Înţeleg, încercaţi doar să vă faceţi datoria. Se îndepărtă de uşă. E în biroul meu. Băieţi, pot să vă ofer cafea? Bere?

– Nu. Detectivul îşi miji ochii. Doar luăm computerul şi plecăm.

Practic, Frederick le făcu un tur al casei. Avea o poveste pentru fiecare piesă şi un preţ pentru fiecare poveste.

– O, uitaţi-vă, asta e masa care ne-a fost adusă cu avionul din Africa, am plătit douăzeci de mii pe ea, dar uitaţi-vă cum scoate în evidenţă camera.

Ei îi veni să vomite.

Detectivul se învârti puţin prin camera de zi.

– Computerul?

– O, da. Frederick zâmbi. Mă-ntorc imediat.

Detectivul dădu din cap spre ofiţerii care îl urmară în camera lui întunecată.

Everlee se ridică în picioare şi aruncă sticla la gunoi. Detectivul trecu pe lângă ea şi îşi întinse mâna.

– Mulţumesc şi îmi pare foarte rău pentru deranj.

Apăsă o bucăţică de hârtie pe palma ei.

– Bineînţeles. Îi strânse mâna şi ascunse biletul în puloverul ei tricotat.

După câteva minute, toţi plecară, inclusiv Frederick. Părea panicat şi furios.

Ceea ce o făcu mai fermă în dorinţa de a-l distruge.

Deschise hârtia şi suspină. „Nu îl urma, lasă-mă pe mine să mă ocup de asta. – D."

CAPITOLUL XXXVI

— Ai avut o după-amiază grea? întrebă Dane când îl găsi pe Frederick într-unul dintre cluburile lui. Era la locul lui obişnuit, deşi clubul de-abia se deschisese în seara aceea. La secţiunea VIP cu două dintre aceleaşi fete agăţate de el.

Aceleaşi fete minore pe care le plătise în urmă cu câteva săptămâni.

Aceleaşi fete minore pe care le protejase.

Cele pe care poliţiştii i le oferiseră ca să le folosească în propria lui operaţiune de flagrant. Planul se desfăşura perfect, dar el tot se simţea vinovat pentru că distrugea o familie şi făcea ceva pentru care nu mai era cale de întoarcere.

Îi vibră telefonul în buzunar.

Zoe: Sunt la birou, trebuie să lucrez până târziu, ajustez câteva modele noi, apoi trebuie să modific ultimele modele.

El îi răspunse tastând repede.

Eu: Vin la tine peste câteva minute, trimite-mi mesaj dacă ai nevoie de ceva.

Neliniştea îi agită măruntaiele. Nu-i plăcea că Zoe era singură la birou, dar trebuia să se mai ocupe de nişte afaceri.

Îi întinsese curse în mai multe moduri, dar Frederick era vinovat în fiecare privință.

Furia îi pulsă prin vene în timp ce îl privi pe Frederick încercând să o sărute pe una din fetele care îi stătea în poală. Își coborî degetele tremurânde pe gâtul ei, apoi îl strânse, iar ea țipă încet.

Dane doar dădu din cap și se așeză vizavi de el, cât de relaxat putu.

– Ce ziceai?

– Nu ziceam nimic, spuse el printre dinții încleștați, cu o privire sălbatică în timp ce se holba la fata care stătea în poala lui. E tânără.

– Toate trebuie să pară tinere, e o parte a motivului pentru care le angajez.

– Mi-ar plăcea să te fotografiez. Frederick vorbi mai încet în timp ce mâna lui coborî mai jos de gâtul ei.

Dane își drese glasul.

Mai mulți clienți fideli începuseră să intre.

Aproape că era prea ușor.

Să prindă oamenii în propria lor întunecime, în propriul lor păcat, să îi privească în timp ce se luptau împotriva unei plase țesute chiar de ei.

– Ce mai face Everlee? întrebă Dane știind că avea să-l enerveze mai mult pe Frederick.

Frederick se uită urât la el.

– Plictisitoare ca întotdeauna. Azi a vrut să vorbească despre copilul pe care nici nu l-am vrut, apoi a venit poliția.

Dane își înclină capul.

– Pentru că ai bătut-o?

– Nu, am bruscat-o un pic, dar nimic de genul acela. Nu, mi-au luat laptopul, ceea ce e ciudat. Se pare că e un fel de rețea de pornografie infantilă în oraș și sunt suspect. I se limpeziră ochii. Știi ceva despre asta? Tipul era vizibil supărat, tremura și transpira pe buza de sus.

Trecuse un an și abia acum se vedea o fisură în comportamentul lui.

– Vrei să cercetez eu chestiunea asta un pic pentru tine? îl întrebă Dane cât de calm putu, chiar dacă inima îi bătea nebunește în piept. De asta avea nevoie, de mai multe informații, de mai mult acces.

– Poate. Frederick se ridică în picioare, se îndepărtă de canapea, apoi se așeză pe scaunul de piele cel mai apropiat de Dane. Pot să am încredere în tine, nu-i așa?

Dane își deschise larg brațele.

– Îți dai seama că asta e lumea mea, nu-i așa?

Ca la un semn, altă chelneriță tânără ocoli colțul mesei, îl îmbrățișă pe Dane și își puse o mână pe pieptul lui.

– Aveți nevoie de ceva... domnule?

Dane se concentră la gura ei.

– Poate mai târziu, știi cum îmi place.

Ea îi făcu cu ochiul, apoi își îndreptă atenția spre Frederick.

– Și dumneavoastră?

Frederick păru năucit pe moment, apoi dădu încet din cap.

– Știți unde să mă găsiți, îi șopti cu o voce răgușită lui Dane, jucându-și rolul perfect. Pentru o începătoare la Departamentul de Poliție al New Yorkului, făcea o treabă destul de bună.

– E nouă, se trezi Dane oferindu-i o explicație lui Frederick, care părea năucit, dar o ajuta faptul că era superbă, cu părul lung, negru și ondulat, și ochi albaștri, inocenți, fără nicio urmă de machiaj.

– Bine. Frederick dădu din cap. Uite care-i treaba, s-ar putea să știu câte ceva despre rețea, dar nu fac parte din ea. E a altcuiva. Dacă găsesc ceva în computerul meu, nu îi va conduce la ei, deci ar trebui să depun mărturie eu, nu-i așa? Așa că, ce te-ntreb e, dacă îi torn pe ei...

– Ei? repetă Dane. De câți oameni vorbim? Unu? Doi?

– Doi. Frederick tuși. Încă doi sunt implicați. Să zicem că merg întâi la poliție, depun mărturie... pe urmă ce se-ntâmplă?

– Păi... Dane așteptă câteva secunde dramatice. După aceea aș vorbi cu procurorul districtului să ajungeți la o înțelegere care să nu includă nimic grav, ca pedeapsa cu moartea, ci o mică vacanță plăcută în închisoare, iar ei ar fi închiși pe viață.

– Pe viață. Frederick înghiți în sec. Pentru totdeauna?

– Da, dar măcar nu pică totul pe tine, nu aș vrea să ți se întâmple ceva rău, Frederick, ești un prieten. Ai fost prietenul Danicăi. Gândește-te la asta ca la o favoare de la un prieten la altul.

„Te rog, Doamne, să mărturisească, în sfârșit!"

Să-i dea răspunsuri!

– Mă voi gândi la asta. Pielea lui Frederick, în mod normal bronzată, deveni mai palidă când se ridică și merse la bar.

Urma mișcarea lui Dane.

Se ridică, îndreptându-și paltonul și își întinse mâna după telefon. Nimic de la Zoe. Simți fiori de neliniște pe șira spinării.

Ultima dată când simțise asta, ajunsese prea târziu.

Era la o distanță de câteva minute. Cui îi păsa dacă părea prea protector? Pocni din degete spre Mario și plecă.

CAPITOLUL XXXVII

– Locul ăsta e incredibil! exclamă Oliver când intrară în clădirea industrială din SoHo şi coborâră la subsol până când ajunseră într-o cameră mare cu cuptoare moderne, tejghele de granit şi staţii de lucru pentru fiecare cuplu.

Asta pe lângă asortarea vinului cu mâncarea pe care personalul de servire o asigura continuu după ce fiecare fel de mâncare era preparat.

Era ca un Disneyland pentru adulţi.

– Ştiu. Brittany zâmbi, mândră de prietenul ei şi de tot ce realizase el doar pentru că voia ceva în afara industriei modei. A făcut o treabă incredibilă.

– Şi numele, arătă Oliver zâmbind. Meet-cute?

Brittany îşi supse buza de jos şi ridică din umeri.

– Da, ei bine, aşa încep cele mai frumoase poveşti de dragoste, nu-i aşa? Din întâmplare?

– Sau, spuse el în timp ce o luă de mână, dacă eşti semicurtat de un pacient care vrea să te cupleze cu frumoasa lui clientă. Genul acela de întâlnire drăguţă.

– Aia ar fi fost o întâlnire drăguță doar dacă ar fi fost accidentală, adică eu m-aș fi împiedicat de tine, ți-ar fi zburat clipboardul, l-am fi atins în același timp... Își drese glasul și se uită în sus, la expresia lui amuzată. Ce?

– Te-ai gândit mult la asta, nu-i așa? o tachină el.

– Taci. Îi dădu un ghiont.

El o învârti și o strânse în brațe.

– Dacă te priveam și încercam să-ți atrag atenția?

– Erai foarte concentrat la clipboardul tău.

– Gol, clipboardul meu era goal, exact cum era creierul meu în clipa în care te-am văzut mergând țanțoș pe hol.

Își acoperi fața cu mâinile.

– Nu merg țanțoș.

– Așa e. El zâmbi și i se încreți pielea de la colțurile ochilor. E mai mult o plimbare lentă, pot să-ți demonstrez dacă vrei.

Îi dădu o palmă peste braț chiar când Roger se apropie și îi privi cu o bucurie pură amestecată cu puțină aroganță deoarece el era motivul pentru care ei se întâlniseră.

– Se pare că ați avut o zi distractivă, copiilor. Roger se holbă direct la ea, pielea lui bronzată strălucind de entuziasm.

„Las-o mai moale, Roger, las-o mai moale.“

– Sper că sunteți gata să vă ospătați. Grace întârzie… ceea ce înseamnă că va fi irascibilă când va ajunge aici și poate va decapita pe cineva, dar am venit pregătit. Le înmână fiecăruia un pahar de vin alb răcit, apoi șopti:

– Ei i-am turnat două.

– Bun plan. Brittany sorbi din paharul ei în timp ce bulele îi gâdilară limba. Știi la ce stație suntem?

Roger o privi și oftă.

– Lângă instructori și proprietar, bineînțeles, tratament special, norocoaso.

– Foarte norocoasă. Îi zâmbi lui Oliver în timp ce el îi luă mâna liberă și o sărută.

– Nu sunt gelos. Deloc, spuse Roger pe o voce melodioasă în timp ce le făcu semn cu degetul îndoit. Îl urmară până în partea din față a camerei. Veți începe cu un aperitiv drăguț din pâine nedospită cu brânză de capră, urmată de supă-cremă de roșii. Am vinul alb perfect pentru ea și se pare că vom termina cu friptură de miel și cartofi dulci prăjiți, cu usturoi. Eu aș lăsa usturoiul pe mai târziu, știți, pentru orice eventualitate.

– Ai terminat? spuse Brittany printre dinții încleștați în timp ce Oliver chicoti lângă ea.

Roger zâmbi.

– Nici pe departe, dar bună întrebare. O, uite. Grace! Plecă repede de lângă ei, lăsându-i singuri cu rețetele și instrucțiunile.

Grace se îndreptă cu pași eleganți spre ei, cu ochelari de soare chiar dacă era aproape șase seara și purtând o haină mare de blană drapată pe umeri.

– Traficul a fost oribil, nu înțeleg ce e atât de greu la semafoare, stop, pleacă, stop, pleacă. O, bună, tu ești doctorul atrăgător care se vede cu Brittany a mea, nu-i așa? Grace zâmbi, dându-și jos ochelarii. Spune-mi, câte operații faci pe zi?

– Asta depinde de programul meu, dar, de obicei, trei sau patru, fac orice trebuie făcut, multe apendice rupte, hernii, genul acela de lucruri.

– Dacă aș avea un infarct chiar acum, m-ai putea opera? Grace trebui să întrebe asta. Pentru că vinul ăsta nu-și face efectul la nivelul meu de stres.

– Te-aș putea opera, zâmbi Oliver. Dar nu cred că ai vrea să te operez.

– Hmm. Îi privi mâinile. Gătești? Ai o fostă soție? Divorțuri? Te pricepi să îngrijești gazonul?

– Cred că ar trebui să începem! spuse Brittany un pic cam tare, arătându-i-l lui Grace pe Roger, ca ei să poată bârfi împreună, și destul de departe de Brittany și Oliver, ca ei să-și poată continua întâlnirea. E inofensivă.

– Știu. Luă prima foaie cu rețetă. Bine, știi ce să faci cu un cuțit?

– Cuțit... Brittany făcu o față și se holbă în jos, la cele trei cuțite din fața ei. Își întinse mâna după cel zimțat, îl văzu pe Oliver strâmbându-se, întinse mâna din nou, el dădu din cap și, în sfârșit, îl alese pe cel corect. E ușor, nu-i așa?

– Mmm, ai un talent natural, o tachină el, apoi merse în spatele ei. Acum privește și învață în timp ce îi arăți acestui cățel de usturoi cine e șefa.

Îi simți respirația pe gât, iar brațele lui puternice o ghidară în timp ce începu să taie. În mod normal, s-ar fi retras. Ar fi prea mult, prea devreme; chiar era atât de sperioasă? Dar, în brațele lui, se simți... în siguranță, de parcă era în ordine să-și întindă aripile și să plutească.

Nu exista niciun motiv pentru care să aibă încredere în cineva atât de devreme.

Dar el făcea ca asta să fie ușor.

Așa că își permise să se gândească la mai mult decât ea însăși, începu să se gândească la cum ar fi fost un *noi*.

Un *noi* cu el.

O relație.

Ceva mai mult decât doar râsete și întâlniri, ceva pasional și iubitor. I se făcu pielea de găină pe brațe la gândul acesta.

Nu era doar simțul umorului și puterea lui.

Îi inspira încredere.

Zâmbind, se uită la mâna lui stângă și era să scape cuțitul. Pe mijlocul degetului lui mare era un mic tatuaj în formă de cruce.

– Ce reprezintă? întrebă ea cu gura uscată.

– E primul lucru pe care îl văd înainte să tai pe cineva, mă uit în jos, cu mâna dreaptă ridicată cu un bisturiu și mâna stângă acoperită cu o mănușă, dar știu că e acolo, tatuajul acesta negru în formă de cruce, un memento că toate școlile din lume nu salvează vieți. El o face. Poate că nu dețin controlul, dar asta nu înseamnă că sunt pierdut, e doar o realizare uimitoare a faptului că universul încă se învârte, viețile încă se trăiesc, și mă face să realizez că pot da doar sută la sută de la mine, restul, restul, doar există.

– Da. Îi atinse tatuajul cu vârfurile degetelor. Uneori, doar există.

Își frecă nasul de gâtul ei un pic, apoi o sărută apăsat în spatele urechii înainte de a trage cuțitul înapoi.

Iar ea își dădu seama că putea sta așa pentru totdeauna.

În brațele lui.

Lângă usturoi.

Simțind ritmul felului în care îi arăta să taie.

Pentru totdeauna.

Atât de simplu, atât de ușor.

Fără festinuri, fără camere de filmat, doar ei în timp ce tăiau mâncarea și vorbeau despre viață.

Ea nici măcar nu își dăduse seama că își dorea o astfel de relație până când el nu o făcuse să întrevadă asta, ca și cum ar fi știut ce căutase ea tot timpul.

Un prieten.

****

Oliver o conduse până la ușa apartamentului ei. Nu era sigură dacă el mergea încet sau ea. Oricum, nu voia ca seara să se termine, dar știa că asta trebuia să se întâmple. Cutia fusese parțial uitată, și acum? Simțea că îi ardea creierul; trebuia să se uite.

Singură.

– Mulțumesc. Oliver se apleacă și o sărută pe obraz. Cred că azi a fost una dintre întâlnirile mele preferate.

– Pentru că Grace și Roger s-au certat și el i-a aruncat făină pe față din greșeală?

El izbucni în râs.

– Da, hai să spunem că momentul acela e legat de restul.

– Ce rest?

– Practic, fiecare moment în care mi-ai zâmbit. Ridică din umeri. Te voi săruta, voiam să-ți cer permisiunea, dar mi-am dat seama că asta ți-ar da prea mult timp de gândire. Nu intru. Doar te sărut, apoi plec, sper că în linie dreaptă, înapoi la mașina mea.

– Spre deosebire de diagonală?

– Săruturile au un efect puternic. Ce pot să spun?

– Cred că te-ai pregătit prea mult pentru sărutul ăsta.

– Poate am făcut-o, poate nu. Se aplecă, zâmbind atât de sexy că i se înmuiară genunchii, apoi gura lui se întâlni cu a ei. Ea își dori mai mult, dar rămase nemișcată în timp ce el o convinse cu blândețe să își despartă buzele, masându-i limba, ca și cum îi cerea permisiunea să guste mai mult, să posede mai mult din ea.

Gura ei se deschise în timp ce ea se arcui pe el, mâinile lui îi strânseră brațele și alunecară pe șoldurile ei în timp ce el o sărută mai adânc, se retrase și șopti.

– Categoric nu în linie dreaptă. Îi dădu la o parte părul de pe față și îi înclină bărbia spre el. Îi ciupi buzele din nou. O să te sun. În curând.

– Bine, spuse ea gâfâind, cu mirarea pulsându-i prin corp. Voia să îl apuce, să îi ceară mai mult, dar, în același timp, i se părea că trecutul o trăgea brusc în apartament. Cutia o trăgea. Cutia era trecutul ei. Oare asta însemna că Oliver era viitorul ei?

El păru șovăitor, apoi privirea lui se îndreptă spre gura ei. Dădu din cap de parcă nu-i venea să creadă că pleca și intră în lift.

Ea se rezemă de ușa ei în timp ce el dispăru și era să cadă pe podea de la acel sărut.

Nu era doar pasional.

Sau sexy.

Sau posesiv.

Nu fusese grăbit.

Era obișnuită cu graba.

Obișnuită să trebuiască să se ascundă.

Și, cu Oliver, nu trebuia să facă asta.

Nu era nicio mamă de politician care să le rupă gâturile, nu erau camere de filmat care așteptau să-i prindă făcând ceva necorespunzător. Erau doar ei.

Își atinse buzele cu vârfurile degetelor și zâmbi în timp ce deschise ușa apartamentului ei. Zâmbetul îi dispăru când văzu cutia din colț. Ar fi putut fi o bombă gata să explodeze.

Cu mișcări tremurânde, merse până la ea și, fără să-și dea timp de gândit, luă capacul, aruncându-l pe podea.

Înăuntru erau sute de fotografii și dosare. Toate erau etichetate cu anul și locul în care fuseseră făcute.

Și, în cele din urmă, unul pe care scria „recent".

Ridică plicul Manila și scoase prima fotografie.

Nu era doar o fotografie.

Era un portret.

Al lui Chrissy Mendoza.

CAPITOLUL XXXVIII

Șapte zile.

Avea șapte zile ca să facă asta să funcționeze.

Să ia toate piesele și să se asigure că funcționau împreună pentru a-și lansa linia vestimentară. Fiecare bănuț era investit pentru ca aceasta să aibă succes. Zoe chiar o convinse pe Grace să stea în primul rând, chiar dacă mai mult o rugase decât trebuise să o convingă.

Cu mâinile tremurânde, Zoe se așeză în spatele biroului ei și inhală mirosul cafelei vechi de câteva ore și a materialului textil. Putea să facă asta, pentru așa se născuse.

Pielea ei bronzată sclipea datorită loțiunii pe care o testase pe ea ca să vadă cum ar fi arătat sub luminile podiumului.

Voia ca linia ei vestimentară să arate ca din altă lume, în culori aprinse și modele care nu păreau să aibă sens, dar, purtate împreună, ar fi arătat ca o capodoperă haotică. Era 100% întâlnirea spiritului boem cu cel futurist, și era un risc. Un risc uriaș.

Unul în care investise Dane.

Își închise ochii. Dane. Dane fusese omniprezent de la ultimatumul lui, dar nu o mai întrebase și nu mai amenințase, ceea ce aproape că o speria mai tare. Cum ar fi putut să îl facă să înțeleagă? Nu era vorba doar despre el, sau doar despre ea, era vorba despre ei doi împreună. Ca o bombă care aștepta să explodeze. Voia să reușească pe cont propriu, departe de influența lui, de industrie. Își datora asta sieși, nu-i așa?

Și era îngrozită că nu putea avea încredere în el.

Pentru că, în cele din urmă, totul se reducea la faptul că el conducea un imperiu în inima lumii interlope a orașului și dacă trebuia să o facă, l-ar fi ales în locul ei, exact așa cum alesese să îl omoare pe fratele lui Aaron și să o forțeze pe ea să privească.

Totul era despre control.

Și, după cincisprezece ani în industrie, nu mai suporta să fie controlată. Gata.

Voia să fie ea cea care trăgea sforile.

Măcar o dată în viața ei.

– Pari foarte concentrată, se auzi o voce întunecată de lângă ușă. Își simți inima în gât în timp ce sângele începu să-i zvâcnească în urechi. Fu aproape imposibil să-și recapete răsuflarea în timp ce își ridică privirea și văzu ochii tenebroși ai lui Aaron, tipul pe care îl băgase în închisoare. Tipul a cărui singură infracțiune era că filma fete minore și vindea filmările pe rețeaua întunecată a internetului și, dacă avea vreo logică, să le strecoare în mass-media – totul pentru un preț.

Ambii lucraseră pentru Marnie.

Fu picătura care umplu paharul.

Slavă Domnului pentru Roger.

– Aaron, îi spuse ea numele cu voce tare. Am auzit că ai descoperit religia, bravo ție.

El pufni de râs.

– Da, sunt deținutul perfect. Cine-ar fi crezut că aveam un viitor atât de luminos? Părul lui negru și ochii lui măslinii, pe pielea lui bronzată, o fascinaseră. Era pe jumătate nativ indian și pe jumătate american. Își aminti că se gândise că avea cei mai ciudați ochi pe care îi văzuse vreodată, și asta era tot.

După câteva secunde, i se ceruse să pozeze. Și, când începuse să se simtă incomod, i se dăduse un pahar de whisky ca să se relaxeze.

Whisky amestecat cu droguri.

– Aveai nevoie de ceva? se trezi întrebând cu o voce sigură chiar dacă transpira în pantofii cu toc și în rochia Nicole Miller.

Unde era Dane când chiar avea nevoie de el?

Telefonul ei vibră din nou pe masă și apăru poza lui Dane.

– Nu răspunde, e nepoliticos. Aaron zâmbi. Vreau doar să avem o conversație, atât...

– Bine. Corpul lui Zoe tremură în timp ce se așeză din nou pe scaun și așteptă. El scoase o armă și își întinse brațele deasupra capului. *„Dane! Unde ești?“*

– Să știi că e mama lui Frederick... femeia din spatele nebuniei, din spatele scenelor, cea care îi prostește pe toți. Ea stă în turnul ei înalt de fildeș, sorbind vin, în timp ce noi ajungem la închisoare pentru ce a făcut ea. Ochii lui erau sălbatici în timp ce o privea. Vrei să știi ce-am făcut?

– Nu. Acidul o ardea pe fundul gâtului. Cred că asta e între tine și Dumnezeu.

– Dumnezeu. Își înăbuși un râs. M-a părăsit. Își deschise larg brațele. Voi merge în iad pentru ce-am făcut! ÎN IAD! Saliva îi tremura pe buze. Își șterse gura și umblă prin fața ei. Mai degrabă aș muri decât să mă întorc în închisoare. Și cred că vreau să iau pe cineva cu mine, gândește-te la asta ca la ultimul sacrificiu, poate că un suflet rău și unul bun ar fi biletul meu de intrare în rai, ha? Merită să încerc! Până la urmă, tu ești cea care mi-a distrus viața, nu ai putut să uiți de asta, a trebuit să mergi la poliție!

– L-ai filmat pe fratele tău făcând sex cu mine în timp ce eram drogată cu Dumnezeu știe ce și eu sunt cea care merită să moară?

– Era doar o slujbă! Tu erai doar o treabă care trebuia rezolvată! strigă Aaron. Ea ne-a plătit prea bine! Și nu e ca și cum ți-ar păsa! Îți câștigi existența dezbrăcându-te, așa că am filmat asta. E același lucru, doar că publicul e diferit. Înjură și scuipă pe podea. Știi, de dragul vremurilor de demult. Își lăsă mâna cu arma în jos și începu să-și descheie nasturele de la blugi cu cealaltă.

Asta nu se întâmpla.

Nu se întâmpla.

Nu avea arme.

Telefonul îi vibră din nou în timp ce Aaron își descheie catarama și, cu degete neîndemânatice, își împinse repede blugii peste coapse.

– Da, cred că o să-mi placă să te aud țipând.

Într-o clipă se uita urât la ea, în următoarea era pe podea, cu Dane stând în spatele lui și arma îndreptată spre capul lui.

– Dane! Zoe izbucni în lacrimi. Ești aici!

– Am avut o presimțire. Nu își ridică privirea spre ea, doar îl lovi cu piciorul în coaste pe Aaron de mai multe ori înainte să-l întoarcă pe spate și să îndrepte arma chiar spre mijlocul frunții lui.

– Nu, se trezi Zoe spunând. Nu din nou, dacă-l împuști, nu știu dacă noi... nu știu ce va fi cu noi, Dane, dar știu că nu te pot lăsa să-l omori. Te rog, nu-l omorî. Aaron își dădu ochii peste cap; poate că leșinase din cauza durerii, poate că se prefăcea, orice-ar fi fost, nu ar fi lăsat să se repete istoria, nu ar fi suportat să mai vadă un om suferind oricât de rău ar fi fost acel om.

Dane rosti câteva înjurături, apoi se ridică drept în picioare, băgându-și arma în sacou, și își scoase telefonul mobil foarte calm.

– Da, am o problemă. Voi avea nevoie de o unitate de detectivi aici, în sfârșit, cred că avem pe cineva dispus să vorbească.

Închise și se întoarse spre Zoe.

– Ești rănită?

– Nu. Își frecă brațele în timp ce lacrimile îi curgeau pe față. Cred că sunt bine.

O trase în brațele lui, ținând-o strâns și aproape.

– Atunci am nevoie să mă asculți cu foarte mare atenție.

Ea dădu din cap lângă pieptul lui, inspiră mirosul lui de whisky și trabuc, și expiră de parcă era drogul ei, siguranța ei, casa ei.

– Vreau să începi de la început și să-mi spui totul, să nu omiți niciun detaliu. E extrem de important. Poți să faci asta pentru mine?

Zoe își ridică privirea spre el și se încruntă.

– De ce e atât de important?

– El e în poze.

– Ce poze?

– Cele cu Jauq, Danica, Frederick, chiar și Marnie. E în pozele din computerul lui Frederick, toți au o legătură.

– Danica nu ar face niciodată...

– Știu, știu. Își miji ochii. Dar cred că niciodată nu știm ce ar face oamenii până când nu e prea târziu. Natura umană e imprevizibilă și noi suntem doar oameni, Zoe.

Se agăță de el și îi explică ce spusese Aaron despre faptul că o femeie conducea totul. El tresări din cauza asta. Ea își ridică privirea spre ochii lui albaștri, căutând.

– Dane, ce nu-mi spui?

Privirile lor se întâlniră, iar el deveni, din dur, blând în câteva secunde.

Câțiva polițiști intrară în biroul ei din mansardă.

– Dane? Șeful zice că ai avea mai multe informații despre...

– Mă-ntorc imediat. O sărută pe frunte pe Zoe. Durează doar un minut, apoi plecăm acasă, bine?

Dădu din cap și îl așteptă.

Exact cum îi promise, după ce dădu declarația, după ce îl arestară pe Aaron, treaz și furios, Dane o ajută să se urce în mașină.

Încă tremura când Dane își băgă mâna în torpedou și îi înmână o sticluță.

– Whisky. Știu că nu-l suporți. Ia două înghițituri mici și vezi dacă te-ajută.

Ea luă sticluța, făcu ce îi ceru el, apoi își puse capul pe umărul lui și mâna pe abdomenul lui tare.

Călătoria până la apartament fu scurtă. Merseră în liniște până la lifturi.

Intrară în liniște în bucătărie.

Bâzâitul liniștii avea să o omoare.

– Dane?

– Da? Își dădu jos sacoul, ridicând din umeri, și își încrucișă brațele, cu îngrijorarea vizibilă pe trăsături.

Ea făcu un pas spre el.

– De ce nu l-ai omorât?

El tăcu o vreme, apoi își desfăcu brațele, învârtindu-se într-un cerc mic în fața ei, înainte să se întoarcă din nou cu fața la ea.

– Poate pentru că ultima dată când am omorât pe cineva în fața ta a fost ca și cum te-aș fi omorât pe tine. Și nu am putut suporta gândul de a lăsa pe cineva așa de rău precum Aaron să distrugă ce avem, ce am putea avea dacă tu ai permite asta.

Ea inspiră brusc.

– M-ai ascultat cu adevărat?

– Crezi că îmi place că tipul ăla e în închisoare? Nu merită să respire același aer ca tine, darămite să stea pe dolarii din taxe doar pentru că nu are conștiință.

Ochii ei se umplură de lacrimi în timp ce își întinse mâinile spre el, îi trase corpul masiv mai aproape, apoi se ridică pe vârful picioarelor.

– Am nevoie să mă săruți acum.

El ezită. Dane nu ezita niciodată, așa că ea îl prinse de ceafă și îl trase spre ea, iar limba ei alunecă pe lângă buza lui de jos în frenezia de a-l gusta. El o ridică în brațe, adâncind sărutul în timp ce se agățau unul de celălalt. O ridică în brațe și fu tare ca piatra.

Așa cum fusese întotdeauna pentru ea.

Tare. Ca piatra.

Ea se retrase, îl căută din priviri, respirând scurt și superficial.

– Am mințit.

– În legătură cu ce? întrebă el încet.

– Am nevoie de tine. Mi-e dor de ea. Și am nevoie de tine. Și nu știu ce e mai rău. Să știu că ea nu mai e pentru că nu a mai suportat suferința sau faptul că eu m-am retras pentru că am fost îngrozită de ceea ce m-a avertizat.

El își înclină capul.

– Danica te-a avertizat în legătură cu mine?

– Nu în felul în care crezi. Alunecă încet de pe trupul lui. Am trădat-o. Te-am trădat. Mi-a spus că mă vei speria, mi-a spus să nu fug și am făcut-o pentru că m-am temut că orice altceva era mai important decât normalitatea mea, pacea mea, decât mine.

– Zoe. Îi spuse numele mârâind. Am judecat prost, dar am băgat un om rău în pușcărie și altul în pământ. Nu îmi pot cere iertare pentru asta. Nu am s-o fac. Dar îmi voi cere iertare pentru că te-am forțat să fii martoră la ceva ce un om așa de frumos ca tine nu ar trebui să vadă niciodată. Ceva atât de urât încât nu suport gândul că închizi ochii și vezi numai sânge. Asta e povara mea de dus, nu a ta. Niciodată a ta.

– Să nu mai vorbești cu mine așa! Bătu cu tocul. Mă face să vreau să...

– Mă cerți? Să mă săruți? Să faci dragoste cu mine? se oferi el cu un zâmbet răutăcios.

– Credeam că marele Dane nu făcea dragoste... cred că ai zis, în câteva ocazii, că bărbații ca tine...

– Am fost un idiot arogant și m-am temut să îmi arăt cărțile prea devreme. Un bărbat nu-și deschide, pur și simplu, inima la prima întâlnire, ca să sângereze pe masă.

– Unii fac asta, îl provocă ea.

– Ai dreptate, adolescenții și hipsterii. Eu nu fac parte din categoriile astea, în caz că n-ai observat. Zoe era copleșită de mirosul lui și de atitudinea lui protectoare.

Ceda așa cum el știa că avea să o facă.

Dar avea să cedeze în termenii ei.

– Dacă ți-aș cere să mă ții în brațe toată noaptea, doar să mă ții în brațe, să te asiguri că adorm, ce-ai spune?

El nu îi răspunse, în schimb își descheie cămașa trăgând de ea, nasturii zburară peste tot în timp ce el continuă să se dezbrace până la boxeri, apoi o cără în brațe până la pat, o întinse pe el, o acoperi cu un milion de pături, apoi se întinse lângă ea, trăgând doar o pătură afgană pe el.

– Știi că putem împărți păturile, nu-i așa?

– Nu, spuse el cu asprime. Chiar nu putem. Îmi ceri să te apăr împotriva tuturor lucrurilor din afara acestui apartament. Acesta e felul meu de a te apăra împotriva lucrurilor din interiorul lui.

Ea înghiți în sec.

– Celibatar, Zoe. Fii mai îngăduitoare cu un bărbat și, dacă te miști chiar și o singură dată și plec, să nu intri în panică, doar fac unul dintre multiplele dușuri reci cu care am fost blestemat în ultimele săptămâni.

Chicotind, ea se întoarse cu fața la el.

– Cât de reci?

– Hai să spunem doar că... Oftă și începu să o mângâie pe față cu vârfurile degetelor. M-am temut de o hemoragie sau de amputarea a ceva foarte necesar pentru a avea copii.

– Copii, repetă ea.

Buzele ei se ridicară într-un zâmbet orbitor.

– Copii. El o sărută pe frunte. Acum, culcă-te, o să țin eu monștrii departe.

– Și cum rămâne cu monstrul din patul meu?

– Uneori, bărbații nu au de ales decât să devină monștri pentru a-i proteja pe cei pe care îi iubesc de întunericul din lumea asta, e mai bine să lupte monstru cu monstru decât să lupte un monstru cu un om.

Inspiră adânc în timp ce înțelese realitatea din spatele cuvintelor lui, apoi zbură, se înălță, în brațele celui mai renumit șef al mafiei din oraș.

Un criminal.

Un hoț.

Un șantajist.

E ciudat cum cel mai sigur loc în care ne așteptăm întotdeauna să fim e cel mai periculos dintre toate.

Liniștit dincolo de rațiune.

CAPITOLUL XXXIX

– Aveam nevoie de asta foarte mult, spuse Everlee a doua zi în timp ce își agăță geanta și se trânti pe scaunul de lemn.

– Cum te simți? o întrebă Brittany. Avea ochii umflați și arăta de parcă n-ar mai fi dormit de o săptămână, dar, în afară de asta, era aceeași Brittany, îngrijorată pentru toți și pentru tot. Era drăguță, doar că Everlee nu voia nimic drăguț în acel moment. Soțul ei era cercetat de poliție. Și era un monstru.

Nu voia să-l urască.

Dar îl ura.

– Voi cere divorțul, spuse Everlee repede. Doar că... voiam ca voi, fetelor, să fiți primele care află.

Zoe alese acel moment pentru a intra, cu fața puțin palidă, cu zâmbetul nesigur. Ce se întâmpla cu grupul ei de prietene? În urmă cu o săptămână, toate păreau măcar să supraviețuiască. Acum? Divorț?

– Da. Everlee simți că îi tremură bărbia, apoi izbucni în lacrimi. M-a împins și a venit poliția...

– Ai chemat poliția din cauza lui? Brittany se ridică de pe scaun și o îmbrățișă pe Everlee în timp ce aceasta plângea în brațele ei.

– Nu, pufni Everlee. A venit din cauza lui Dane, pentru că am crezut că Frederick punea ceva la cale, am avut senzația asta. Computerul lui avea fișiere criptate, așa că i-am cerut o favoare.

Zoe încremeni. În timp ce Brittany continuă să o mângâie pe spate.

– I-am cerut să intre în computerul lui Frederick și, fetelor, e rău, e foarte rău, nu văd cum o să scape de asta și nici nu vreau să o facă! Dacă e adevărat, dacă ce face și ce a făcut e adevărat, atunci nu-mi vine să cred că l-am iubit vreodată.

– Îmi pare foarte rău. Brittany o mângâie mai mult pe spate, ar fi trebuit să o calmeze, dar nu reușea. Uneori, lucrurile astea, pur și simplu, se întâmplă...

– Dacă-mi spui că pentru un motiv, bag furculița asta în tine! izbucni Everlee. Totul e perfect. Când te-ai chinuit tu vreodată în viață? Ce? Ești supărată pentru că prietenul tău politician nu te-a iubit destul? Știa că exagera, dar era foarte furioasă, foarte rănită. Și era mai ușor să își verse nervii pe familie, pe cei dragi, decât să își asume vina, nu-i așa?

– Everlee! izbucni Zoe. Termină!

– Și tu! Furia și tristețea vibra la fiecare respirație a lui Everlee. Dane e îndrăgostit de tine de când eram adolescente și tu îl plimbi ca pe un tip jalnic în lesă. Ar ucide pentru tine, poate chiar a și făcut-o, dacă e să dăm cărțile pe față. Nu e ca și cum jumătate din oraș nu știe că are legături cu mafia italiană!

Lacrimi curseră pe obrajii lui Zoe, dar Everlee nu se putu opri. Ele nu înțelegeau. Ea pierduse totul! Își pierduse copilul! Soțul! Viața! Pornografie infantilă? Pe bune? Putea să fie mai rău?

Brittany se ridică în picioare, merse clătinându-se spre Everlee, apoi o privi în ochi și îi șopti cu o voce sugrumată.

– Chrissy Mendoza e fiica mea. Își închise ochii și începu să plângă încet cu fața în mâini. A mea și a lui Ronan.

Ospătarul alese acel moment extraordinar pentru a se opri la masă, a lăsa paharul de tequila pentru Danica și a primi comanda de băuturi.

– Alcool, spuse Everlee cu o voce disperată și confuză. Doar... tot... Îl privi iritată. Îi făcu semn să plece. Doar adune vinul casei, du-te!

– Dragă... Zoe își întinse mâna spre Brittany. Despre ce vorbești? N-ai fost niciodată însărcinată. Am crezut că încă ești virgină!

– Te-am păcălit, spuse Brittany printre suspine. Noi doi. Ne-am iubit. Am crezut că o să fiu cu el pentru totdeauna... lucrurile au... scăpat de sub control. A fost captivant, m-am simțit prețuită și dorită și uitați-vă la el. Familia lui? Când au aflat, m-au alungat. Roger m-a ajutat, n-a știut ce altceva să facă decât să o mintă pe Marnie și să-i spună că m-am îmbolnăvit grav și că, dacă aș mai fi putut avea o carieră, m-ar fi preluat el. De-asta am trecut la el, probabil de-asta ea încă mă urăște. Brittany se trânti lângă Everlee. E perfectă. Chrissy e perfectă. Am ținut fetița aceea în brațe, am dat-o spre adopție. Am renunțat la ea! Începu să plângă în hohote mai tare. Everlee nu știu ce să facă, mai ales pentru că vestea era atât de șocantă, atât de dureroasă, că făcu ce ar fi făcut Brittany, ceea ce le duse înapoi la mângâierile pe spate și un șoc total.

– Britt. Everlee trecu direct la o îmbrățișare. Vorbește cu noi. Cum ai aflat?

Brittany se șterse sub ochi.

– Am știut doar că trebuia să închid acel capitol, să mărturisesc totul. Întotdeauna am simțit vinovăția asta atârnând deasupra mea, rușinea asta, cea mai fericită fată în viață nu e, de fapt, cea mai fericită, doar supraviețuiește. I-am pierdut și pe Ronan și pe Chrissy în noaptea aceea. Dar *am ales* să o pierd pe ea, am ales cariera în locul ei, la fel cum el a ales cariera în locul meu. Așa că am simțit că, într-un fel, am meritat orice a venit după aceea.

– Știi că asta nu e adevărat, interveni Zoe, cu lacrimi în ochi. Ești una dintre cele mai bune persoane pe care le cunosc, probabil *cea* mai bună. Meriți toate lucrurile bune pe care viața le are de oferit și alegerea unei cariere politice în locul unei vieți pentru copilul tău sunt două lucruri foarte diferite.

– Dar asta e problema, i-am oferit o viață mai bună pentru că voiam să mi-o trăiesc pe a mea. Am fost egoistă, tânără... Brittany tremură. Și acum nu știu ce să fac. Am crezut că voi vedea o fotografie cu un chip necunoscut și voi merge mai departe. Dar acum știu unde e, cine e, știu că m-a adorat în copilărie și e în același oraș ca mine și Ronan.

– Înspăimântător, șopti Zoe ceea ce Everlee deja gândea. Ce-i asta? Cum se poate întâmpla așa ceva?

– A doua șansă, șopti Everlee în timp ce se holbă la fețele îndurerate ale prietenelor ei, îndurerate din cauza ei, pentru că ea suferea, pentru că se simțea mai bine să le vorbească lor urât decât să plângă până când adormea. Poate că ți s-a oferit a doua șansă ca să faci ce e corect de data asta. Te-ai gândit la asta?

Brittany dădu din cap.

– M-am gândit și vreau s-o fac, doar că nu știu cum să mă folosesc de a doua șansă cu Chrissy cât timp mă întâlnesc cu Oliver, vreau să spun că e un mare secret, un secret uriaș, e ca și cum ai arunca un elefant pe un Maserati și ai zice ups!

– Drăguț. Zoe zâmbi, apoi se potoli în timp ce își băgă mâna în poșetă și scoase bucata de hârtie pe care era lista de cereri a lui Dane, inclusiv cererea lui în căsătorie. Dane m-a cerut în căsătorie.

Lui Everlee era să-i cadă falca.

– Ce-ai spus?

– Căsătorie. Nu există nicio mătușă și niciun fond fiduciar, el mi-a dat fiecare bănuț ca să încep linia vestimentară... i-am dat banii înapoi, dar dobânda eram eu, literalmente. Așa că, ori îi dau banii, ori mă mărit cu el, o, și asta nu e tot, mi-a cumpărat o mansardă, a renovat-o, a pus în ea tot ce aș fi pus eu și, noaptea trecută, când Aaron a trecut pe la...

– Stai, Aaron? Ciudatul Aaron?

– Acum e ciudatul Aaron cu un coleg drăguț de celulă. Zoe ridică păhărelul neatins de tequila și îl luă. Dane m-a salvat, din nou, dar eu încă ezit. De ce ezit? De ce mă tem atât de tare de el?

– Pentru că el te vede, se trezi Everlee spunând. Și e un lucru frumos să fii văzută dincolo de aparențe, de frumusețe, de chip. Frederick a văzut doar exteriorul, i-a păsat doar de ce putea face pentru cariera lui, acum uită-te la noi. Uită-te la el.

– Ei bine, râse Brittany printre lacrimile proaspete. Suntem varză, nu-i așa?

Everlee își întinse mâinile și le apucă pe fiecare.

– Îmi pare rău, fetelor, doar că totul arată întotdeauna perfect când ești pe dinafară.

– E efectul Instagram, fotografii perfecte în exterior, o dezordine totală în interior, fu de acord Zoe.

– Trebuie să-i spun lui Ronan, spuse Brittany încet. Și lui Oliver, bineînțeles.

– Iar eu trebuie să-mi dau seama dacă Dane iubește puterea pe care o are asupra orașului mai mult decât pe mine sau dacă e din cauza mea, recunoscu Zoe.

Toate se uitară la Everlee.

Dar ea nu avea nimic de zis. Se holbă doar la păhărelul gol de tequila și se gândi la Danica, la atitudinea ei curajoasă și la zâmbetul ei natural. La felul în care ea privise lumea, nu ca pe o prietenă, ci ca pe adversara ei, ca pe ceva ce trebuia învins și supus.

– Cred, spuse Everlee rezemându-se de spătarul scaunului ei, că trebuie să descopăr cine sunt, din nou, fără Frederick lângă mine.

– Noroc. Își ridicară paharele cu apă, apoi Zoe și-l puse pe al ei jos și se holbă la fiecare din celelalte fete. Am să vă cer o favoare.

– Orice, spuseră ele la unison.

– Câteva modele au renunțat la spectacol, nu e o mare problemă, probabil Marnie își retrage modelele pentru că ne urăște și întotdeauna a făcut-o, dar ați fi voi, fetelor, dispuse să fiți modele? Cât de cât?

– Bineînțeles! Everlee fu prima care răspunse. Pe lângă asta, ar fi distractiv să defilez cu voi două din nou.

Brittany dădu din cap.

– Cu o condiție.

– Orice, spuse Zoe repede.

– Vreau să merg cu Chrissy.

– O, fată, acum îmi vine să plâng. Zoe se uită urât. Știi că nu suport să plâng, trebuie să îmi refac machiajul și ăsta e perfect. Arătă spre pielea ei bronzată aurie și spre tușul de ochi perfect.

– Chiar e, fu de acord Brittany.

– E o nouă paletă pentru ochi? Everlee se aplecă mai aproape.

Apoi fetele izbucniră în râs în ciuda lacrimilor vărsate. În ciuda scaunului încă gol de la masă.

Și a păhărelului din fața lui.

Toate se holbară la acel scaun.

– Credeți că a făcut-o? puse Brittany, în sfârșit, întrebarea care plutea amenințător deasupra lor de un an întreg.

– Nu, spuse Everlee repede. Nu cred.

– Nici eu, fu de acord Zoe.

– Frederick. Everlee își linse buzele uscate. Avea o mulțime de poze cu ea în computerul lui și câteva videoclipuri cu ea și Jauq.

– Jauq a plâns în hohote la înmormântare, preciză Zoe.

– Doar că... Everlee se opri din vorbit și se gândi la asta. Nu are niciun sens, niciodată nu și-a petrecut atât de mult timp cu ei așa cum arată pozele, aproape că părea intenționat. Dădu din cap. Aș vrea să știu ce era. De ce și-ar fi petrecut timpul cu Marnie? O ura pe Marnie.

– Dar îl iubea pe Jauq, adăugă Zoe. Iar Manie și Jauq au fost întotdeauna apropiați și Frederick la fel.

– Da, spuse Everlee de la capătul paiului ei. Poate? Luă meniul și îl deschise. Cred că trebuie să avem încredere că adevărul va ieși la lumină.

– Exact. Brittany fu de acord, strângând-o de mână, apoi se întoarse spre Zoe. Cum te putem ajuta să te pregătești pentru paradă?

– Slavă Domnului, expiră Zoe ușurată. Am crezut că nu mă mai întrebi.

CAPITOLUL XL

SĂPTĂMÂNA MODEI DE TOAMNĂ: ÎN ACEST MOMENT

– V-am spus vreodată cât de mult vă iubesc și vă apreciez? le întrebă Zoe pe Brittany și pe Everlee în timp ce se pregăteau în culise. Îmbrăcămintea era superbă. Brittany știa că avea să fie un succes uriaș.

Oliver stătea deja în primul rând, între Grace și Roger, fiind mustrat. Probabil că tipul nu avea să o ierte niciodată, dar, de fiecare dată când se uita spre el, zâmbea, deci era bine, nu-i așa?

Progres.

Din cauza paradei de modă și a pregătirilor, nu se mai văzuseră prea mult, dar vorbiseră și își trimiseseră mesaje. Progresau, doar că nu știa când putea să-i spună încă.

Și o problemă mai mare era că trebuia să-i spună prima dată lui Ronan.

– Vorbeam de lup, șopti ea în timp ce Ronan se îndreptă spre ea.

– Doamnelor, arătați minunat. Se aplecă și le sărută pe fiecare pe obraz, lăsând-o pe Brittany la urmă. Unele mai mult decât altele.

– Mă întâlnesc. Cu altcineva, spuse ea cu un zâmbet afectat.

– Un bărbat încearcă întotdeauna. Îi făcu cu ochiul, apoi se întoarse spre Chrissy și avu o reacție întârziată. Scuze, pentru o secundă mi s-a părut că o vedeam pe geamăna lui Brittany!

– Da, mi se spune asta destul de des, zâmbi Chrissy. E un mare compliment.

– Ești nouă? se încruntă.

– Da, de anul ăsta, și pot să spun că, atunci când voi împlini optsprezece ani, sigur voi vota pentru dumneavoastră. Apoi se strâmbă. Scuze, am zis asta extrem de agresiv și mult prea tare.

El râse și o trase pentru o îmbrățișare scurtă.

– Ador entuziasmul.

– Bine.

Brittany nu-și putu opri lacrimile care i se adunau în ochi și, când se întoarse spre Zoe și Everlee, ambele își ștergeau pe ascuns lacrimile de sub ochi.

– Chrissy! La machiaj! Acum! strigă cineva.

– Asta sunt eu! Țopăi în direcția scaunelor de machiaj.

Toți ceilalți se împrăștiară, lăsându-i pe Ronan și pe Brittany să se holbeze unul la celălalt.

– Ce mai faci? întrebă el pe tonul acela politicos cu care era obișnuită pentru că îl folosea când erau în public.

Se gândi la ultimele zile, cu Chrissy și Oliver.

– Bine, de fapt. Tu?

– În afară de fosta soție și incapacitatea ei de a nu mai vorbi cu mass-media, bine. Ocupat, dar bine. Îi zâmbi. Ar conta dacă ți-aș spune că mi-a fost dor de tine?

– Ronan, întotdeauna e frumos să ți se ducă dorul. Contează, bineînțeles. Pe viitor, mi-ar plăcea să fim prieteni, de fapt, am...

– Respiră! Everlee o apucă pe Zoe de mâini. Doar respiră, avem timp, putem găsi o soluție, bine? Inspiră, expiră, așa.

– Care-i problema? Brittany se grăbi să ajungă lângă ea.

– Modelele, spuse Everlee cu o expresie panicată și pe un ton plin de ură. Cele care erau rezervate pentru paradă s-au retras pentru alta, practic, se pare că Marnie le-a făcut rezervări duble intenționat și le-a amenințat carierele dacă o aleg pe Zoe în locul lui Marc Jacobs.

Brittany își închise și strânse ochii.

– De ce? De ce e atât de oribilă?

Și, bineînțeles, acela avea să fie momentul în care Marnie își făcu apariția cu Frederick într-o parte și Jauq în cealaltă.

– Probleme în paradis?

Zoe sări înainte, iar Everlee de-abia putu să o țină pe loc.

– Cum îndrăznești! Ce ți-am făcut?

– Multe, scuipă Marnie. Pe lângă asta, toate sunteți vinovate prin asociere. Nu-i așa, Frederick? Îl lovi ușor pe obraz.

El o sărută pe palmă și le aruncă tuturor o privire tăioasă în timp ce Jauq doar se uită la podea.

– Știți cum e în afacerea asta, mănânci sau ești mâncat, spuse Marnie. Ei bine, cred că mai degrabă aș mânca.

După ce spuse asta, plecă.

– Frederick, îl strigă Everlee. Stai, tu nu ești așa, nu trebuie să...

– Uau! Frederick se întoarse către ea. Eu nu sunt așa? Îți dai seama cu ce mă confrunt acum? Poliția e cu ochii pe mine. Pe laptopul meu. Pe niște fișiere criptate care se pare că nu mai erau criptate. Se uită urât, apoi păru gata să vomite. Am terminat cu tine și orice...

– Destul. Roger merse până la grup, atrăgând o privire fixă de la Marnie care se întoarse cu spatele. Pleacă.

– Frederick, strigă Marnie pe un ton puțin panicat. Las-o baltă.

– Uau. Everlee se holbă uluită la Roger. Marnie chiar se teme de tine?

El doar dădu din cap și se întoarse spre Zoe.

– Avem nevoie de cel puțin trei modele masculine și încă o femeie care poate să încapă în aia, spuse el arătând spre o ținută strâmtă, cu ghete militărești, ciorapi colorați de nailon până la coapsă și cu o jachetă militărească drapată deasupra.

– Bine, dădu din cap Zoe. Bine, doar lasă-mă să mă gândesc... Îi privi pe toți cu o expresie disperată.

– Ronan, spuse repede Brittany, făcându-l pe acesta să o privească prudent. Se pricepe la publicitate. O va face.

– O voi face? întrebă Ronan, cu o voce tremurândă.

– O va face? Toți ceilalți confirmară la unison.

– Da, nu-i așa, Ro? Ea ar fi făcut orice pentru prietena ei. Orice.

– Siiiiigur. Dădu din cap. Mi-ar plăcea să port, înghiți în sec privind hainele bărbătești care atârnau pe suport, ăla. Înghiți în sec din nou. În public.

– E haute couture. Zoe își dădu ochii peste cap. Dar restul?

– Dane! Everlee pocni din degete.

– Oliver. Brittany îl aruncă pe altarul de sacrificiu al prieteniei și al noilor relații. Și ce-ar fi să o aducem și pe Grace aici? Ea adoră să încerce lucruri noi.

Toți o priviră cu îndoială.

– Am s-o aduc eu, anunță Roger. Îmi datorează o favoare. Apoi strigă peste umăr. Brittany, ți-l aduc și pe băiatul tău. Nu pot să-ți promit că nu-l voi întreba ce își pune în shake-urile de proteine.

Brittany gemu în timp ce Ronan o privi, curios.

– Ce?

El ridică din umeri.

– Doar că n-am crezut că ești genul de fată care să-i placă un bărbat atât de solid.

– Hm, nu e fată căreia să nu-i placă niște mușchi abdominali definiți. Asta o spuse Zoe în timp ce își reveni și își aranjă părul. Pot să prezint eu ultima rochie când trec pe acolo. Nu va fi perfect, dar... Inspiră adânc. O să funcționeze. Nu-i așa?

Brittany voia ca lucrurile să meargă, dar nu era sigură. Totul era extrem de rapid. Detaliile trebuiau să fie cronometrate perfect. O ajutaseră pe Zoe să lucreze în ultimele șase zile la paradă și acum erau, brusc, în ea.

– Bine. Brittany se trezi spunând o scurtă rugăciune în timp ce Roger se apropie cu Oliver și Grace. Amândoi arătau de parcă era forțați să meargă spre podium. Hei, avem nevoie de o favoare.

– Mi-a explicat asta. Grace arătă spre Roger. Urăsc ziua în care ți-am spus că-ți eram datoare.

– Dar eu nu și probabil nu voi fi niciodată. Zâmbi. Asta e ținuta ta, bine?

Grace căscă ochii.

– Măcar e superbă, chiar dacă dezvăluie un pic din coapsă.

– Mult din coapsă, adăugă Roger.

– Asta nu ne ajută, Roger, mulțumesc, spuse Zoe printre dinții încleștați, apucându-l pe Oliver de mână. Iar tu o să porți asta.

El înghiți în sec, se holbă la Brittany, înghiți în sec din nou, apoi dădu din cap.

– Ei bine, cred că e un început pentru toate.

– Ar fi bine să primească un mare sărut sau altceva la noapte, șopti Ronan.

– A, senatorul.

Ronan își întinse mâna.

– Mă bucur să te văd din nou, oare sunt prea optimist când te întreb dacă ținuta ta are mai multă... culoare?

– Doar ce e mai bun pentru Ronan. Zoe legănă un umeraș în fața lor. Ronan se uită spre cer și înjură în șoaptă.

– Asta ar trebui să-ți aducă o mulțime de voturi. Oliver fluieră.

– Dacă o să reușesc vreodată să-i fac pe oameni să uite de asta. Ronan apucă umerașul. Da.

– Începem peste cinci minute, le spuse Zoe celor din cameră. Oameni buni, Grace, mergi la machiaj și coafură ca să-ți poată face ceva foarte repede, apoi alinierea. Brittany și Chrissy, voi mergeți primele, împreună. Ronan. Își linse buzele uscate. Ronan, tu urmezi, când ele ajung la capăt, învârtește-o un pic pe Chrissy, apoi apleacă-te și sărut-o pe Brittany pe obraz, vreau ca totul să pară... familial.

„Of, Doamne." Brittany se încordă, dar nimănui nu părea să-i pese, deloc.

În câteva minute, toți erau aliniați și gata să pornească, iar Zoe părea că mai avea câteva secunde și vomita.

– Va fi bine, o asigură Brittany.

Zoe era aplecată, cu mâinile pe coapse, inspirând adânc.

– De unde știm că va fi bine?

– Ei bine. Brittany îi privi pe tipi. Dane e aici, el repară lucruri, nu-i așa? Nu te va lăsa să dai greș. Mai mult decât atât, eu mă rog să nu dai greș, așa că aleg să cred că n-ai s-o faci. Ce-ar fi să ai puțină credință?

Lacrimi străluciră în ochii lui Zoe.

– Nu știu ce-am făcut ca să vă merit pe tine, pe Everlee, pe Danica, pe Dane, pe toți, dar îi mulțumesc lui Dumnezeu că vă am.

– Și eu la fel. Everlee zâmbi, chiar dacă nu își ridică privirea, dar Brittany știu că avea să treacă o vreme până când Everlee să se simtă bine cu schimbarea din viața ei, cu viitorul pe care îl vedea pentru sine. Dar Brittany știa din proprie experiență că, doar pentru că fereastra se închisese împreună cu ușa, nu însemna că nu mai era altă fereastră, undeva, așteptând să se deschidă.

Oliver îi făcu cu ochiul, părea mai mult entuziasmat decât enervat.

Apoi începu muzica.

Și veni vremea să plece.

Brittany o apucă de mână pe Chrissy, o strânse, și porniră pe podium, ca mamă și fiică.

Pentru prima dată.

Mulțimea înnebuni când ajunseră la capăt, mai ales când Ronan li se alătură pe scenă. Blițurile aparatelor de fotografiat erau orbitoare, pălăvrăgelile și vorbăria erau nebunești. O învârti pe Chrissy, se aplecă și o sărută pe Brittany pe obraz, apoi plecară înapoi, ca o familie.

Oliver trecu pe lângă ea, cu Everlee care îl urmă în scurt timp.

Și, peste câteva minute, toți se aliniară din nou, în timp ce Zoe își croi drumul prin mijloc, mândra, frumoasa Zoe într-o rochie albă și strâmtă, care îi scotea în evidență pielea bronzată atât de frumos că îți lua ochii.

Publicul se ridică în picioare aplaudând.

Ochii lui Brittany se umplură de lacrimi în timp ce o felicită pe prietena ei și, când Zoe ajunse, în sfârșit, la capăt, Dane, dintre toți oamenii, merse să o întâlnească și să-i înmâneze un buchet de trandafiri.

Apoi o sărută apăsat pe gură ca să-i vadă toată lumea.

Brittany rămase cu gura căscată, în timp ce Everlee se holbă.

Şi, cea mai bună parte fu că Zoe, furioasa Zoe, îl sărută la rândul ei.

Îi dădu drumul, o luă de mână, apoi o conduse înapoi în culise, şi se întoarseră în garderobă, cu adrenalina pompând, cu o încordare tangibilă.

Asta iubea la munca ei.

La modelling.

Adrenalina, faptul de a şti că oamenii nu se uitau la ea ca la o persoană, ci ca la un model pentru ceva ce voiau pentru ei înşişi. Niciodată nu fusese despre Brittany, era despre designeri şi cum îi putea face să arate bine şi era foarte satisfăcător să ajute pe altcineva.

Pentru că asta simţea că făcea, ajuta la vânzarea a ceva în care credea şi se bucura în tot acest proces.

– Uau. Oliver o trase pe Brittany mai aproape pentru un sărut. Nu cred că-mi voi reveni vreodată după asta, până atunci, tocmai am primit un mesaj pe pager, aşa că o să-mi iau telefonul, apoi mă întorc să sărbătorim. Se uită înapoi, la Zoe. Sărbătorim, nu-i aşa?

– Da! Ea sări. Sigur că da.

El dispăru. Brittany se schimbă repede, apoi merse să-l caute pe Ronan, poate stăteau de vorbă?

– Hei. În schimb, o găsi pe Chrissy, ştergându-şi machiajul. Ronan mai e aici?

– A plecat, a zis că avea o şedinţă. Ridică din umeri, apoi îşi întinse mâna după poşeta ei, răsturnând-o pe a lui Brittany pe podea. O, scuze!

Îşi întinse mâna ca să ridice rujul căzut, se îndoi şi încremeni.

Cu partea din față în sus, era o poză cu Chrissy de când avea doisprezece ani.

– Ce-i asta?

Brittany nu-și putu recăpăta vocea.

– Pot să-ți explic.

– Să-mi explici de ce ai o poză cu mine din clasa a șaptea? Chrissy privi dintr-o parte într-alta de parcă ar fi încercat să înțeleagă totul.

– Cred că ar trebui să stai jos. Brittany își întinse mâna spre ea.

– Nu. Chrissy se îndepărtă brusc. E ciudat. Știi că e ciudat, nu-i așa? Ce se-ntâmplă?

– Știai că ai fost adoptată, spuse Brittany încet.

Chrissy căscă ochii.

– Nu, nu se poate, nu cred...

Inspiră adânc și spuse repede.

– Sunt mama ta biologică.

****

Chrissy izbucni în lacrimi și fugi în timp ce ceilalți se holbară la ea de parcă i-ar fi crescut trei capete.

Ronan și Oliver deja erau departe și se schimbau; când Chrissy alergă pe lângă ei, amândoi o priviră pe Brittany la fel de îngrijorați.

Brittany încă era în hainele pe care le prezentase, se uită la Zoe, prietena ei dădu repede din cap în timp ce ochii i se umpleau de lacrimi, iar Brittany porni spre fiica ei.

Fiica. Ei.

Nu trebui să o caute departe.

Chrissy era într-un colț, băgându-și lucrurile într-un geamantan mic, cu lacrimile lăsând dâre pe machiajul ei în timp ce îi tremurau mâinile. Telefonul mobil era să-i cadă din mână înainte să reușească, în cele din urmă, să și-l pună la spate, ca să nu se spargă pe podea.

– Îmi pare rău. Brittany simți că era înjunghiată în piept, inima o durea la fiecare răsuflare. N-am știut, jur. Tocmai am aflat.

Chrissy se ridică drept și se întoarse spre ea, încrucișându-și brațele. Fiica ei era frumoasă, nu-i așa? Aprigă. Puternică.

– De când?

– De câteva zile. Vocea lui Brittany tremură. Și, brusc, a fost ca și cum eram din nou în acel salon de spital, încercând să hotărăsc care era cel mai bun viitor pentru tine, pentru mine, pentru toți ceilalți. Lacrimile îi umplură ochii. Aveam să aștept până după paradă.

Chrissy își șterse ochii și se cuprinse cu brațele.

– Și cum aveai să arunci bomba? Hei, vrei să știi de ce avem același păr și același zâmbet? Surpriză!

Brittany își închise ochii și se rugă să prindă putere.

– Oricât ar suna de prostesc, n-am ajuns atât de departe, cred că și eu încă sunt șocată.

Chrissy se rezemă de zid, apoi se lăsă în jos până când stătea lângă geanta ei. Modelele trecură pe lângă ele, cosmeticienii, suporturile de haine, era ca și cum lumea continua să se învârtă, chiar dacă părea că pentru Brittany se oprise.

Pentru că se holba la ea.

La lumea ei.

La fiica ei.

– Te-am iubit, șopti Brittany, apoi se aplecă și își întinse mâna după mâna lui Chrissy. Te-am iubit foarte mult, dar de-abia împlinisem șaisprezece ani.

– Eu am aproape șaisprezece ani, spuse Chrissy cu o voce monotonă în timp ce își ridică privirea, căutând-o din ochi, cu întrebări roind între ele ca o ceață groasă. Erai tânără.

– Da, fu de acord Brittany și i se alătură pe podea. Nu am renunțat niciodată la tine, la amintirile în care te țineam în brațe, îți periam părul, îți cântam cântece știind că altcineva va face lucrurile astea. A fost cel mai greu lucru pe care a trebuit să-l fac vreodată.

Chrissy își puse capul pe umărul lui Brittany.

– Mama și tata au murit.

– Știu. Brittany simți un nod în gât de mărimea unei mingi. Știu.

– Am fost foarte furioasă, pufni Chrissy. Furioasă că Dumnezeu i-a luat de lângă mine, furioasă că au trebuit să moară. Am avut o viață perfectă.

Brittany simți o ușurare în piept.

– Habar n-ai cât de fericită mă face asta.

– Dar au plecat... și apoi m-am simțit... goală pe dinăuntru, știam că am fost adoptată, dar nu știam mai mult decât atât și, sincer, nici nu-mi păsa, pentru că era doar încă o persoană care nu a rămas lângă mine.

– Of, draga mea. Brittany își întinse mâna după mâna ei. Întotdeauna am fost aici. Își atinse pieptul în timp ce lacrimile îi alunecară pe față. Și m-am rugat pentru tine, în fiecare noapte, din ziua în care te-ai născut.

Chrissy izbucni în hohote de plâns în timp ce se agăță de Brittany.

Se ținură în brațe atât de mult timp, că începură să atragă atenția oamenilor care umblau încoace și încolo între parade.

În cele din urmă, Chrissy oftă adânc.

– Ce se-ntâmplă acum?

– Asta e cea mai bună parte. Brittany îi strânse mâna, apoi o sărută pe frunte. Orice vrem, nu-i aşa?

– Vorbeşti serios? Ochii lui Chrissy erau foarte luminoşi, foarte inocenţi. Oare Brittany fusese vreodată atât de tânără?

– Vorbesc serios. Brittany ar fi murit înainte să lase să i se întâmple ceva rău fiicei ei.

– Mi-ar plăcea asta. Chrissy zâmbi, în sfârşit, apoi râse printre lacrimi. E uimitor, femeia pe care am admirat-o toată viaţa e cea care mi-a dat viaţă.

Lui Brittany îi veni să plângă din nou.

– E o încurcătură frumoasă, nu-i aşa?

Şi, brusc, totul avu sens.

Toate lucrurile împreună.

Toate lucrează împreună.

Brittany oftă.

– Avem timp. Hai să mergem să mâncăm până nu trimit o patrulă după noi şi poate vorbim despre cum să te scoatem din apartamentele acelea pentru modele?

Speră că nu era prea mult şi prea devreme.

Chrissy îşi aruncă braţele în jurul gâtului lui Brittany.

– Da! Urăsc locul ăla!

– Mi-am dat seama. Brittany se ridică, apoi îşi întinse mâna.

Chrissy ezită, apoi îşi ridică privirea spre ea.

– Dar tatăl meu?

Brittany ezită, apoi inspiră adânc.

– Ştia că încercam să te găsesc, urma să încerc să îi spun în seara asta, să îi dau timp să se gândească, eşti de acord cu asta?

– Da, spuse Chrissy repede. Cred că eu am nevoie de mai mult timp de gândire decât... Părea ruşinată din cauza asta, nu trebuia să fie. Cum să-ţi spun?

– Asta e cea mai bună parte, zâmbi Brittany. Cum vrei. Doar să știi că nu plec nicăieri, bine?

– Bine. Chrissy o luă de mână și o îmbrățișă încă o dată.

Și, în timp ce Brittany își deschise ochii și se uită prin cameră, îl văzu chiar pe diavol, pe Dane Saldino, zâmbind.

CAPITOLUL XLI

— Ei bine, a funcționat! Roger își ridică paharul în aer și îl ciocni de al lui Oliver. Păreau cei mai buni prieteni. Cel puțin conform lui Roger, care hotărâse asta în urmă cu un minut, când comandară același whisky.

Judeca oamenii după băuturile pe care aceștia le comandau.

Și un tip care bea un whisky bun merita ținut prin preajmă. Pe lângă asta, era plăcut la vedere.

Roger îi făcu cu ochiul lui Brittany, apoi îi zâmbi cu căldură lui Chrissy. Era ciudat cum se rezolvau lucrurile.

Chiar stătea lângă fiica ei?

Chiar prezentase o paradă de modă cu fiica ei?

Zâmbi pentru sine, apoi își întinse mâna pe sub masă și strânse degetele lui Chrissy. O strânse și ea.

Fuseseră despărțite timp de cincisprezece ani.

Și, în clipa în care află, în clipa în care se îmbrățișară, fu ca și cum o parte din sufletul ei se reunea din nou cu cealaltă.

Multe lacrimi vărsate după ce fiecare din ele coborâse de pe podium.

Apoi o ținuse de mână, avuse momentul acela cu ea în care putuseră să stea una lângă cealaltă în fața mulțimii.

Brittany se tot gândi: „Lasă-i să știe, lasă-i să vadă". Renunțase la această fată specială pentru că simțise că nu avea alte opțiuni, pentru că se temea și dacă era complet sinceră... Pentru că știa că și-ar fi pierdut cariera, viața pe care și-o dorea, dacă o păstra.

Asta arăta că liberul-arbitru nu era așa de grozav. Și nici viața de adult.

– Așadar, spuse Oliver, așezându-se vizavi de ea, lângă Roger, sunt nou în toată treaba asta. Se poate spune că parada a fost un succes?

– Vrea să știe dacă a arătat bine, îl tachină Roger.

– O, nu-mi fac deloc griji în privința asta. Aveam pantaloni de piele. Dădu din cap, sigur pe el.

– Nu uita de vestă, adăugă Zoe, ridicându-și paharul în aer. Vorbesc serios, oameni buni, nu știu ce m-aș fi făcut fără voi. Privirea i se îndreptă repede spre Dane, care încă avea o pată de machiaj pe față. Ar fi fost comic dacă li s-ar fi permis să râdă de el fără ca el să-și îndrepte un rânjet disprețuitor și violent în direcția lor. Fără voi toți.

Dane oftă.

– Cred că mai am machiaj pe față.

– O, dragul meu, e acolo de o oră. Am făcut pariu pe cât de mult vei rezista înainte să țipi la cineva sau să împuști ceva. Roger doar ridică din umeri, în timp ce Oliver îi zâmbi amuzat lui Brittany.

Dane bombăni ceva despre modă.

Pantalonii nu îi veniseră prea bine; fuseseră croiți pentru cineva mult mai slab. Modelele masculine nu erau cunoscute pentru timpul petrecut la sală, darămite pentru două zile de antrenamente pentru picioare pe săptămână.

Erau să i se rupă pantalonii pe coapse când umbla, deși Brittany era convinsă că probabil asta avea să-i vândă. El îi făcea să arate bine, nu invers.

De fapt, toți bărbații făcuseră o treabă fantastică.

Chiar și Ronan.

Brittany se holbă la paharul ei de vin.

Când băuse alcool ultima dată?

Cu câteva săptămâni în urmă, se ascunsese în spatele lui.

Iar acum se holba la un pahar plin.

Cu câteva săptămâni în urmă, nici nu se putuse gândi la Ronan, la trecutul ei, fără să-și dorească să amorțească.

Îl folosise ca pe o terapie? Ca modul ei de evadare?

– Ei bine, spuse Everleee, încă arătând palidă și un pic fragilă, dar măcar zâmbind din nou, cred că a fost un mare succes. Se întoarse spre Zoe. Ești foarte talentată, draga mea prietenă.

Ochii lui Zoe se umplură de lacrimi.

– Mulțumesc. Sunt copleșită, cred că o să dorm câțiva ani.

Dane făcu o față de parcă nu era sigur că îi plăcea ideea.

Iar Brittany nu-l putea învinui.

Era un bărbat îndrăgostit.

Pentru că doar un bărbat îndrăgostit ar fi mers la o paradă a modei, în ultimul minut, purtând o pălărie fedora roz.

Totul părea perfect, se simțea bine. Oliver și prietenii ei se înțelegeau de parcă ar fi crescut împreună, iar Dane deja plănuise o ieșire cu el și câțiva prieteni mai târziu, în săptămâna aceea, pentru un fel de pocher.

Ar fi trebuit să fie fericită.

Dar nu era.

I se oferise o scurtă viziune despre cum ar fi fost viața ei dacă ar fi fost sinceră și era timpul să facă exact asta. Deja vorbise cu Chrissy, era timpul să facă la fel și cu Ronan.

– Mă-ntorc imediat. Se ridică în picioare și îi zâmbi lui Oliver în timp ce își ținea telefonul în mână.

Tonul de apel păru să dureze o veșnicie.

– Britt?

– Bună, Ro. Își drese glasul. Mulțumesc pentru seara asta. Știu că Zoe apreciază gestul.

El chicoti.

– Ei bine, i-am spus că trebuie să mă voteze la următoarele alegeri, așa că acum mi-e datoare. Înjură. Mă îndoiesc că cineva mă va lăsa să uit de asta, un costum violet cu dungi. Nu mă înțelege greșit, ar arăta bine pe oricine în afară de un politician plictisitor.

Ea zâmbi, privind în jos la oamenii care treceau.

– Nu ești plictisitor.

– E un compliment? Părea obosit. Aveai nevoie de ceva sau doar ai vrut să te asiguri că mândria mea a supraviețuit?

– De fapt... I se uscară buzele, le linse, apoi își reveni. Trebuie să-ți spun ceva.

– Ascult.

– Față-n față.

– Nu ne putem întâlni în seara asta.

– E important.

– Zbor cu avionul la Martha's Vineyard pentru o petrecere. Vorbea ca și cum nu-și dorea să meargă. Obligații de familie.

Ea se încruntă în timp ce continuă să plouă.

– Zbori pe vremea asta?

– N-am de ales.

– Ai grijă. Putem vorbi când te-ntorci, bine? E urgent, dar știu că ai lucruri... Își pierdu vocea când se deschise ușa pubului, dezvăluindu-i prietenii și pe Oliver râzând, el îl cuprindea cu brațul pe Roger și păreau să se distreze de minune.

Obligații.

Ea voia să facă parte din ceva.

Cu Oliver.

Fusese o obligație cu Ronan. Un lucru de care trebuia să se ocupe, pe care trebuia să-l facă. Nu mai era, nu acum.

– Britt? Mai ești acolo?

– Scuze, a fost o noapte lungă. Sună-mă când te-ntorci. Și, te rog, ai grijă de tine.

– Întotdeauna am.

Știa că încercase, nu era ca și cum tipul își dorea să moară, dar era cunoscut pentru că risca, pentru că presupunea că totul avea să fie bine, și nu dăduse greș niciodată, dar ea se întrebase cât timp putea rămâne cineva norocos fără să-și folosească mintea.

Sau măcar credința că va trece peste toate.

****

– Mă dor picioarele, se plânse Chrissy în timp ce îi îmbrățișă pe toți de rămas-bun. Trebuie să lucrez la mersul meu și la...

– Stop. Brittany o trase pentru încă o îmbrățișare. Ai fost incredibilă. Îi dădu la o parte o șuviță de pe față. Am fost foarte mândră. Sunt mândră.

Ochii lui Chrissy se umplură de lacrimi.

– Vorbești serios?

– Da. Se agăță mai tare de fiica ei, apoi îi șopti la ureche:

– Roger va avea grijă să te scoată din apartamentele modelelor. Asta dacă vrei să locuiești cu mine. Speră că fiica ei nu auzea îngrijorarea din vocea ei, nu avusese timp să se gândească la nimic.

– DA! țipă Chrissy, apoi râse. Vreau să spun, știi cum sunt apartamentele alea, pe lângă asta, noaptea trecută, cineva a adus niște droguri și eu doar... nu vreau să fiu pe lângă așa ceva. Vreodată.

– Bine. Brittany îi atinse fața. Oliver trebuie să știe, e... Se uită peste umăr în timp ce Oliver și Dane chicoteau din nu se știe ce motiv. Așteaptă să vorbesc în seara asta cu el. Nu ar fi trebuit să ascund asta de el. Dar n-am știut că ești aici, în oraș. Sau că fata care se uita la posterul meu pentru a căpăta putere era aceeași fată la care mă uitam încontinuu când s-a născut.

Lacrimi se scurseră pe obrajii lui Chrissy.

– Sunt așa de fericită... habar n-ai cât sunt de fericită.

– O, știu. Brittany expiră, îi zâmbi printre lacrimi, apoi se șterse la ochi.

– Ești pregătită? Roger o cuprinse cu brațul pe Chrissy. Se pare că avem multe de făcut. Dar nu-ți face griji, am să te salvez de Marnie. Întotdeauna a fost îngrozită de mine.

– O, da, râse Chrissy. De ce?

– Să zicem că știu destule despre ea ca să fiu foarte periculos. Îi făcu cu ochiul. Acum, povestește-mi totul despre cum ai crescut în orășelul acela cu vacile, sună groaznic...

Chrissy chicoti și plecă cu el în timp ce Brittany rămase în urmă privindu-i lung. O cuprinse dorul.

Urmau să fie o familie.

Oliver se apropie de Brittany.

– Lasă-mă să te duc acasă. Cred că ești epuizată. O trase în brațele lui și o sărută ușor pe buze. Ea voia mai mult. Știa asta acum. Era ca și cum barajul se deschise, iar ea își dădu seama că tot ce își putea dori vreodată i se oferise, îi căzuse în poală în ciuda greșelilor ei, în ciuda nesiguranței ei și a nevoii ei de a repara totul de una singură.

Nu se reținu când el adânci sărutul, punându-și brațele în jurul gâtului lui, ținându-l acolo în timp ce îl gusta, bărbatul pe care voia să îl țină pentru totdeauna. Bărbatul care o vedea așa cum era ea.

Bărbatul pe care îl mințise.

Brusc, se retrase.

– Trebuie să-ți spun ceva.

– Și eu trebuie să-ți spun ceva.

– Serios? Își înclină capul. Începe tu primul.

– Am să mă însor cu tine într-o zi.

Îi căzu falca.

– Cât de mult whisky ai băut?

– Mai mult decât tine, mai puțin decât Roger.

– Așadar, mult? Râse nervos. Nu te poți întâlni cu cineva și să îi spui după câteva săptămâni că te vei însura cu persoana respectivă.

El se aplecă mai aproape, cu zâmbetul lui sexy afișat în totalitate.

– Tocmai. Am făcut-o. O sărută apăsat pe buze. Și am băut doar un pahar. Sunt complet treaz.

Rămasă fără răsuflare, ea îi șopti:

– Ești imposibil.

– De aceea vei spune, în cele din urmă, da, pe lângă asta, amândoi știm că sunt răbdător.

– Bine, Romeo. Îl sărută din nou, zăbovind în spațiul dintre pasiune și prietenie autentică. Du-mă acasă, putem vorbi în mașină.

– Grozav.

Își luară rămas-bun de la toată lumea. Dane și Zoe păreau adânciți într-o conversație cu Everlee, așa că, printre semne cu mâna și îmbrățișări rapide, merseră până la Mercedesul care îi aștepta.

Brittany căscă acoperindu-şi gura cu mâna, brusc obosită.

– Ştiam că erai obosită.

– Taci.

Deschise portiera, intră, îşi puse centura de siguranţă şi îşi aminti vag cum porni maşina şi se încălziră scaunele.

Apoi adormi. Pluti, fu purtată undeva.

Se agăţă de corpul lui cald şi zâmbi lângă cămaşa lui, inhalând mirosul lui aromat în timp ce fu pusă pe o saltea. I se scoaseră pantofii cu toc, apoi fu trasă o pătură peste corpul ei.

– Dormi, îi şopti Oliver. Putem vorbi mâine.

Îşi deschise ochii, el era o siluetă neclară.

– Nu, ar trebui să vorbim acum, pot să mă... ridic.

– Britt, dormi, te rog. Îi atinse uşor obrazul cu dosul degetelor. Mă voi întoarce acasă.

Îi stătu pe limbă să-i ceară să stea în camera ei de oaspeţi, pe canapea sau doar să stea cu ea până când adormea.

Dar se întrebă dacă asta ar fi fost o ispită prea mare, pentru că nu doar îl plăcea, ci îi şi văzuse bine muşchii abdominali în acea zi când toţi se schimbau în culise.

Era perfect. În toate privinţele.

Şi era al ei.

Şi voia, mai mult ca orice, să fie şi ea a lui.

Aştepta.

Ar fi aşteptat.

– Răbdare, îi spusese el.

Ha, poate ea se transforma în cea nerăbdătoare pentru că atunci când ştia... ştia.

CAPITOLUL XLII

Ploaia nu se mai oprea. Se potrivea cu starea de spirit a lui Brittany. Oliver fusese chemat la spital și trebuise să anuleze întâlnirea lor. O pusese în pat noaptea trecută, își trimiseseră mesaje, vorbiseră la telefon, dar ea voia să-i spună personal. Deja era să facă un infarct când își dădu seama că el îi căutase cheile prin poșetă.

Din fericire, fotografia era ascunsă în portofelul ei de la Kate Spade, dar era prea aproape și nu suporta asta.

Chrissy își mutase unele lucruri în apartament, dar spuse că avea o programare și era cu Roger, așa că nu trebuia să-și facă griji. Chiar era o nebunie. Brittany ajunsese de la faptul că nici nu știa despre Chrissy la transformarea în mama care trebuia să primească mesaj în fiecare oră ca să se asigure că ea era bine.

Era un sentiment ciudat și tulburător.

Se holbă la telefonul din mâna ei, dorindu-și să primească din nou un mesaj. Încă nu auzise nimic de la Ronan și avea nevoie ca el să știe. Oftând, îi formă numărul din nou.

– Britt. Părea stresat. Scuze, am fost ocupat, tocmai m-am întors în oraş dimineaţa devreme.

– Ro, ştiu că eşti foarte ocupat, doar că... N-avea niciun rost. Am găsit-o.

El tăcu, respirând greu.

– Ai găsit-o?

– Pe fetiţa noastră, care nu mai e aşa de mică, şi cred că vei vrea să afli restul, e în oraş...

– Trebuie să zbor diseară înapoi la Martha's Vineyard, apoi acasă. Ce-ar fi să te iau şi putem vorbi în maşină, îţi convine aşa? La opt?

Ea oftă uşurată.

– Da. Perfect. Voi fi pregătită.

– Nu-mi vine să cred, şopti el mai mult pentru sine decât pentru ea, apoi râse. Sunt... Mulţumesc, Britt, mulţumesc pentru că ai găsit-o.

Ei bine, nu putea să-şi asume tot meritul. Cumva, îngerul ei răzbunător ajunsese să fie unul care adesea arăta ca diavolul.

– M-a ajutat Dane.

El înjură.

– Bineînţeles că a făcut-o, omul ăla are mai multe secrete decât preşedintele.

– Tu ştii, îl tachină ea.

– Hei, şi tu acum, crede-mă, tata nu a împărtăşit niciodată chestiile înspăimântătoare. Părea relaxat, fericit. Ne vedem diseară, Britt.

– Diseară.

I se luă o greutate de pe umeri. Inspiră, expiră şi se uită la ceas. Avea câteva ore libere, aşa că începu să se uite la câteva poze despre care ştia că le-ar fi vrut Ronan. El era tatăl ei, el merita să vadă lucruri care îi plăceau lui Chrissy şi spera că ar fi dorit să o întâlnească. Chiar dacă deja o făcuse la paradă, de data asta, ar fi fost diferit, ar fi întâlnit-o știind că era sânge din sângele lor.

Și, pe vremea aceea, din dragostea lor.

În sfârșit.

– Slavă Domnului, șopti ea pentru sine înainte să caute din nou în cutie.

CAPITOLUL XLIII

Frederick era alunecos.

Aveau tot ce era necesar despre el, aproape tot, mai ales după accesul lui de furie de la parada de modă.

Tot ce făcea Dane era să legene momeala în fața lui la fel cum o făcuse în ultimele săptămâni, obosindu-l, făcându-l dependent.

Trebuia să-l prindă pe Frederick cu una dintre minciunile lui, dar trebuia să fie ceva enorm, ceva destul de mare ca să-l închidă, destul de înspăimântător ca el să-și dorească să mărturisească orice era de mărturisit.

Videoclipurile erau suficiente ca să-l condamne la închisoare, dar Dane voia mai mult, știa că era mai mult și știa că o implica pe Danica.

Dane refuza să creadă că sora lui era cu ei, că era părtașă la ce făcea Frederick. Poate asta condusese la asasinarea ei? Polițiștii deveneau nerăbdători și nu îi putea controla mult timp, mai ales într-o anchetă încă deschisă.

Dane bătu darabana cu vârfurile degetelor pe masă în timp ce Zoe își întinse brațele deasupra capului și îl privi confuză.

– Iar pui la cale dominarea lumii?

– Nu, îți las asta ție, o tachină el.

– Atunci de ce ești așa de concentrat? I se alătură la masă, apoi își întinse mâna și i-o apucă pe a lui. E vorba despre parada de modă? Și toate modelele care și-au anulat prezența în ultimul minut din cauza lui Marnie? Cu ce îi are la mână pe toți oamenii ăștia? E ca și cum e la fel de rea ca tine la schimbul de secrete.

Dane își ridică brusc capul.

– Ce-ai spus?

– Că e la fel de rea ca tine. Zoe se crispă. Scuze, m-am exprimat prost.

– Unde-i Roger?

– Ce?

El se ridică în picioare, răsturnându-și scaunul.

– Știi unde e Roger acum?

– Cred că o ajută pe Chrissy să își mute restul lucrurilor în apartamentul lui Brittany, de ce?

– El știe ceva. Dane nu înțelegea cum de nu văzuse asta mai devreme. Cum altcumva ar fi putut să o smulgă pe Chrissy de la Marnie? Așa ceva nu se făcea. Nu în industria asta. Și ea nici măcar nu se împotrivise. Doar acceptase și trecuse la următoarea victimă. O, era furioasă, dar exista un motiv pentru care nu îl provoca.

Dane își luă cheile, Zoe îl urmă. Se întoarse ca să o oprească și o privi în timp ce își puse cizmele preferate de la Frye și o geacă de piele.

– Ce?

– Nu trebuie să vii.

– Nu te las să faci o prostie fără mine, pe lângă asta, îl cunosc pe Roger, voi doi sunteți mai... Nu știu ce sunteți, orice-ar fi, vin.

Își deschise gura ca să protesteze, apoi și-o închise și dădu din cap.

Ea păru atât de uimită că el ar fi râs dacă nu ar fi fost atât de hotărât să îi găsească pe Roger și pe Chrissy.

– Așadar... Zoe se repezi după el. E vreun motiv pentru care îl urmărim pe Roger în după-amiaza asta?

– Pentru că secretele sunt valuta noastră în jungla asta și pun pariu pe toată averea mea că el le cunoaște pe ale lui Marni, bombăni Dane. Ceea ce înseamnă că și ea le cunoaște pe ale lui. Un cerc complet. Niciunul din ei nu poate ataca pentru că rana ar fi de ambele părți.

Zoe îl apucă de braț.

– E vorba despre Frederick? Sau mai e ceva?

Dane încremeni când își aminti de videoclipul cu Jauq și Danica. Nu se mai uitase la el, nu avea nevoie să vadă restul ca să înțeleagă că el îi filma când erau împreună. Datarea? Cu o săptămână înainte de moartea ei.

– Îți amintești cum s-a comportat Danica înainte să moară?

Pe fața lui Zoe apăru un zâmbet trist în timp ce se îndreptară spre SUV-ul negru care îi aștepta.

– Era mai fericită în ultima perioadă, ciudat, pentru că ea și Jauq se despărțiseră.

– Da. Se despărțiseră și ea era fericită.

Zoe se încruntă.

– Poate se prefăcea? Își ascundea suferința? Tonul ei era blând, de parcă se temea să îl supere.

– Nu. Danica nu s-a priceput niciodată să-și ascundă suferința, nu era ca noi, ea simțea totul și se îneca în tot doar ca să se ridice luptând. Zoe, nu era supărată înainte să moară. Arăta ca și cum ar fi fost, în sfârșit, liberă.

Zoe își linse buzele încet și se întoarse spre el în timp ce porni motorul.

– Vrei să spui că a fost ucisă?

– Știm că a fost ucisă.

– Dane, atârna de dulap. Lacrimi îi curseră pe obraji.

Oftând, Dane își scoase telefonul, căută prin poze și îi arătă una. Adevărul, trebuia să-i spună adevărul.

– Era moartă înainte să se asfixieze... ancheta a continuat, fără piste. M-am ocupat personal de asta, i-am plătit pe toți ca să tacă și să nu fie pe urmele de care aveam nevoie ca să aflu ce s-a-ntâmplat. Zoe, a murit din cauza unei leziuni cerebrale. Și, chiar dacă aș renunța la scepticism și aș crede că situația chiar a fost atât de rea, nu e posibil din punct de vedere fizic să te lovești la cap la unghiul acela, să-ți rupi gâtul, apoi să te târăști până la dulap și să te spânzuri.

– O, Doamne. Zoe își acoperi gura cu mâinile. De cât timp știai?

– De la înmormântare.

– Și în tot acest timp? Toate secretele? Cluburile cu Frederick?

– Doar încercam să prind un șobolan. Asta fac. Dane formă numărul lui Roger și așteptă ca el să răspundă.

– Dane? Roger părea surprins. Suni când ești beat?

– Unde ești?

– Marnie avea o ultimă ședință foto programată pentru Chrissy, am dus-o chiar eu ca să mă asigur că era în siguranță și se simțea confortabil, iar Everlee ne-a urmat pentru că trebuia să vorbim despre afaceri. Suntem la depozitul de pe 5th Avenue.

Dane avu o senzație de groază în stomac.

– Cine e fotograful?

– Frederick, spuse Roger cu o voce iritată. Nu-ți face griji, pot să-l controlez, o fac de ani de zile. Pe lângă asta, Everlee pare gata să-l pârlească de viu de fiecare dată când se uită în direcția ei.

– Ești în clădire?

– Nu. E o ședință închisă, pentru Sexy Athletica. Voiau ceva diferit pentru campania asta. E un semnal groaznic aici, am ieșit ca să dau câteva telefoane.

– Du-te înapoi înăuntru. ACUM!

– Calmează-te, cum am spus, e bi...

– Care-i problema?

– Ușa e-ncuiată. Se auzi sunetul metalului lovit și răsucit. Nu pot s-o deschid, stai să văd dacă mai e și o altă intrare.

– Grăbește-te, vom ajunge acolo peste cinci minute. Închise și o privi pe Zoe. Everlee și Chrissy sunt singure cu Frederick.

Zoe îl privi îngrijorată.

– Cum de mai lucrează? După scandalul cu pornografia infantilă?

– Nu cred că lucrează. Cred că face ce știe mai bine. Minte. Și cred că Marnie l-a ajutat să facă asta.

Petrecură încă șapte minute în trafic înainte să ajungă la depozitul abandonat. Și atunci totul merse repede din rău în mai rău.

Personalul de la machiaj și coafură fu dat afară de Frederick, pentru că o făceau pe Chrissy să se simtă incomod.

Așa că singurele persoane din clădire erau Chrissy, Everlee și un Frederick foarte furios.

Dane îl sună pe șeful poliției și îl informă pe scurt despre situație, apoi începu să caute alte moduri de a intra în clădire.

Zoe și Roger îl ajutară.

Încercară să nu pară prea disperați de față cu ceilalți. Erau doar îngrijorați că ceva era în neregulă și cei trei erau blocați înăuntru.

Dar, în sinea lui, Dane știa că era ceva mai rău de atât.

Frederick avea tendințe violente. O împinsese pe Everlee. Și, peste câteva zile, avea să fie pus sub acuzare multiplă de posesie de pornografie infantilă.

– Cred că am găsit ceva, țipă Zoe la ei. Era o ușă care ducea în spatele depozitului. E încuiată.

Fereastra era destul de mare ca să treacă cineva prin ea.

El nu mai avea timp.

Luă eșarfa pe care Roger și-o lega tot timpul în jurul mâinii drepte oricând avea o ședință foto, își înveli pumnul cu ea, apoi dădu cu pumnul în geam. Se sparse în jurul degetelor lui într-o mie de ace mici.

Își băgă mâna înăuntru și încercă să întoarcă încuietoarea. Dar era prea jos.

– Lasă-mă pe mine. Zoe se băgă în fața lui. Dă jos geamul ca să nu mă înțepe în stomac și poți să mă ridici.

– Ești sigură? Ar fi murit înainte să lase să i se întâmple ceva rău. Ochii ei de culoarea whisky-ului îl priviră cu hotărâre.

– Fă-o acum.

El împinse cioburile de sticlă care încă ieșeau în afară din marginea ferestrei și verifică de două ori ca să se asigure că suprafața era netedă, apoi o ridică în brațe în timp ce se târa prin fereastră, folosindu-se de corpul lui ca sprijin.

– Cred că am reușit.

Ceva zăngăni, apoi se deschise ușa.

O trase înapoi pe pământ cu grijă, tentat să o sărute nebunește. În schimb, îi împinse pe ea și pe Roger în spatele lui, își ținu un deget la buze și ocoli echipamentul vechi până când ajunseră în zona principală a depozitului.

Plângea. Cineva plângea.

– Mă întreb cum te simți când știi că ești înlocuită, chiar în fața ochilor tăi, de o fată mai frumoasă, spuse Frederick încet. Îți mai amintești cum erau ședințele noastre foto, Everlee?

Chrissy tresări când Frederick o strânse de gât.

– A fost ușor să te seduc, să te fac să mă vrei, și acum ai distrus totul doar pentru că ai devenit prea curioasă. Toate acele fișiere, toate duc la mine. La mine! Urlă. Toată cariera mea e distrusă pentru că tu ai devenit prea atașată, prea geloasă.

– Eu am devenit atașată? spuse repede Everlee. Geloasă? Sunt soția ta!

– Cred că ai uitat de acele jurăminte când ai intrat în fișierele mele și m-ai pârât la poliție, ha? Ce-ai crezut că o să găsești? Casete cu mine făcând sex cu modele tinere ca asta? O împinse pe Chrissy în față. Pe alea le țin sub pat, ca atunci când sunt forțat să mă culc cu tine, să-mi pot imagina că sunt cu ele de nenumărate ori.

Chrissy scânci.

– Dă-i drumul, spuse Everlee cu o voce puternică, în timp ce încercă să se apropie de el. Ea nu a făcut nimic rău, e doar un copil.

– Și tu ai fost, și-acum uită-te la tine. Rânji. Toată viața mea e în pericol din cauza ta. E corect să te trag după mine, nu crezi?

Everlee încremeni.

– Ce vrei să spui?

– Vreau să spun că sunt un mincinos, asta fac. Mă voi asigura ca ei să-și dea seama că am lucrat ca o echipă, fetele au avut încredere în tine și, în schimb, tu le-ai ademenit la mine cu promisiuni de faimă. Nu-i așa, Chrissy?

– Nu. Chrissy încercă să se desprindă din mâinile lui, dar el era prea puternic.

Dane văzuse destul. Încercă să se ridice, dar Zoe îl ținu jos și dădu încet din cap în timp ce își scoase telefonul mobil și începu să înregistreze.

– Frederick, nu ai cum să scapi, e sperjur, pe lângă astea, învinuirea mea doar te face mai vinovat.

– Avocatul meu deja spune că voi ajunge la închisoare! Urlă, apoi izbucni în râs. Și știi care e partea cea mai rea? Nu lucram singur! Mi s-a spus să păstrez tăcerea.

– La ce te referi? întrebă Everlee. Își dădeau seama că încerca să îl țină de vorbă, trăgea de timp, se ruga pentru un salvator. La rețeaua de pornografie?

– Știi câți bani sunt pe piața neagră? Milioane. Știi cât de multe tinere ar face orice doar ca să aibă o șansă să fie ca tine și ca prietenele tale? Și mai multe.

Lui Dane îi era greață.

– Poate că ar trebui să-i torni pe ei, spuse Everlee cu o voce clară, în timp ce Chrissy încă se lupta cu el. Cred că e o idee mai bună.

Privirea lui era sălbatică.

– Nu crezi că m-am gândit la asta? Dar nu pot, nu pot, eu știu prea multe, toți am făcut... prea multe.

Tipul începea să vorbească precum un nebun.

– Prea multe? îl îndemnă Everlee. La ce te referi?

– Dar nu am vrut să se întâmple asta. Frederick slăbi strânsoarea lui Chrissy, apoi o aruncă pe podea și își scoase arma. Taci!

Chrissy se târî până la Everlee și o prinse de picioare. Spre onoarea ei, Everlee nu arăta ca și cum ar fi fost gata să leșine.

– Ce s-a-ntâmplat? întrebă Everlee cu blândețe. Dacă o să ne omori, dacă o să ajungi la închisoare, atunci mai bine mărturisești, îți iei o piatră de pe inimă, e evident că e greu pentru tine.

– Nu. Se apropie de ele cu arma lui. Mai. Vorbi.

Everlee o ținea pe Chrissy în brațe.

– Frederick, ce-ai să faci acum? Ai să ne omori? Ai să ne înscenezi ceva? Ai să ne dai drumul?

Arma tremura în mâna lui.

– Și eu sunt curios. Dane se ridică în picioare și se îndreptă încet spre ei, în timp ce Roger și Zoe rămaseră ascunși în întuneric. Ai multe alegeri minunate. Închisoare, moarte, sânge... dar tu știi totul despre alegeri, nu-i așa, Frederick?

– N-am făcut-o eu. Frederick dădu din cap. N-am făcut nimic rău.

– Vrei să spui nimic rău în afară de a fotografia fete de unsprezece ani? Bine, sigur...

Dane sări la el și îl făcu să scape arma din mâini. Amândoi se luptară pentru ea, dar Dane fu mai rapid. Îl lovi pe Frederick în tâmplă, se ridică în picioare, apoi îl lovi în coaste.

Frederick urlă de durere.

– Ai două opțiuni. Dane îndreptă arma spre capul lui. Răspunde la o întrebare și vei trăi sau mă voi asigura că primești pedeapsa cu moartea, ar fi ușor să-ți înscenez ceva, ușor să fac ca totul să pară un accident fericit, știi cine sunt, știi ce fac. Așa că o să te întreb ceva și tu o să-mi răspunzi.

Sângele curse pe bărbia lui Frederick.

– Nu.

– Bine. Dane trase în rotula stângă a lui Frederick și așteptă până când acesta își termină de strigat înjurăturile. Pot să fac asta toată noaptea, joc golf cu șeful poliției în fiecare duminică și procurorul districtului îmi e dator cu o favoare. Mai e nevoie să continui?

Frederick se holbă la el, cu dinții clănțănind.

Trase încă un glonț în cealaltă rotulă.

– Danica a murit din cauza unei leziuni cerebrale cu un corp contondent, spuse Dane cu o voce calmă. Tu ai fost unul dintre ultimii oameni care au văzut-o în viață, poliția a dovedit asta. Vreau să știu ce s-a-ntâmplat. Vreau să-mi spui povestea odată pentru totdeauna. Am destule dovezi ca să te închid pentru foarte mult timp, aș putea să-ți înscenez crima ei acum, mai ales după decizia ta oribilă de a încerca să dai vina pe soția ta și după ce ai folosit-o pe Chrissy ca momeală... Tăcu o vreme. Ce s-a-ntâmplat în noaptea aceea?

Frederick păli, apoi dădu din cap, învins.

– N-am fost eu.

– Asta zici tu.

– Știa despre rețeaua de pornografie, spuse Frederick printre dinții încleștați. Jauq, ei bine, Jauq a contribuit la înființarea site-ului. Marnie...

Se opri și se uită în jos.

– Marnie a furnizat modelele, unora dintre cele care nu au reușit aici li s-au oferit alte... oportunități, să-și dovedească valoarea. Toate astea le-au făcut doar Jauq și Marnie.

– Vorbim despre sclavie sexuală? întrebă Dane, șocat.

– E ușor ca cineva să dispară în marele oraș și dacă cineva plătește destul... Frederick se crispă de durere. Marnie avea o operațiune în Marea Britanie și prospera, eram nou intrați în industrie, tineri.

– Nu da vina pentru așa ceva pe prostie și inocență. Dane aruncă arma pe podea.

– Asta e tot? Frederick se ridică în șezut. Pot să plec acum?

– O, da, spuse Dane cu un entuziasm fals. Doar stai să mă asigur că diavolul e pregătit să te însoțească până în iad. Dane își scoase arma, cea pe care o folosea întotdeauna, nu pe cea murdară și aruncată, pe care Frederick probabil o cumpărase deghizat de la o casă de amanet, și o ridică. Dă-mi un motiv să nu te împușc.

– Nu o face. Zoe veni din spatele lui. Nu o face, Dane, nu vrei sângele lui pe mâinile tale... nu merită. Vocea ei îl învălui.

Lăsă încet arma în jos în timp ce ea îi atinse brațul.

– Roger, deschide ușile. Vocea lui păru seacă în timp ce adrenalina vibra prin el.

Se auziră pași, apoi se deschise ușa.

– Hai să plecăm. O ridică pe Chrissy în brațe, în timp ce Zoe și Everlee se agățară una de cealaltă.

– Hei! strigă Frederick din locul lui de pe podea. Hei!

Poliția trecu pe lângă ei în timp ce ieșiră.

Avea să fie o noapte lungă.

Pentru toți.

Chrissy tremură în brațele lui și îi aminti de surioara lui, cu stele în priviri și bucuria reflectată pe chip.

Fusese ucisă pentru că făcuse ce era corect.

Fusese ucisă pentru că era aceeași fată de cincisprezece ani care se mutase în oraș ca să își urmărească visurile, fusese ucisă pentru inocența furată și nevoia de dreptate.

Dane tremură în timp ce Chrissy îl ținu aproape de ea, cu lacrimile curgându-i pe față.

Se opri din mers când Roger îi ajunse din urmă.

– Ai știut?

Nu era nevoie să precizeze ce.

Roger oftă.

– Am auzit zvonuri despre Marnie, dar întotdeauna circulă zvonuri despre ea și modelele ei. Nu, n-am știut.

– Atunci, de ce? De ce se teme atât de tare de tine?

– Nu se teme de mine. Doar știe că îi cunosc toate secretele. E cu zece ani mai bătrână decât pretinde, a venit din

Cheyenne Wyoming și, acum mulți ani, când încă era o fată proaspătă și nouă în industria asta, a încercat să seducă un bărbat gay, și, ce e mai important... e mama lui Frederick, amanta lui Jauq, alege tu.

Dane simți că îi căzu falca pe podea.

– Ce?

– E o junglă, toate se sălbăticesc, spuse Roger puțin trist. Apoi cuprinse fața lui Chrissy cu mâinile făcute căuș. Îmi pare foarte rău, n-am știut...

– Știu. Inspiră tremurând. Știu că nu ai știut, doar că... chiar am nevoie de mama.

Dane înjură când își dădu seama că iar îi dădea lui Brittany vești care îi schimbau viața în timp ce îi ținea fiica în brațe.

Istoria.

Nu făcea altceva decât să se repete și te ruga să faci alegerea corectă, măcar a doua oară.

CAPITOLUL XLIV

Limuzina i se păru la fel, deşi Brittany ştiu că nu era. Poate pentru că aerul era îngreunat de aceleaşi senzaţii de încordare ca înainte? De la toate evenimentele la care participa cu Ronan, de la cele politice la cele personale.

Singurul detaliu care se schimbase.

Era ea.

Îi zâmbi.

În sfârşit.

În sfârşit, simţi că îi putea da măcar atât şi cu sinceritate. Poate datorită lui Oliver, poate pentru că, în sfârşit, o reîntâlnise pe Chrissy. Orice era, se simţea împăcată, ceva ce nu mai simţise de foarte multă vreme.

– E frumoasă, să ştii. Ronan dădu din cap în timp ce o lacrimă îi curse pe obraz, căzând pe noul iPhone cu pozele luminoase ale copilăriei fiicei lor. Exact ca mama ei.

Brittany îşi puse o mână pe braţul lui.

– Îmi place să cred că a moştenit ce era mai bun de la noi.

– Uneori, mă întreb dacă ce e mai bun la mine tot nu e destul, spuse el răguşit, o luă de mână şi îi sărută vârfurile degetelor. Cincisprezece ani. Am pierdut cincisprezece ani pentru că am ascultat-o pe mama, am cedat în fața fricilor și am plecat... Glasul îi pieri. Niciodată nu am să mă iert pentru că v-am părăsit.

Brittany își retrase mâna în timp ce jalea își punea mâinile în jurul gâtului ei și îl strângea, îngreunându-i respirația.

– Dar ai făcut-o, Ro. Și o parte din tine va aparține întotdeauna mai mult poporului decât mie sau ei.

– Nu spune asta. El dădu din cap.

– Ro. Ochii i se umplură de lacrimi. E bine să fii acea persoană, să fii persoana de care alții au nevoie ca s-o admire. Avem nevoie de mai mulți oameni ca tine în lumea asta, în politică. Nu te concentra pe cei cincisprezece ani pierduți, concentrează-te pe faptul că ai timp acum.

El scrâșni din dinți și dădu din cap, băgându-și telefonul înapoi în buzunar. Nu îi răspunse, doar privi fix înainte, ignorând-o din nou. Se pricepea la asta.

Iar acum ea cunoștea toate semnele.

O lăsase să se apropie doar cât să vadă bucăți din el, nu voia să-i arate niciodată ce era urât, ce era rău, latura neiubită care îl făcea să-și dorească să reușească în fiecare domeniu al vieții – ca să-i dovedească mamei lui că se înșela și tatălui lui că avusese dreptate.

– Timp. Da. Cu o voce îngreunată de tristețe, Ronan se întoarse spre ea, întinzându-și mâinile după ale ei. Noi suntem de vină? Universul? Sunt gata să o iau de la început, am nevoie de asta, cred... Se uită în jos, la mâinile lor. Cred că aș putea fi un tată fantastic. Vreau să încerc, de ce nu putem încerca?

Cuvintele pe care întotdeauna dorise să le audă de la el veneau prea târziu, nu doar pentru că trecuseră ani, nici măcar pentru că foarte multe sentimente rănite stăteau între ei ca o prăpastie, ci pentru că deja își dăruise inima altcuiva.

Dar ispita era acolo.

Să aibă o familie fericită. Gardul cu țăruși albi. Tot ce își dorise dintotdeauna. Doar că acum, când se uita la imaginea din mintea ei, îi zâmbea chipul lui Oliver.

Trebuia să-i spună despre Chrissy. Era timpul. Nu era corect. Și era un risc pe care era dispusă să și-l asume pentru că, indiferent de sentimentele lui Oliver, o avea din nou pe fiica ei.

Și pace în sufletul ei.

Orice-ar fi fost, ar fi fost bine.

– Ro. Ea îi strânse mâinile. Vei fi un tată fantastic pentru Chrissy, o știu, și o știi și tu. Ești un om ocupat, doar să nu faci promisiuni pe care nu le poți ține.

– Tata a fost bun cu noi, spuse el cu o voce serioasă. A fost ocupat, dar a fost corect, a fost bun.

– Știu că a fost, Ro. Toată lumea l-a iubit – mama ta a pierdut o parte din ea când a fost ucis. Și cred că și tu.

El doar dădu din cap.

Limuzina se opri și, prea devreme, i se deschise ușa.

Își puse un picior afară, apoi se întoarse și îi prinse fața între palmele lui.

– Încă o șansă, te rog.

Ochii lor se umplură de lacrimi.

– Ro...

– Te iubesc.

Dar nu era adevărat.

Acum, ea știa ce era iubirea.

El iubea ideea lor, ideea de a primi a doua șansă. O putea iubi cu bucățile pe care îi permitea să le vadă, dar nu o iubea cu tot ce avea.

Iar ea voia totul. Indiferent de cât de dureros ar fi fost să îl piardă, îl voia, era lacomă pentru el. Avea nevoie de el ca de următoarea respirație.

– Nu pot. Cuvintele erau dureroase, simțea lacrimile ca niște cuțite care cădeau pe fața ei, îi înțepau pielea și făceau să curgă un râu de sânge care spăla toate sentimentele rănite dintre ei, ca un botez. Știi că nu pot.

– Știu, șopti el. Știu. Doar îmi doresc să nu fi fost atât de prost să te las să pleci, darămite să te privesc plecând de două ori.

– Niciodată n-am plecat.

Își lăsă capul și mâinile în jos.

– Să știi că e un bărbat norocos, chirurgul acela.

– Ronan, nu ne luăm adio. Vom face un plan pentru Chrissy, bine?

– Nu e adio, dar doare la fel, Britt. Simt că mi se smulge inima din piept, dar știu că va fi bine. Trebuie să fie, nu-i așa?

– Da. Ea se relaxă și îl îmbrățișă strâns. Să știi că m-am rugat pentru tine.

– Să știi că am simțit asta, îi răspunse el la fel de repede. Nu știu ce m-aș face fără rugăciunile tale. Nu prea cred că Dumnezeu le mai aude pe ale mele.

– Bineînțeles că le aude, pentru că, timp de cincisprezece ani, m-am rugat să găsim, în sfârșit, pacea între noi.

– Și eu. Oftă și o îmbrățișă strâns din nou. Trebuie să plec.

– Ai grijă de tine, Ro.

– Întotdeauna am, te sun când aterizez, bine?

Simți că ceva i se răsuci în piept când îl văzu ieșind din limuzină cu cele două bagaje ale lui, avionul nu era mare, era unul din cele private ale lui, pe care mama lui nu le suporta, dar Brittany îl cunoștea pe Ronan. Era fericit în cer, era singurul loc din lume în care deținea controlul.

Deasupra pământului, plutind, unde putea fi liber.

Întotdeauna era ca o pasăre, nu-i așa? Prins într-o colivie aurită făcută de familia lui.

Viața perfectă.

Dar ea știa mai bine.

Oamenii vedeau ce voiau să vadă, ca un cont de Instagram, doar cu poze fericite, asta era viața pe care ea o trăia, viața pe care el o trăise.

Până atunci.

El îi făcu semn cu mâna din carlingă chiar când limuzina începea să se retragă. Niciodată nu se uitase înapoi când el zbura, o speria prea mult când se întâlneau, se gândea că putea să fie ultima dată când îl vedea.

Dar, de data asta, se întoarse și îi trimise o bezea, apoi spuse o rugăciune și trebui să-și pună mâna pe piept în timp ce distanța dintre ei creștea.

Îi sună telefonul mobil în timp ce limuzina se întoarse în trafic.

– Britt! Everlee plângea și putea auzi altceva în fundal. Grăbește-te, trebuie să te grăbești, e vorba de Chrissy!

– Ce? La ce te referi, ce e cu Chrissy? Începură să-i tremure mâinile. Everlee!

– Pe scurt, e rănită… Britt, va fi bine, dar trebuie să te duci la spital. O, Doamne, totul e numai din vina mea. Numai vina mea. Britt, îmi pare foarte rău!

– Ce s-a-ntâmplat? Britt încercă din nou, cu o senzație de rău perforându-i inima asemenea unui țăruș. Everlee!

– Frederick a atacat-o, a devenit foarte furios, pur și simplu… și-a pierdut mințile, Marnie a spus că avea un ultim contract pentru o ședință foto cu ea și trebuia să fie acolo, a venit și Roger, așa că am crezut că totul avea să fie bine, dar el a fost lăsat pe dinafară. Se sufocă din cauza altui hohot de plâns. Frederick avea o armă. E în ambulanță, șocată, doar că are nevoie de mama ei.

Brittany își închise și strânse ochii în timp ce lacrimi noi îi curgeau pe obraz.

– Sunt pe drum. Spitalul lui Oliver?

– Da. Îi tremura vocea.

– Ajung acolo în cincisprezece minute. Scrise repede informația pentru șofer în timp ce cotiră, apoi apelă numărul lui Ronan.

Îi intră mesageria vocală.

Poate că era deja în aer.

Ar fi fost prea devreme.

Îl apelă din nou. Apoi hotărî să aștepte.

Cele cincisprezece minute până la spital fură cele mai stresante din viața ei, era să se dea jos din mașină și să alerge, dar, în cele din urmă, ajunseră, în timp ce îl suna din nou pe Ronan.

Din nou îi intră mesageria vocală. Nu îi stătea în fire să își închidă telefonul, dar știa că fusese stresat, ocupat, probabil voia liniște și poate îl pusese deja pe modul avion.

Era doar o înregistrare care spunea că numărul nu mai era disponibil.

Își băgă telefonul din nou în poșetă și alergă până la salonul asistentelor de la urgență.

– Bună, sunt Brittany...

– O! Arăți la fel ca atunci când ai venit acum cincisprezece ani. Amelia, asistenta din trecutul ei, se ridică în picioare și îi zâmbi cu căldură. Mă bucur foarte mult să te văd. Știu că a fost o decizie foarte grea să îți dai fetița pentru adopție. Dar arăți de parcă-ți merge bine.

În timp ce trecu surpriza de a o revedea pe Amelia, Brittany își deschise gura ca să-i explice de ce era acolo.

– Fiica? Vocea sufocată a unui bărbat se auzi din spatele ei.

Cu inima bătându-i nebuneşte în piept, Brittany se întoarse. Avu o senzaţie de groază în stomac în timp ce observă faţa palidă a lui Oliver şi expresia lui şocată.

– Oliver... suspină ea.

El îşi miji ochii şi o mască de neîncredere i se întinse pe faţă.

O agitaţie lângă uşile de urgenţă îi atrase atenţia. O ambulanţă tocmai oprea, cu luminile pâlpâind, dar fără sirenă. Trebuia să fie Chrissy.

SUV-ul cunoscut al lui Dane opri chiar în spatele ei.

Zoe, Everlee şi Dane ieşiră toţi în timp ce paramedicii o scoaseră pe Chrissy.

– Îţi voi explica. Are nevoie de mine. Acum. Acum cincisprezece ani a avut nevoie de mine. Şi nu voi face din nou aceeaşi greşeală. Nu voi lăsa pe alţii să-mi dicteze viitorul. Aşa că, dacă o să pleci, te rog să o faci acum. Lacrimi fierbinţi îi curseră pe obraji în timp ce Oliver dădu din cap şi făcu exact asta.

Britt nu avu timp să se gândească la ce însemna asta.

Ambii bărbaţi plecaseră din viaţa ei.

Dar o avea pe fiica ei.

Frumoasa şi curajoasa ei fiică.

– Chrissy! Alergă cât de repede putu pe tocurile ei spre targă. Ce s-a-ntâmplat? Avea vânătăi pe gât; erau şterse. Îi curgea puţin sânge din buza de jos.

– Avea o armă, şopti Everlee. Se pare că îl refuza de câteva săptămâni. Era furios pe mine, furios pentru că i-am oferit informaţii importante lui Dane despre implicarea lui Frederick într-o reţea de pornografie infantilă. Plânse în hohote în braţele lui Zoe în timp ce Dane le ţinea în braţe cu blândeţe pe ambele femei.

– Dane? Îşi acoperi gura cu mâinile. Avea tăieturi pe ambii obraji, îi curgea sânge pe un braţ şi şchiopăta. L-ai...

– Merita moartea. L-aş ucide dacă s-ar uita urât la vreuna dintre voi şi l-aş fi ucis, dar a intervenit Zoe. E în arestul poliţiei.

– Bine. Erau prea multe informaţii, se simţea copleşită. Brittany îşi întinse mâna după mâna fiicei ei şi o strânse. Vei fi bine.

– Am fost foarte speriată, recunoscu Chrissy, încercând să se ridice, dar paramedicul o împinse cu blândeţe înapoi jos. Dar m-am rugat, m-am rugat... cred că a funcţionat. Îşi închise ochii în timp ce o lacrimă îi alunecă pe buza sângerândă. Ştii, m-am gândit la ce-ai face tu. În acea situaţie. Ce-ai face? Singurul răspuns pe care l-am primit a fost: Dumnezeu.

– Uneori, spuse Brittany sărutându-i mâna, doar de asta avem nevoie.

CAPITOLUL XLV

Chrissy avea să fie bine. Nu-i aşa? Trebuia să fie.

Brittany se agăţă de mâna fiicei ei în timp ce stăteau în micul salon de urgenţe aşteptând să apară doctorul.

Dura mai mult decât i-ar fi convenit, pe lângă asta, faptul că erau toţi în acel salon mic nu ajuta cu nimic, dar nimeni nu voia să plece, iar Dane arăta prea furios ca să fie lăsat liber în New York.

Oare greşea când îşi dorea să elibereze monstrul? Să îl lase să-i facă pe toţi să plătească? Să îl ucidă accidental pe Frederick în acea celulă? O furie nouă îi lovi pieptul în timp ce încerca să îşi păstreze calmul în faţa lui Chrissy.

– Britt. Vocea lui Chrissy era puternică. Tremuri.

– Ştiu. Lui Brittany îi clănţăneau dinţii. Doar că... Mă tot gândesc la ce s-ar fi putut întâmpla, iar eu nu am fost acolo... din nou. Nu am fost acolo pentru tine.

– Întotdeauna ai fost acolo, zâmbi Chrissy. Când părinţii mei au fost ucişi în acel accident de maşină, m-am uitat la posterul tău, el m-a motivat să fac ceva cu viaţa mea în loc să mă cufund în tristeţe. DVD-ul tău stupid de exerciţii fizice m-a făcut să mă apuc de pilates. Întotdeauna ai fost tu, persoana asta pe care nu am cunoscut-o, dar de care m-am simțit legată în ciuda distanței și a situației ciudate. Tu. Își strânse buzele, apoi izbucni în lacrimi. Întotdeauna ai fost acolo, doar că n-ai știut.

Britt se urcă în pat, lângă fiica ei, își dădu jos pantofii, și o legănă în timp ce plânse.

Și atunci își dădu seama.

Era la același etaj la care fusese în urmă cu cincisprezece ani.

Doar că era de cealaltă parte a obstetricii.

Cu fiica ei.

Legănând-o, la fel cum făcuse în ziua în care se născuse.

Plângea, o ținea în brațe și se ruga mai repede decât puteau să țină pasul gândurile ei cu cuvintele.

Un cerc complet.

Doar că Ronan nu mai era.

Iar Oliver plecase.

Se auzi o bătaie în ușă.

Lumina din hol formă o siluetă. Era imposibil să distingă expresia lui Oliver, dar se rezema de ușă așa cum o făcea întotdeauna, de parcă ar fi repetat asta pentru ea de un milion de ori.

O cuprinse o căldură. „Te rog să fie bine."

– Oliver? Brittany se ridică. Ce faci aici?

El o privi în ochi.

– Ți-am spus că nu sunt genul de tip care să plece. Și îți voi dovedi asta în fiecare zi în care îmi vei permite să fiu în viața ta. Gata cu secretele, Britt.

– Gata cu secretele, spuse ea rămasă fără răsuflare. Asta era tot? Doar un avertisment, apoi totul s-ar fi reîntors la normal? Era obișnuită cu terorismul emoțional, cu agresivitatea pasivă, cu gelozia. În schimb, el îi spuse doar să fie sinceră.

Dane părea gata să intervină dacă era nevoie, iar Zoe deja îl ținea pe loc.

– Ești chirurg, preciză Dane ceea ce era evident, făcând-o pe Britt să râdă în ciuda lacrimilor.

– Mulțumesc, sunt perfect conștient de profesia mea. Încă sunt în schimbul meu și vreau ca ea să aibă cel mai bun tratament, așa că l-am trimis la plimbare pe dr. Byrne. Va fi bine, avea nevoie de o pauză oricum și asta e o chestiune de familie... nu-i așa?

Lui Dane păru să-i placă răspunsul lui pentru că dădu din cap și se retrase, cu Zoe agățată de el.

– Chrissy. Oliver ocoli patul și îi strânse mâna liberă. Tomografia a ieșit bine, împreună cu analizele de laborator. În afară de câteva tăieturi și vânătăi cauzate de acel nebun, ar trebui să te vindeci complet. Și mă bucur să te anunț că nu vei rămâne cu cicatrice, cel puțin nu la exterior.

Chrissy își lăsă pleoapele în jos, apoi își înclină capul spre el.

– Câți ani de școală ai făcut?

– Chrissy. Brittany își acoperi fața cu mâinile. E doctor, pe lângă asta, operează oameni, asta înseamnă mulți.

– Mama ta are dreptate, fu de acord Oliver. Se auzea și acul căzând în acel salon de spital. E multă școală, dar iubesc ce fac.

– Și pe mama? O iubești?

– Înțeleg ce-ai făcut. Oliver râse amuzat.

– Am cincisprezece ani, m-am născut ca să manipulez. Se ridică un pic. Pe lângă asta, distrage atenția de la mine și de la ceea ce s-a întâmplat. Se uită în altă parte.

– Ceea ce s-a întâmplat nu a fost vina ta, spuse Oliver cu blândețe în timp ce merse mai departe prin cameră. Și o iubesc foarte mult pe mama ta, dar ea crede că e prea devreme.

Chrissy oftă.

– Atunci ar trebui să te însori cu ea.

– Chrissy! Brittany era gata să se târască sub masă și să-și astupe urechile.

– Cine se căsătorește? strigă Roger din ușă. Chrissy, îmi pare foarte rău, draga mea, habar n-am avut. Nu aș fi ieșit niciodată din clădirea aia blestemată dacă aș fi știut, tocmai am dat o declarație la poliție, altfel aș fi venit cu ceilalți, biata mea fată dragă. O sărută pe obraz și o îmbrățișă. O să-l omor pe nemernicul ăla pentru ce ți-a făcut...

– M-am ocupat eu de asta, spuse Dane pe un ton plictisit. Și când ai ridicat tu vreodată un deget în afară de când ai pocnit după un ospătar să îți aducă mai mult vin?

– Omul are dreptate, șopti Zoe în timp ce Everlee râse încet.

Roger își flutură mâna spre el și se apropie de pat.

– Dragă fată, habar n-aveam ce a plănuit, de ce era capabil...

– Nu e vina ta. Vocea lui Chrissy era puternică, sigură. Așa cum nu e nici a mea, nu-i așa?

– Așa e. Roger se apleacă și o sărută pe frunte.

– Așadar, îi întrerupse Chrissy din nou, privirea ei oprindu-se pe Oliver. N-ar trebui s-o ceri?

– S-o cer? repetă Oliver. Ce?

– Oliver, ai spus că o iubești.

– Draga mea, au trecut doar două săptămâni, spuse Brittany printre dinții încleștați.

– Când știi, știi, susținu Chrissy.

– Poți să-i dai niște medicamente? Brittany se ridică în picioare și o privi pe fiica ei cu o seriozitate care probabil părea mai mult nervozitate decât orice altceva.

Oliver îi zâmbi.

– De fapt, sunt de acord cu fata asta de cincisprezece ani.

– Nimeni nu e, niciodată. Cred că îmi place de tine. Chrissy râse. Se simţea bine când îşi auzea fiica râzând. Avea un efect în interiorul ei, o făcea să-şi dorească să râdă cu ea.

– Mersi, şi mie îmi place de tine. Oliver îi făcu cu ochiul, apoi ciocni pumnul cu ea. Apropo, conform fişei tale, ziua ta e peste câteva săptămâni. Prevăd ceva bani de cumpărături în viitorul tău dacă îţi poţi convinge mama ca măcar să se gândească să spună da.

– Am o presimţire bună despre tine.

– Deja visezi la poşete, nu-i aşa? râse Roger. Pentru mama ta, au fost întotdeauna pantofii, dar pentru tine? Poşetele.

– Ţin lucruri, preciză Chrissy. Şi schimbă o ţinută imediat.

Oliver o privi cu ochii mijiţi.

– O să fii scumpă, nu-i aşa?

Chrissy îi zâmbi obraznic. Deja chipul ei arăta mai luminos, mai fericit. Brittany oftă de uşurare, doar ca să rămână fără răsuflare după câteva secunde, în timp ce Oliver se lăsă pe un genunchi, în faţa prietenilor şi a familiei, şi o luă de mâini.

– Îmi vei... face onoarea... de a fi soţia mea... Îi zâmbi din nou lui Chrissy. ...în viitorul apropiat, ştii, după ce ne vom întâlni mai mult şi voi cunoaşte familia mai bine.

– Cât de departe în viitor? întrebă Brittany cu lacrimi în ochi, lacrimi de fericire.

– Două săptămâni.

– Două luni, îi răspunse ea repede.

– Zile. El zâmbi, ridicându-se în picioare.

– Eşti imposibil.

– Hei! Îi dădu o şuviţă de păr după ureche. Când ştii, ştii, încearcă să mă opreşti, te provoc.

Se aplecă şi o sărută apăsat pe gură. Ea oftă lângă el, simţindu-se, brusc, epuizată.

– Da. Hai să rezervăm o dată în viitorul apropiat... cum ar fi asta?

– Perfect. El zâmbi de parcă tocmai ar fi câştigat când ea îşi dădu seama că poate toţi câştigaseră. Și acum, că am stabilit asta, mersi, Chrissy. Îi făcu cu ochiul. Merg să vorbesc cu cineva să vă externeze ca să vă odihniţi.

– Mulţumesc. Brittany se agăţă de el pentru ultima dată.

– Orice pentru tine.

– Nu doar pentru asta. Îşi lăsă capul în jos.

El o prinse uşor de bărbie..

– Să nu-ţi ceri niciodată scuze pentru că ai secrete. Toţi avem. Singura mea dezamăgire a fost că n-ai avut capacitatea de a-ţi da seama că eu întotdeauna vreau să te ajut să cari povara, oricât de grea ar fi, bine?

– Ea nu e o povară.

– Vă aud, interveni Chrissy.

– Are cincisprezece ani, o tachină Oliver.

– Și asta am auzit! bombăni Chrissy.

– Vreau să te iubesc. Vreau asta, spuse Brittany cu lacrimi în gât.

Oliver îşi lăsă capul în jos, atingându-i uşor buzele cu buzele lui.

– Atunci, ai încredere în mine, ai încredere în noi, ai încredere în asta şi, dacă aşa nu e suficient, ai încredere în Roger, e un geniu.

– Ştiam eu de ce îmi plăcea de el... spuse Roger din colţ. Restul grupului începu să râdă încet.

– Mă-ntorc imediat. Oliver plecă din salon.

– Dane? Brittany avea să ceară altă favoare, dar știa că pe asta Dane avea să o facă fără să pună întrebări. Poţi să te asiguri ca toate lucrurile lui Chrissy să ajungă în apartamentul meu? Nu știu dacă Roger mai are lucruri în mașina lui sau...

– Deja am făcut-o, spuse el cu o voce îngâmfată și un zâmbet la fel de îngâmfat. Le-am trimis mesaje câtorva dintre oamenii mei din SUV când paramedicii au spus despre Chrissy că avea să fie bine.

– Oameni? întrebă Chrissy, cu ochii mijiţi. Adică... tipi care lucrează pentru tine?

– Las-o baltă, spuse Roger printre dinţii încleştaţi. Dane, ţi-am spus vreodată cât de bine îţi stă într-o geacă?

– De câteva ori, de fapt, spuse Dane, tot printre dinții încleștați, chiar dacă în ochii lui se vedea amuzamentul. Mai ales după parada modei, când ți-ai plimbat mâinile pe bicepșii mei timp de zece secunde.

– Scame. Căutam scame.

– Sigur că da.

– Știi. Chrissy își înclină capul spre el. Arăți ca unul dintre acei tipi din acele cărți despre mafioți care...

Se făcu liniște în cameră.

– Bine, mă bucur că am avut această conversație, îi întrerupse Brittany. Ce-ai zice să mergem la cumpărături și să-ți decorăm noul dormitor mâine? Putem să ne cunoaștem și să încercăm să înțelegem împreună această junglă nebună a modei.

– Da, spuse Chrissy printre lacrimi. Chiar mi-ar plăcea asta.

– Bine. O strânse tare pe fiica ei și îi mulțumi lui Dumnezeu că era în siguranță, că era în brațele ei, că lucrurile erau așa cum trebuiau să fie.

Singurul lucru care mai lipsea era ca Chrissy să îl întâlnească pe Ronan.

Brittany se încruntă, dându-şi seama că el nu o sunase. Nu îi stătea în fire să nu răspundă.

– Veşti bune, anunţă Oliver în timp ce se întoarse în salonul de spital. Am documentele chiar aici şi minunata mea asistentă, Sarah, te va externa, bine? Regulile spitalului dictează că trebuie să pleci într-un scaun cu rotile, în afară de asta, putem să te scoatem de-aici în vreo douăzeci de minute. Sună bine?

– Grozav. Chrissy dădu din cap. Zâmbetul ei era foarte drăguţ, foarte cunoscut. Poate că avea părul lui Brittany, dar avea zâmbetul lui Ronan.

El avea să fie foarte mândru de ea.

Foarte mândru.

Ea expiră şi se uită în cealaltă parte a camerei chiar când Dane îşi ridică telefonul mai aproape de faţă, apoi îl lăsă în jos, încet, şi o privi în ochi, scuturându-şi capul încet.

Apoi fugi din cameră.

Fugi.

În toată viaţa ei, nu-l văzuse pe Dane fugind.

Nu trebuia s-o facă, nu-i aşa?

– Dane? ţipă Zoe.

Şi, cumva, Brittany ştiu.

Ştia.

– Mă-ntorc imediat. Cu picioarele grele, îl urmă pe Dane afară din salon şi pe coridor, până în salonul asistentelor, unde pacienţii şi personalul erau adunaţi sub un televizor cu ecran plat.

– Ştiri de ultimă oră, avionul senatorului de New York, Ronan Kampbell jr, fiul regretatului preşedinte Ronan Kampbell, s-a prăbuşit la scurt timp după decolarea din

Aeroportul Privat Beaute, din cauza unei defecțiuni la ambele motoare. Nu au existat supraviețuitori.

Ea suspină, acoperindu-și fața cu mâinile, chiar când Dane se grăbi să ajungă lângă ea și o prinse.

Și, pentru a doua oară în viața ei, Brittany căzu pe pieptul unui șef al mafiei și plânse.

Pentru un copil pierdut și regăsit.

Pentru un bărbat a cărui viață nu era a lui, și care, în cele din urmă, avea să fie prea scurtă.

CAPITOLUL XLVI

Fu o înmormântare demnă de un rege.

Reporterii era împrăștiați pe străzi, ținând camerele sus, fiecare dintre ei lacom după fotografia cu familia îndoliată.

Cu ele.

În urmă cu un an, stătuse acolo și plânsese din cauza morții Danicăi. Acum era din nou acolo, plângând după Ronan.

Viața se putea schimba într-o clipă, nu-i așa?

Chrissy stătea plângând încet în dreapta lui Brittany, Oliver le sprijinea pe amândouă din stânga.

Roger și Grace se îngrămădeau lângă micul grup care participa la înmormântare, fiecare expresie era tristă.

Nu conta personalul militar prezent la înmormântare pentru un erou american sau că trei foști președinți stăteau unul lângă altul, cu lacrimi în ochi. Nu mai conta. Pentru că el nu era acolo, el nu mai trăia, nu mai respira. Pompa era lipsită de sens, celebrau o viață trăită – o viață prea scurtă după orice standard.

O viață care nu ar fi trebuit să se termine acolo.

Nu era sfârşitul fericit.

Nu pentru el.

Tot ce voia să facă era să întrebe de ce.

Dar singurul răspuns pe care îl primi fu: viaţa.

Viaţa.

Nu exista un „de ce" în viaţă, ci doar liber-arbitru, decizii construite pe alte decizii care schimbau viaţa.

Şi viaţa.

Lacrimile îi curseră pe faţă în timp ce coborâră sicriul în pământ şi inima ei se frânse. Nu pentru ea, deşi jelea ce ar fi putut fi.

Nu, inima ei era frântă din cauza faptului că prima dată când Chrissy îşi vedea tatăl ştiind cine era – era ca să-l îngroape.

Şi nu voia nimic mai mult decât ca fiica ei să cunoască lucrurile bune pe care el le făcuse, nu abandonul, ci lupta pentru locul său în Senat, felul în care se mişca prin camere şi comanda o mulţime de oameni.

Moştenirea lui merita mai mult decât tristeţea lui Brittany din cauza tuturor lucrurilor care se întâmplaseră între ei.

Iar Chrissy merita să ştie că tatăl ei era un erou american pentru majoritatea oamenilor, chiar şi pentru Brittany.

– Să ne rugăm. Pastorul îşi ţinu mâinile deschise, cu o Biblie în dreapta, şi cu palma stângă îndreptată spre mulţime de parcă îi binecuvânta pe toţi într-o perioadă atât de devastatoare.

Reporterii deveniră, brusc, tăcuţi.

Dane nu clipise, doar se holbase în jos, la sicriu, de parcă nu era real. Ştia că fuseseră prieteni, până la urmă, îl ajutase să fie ales. Îl ajutase pe Dane să câştige controlul asupra părţilor mai întunecate ale oraşului.

Iar acum nu mai era.

Dane îi aruncă o privire lui Brittany, nu îi stătea în fire să se holbeze prea mult la nimeni, apoi o salută cu două degete. Era ceva ce Ronan făcea întotdeauna când își lua rămas-bun de la ea și de-abia atunci își dădu seama.

Nu făcuse acel gest ultima dată când se despărțiseră.

Știuse?

Instinctiv?

În sufletul lui?

Că ceva avea să se întâmple?

Ea se întorsese cu spatele.

Simțise că nu aveau timp, și el simțise la fel, toată conversația fusese purtată la timpul trecut, de parcă nu aveau o șansă pentru un viitor, și se întrebă dacă acesta fusese ultimul dar de la Dumnezeu pentru ei.

Darul ultimului rămas-bun.

Al împăcării.

Pentru că până și în cele mai întunecate momente ale vieții există o șansă pentru pace, ca sufletul omenesc să își găsească odihna chiar și în suferință.

Întotdeauna există o cale de ieșire.

O oportunitate.

O fereastră în locul unei uși.

Dădu din cap spre Dane, apoi urmă familia în timp ce toți aruncară petale de trandafiri pe sicriu. Nu știa de ce familia o inclusese și pe ea pe locurile de pe scaune.

Aceeași familie care îi trimisese un ordin de restricție.

Lacrimile ei se amestecară cu petalele în timp ce căzură într-o succesiune rapidă pe sicriu, una, două, trei. Adio.

Amintirile cu râsul lui o chinuiră.

Sărutul lui.

Promisiunile lui de veșnicie.

Mirosul apei lui de colonie.

„– *Dacă ai putea să faci orice pentru tot restul vieții, ce ai face? Dansară sub stele, lângă pătura lor din Central Park și mâncarea chinezească la pachet pe care ea de-abia și-o permitea.*

Ronan se opri, apoi se uită la stele.

– Aș fi acolo sus. Aș zbura și aș tot zbura. Își deschise larg brațele în timp ce ea îl strânse cu putere. Libertatea e în zbor.

– Da. Ea îl îmbrățișă. Chiar e."

Brittany îngenunche, probabil încălcând protocolul pentru genul acesta de lucruri, și își puse mâna pe mahon, apoi dădu drumul bucății de hârtie mototolită cu amprentele piciorușelor fiicei lor pe ea și prafului de trandafiri care o însoțea.

– Zboară, Ro, zboară.

Se ridică în picioare, își înălță capul spre cerul tulburat de furtună și și-l imagină acolo, fericit. Liber. Oliver o luă de mână și o ținu aproape în timp ce Chrissy făcu același lucru de cealaltă parte.

– Hai să mergem acasă. Brittany o sărută pe cap pe fiica ei în timp ce ieșiră încet din mulțime, doar ca să ajungă față în față cu Nancy.

Cu coada ochiului, îl văzu pe Oliver încordat. Roger și Dane nu erau departe, iar Grace părea pregătită să alerge până la ele și să arunce cu vorbe ca pumnalele.

Nancy își întinse mâna.

– Nu sunt aici să mă cert. Expresia ei era mai blândă. Se șterse ușor la ochi, aranjându-și ochelarii negri de soare înainte de a se întoarce spre Chrissy. Ai prezența lui.

– Serios? întrebă Chrissy cu o voce înăbușită. Aș vrea să fi știut... Dădu din cap, agățându-se cu o mână transpirată de palma lui Brittany.

– Am făcut multe greşeli în viaţa asta. Dumnezeu ştie asta şi restul lumii. Nancy îşi întinse mâinile spre Chrissy. Dar aş vrea să-mi cunosc nepoata, dacă mama ei mă va lăsa.

– Asta şi-ar fi dorit el, spuse Brittany, cu vocea încărcată de emoţie în timp ce Nancy dădu din cap, apoi se aplecă şi o sărută pe Brittany pe ambii obraji, după aceea făcu la fel cu Chrissy.

– Vom pregăti un prânz. Nancy dădu drumul mâinilor lor, apoi se întoarse la zâmbetul ei fals, prezenţa ei falsă, dar Brittany nu mai putea fi supărată.

Era un mic pas.

Şi ştiu că, undeva, acolo sus, în cer, Ronan zâmbea.

CAPITOLUL XLVII

– Nu pot să cred că el nu mai e. Zoe se agăță de mâna lui Dane în timp ce se plimbau în jurul micului restaurant spre care toți hotărâseră să se îndrepte după înmormântare. Brittany se răzgândise și nu mai voia să meargă acasă, iar Zoe se întrebă dacă asta avea vreo legătură cu faptul că toți aveau nevoie de un pic de normalitate după ultimele zile.

Ecranul televizorului plat din colțul rotiseriei se lumină, arătând fața lui Frederick, apoi înmormântarea de la care tocmai plecaseră.

– E real când ajunge la știri, șopti Dane, apoi oftă trăgând-o într-o îmbrățișare. Crezi că oamenii pot înțelege lucrurile pe care tipul acela le-a făcut pentru țara noastră? Nenumăratele ore în care a muncit noaptea în Senat? Crezi că au vreo idee despre sacrificiile pe care le-a făcut? Jelesc un om pe care nu l-au cunoscut. Dacă mă întrebi pe mine, politicienii au o slujbă ingrată.

– Hmmm. Zoe se întoarse cu fața la el, încă agățându-se de corpul lui solid, în sfârșit, împăcată cu mirosul lui slab de whisky și mentă. De-asta te-ai transformat într-un Robin

Hood? Îi aranjă cravata și îi apăsă pieptul cu palmele. Ai fi fost un politician grozav. În schimb, te ascunzi în umbră, controlând fiecare persoană, fiecare lucru, folosindu-ți cuvintele, secretele și banii pentru a-ți exercita puterea.

Colțurile gurii lui se ridicară într-un zâmbet amuzat.

– Îți dai seama că iau tot ce ai spus ca pe un compliment, nu-i așa?

Ea își dădu ochii peste cap și nu se putu abține de la zâmbetul care însoțea gestul.

– Ai prefera să nu-și amintească nimeni de tine? Ai prefera să-ți facă o asemenea înmormântare? Ideea că ceva i s-ar fi putut întâmpla lui o afectă atât de tare și rapid că nu putu să inspire destul aer.

– Hei. Dane îi prinse bărbia cu degetul mare și cel arătător. Nu am nevoie de asta. Nu am avut nevoie niciodată de premii sau atenție. Știi de ce m-am mutat la oraș? De ce am vândut proprietăți și afaceri și am luptat ca să construiesc un imperiu?

Ea dădu din cap.

– Ca s-o supraveghezi pe Danica.

– Danica n-a avut niciodată nevoie de mine, spuse el încet.

– Dar... Zoe își miji ochii. Ce spui nu are sens. Vreau să spun că de-abia ne cunoșteam când...

– Când ai intrat în Pizza Hut, cu o șapcă Yankee invers pe cap, un tricou alb și blugi atât de strâmți că era să te acopăr cu geaca mea, aveai cel mai sigur mers, expresia feței tale era aproape la fel de arogantă ca a mea și m-am gândit doar că nu m-aș fi iertat niciodată dacă rămâneam în Jersey, pentru că de-abia aveai optsprezece ani și lumea îți mânca din palmă, pentru că atunci când te-am văzut, mi-am văzut egalul în fiecare privință. Apoi, când am ajuns să te cunosc, mi-am dat seama că nu aveam să te merit niciodată, așa că aveam să fac tot ce îmi stătea în puteri ca să te protejez și să fiu ce aveai nevoie să fiu, chiar și când tu nu știai că aveai nevoie de ceva...

Zoe îl întrerupse cu un sărut, cuprinzându-i gâtul cu brațele în timp ce se agăța de el de parcă de asta depindea viața ei, cu lacrimi în ochi ce amenințau să-i curgă ca o cascadă pe obraji. O sărută și el. Buzele lui se despărțiră, primind-o, gustând-o, iubind-o așa cum o făcuse dintotdeauna.

În singurul fel pe care îl cunoștea.

– Mă iubești, șopti ea lângă gura lui.

– Mai mult decât vei ști vreodată.

– Întotdeauna m-ai iubit.

– Întotdeauna o voi face, jură el, apoi îi șterse o lacrimă de sub ochi. Pe lângă faptul că fac toate acele lucruri murdare și periculoase despre care nu-și va aminti nimeni la înmormântarea mea... e singurul meu scop în viața asta.

Zoe pufni, apoi îi dădu un pumn în braț.

– Am să te țin minte.

Dane zâmbi, apoi îngenunche încet.

– Mărită-te cu mine. Nu din cauza unui contract, nu pentru că încerc să te ameninț cu el, ci pentru că, dacă mor mâine, nu vreau să fie regrete între noi, conversații ratate, saluturi ratate de bun venit și de rămas-bun. Mărită-te cu mine pentru că te iubesc, pentru că te-am iubit întotdeauna.

Prietenele ei deveniră tăcute în jurul ei, dându-și seama brusc că Dane era în genunchi, cerând-o în căsătorie după înmormântarea lui Ronan.

Zoe izbucni în lacrimi pentru a treia oară în toată viața ei și țipă:

– Da! Chiar când prietenele ei aclamau în jurul ei.

Iar când Brittany merse să îi îmbrățișeze pe amândoi, șopti ca să audă doar ei:

– Lui i-ar fi plăcut asta.

– Știu, spuse Dane dând din cap. M-am gândit că ar fi momentul potrivit, pentru că el m-a ajutat să aleg inelul. Luminile de sus erau reflectate de un diamant alb-albăstrui destul de mare ca cineva să patineze pe el. Era perfect.

– Ce? Brittany rămase cu gura căscată. Cum adică te-a ajutat să alegi inelul?

– Avea relații. Dane ridică din umeri, apoi îi făcu cu ochiul. Ține-ți dușmanii aproape și toate cele. Poate că păream să ne luptăm pentru putere, dar Ronan știa că mi-era dator pentru tot restul vieții.

Brittany tăcu, apoi căscă ochii în timp ce Zoe încercă să-și dea seama ce ar fi putut să-i datoreze Ronan lui Dane.

– Ce-mi scapă? întrebă Zoe.

Dane oftă.

– Eu am aranjat adopția lui Chrissy. El a știut că am mers la spital, a făcut legătura între niște lucruri și a încercat să obțină informații de la mine. Am refuzat să-i ofer ceva, dar i-am făcut o promisiune.

Zoe observă că Chrissy începu să-și croiască drumul spre ei, împreună cu Oliver, care o cuprindea protector cu brațul, deja se purta ca un tată, tatăl de care avea nevoie în acel moment.

– Ce promisiune? Brittany își puse mâna pe brațul lui în timp ce Zoe așteptă. Everlee reușise să ajungă la ei cu un zâmbet larg care îi dispăru repede din cauza aspectului palid al lui Brittany.

Dane își drese glasul.

– Întotdeauna v-am protejat pe voi trei. La început, s-a întâmplat, pur și simplu, apoi a devenit o slujbă cu jumătate de normă când voi ați obținut campanie după campanie, cel mai norocos tip din lume a trebuit să împiedice obsedații să vă hărțuiască pe toate. O privi în ochi pe Brittany. A fost firesc să o verific pe Chrissy și, când părinții ei au murit în acel accident de mașină și a trebuit să locuiască cu mătușa și unchiul ei, mi-am pus oamenii să-i trimită informații despre un concurs de Fețe Noi. Știam că avea să câștige și știam că, mai mult ca orice, avea nevoie de mama ei.

Brittany își acoperi gura cu mâinile.

– De ce ai ascunde asta de mine?

– De ce ar conta? E aici, în siguranță, fericită. V-ați reunit.

– Nu-mi dau seama dacă ești, într-adevăr, diavolul, sau doar o persoană drăguță care se ascunde după toate astea. Zoe își dădu ochii peste cap când se uită la Dane. Serios? Că tot vorbim despre jocul cu viețile altor oameni.

– Îmi place să controlez totul, nu mă pot abține. Îi zâmbi de sus lui Brittany. Dacă te ajută cu ceva, îmi cer scuze că m-am amestecat… nu că ar fi nevoie să o fac. Știu cât de mult aveai nevoie de asta.

– O, știi? Brittany dădu din cap și oftă. Dumnezeu ți-a dat, în sfârșit, a doua șansă și ți-a pus mâna în cap sau ce?

– Nu, nimic de genul ăsta, zâmbi Dane. Pentru că ți-a revenit lumina. Așa știu. Plecă din grup căscând.

Zoe se holbă la Brittany, care se holbă la ea, șocată.

Everlee le cuprinse cu brațele pe amândouă.

– E ciudat, toată lumea vrea un înger păzitor și Dumnezeu ni l-a trimis… pe ăsta. Toate se uitară spre Dane, în negru din cap până-n picioare, arătând ca un șef al mafiei care avea prea mult timp și putere.

– Păi, spuse Zoe, reușind, în sfârșit, să își recapete vocea, conform lui Brittany, El lucrează pe căi foarte misterioase.

– E adevărat. Everlee dădu din cap în timp ce îi căzu o lacrimă pe obraz. Scuze. O șterse. Doar că… încă încerc să înțeleg tot ce s-a-ntâmplat cu Frederick, Marnie, Jauq. Doar că… simt că am pierdut ani din viață și pentru ce? Își lăsă mâinile în jos și își atinse burta.

Zoe simți o durere în piept.

Nu era corect.

Doi prieteni erau morți, Everlee își pierduse copilul și soțul în două săptămâni, iar fata pe care Zoe o invidiase la un moment dat rămăsese cu un apartament gol și un soț în închisoare.

– Hei. Zoe îi dădu un ghiont. Va fi bine.

– Va fi? pufni Everlee. De unde știi?

– Păi… Zoe se uită la Brittany după un ajutor și era să suspine pentru că Dane avea dreptate, lumina ei se întorsese. Cred că aici intervine credința.

– Te-ai lovit la cap? o tachină Brittany.

Zoe doar zâmbi.

– Nu, dar îmi place să cred că, după anul ăsta, am înțeles un lucru: că nu am fi supraviețuit fără tine și fără rugăciunile tale. Așa că se poate zice câte ceva despre toate acele rugăciuni, fată cu Biblia.

Brittany izbucni în râs și le trase pe amândouă fetele într-o îmbrățișare. Zoe își lăsă capul pe cel al lui Everlee și o strânse tare.

– Va fi bine, spuse Zoe, privind-o în ochi pe Brittany în timp ce își îmbrățișau prietena.

Brittany zâmbi.

– E. Chiar e.

EPILOG

DUPĂ O LUNĂ

– E ceva ce cred că o să vrei să vezi. Șeful poliției îl conduse pe Dane în camera din spate. Am găsit câteva lucruri în apartamentul lui Marnie, unul în special ni s-a părut ciudat. Un plic cu lucrurile Danicăi.

Dane își miji ochii.

– Ce fel de lucruri?

– Poze, bilețele, jurnale, toate descoperirile ei despre traficul de carne vie și pornografie. Îi urmărea, evident, știa ce se-ntâmpla, dar nu asta am crezut că o să vrei să vezi. Îi zâmbi trist. Doar uită-te în partea de sus a primei pagini. O să te las câteva minute.

În clipa în care ușa se închise, Dane deschise dosarul și se holbă la foaia de hârtie cu scrisul de mână al surorii lui. O foaie de hârtie pe care o cunoștea bine.

Era lista lor pentru un final fericit.

Cea pe care o făcuseră fetele, cea pe care se puneau unele pe altele să o semneze când spuneau că și-au găsit persoana potrivită.

Numele Jauq era mâzgălit, apoi tăiat.

Și jos scria: „Eu însămi, în sfârșit, mă iubesc și mă aleg pe mine însămi. Nu am nevoie de el și de nimeni altcineva ca să îmi ofere finalul fericit. Deja îl am".

Și, lipită jos, era o fotografie cu cele patru fete râzând.

Dane cunoștea bine fotografia aceea.

Pentru că el fusese cel care o făcuse.

– Să fii bine, Danica, șopti el, holbându-se la chipul ei zâmbitor.

Ieși cu zâmbetul pe buze, un zâmbet trist. Cazul surorii lui era, în sfârșit, închis, și îi plăcea să creadă că, poate, spiritul ei era împăcat.

Se întoarse la apartament în câteva minute.

Apoi o privi pe ea.

Noua lui soție, în timp ce despacheta cutie după cutie, înjurând când lucrurile păreau stricate și vorbind de una singură ca și cum nu avea un public.

Pieptul lui Dane se umflă de mândrie. Ea era a lui, el era al ei. Și, chiar dacă lucrurile aveau să fie întotdeauna complicate și foarte probabil ostile între ei, pentru că ambii erau căpoși – el știa că era perfect.

Era totul.

Dragostea nu se dă de-a gata și, dacă cineva nu poate lupta pentru ceva, după părerea lui, asta înseamnă că nu merită lucrul acela de la bun început.

El avea să lupte pentru restul vieții să o merite.

– Nu te mai holba, e înspăimântător, spuse Zoe fără să-și ridice privirea din albumul foto pe care tocmai îl scosese dintr-o cutie mare și maro. Măcar pândești mai bine.

– Pânditul pare... cel mai puțin sexy lucru pe care poate să-l facă un bărbat, înțelegi asta?

– Și totuși ești aici... Ea zâmbi și își ridică privirea spre el, făcându-i cu ochiul.

– Asta e. Făcu doi, trei paşi spre ea. Ea țipă în glumă când el o ridică în picioare şi o aruncă peste umăr, mergând drept spre dormitorul principal.

– Pune-mă jos.

– S-a făcut. El o aruncă pe pat şi râse când ea sări, apoi se aruncă pe el. El o prinse de talie și îi devoră gura cu un sărut apăsat şi fericit. Ea gemu în timp ce el îi trase puloverul peste corp şi îl aruncă pe podea. Te iubesc.

Ea se agăță de el, buzele ei mişcându-se pe ale lui în timp ce respiră lângă gura lui.

– Și eu te iubesc.

– N-am să mă satur nicicând să aud asta.

– Mmm. Își întinse mâna spre pantalonii lui şi îi făcu cu ochiul. Nu mai trebuie să aştepți.

– Slavă Domnului.

– Bietul meu soț abstinent...

– Pentru că am fost al tău, am fost doar al tău.

Ochii ei se umplură de lacrimi în timp ce se sărutară de nenumărate ori, minutele transformându-se într-o oră, mângâierile făcându-i pieptul să doară în feluri necunoscute pentru un bărbat ca el.

Poate că salvarea era posibilă.

Trebuise doar să o caute destul de mult.

Și să creadă că se putea întâmpla.

Chiar şi pentru un bărbat ca el.

Un monstru ca el.

****

Everlee se holbă la ventilatorul de pe tavan în timp ce acesta se învârtea încet. Se încruntă, apoi merse încet până la fereastră și o deschise când porni o briză proaspătă. După ce ezită câteva momente, opri ventilatorul, se îmbrăcă în pijamaua ei preferată și porni televizorul la emisiunea lui Jimmy Fallon.

Sunetul televizorului o făcu să zâmbească, la fel ca lumina care pâlpâia pe pereți. În loc să stea pe partea ei, se întinse pe mijlocul patului și inspiră adânc.

Își atinse burta, apoi zâmbi pentru sine.

Noile începuturi veneau în toate formele și mărimile, nu-i așa?

– Va fi bine, își spuse ea. Deja e.

Nu ignoră faptul că ventilatorul de pe tavan era oprit.

Că nu mai avea nevoie să numere ca să alunge coșmarurile.

În schimb, se holbă în sus, la el.

Și zâmbi.

****

– Oliver a pus o friptură de vită înăbușită la cuptor. Chrissy țopăi prin cameră. Dacă nu te măriți cu el, altcineva o să-l fure și tu nu știi să gătești!

Brittany o privi cu ochii mijiți.

– Ba știu să gătesc!

– Tu arzi totul! râse Chrissy, apoi aruncă cu o pernă în ea. Recunoaște, mamă, și lasă treaba asta pe mâna profesioniștilor!

Inima lui Brittany încă sărea în piept când o auzea pe Chrissy spunându-i „mamă", i se părea foarte firesc, foarte real, iar Chrissy îi explicase că se simțea binecuvântată că nu avea doar o mamă, ci două.

Brittany trebui să fie de acord cu asta.

– Doamnelor, sunteți pregătite?

Oliver intră în camera mare de zi, cu paltonul lui, şi o privi înţelegător pe Brittany.

– Da. Brittany se ridică în picioare şi inelul de logodnă îi sclipi pe mâna stângă. O ceruse în căsătorie cu o zi înainte.

Ea spusese „da“ printre lacrimi.

Apoi află că el ceruse întâi permisiunea lui Chrissy.

Multe lucruri trebuiau adaptate, dar ştia că era doar el.

Ştiuse asta din momentul în care îl întâlnise, nu-i aşa?

– Hai să mergem. Chrissy îşi puse mâna în cea a lui Brittany în timp ce Oliver încuie.

Drumul cu maşina fu încet.

Chinuitor.

Măcar nu ploua.

Când ajunseră lângă mormânt, Chrissy sări prima şi merse până la piatra funerară.

– Bună, tată.

Brittany de-abia îşi stăpâni lacrimile, în timp ce Oliver o strânse de mână, apoi o îmbrăţişă, de parcă ştia că avea nevoie de puterea lui ca să se ţină pe picioare.

Îşi dori, mai mult ca orice, să nu fi cedat în faţa fricii, să o fi căutat pe Chrissy mai devreme, să-i fi spus lui Ronan mai devreme.

– Fără regrete, îi şopti Oliver la ureche. Aşa e viaţa, uneori se întâmplă, pur şi simplu, nu poţi schimba trecutul, poţi doar să faci alegeri în prezent care îţi vor afecta viitorul.

Ea dădu din cap, fără să aibă încredere în vocea ei.

– Tată. Vocea lui Chrissy era purtată de vânt. Chiar îmi place Oliver, cred că şi tu l-ai plăcea, iar mama e foarte drăguţă, mi-a povestit ieri despre cum mâncaţi mâncare chinezească seara târziu şi cum îţi luai rămas-bun cu două degete. Mi-a spus că am ochii tăi, mi-ar plăcea să cred că am şi râsul tău, mama a spus că era cel mai bun, dar ea iubeşte râsetele. Vorbi mai încet. Mi-e dor de tine, chiar dacă te-am întâlnit doar de două ori, mi-e dor de siguranța pe care o aveai când intrai într-o cameră. Dar știu că m-ai lăsat pe mâini bune. Mama mi-a spus că adorai să zbori, că, în sfârșit, te-ai simțit liber, așa că m-am gândit că, de vreme ce tu trebuie să fii în cer, eu va trebui să vin să te vizitez și să-ți spun poveștile mele aici, jos, până când ne vom întâlni din nou, nu-i așa?

Lacrimi curseră pe fața lui Brittany în timp ce Chrissy se ridică încet și li se alătură. Ca o familie, fiecare puse un trandafir pe piatra de mormânt.

– Vă iubesc, le spuse Chrissy cu o voce tremurândă când se întoarseră în mașină. Era o duminică obișnuită: biserică, friptură înăbușită de vită și vizita la Ronan.

Asta era totul.

Și, când Brittany își ridică privirea și își văzu fața lângă cea a fiicei ei, în mijlocul Times Square, știu că, uneori, viața ei fusese urâtă și grea, și poate că se simțise învinsă.

Dar supraviețuise.

Și chiar dacă viața poate fi crudă...

...asta nu înseamnă că nu poate fi și bună.

Sfârșit

RAO
CARTE DE BUZUNAR
ADULȚI

– FICȚIUNE –

RAO CLASIC

Jane Austen	*Rațiune și simțire*
Honore de Balzac	*Moș Goriot • Verișoara Bette*
Charlotte Brontë	*Jane Eyre*
Emily Brontë	*La răscruce de vânturi*
Mihail Bulgakov	*Maestrul și Margarita*
Lewis Carroll	*Aventurile lui Alice în Țara Minunilor / Alice în Țara Oglinzii și ce a găsit acolo*
Adolfo Bioy Casares	*Invenția lui Morel*
Kate Chopin	*Trezirea*
Sir Arthur Conan Doyle	*Întoarcerea lui Sherlock Holmes • Câinele din Baskerville. Valea terorii • Studiul în roșu aprins; Semnul celor patru*
Mihailovici Feodor Dostoievski	*Crimă și pedeapsă*
Antoine de Saint-Exupéry	*Micul Prinț*
F. Scott Fitzgerald	*Marele Gatsby*
Gustav Flaubert	*Educație sentimentală*
André Gide	*Amintiri de la Curtea cu Juri / Sechestrata din Poitiers • Falsificatorii de bani / Porumbelul • Fructele pământului; Noile fructe • Pivnițele vaticanului*
Nathaniel Hawthorne	*Litera stacojie*
Hermann Hesse	*Basme • Cele mai frumoase povestiri • Francisc de la Assisi • Jocul cu mărgele de sticlă • Klein și Wagner. La tratament • Knulp / Demian • Lupul de stepă • Peter Camenzind • Siddhartha. Călătoria spre Soare-Răsare • Sub tăvălug*
Victor Hugo	*Notre-Dame de Paris*
James Joyce	*Hanul lui Finn*
Ford Madox Ford	*Un bun soldat*
Thomas Mann	*Casa Buddenbrook • Doctor Faustus • Lotte la Weimar • Muntele vrăjit*
Gabriel Garcia Marquez	*Cronica unei morți anunțate • Despre dragoste și alți demoni • Douăsprezece povestiri călătoare • Dragostea în vremea holerei • Funeraliile Mamei Mari • Generalul în labirintul său • Incredibila și trista poveste a candidei Erendira și a bunicii sale fără suflet • Povestea târfelor mele triste • Scandalul secolului • Toamna patriarhului • Un veac de singurătate*
Henry de Montherlant	*Celibatarii • Băieții*

Silvina Ocampo & Adolfo Bioy Casares	*Cei care iubesc urăsc*
Jean-Paul Sartre	*Afinitățile elective • Greața, Cuvintele • Teatru • Zidul*
Anna Sewell	*Black Beauty*
Michel Tournier	*Vineri sau limburile Pacificului*
Virginia Woolf	*Doamna Dalloway*

THRILLER

Will Adams	*Codul lui Alexandru*
Lawrence Alexander	*Rubicon. Conspirație la Casa Alba*
Karin Alvtegen	*Trădarea*
Jeffrey Archer	*O chestiune de onoare*
Esmahan Aykol	*Hotelul Bosfor*
David Baldacci	*Cei uitați • Justiție divină • Ziua zero*
Jessica Barry	*Cădere liberă*
Michel Benoit	*Dansul răului*
Steve Berry	*Afacerea Columb • Enigma reginei • Secretul marelui sigiliu*
Russell Blake	*Nume de cod: JET*
Stephen Booth	*Câinele negru*
Andrew Britton	*Americanul*
Dan Brown	*Codul lui Da Vinci • Conspirația • Fortăreața digitală • Inferno – ed. Film • Îngeri și demoni • Origini • Simbolul pierdut*
D.W. Buffa	*Trandafirul negru*
Jared Cade	*Răzbunarea mortală*
Thomas Caplan	*Actorul care a devenit spion*
Martin Capparos	*Enigma Valfierno*
John Le Carre	*Jocul • Cântecul misiunii • Premiantul • Casa Rusia • Cârtița • Chemare din tărâmul morții • Managerul Nopții • Micuța toboșăreasă • Oamenii lui Smiley • Omul nostru din Panama • Prietenie absolută • Spionul care a ieșit din joc • Un spion desăvârșit • Al treilea geamăn • Omul din Sankt-Petersburg • Pe aripi de vultur • Prin urechile acului • Zbor periculos • Noaptea peste ocean*
Lincoln Child	*Infernul de gheață • Inima furtunii*
Eugen Ovidiu Chirovici	*Cartea oglinzilor*
Tom Clancy	*Misiune de onoare • Rainbow six – 2 vol.*
Martina Cole	*Afacerea*
Robin Cook	*Criza*
Michael Connelly	*Avocatul din limuzina • Jocul de domino • Până la capăt. Seria Mickey Haller • Verdictul*
Blake Crouch	*Orașul din munți (seria Wayward Pines vol. 1) • Șeriful (seria Wayward Pines vol. 2) • Ultimul oraș*
Jeffery Deaver	*Dansând cu moartea • Grădina fiarelor*
Nelson DeMille	*Focul sălbatic*

William Diehl	*Domnie în iad*
Michael Dobbs	*Culisele puterii – vol. 1 al trilogiei House of cards • Atac la rege – vol. 2 al trilogiei House of cards • Lovitura finală – vol. 3 al trilogiei House of cards*
Robert Dugoni	*Victimele puterii*
Andreas Eschbach	*Ultimul dintre ei • Aurul diavolului*
Veit Etzold	*Tăietura finală*
Sebastian Faulks	*Jocul cu diavolul*
Joseph Finder	*Instinct ucigaș • Jocul puterii*
Ian Fleming	*Trăiește și lasă-i să moară • Casino Royale*
Emma Flint	*Victime neînsemnate*
Ken Follett	*Alb Infinit • Triunghiul • Bani de hârtie • Codul „Rebecca" • Copiii Edenului • Printre lei • Scandalul Modigliani • O misiune riscantă • Un loc numit libertate*
Frederick Forsyth	*Fantoma din Manhattan • Cobra*
Tana French	*Liniștea umbrelor*
Tom Gabbay	*Conspirația din Berlin*
Mark Gimenez	*Culoarea legii*
Sue Grafton	*D de la datornic*
John Grisham	*Avocatul rebel • Cazul pelican • Clientul • Firma • Juriul • Informatorul • Muntele familiei Gray • Negustorul de manuscrise• Nevinovatul • Partenerul • Șirul de platani • Și vreme e ca sa ucizi • Ziua răzbunării*
Chris Hammer	*Ținutul secetei*
Colin Harrison	*Recuperatorul*
Mo Hayder	*Tratamentul • Insula porcilor*
David Hewson	*Casa păpușilor*
Jack Higgins	*Țintă sigură*
Luis de la Higuera	*Autopsia Satanei*
Antonio Hill	*Vara jucăriilor moarte*
Matt Hilton	*Pulbere de oase*
Chuck Hogan	*Încercuirea*
Anthony Horowitz	*O veșnicie și încă o zi – James Bond, 007*
Gregg Hurwitz	*Nu te încrede în nimeni*
Dean Koontz	*Fiul rătăcitor – cartea întâi seria Frankenstein • Orașul nopții – cartea a doua seria Frankenstein • Zona invizibilă • Camera șoaptelor • Scara strâmbă*
Tom Knox	*Secretul genezei*
David Jackson	*Nu scoate un sunet*
Steve Jackson	*Mentorul*
Jack Lance	*Pirofobia*
Martin Langfield	*Cutia răului*
Guy Lawson	*Tipii cu arme*
Fred Van Lente	*Ținta*
Paul Levine	*Să-i omorâm pe toți avocații • Un alibi în larg*

David Lindsey	*Legile tăcerii*
T.M. Logan	*29 de secunde*
Robert Lohr	*Automatul de șah*
Imran Mahmood	*Eu, acuzatul*
Esteban Martin	*Pictorul umbrelor*
Tom Martin	*Piramida*
Laura Marshall	*Cerere de prietenie*
Christian Mork	*Dragul de Jim*
Tony Parsons	*Trusa criminalistică*
Douglas Preston & Lincoln Child	*Focul alb • Labirintul albastru • Vitrina de curiozități*
Douglas Preston & Mario Spezi	*Monstrul din Florența*
James Patterson	*A 2-a șansă • Al 5-lea călăreț • Crucea lui Cross • Detectivul Alex Cross • Justiția lui Cross*
James Patterson & Michael Ledwidge	*Grădina zoologică*
James Patterson & Maxine Paetro	*A 6-a țintă • Al 7-lea cer • A 9-a judecată • A 11-a oră*
James Patterson & Howard Roughan	*Croaziera*
Kathy Reichs	*Oase frânte*
Tibor Rode	*Virusul Mona Lisa*
James Rollins	*Ordinul negru • Virusul lui Iuda*
Jack Ross	*Recviem*
Philip Le Roy	*Ultima armă*
Craig Russel	*Roșu pentru totdeauna*
Michael Sammaritano	*Conspirația Siciliană*
Markus C. Schulte Von Drach	*Furor*
Karin Slaughter	*Post mortem*
Teresa Solana	*O crimă imperfectă • Scurtătura înspre Paradis*
Patricio Sturlese	*Taina inchizitorului*
Andrew Taylor	*Jocul de-a destinul • Judecata străinilor – vol. 2 Trilogia Roth*
Brad Thor	*Act de război • Codul de conduită*
P.J. Tracy	*Momeala vie*
Scott Turow	*Eroi obișnuiți • Gemenii • Nevinovat*
Stuart Turton	*Cele șapte morți ale lui Evelyn Hardcastle*
Philipp Vandenberg	*Dosarul Golgota*
Louise Voss	*Străinul de lângă mine*
Andrew Wilson	*Minciuna*
Louise Welsh	*Tamerlan trebuie să moară*
Lawrence Wright	*Sfârșit de octombrie*
Mitchell Zuckoff	*13 ore*

MISTER

Toby Ball	*Arhivele*
Zoe Feraris	*În căutarea lui Nouf*
P.D. James	*O meserie nepotrivită pentru o femeie*

Bernard Knight	*Cadavrul meşterului făurar*
Fred Van Lente	*Zece comici mititei*
Gregory Samak	*Cartea secretă*

AVENTURI

Jeffrey Archer	*În linie dreaptă • Nici un ban în plus, nici un ban în minus*
Isabelle Autissier	*Dintr-odată, singuri*
W. Bruce Cameron	*Câinele, adevăratul meu prieten*
Andrea de Carlo	*O mare de adevăruri*
Clive Cussler	*Urmărirea*
Clive Cussler & Dirk Cussler	*Zorii semilunii • Săgeata lui Poseidon (Seria Dirk Pitt)*
Andreas Eschbach	*Un bilion de dolari*
Peter Heller	*Constelația câinelui*
Matthew Reilly	*Planul Majestic 12*
Manda Scott	*Craniul de cristal*
Wilbur Smith	*Războinicii Nilului • Magul • Ultimul papirus • Zeul deşertului • Faraonul*
Paul Sussman	*Oaza ascunsă*

ROMAN ISTORIC

Jeffrey Archer	*Evanghelia după Iuda*
Didier Convard	*Cei cinci templieri ai lui Iisus*
Barbara Ewing	*Rosetta*
Max Gallo	*Titus*
Claudia Gross	*Maestra runelor*
Conn Iggulden	*Împăratul – Moartea regilor*
Pauline Peters	*Camera rubinie • Secretul camerei cu trandafiri*
Anthony Quinn	*Prietenii noştri din Berlin*
Christoph Ransmayr	*Ultima lume*
Fiona Valpy	*Marea amintirilor*
Mondfeld zu Wolfram & Wertheim zu Barbara	*Şcoala gladiatorilor*

FANTASY

Rebecca James	*Femeia din oglindă*
Robert Jordan	*Roata timpului – Ochiul lumii vol. 1 • Roata timpului – În căutarea cornului vol. 2 • Roata timpului – Dragonul renăscut vol. 3 • Roata timpului – Umbra se întinde vol. 4 • Roata timpului – Focurile cerului vol. 5 • Roata timpului – Seniorul haosului vol. 6 • Roata timpului – Coroana de săbii vol. 7 • Roata timpului – Calea pumnalelor vol. 8 • Roata timpului – Inima iernii vol. 9*

Terry Pratchett	*Seria Lumea disc – Bărbați sub arme • Seria Lumea disc – Seniori și doamne*
J.R.R. Tolkien	*Povești neterminate*

SAGA

Ken Follett	*O avere periculoasă*
Rosamunde Pilcher	*Căutătorii de scoici • Septembrie*
Wilbur Smith	*Sanctuarul (vol. 3 din saga familiei Courtney) • Vulpea aurie (vol. 7 din saga familiei Courtney) • Păsări de pradă (vol. 9 din saga familiei Courtney) • Musonul (vol. 10 din saga familiei Courtney) • Orizontul albastru (vol. 11 din saga familiei Courtney) • Triumful soarelui (vol. 12 din saga familiei Courtney) • Assegai (vol. 13 din saga familiei Courtney)*

LITERATURA CONTEMPORANĂ

Jeffrey Archer	*Primul între egali • O duzină de tertipluri*
Clelie Avit	*Sunt aici*
Nicole Baart	*Departe*
Răzvan Ioan Boanchiș	*Portocaliu*
Gayle Brandeis	*Licitația lui Flan*
Isabel Camblor	*Nopțile Cenușăresei*
W. Bruce Cameron	*Drumul unui câine către casă*
Gustavo Dessal	*Operațiunea Afrodita și alte povestiri*
Jessica Duchen	*Violonista*
Jacky Durand	*Moștenirea unui chef*
David Ebershoff	*Daneza*
Roopa Farooki	*Dulciuri amare*
Janet Fitch	*Paint it black. Destin în negru*
Joshua Max Feldman	*Cartea lui Iona*
Luigi Guarnieri	*Mireasa evreică*
Gail Honeyman	*Eleanor Oliphant se simte excelent*
Jonas Karlson	*Camera*
Matthew Kneale	*Pe când eram la Roma*
Peter Mayle	*În căutarea lui Cezanne • Din nou în Marsilia • Din nou în Corsica • Douăzeci și cinci de ani în Provence • Hoțul de Vinuri • Lecții de franceză • Provence de la A la Z • Provence pentru totdeauna • Un an bun • Un an în Provence • Viață de câine*
Colum McCann	*Zoli • Dansatorul • Treisprezece priviri diferite*
Dorthe Nors	*Lovitura de karate*
Tony Parsons	*Copil și bărbat*
Pino Roveredo	*Copile drag • Să-mi dai de știre*
Oana Sîrbu / Cristian Tiberiu Popescu	*Inițiere în splendoare*

Sarah Stricker	*Cinci copeici*
Ben Stephenson	*O posibilă problemă de viața și de moarte*
Jeet Thayil	*Narcopolis*
Heather Tucker	*Fata din lut*
Nicole Vosseler	*Dincolo de Nil • Sub luna de șofran*
Markus Zusak	*Podul de lut*

ROMANCE

Camille Aubray	*Cină cu Picasso*
Anna Bell	*Lista de dorințe*
Andrea de Carlo	*Un om liber*
Catherine Isaac	*Aici, acum, mereu*
Nicholas Sparks	*Accidentul – ed. cartonată • Cel mai lung drum – ed. film • Dragă John – ed. cartonată • Miracolul • Mesaj de departe – ed. cartonată • O plimbare de neuitat • Pas în doi • Privește-mă • Ultimul cântec – ed. cartonată*
Sue Roberts	*Idilă pe rivieră*

HORROR

John Saul	*Labirintul diavolului*

SF

Anthony O' Neill	*Fața întunecată a lunii*
Douglas Preston & Lincoln Child	*Canionul tiranozaurului*
Andreas Eschbach	*NSA Agenția Națională de Securitate*
Chris Carter	*Francezul • Gheena • Înfruntă viitorul*
Emily St. John Mandel	*Simfonia itinerantă*
John Brunner	*Rețelele infinitului*
Walter M. Miller Jr.	*Cantică pentru Leibowitz*

UMOR

Stephen Clarke	*În viața ai parte și de merde*
Marcelo Birmajer	*Povești cu bărbați însurați*
Joe Dunthore	*Submarin*
John Grisham	*Fotbal și pizza • Un altfel de Crăciun*
Peter Mayle	*Hotel Pastis*
John O'Farrell	*Avertisment: poate să conțină urme de alune*
Rowan Somerville	*Sfârșitul somnului*